件

S・S・ヴァン・ダイン

だあれが殺したコック・ロビン？「それは私」とスズメが言った――。四月のニューヨーク，マザー・グースの有名な一節を模したかのごとき不気味な殺人事件が勃発した。胸に矢を突き立てられた被害者の名はロビン。現場から立ち去った男の名はスパーリング――ドイツ語読みでシュペルリンク――スズメの意。そして〝僧正〟を名乗る者が，マザー・グース見立て殺人を示唆する手紙を送りつけてきた……。史上類を見ない陰惨で冷酷な連続殺人に，心理学的手法で挑むファイロ・ヴァンス。江戸川乱歩が称讃し，後世に多大な影響を与えた至高の一品。

# 登場人物

ファイロ・ヴァンス……………………アマチュア探偵
ジョン・F・X・マーカム……………ニューヨーク郡地方検事
アーネスト・ヒース……………………殺人課の部長刑事
バートランド・ディラード……………著名な数理物理学の元教授
ベル・ディラード………………………バートランドの姪
シガード・アーネッソン………………バートランドの養子。数学の准教授
パイン……………………………………ディラード家の執事
ビードル…………………………………ディラード家の料理人
アドルフ・ドラッカー…………………科学者。著述家
ミセス・オットー・ドラッカー
（レディ・メイ）………………………アドルフの母親
グレーテ・メンツェル…………………ドラッカー家の料理人
ジョン・パーディー……………………数学者。チェスの名手
ジョーゼフ・コクレーン・ロビン……アーチェリーの選手
レイモンド・スパーリング……………アーチェリーの選手。土木技師

ジョン・E・スプリッグ……………コロンビア大学四年生
ホイットニー・バーステッド…………著名な神経科医
クィナン……………………………『ワールド』紙の事件記者
マデラン・モファット………………五歳の少女
オブライエン………………………ニューヨーク市警本部の警視正
ウィリアム・M・モラン……………刑事課課長。警視
ピッツ………………………………殺人課警部
ギルフォイル………………………殺人課刑事
スニトキン…………………………殺人課刑事
ヘネシー……………………………殺人課刑事
エメリ………………………………殺人課刑事
バーク………………………………殺人課刑事
デューボイス………………………指紋係。警部
エマニュエル・ドリーマス…………首席検屍官
スワッカー…………………………地方検事の秘書
カーリ………………………………ヴァンスの執事

# 僧正殺人事件

S・S・ヴァン・ダイン
日　暮　雅　通　訳

創元推理文庫

# THE BISHOP MURDER CASE

by

S. S. Van Dine

1929

目次

# 僧正殺人事件

本文中の（1）……は原注、（i）……は訳注である。

この世はまったくのところ、子どもじみてはいるがピリリと痛快な、ばかばかしいとともに恐ろしい、「推理劇」が行なわれている「殿堂」である。

——コンラッド

## 1 「だあれが殺したコック・ロビン？」

四月二日（土曜日）正午

ファイロ・ヴァンスが非公式に捜査に関わったすべての犯罪事件のうち、最も陰惨にして最も奇怪、一見して最も納得しがたく、間違いなく最も戦慄を呼ぶものは、あの有名な〈グリーン家殺人事件[1]〉に続いて起こった事件である。グリーン家の古い邸宅での惨劇は、十二月に意外な結末を見た。そしてクリスマス休暇のあと、ヴァンスはスイスに出かけてウィンター・スポーツを楽しんだ。二月の終わりにニューヨークに戻った彼は、長く懸案だった、ある文学的な仕事に着手したのだった――今世紀の初め、エジプトの古文書の中に発見された、メナンドロス（ギリシャの喜劇作家。紀元前三四二？―二九二？）の筆になる断章の主なものを翻訳して、まとまったかたちにする作業である。ヴァンスはひと月以上ものあいだ、この労多くして功少ない仕事に心底かかりきりになっていた。

もし横やりが入らなかったとしても、翻訳作業が完遂されていたものかどうか、それは疑問である。文化に対する熱意はあるものの、ヴァンスの旺盛な探求心や知的冒険心はつねに、学問的なものを生み出すに不可欠な、根気のいる単調な作業とせめぎ合うのだった。記憶にまだ新しいところでは、つい前年も、ヴァンスはクセノフォン（ギリシャの軍人・歴史家。紀元前四三一―三五二？）の伝記を書きはじめた――大学時代に『小アジア遠征記《アナバシス》』と『ソクラテスの思い出』に出合ったときの感激の結果だった――が、クセノフォンが一万人の部隊を率いて歴史的退却にかかり、海まで到達したところで、彼の興味は失せてしまった。それはともかく、ヴァンスのメナンドロス翻訳は、四月になったばかりのところで突然中断されるというはめに陥った。そして彼は、何週間にもわたって国じゅうを不気味な興奮の渦に巻き込んだ犯罪事件の謎に、没頭していったのである。

この新たな犯罪捜査でヴァンスは、ニューヨークの地方検事ジョン・F・X・マーカムの、いわば法廷助言者《アミーカス・キユーリエ》を務めるかたちをとったのだが、この事件はたちまちのうちに〈僧正《ビショップ》殺人事件〉として世に知られることになった。この呼び名のつけかたは――有名事件《コーズ・セレーブル》のことごとくにレッテルを貼るという、われわれのジャーナリスティックな本能のなせるわざではあるが――ある意味では正しくない。底知れず残忍なこの犯罪のどこにも、聖職に関係のある者はなく、国じゅうの人々の目をおずおずと『マザー・グース歌集』に向けさせただけだった[2]。また、私の知るかぎり、〈僧正殺人事件〉と呼ばれた奇怪なできごとに僧正《ビショップ》と名のつく人物は誰ひとりとして、ごくわずかな関わりさえももっていない。しかし、それと同時に、〝僧正〟という言葉は冠するにふさわしいとも言える。殺人犯人が、このうえなく冷酷なその目的を遂げるために、僧正という名をかたったのだから。そして、信じがたい真相にヴァンスを導き、警察史上類のない陰惨きわまる犯罪のひとつであるこの事件を解決させる糸口となったのが、この名前だった。

　僧正殺人事件は、一見何の脈絡もなさそうな不気味な一連のできごとから構成され、そのできごとがヴァンスの頭からメナンドロスや古代ギリシャの単行詩をきれいさっぱり追い出してしまった。発端は四月二日の朝、グリーン家のジュリアとエイダの二重射殺事件から五カ月とたたぬころのことだった。四月の初め、ニューヨークにときおり恵みのように訪れる、暖かくて気持ちのいい春の一日。ヴァンスは、東三十八丁目の自分のアパートの屋上にある、小さなルーフ・バルコニーで朝食をとっていた。正午になろうかという時間だった――時間にかまわず夜のふけるまで仕事をしたり読書をしたりするヴァンスの朝は、遅いのだ――澄みわたった青空から降りそそぐ日の光が、うっとりとしたまどろみを誘うような光の外套《がいとう》を町の上に投げかけている。安楽椅子に身体を伸ばし、かたわらの低いテーブルに朝食を置いて、皮肉っぽいもの足りなそうな目で、ヴァンスはバルコニーの植木の梢を眺めていた。

　私には、ヴァンスの考えていることがわかった。彼は、毎年春になるとフランスに出かける。かなり前からヴァンスは、ジョージ・ムーア（アイルランドの小説家・劇作家。一八五二―一九三三）と同じように、パリと五月とを切り離せないものと考えるようになっていた。ところが、戦後アメリカの成金どもが大挙してパリに押しかけるようになって、毎年の巡礼の楽しみは汚《けが》されてしまった。そして、つい昨日のことだったが、この夏はニューヨークにとどまることにしたと、ヴァンスは私に告げたのである。

私はヴァンスの長年の友人であり、法律顧問である。つまり、財産管理人であり代理人であり、友人であるといったところだ。父親の経営するヴァン・ダイン、デイヴィス&ヴァン・ダイン法律事務所を辞めた私は、ヴァンスの仕事の専属になった。一般弁護士のかた苦しい事務所で働くより、こちらのほうがはるかに私の気性に合うからだ。そして、ウェスト・サイドにあるホテルでひとり暮らしをしてはいたが、ほとんどの時間は彼のアパートに入りびたりになっていた。

その日は朝早く、ヴァンスが起き出すずっと前からアパートに来ていた。月初めの収支計算を調べ終え、彼が朝食にかかっているあいだ、私はのんびりと座ってパイプをふかした。

「ねえ、ヴァン」

感情のこもらない、ものうげないつもの調子で、ヴァンスが私に声をかけた。

「思うんだが、春から夏にかけてのニューヨークは、刺激的でもロマンチックでもない。退屈でうんざりするだろうな。だが、どこに行っても品のない観光客の群れに行き合うヨーロッパを旅行するより、気楽ではある……まったく、あれは興ざめだからね」

続く数週間、自分にどんな運命が待っているのかなど、彼のあずかり知らぬことだった。もし知っていたら、たとえ古きよき戦前のパリの春を楽しみにしていたとしても、彼が誘い出されたかどうか、あやしいものだ。その飽くことを知らない知性が、何にもまして複雑で難解な問題を好んでいたのだから。そして、その朝、私に話しかけているまさにそのときにも、彼の運命をつかさどる神々は、魂を奪われそうな不思議な謎をヴァンスのために準備しつつあった

——国じゅうを震撼させ、犯罪史に新たな戦慄の一章を付け加えた謎を。

ヴァンスがコーヒーのおかわりを注《つ》ぎ終えたかというときだった。昔ながらの英国人執事で家事全般を取りしきっているカーリが、移動式の電話を持ってフレンチドア（観音開きの格子のガラス戸）のところに現われた。

「マーカムさまからでございます」と、老人は申しわけなさそうに言った。「急用とお見受けいたしましたものですから、わたくしの一存で、ご在宅だと申しあげました」彼は電話機を壁の下のほうにあるプラグにつなぎ、朝食のテーブルに置いた。

「かまわないとも、カーリ」ヴァンスは小声で言って受話器を取り上げた。「いまいましいくらい単調なこの生活をくずしてくれるものだったら、何だっていいさ」それから、マーカムに向かって話し出した。「やあ、きみ、きみは眠るってことがあるのか？　ぼくはオムレット・オ・フィーヌ・ゼルブ（ハーブ入りオムレツ）を食べてる最中なんだが。こっちへ来ないか？　それとも、音楽のようなぼくの声が聞きたくてたまらなかっただけだとでも？——」

　不意に言葉が途切れ、ほっそりした顔に浮かんでいたふざけ半分の表情が消えた。ヴァンスは、はっきりそれとわかる北欧人《ノルディック》タイプで、面長で彫りの深い顔だちをしている。ぱっちりした灰色の目に、細いわし鼻、すっきりと卵形の顎。口もとも引き締まってくっきりしているが、北欧というよりむしろ南欧風の、皮肉っぽい冷徹さをたたえている。文句なしの美男子というわけではないが、自信にあふれた魅力的な顔、思索家や隠遁者《いんとんしゃ》の顔だ。その顔にある徹底した厳格さが、学究的で内省的なところとあいまって、仲間たちとのあいだの壁のようなものとなっていた。

もともと冷静で感情を抑えるよう心がけているヴァンスだったが、その朝の電話でマーカムの声に耳を傾ける彼からは、聞いている話に強く興味をそそられているのを隠し切れないのが見てとれた。眉根《まゆね》にかすかな皺《しわ》が寄っている。瞳に内心の驚嘆が映る。ときおり、つぶやき声がもれる。「そいつは驚きだ！」とか、「なんてこった！」とか、「とんでもないな！」――口癖になっている間投詞だ。数分間にわたったマーカムとの会話をしめくくる言葉からは、彼が奇妙な興奮状態にあるのがはっきりとわかった。

「そいつはぜひとも願いたい。歴史に紛れたメナンドロスの喜劇なんか、どうでもいい。……尋常じゃないな。……すぐにしたくをするよ。……じゃ、のちほど《オー・ルヴオアール》」

受話器を置くと、ベルを鳴らしてカーリを呼んだ。

「グレーのツイードの服と、地味なネクタイに黒のホンブルグ・ハット（狭いつばが両側でややそり上がり、山の中央がへこんだフエルト帽）を頼む」そう言うと彼は、心ここにあらずといったようすで、またオムレツに向かった。

だがしばらくすると、からかうような目を私に向けた。

「ヴァンス、アーチェリーのことを何か知ってるかい？」

的に矢を射ることだというほかは、何も知らないな、と私は白状した。

「きみに訊いたってしかたないか」ヴァンスはレジー煙草（ヴァンスが特注でつくらせているトルコ煙草）を取って、ものうげに火をつけた。「だがね、これはどうやらアーチェリーに関係がありそうな事件なんだ。

ぼく自身、その方面じゃたいした権威でもないが、オックスフォード時代に、ちょっとは弓をいじくった。のめり込むほどおもしろい遊びでもない。ゴルフなんかよりずっと退屈で、そのくせ、ややこしさにかけては負けちゃいないんだから」そう言うと、ひとしきり夢想にふけるように煙をくゆらせた。「ねえ、ヴァン、書庫からドクター・エルマーのアーチェリーの本を取ってきてくれないか――あれにはなかなかおもしろい話があるんだ[3]」

　私がその本を取ってきてやると、たっぷり三十分間、ヴァンスは本に首をつっこんで、アーチェリー協会だのトーナメント方式だのという章について丹念に読んでいったり、長ったらしい全米最高記録の表を調べたりしていた。ようやくそれを終えると、椅子の背にもたれかかった。きっと、気にかかってしかたがないことや、鋭敏な知性を衝き動かす何ごとかを発見したに違いない。

「まったく、頭がおかしいとしか思えんよ、ヴァン」と、ヴァンスは視線を宙に泳がせた。「現代のニューヨークに、中世の惨劇だ！　ぼくらはバスキン（古代ギリシャやローマの半長靴）や革の胴着を身につけているわけじゃないというのに。しかも――いやはや」ヴァンスは急に背筋をぴんと伸ばした。「いや――まさかね！　馬鹿げてる。マーカムの話の毒気にあてられそうだ……」彼はコーヒーをまた少し飲んだが、その表情からは、いったん取りついた考えを振り払えないでいることが伝わってきた。

「もうひとつ頼みがあるんだ、ヴァン」彼がやっと口を開いた。「ぼくのドイツ語の辞書と、バートン・E・スティーヴンスンの『家庭詩歌集』を取ってきてほしいんだ」

言われた本を持ってくると、辞書でひとつの単語を引いてから、それをかたわらに押しやった。

「これで決まりだな、残念ながら――とっくにわかってはいたが」

次には、子守歌や童謡を集めた、スティーヴンスンの一大アンソロジーの一節に目をやった。しばらくしてその本もまた閉じると、椅子に長々と身体を伸ばして仰向けになり、顔の上に細長い煙のリボンをたなびかせた。

「そんなはずはない」ヴァンスは自分に言い聞かせるかのように言った。「あまりに途方もない。残忍すぎるし、どこまでもゆがみすぎてる。血塗られたおとぎ話――歪像《わいぞう》の世界――あらゆる合理性の倒錯……。考えられない。意味をなさない。黒魔術や妖術やまじないみたいだ。まったく、正気の沙汰とは思えない」

腕時計をちらっと見て立ち上がると、ヴァンスは屋内に入ってしまった。取り残された私はひとり、彼がいつになくこんなに取り乱している原因について、ぼんやりと考えていた。アーチェリーの論文、ドイツ語の辞書、童謡全集、倒錯とか途方もない考えとかいうヴァンスの不可解な言葉――こういうもののあいだに、どんな脈絡があるというのか？　せめて共通の分母を見つけようとしたが、手も足も出なかった。それも無理のないことだ。何週間もたってから、動かぬ証拠がそろって真相が明らかになったときですら、想像を絶したあまりの邪悪さに、それは普通の人間の精神では受け入れられないほどだと思えたのだから。

不毛な考えをもてあそんでいる私の前に、ほどなくしてヴァンスが姿を現わした。外出のしたくをすませ、マーカムがなかなか到着しないのにいらいらしているようだ。

「ヴァン、きみも知ってのとおり、ぼくは何か興味をひかれるようなことを待ち望んでいた――たとえば、難解で魅力のある犯罪とかね。ところがだ！――悪夢なんか望んでいたわけじゃ絶対にない。もしマーカムのことをよく知らなかったら、かつがれてると思ったことだろうが」

しばらくしてマーカムがルーフ・バルコニーに入ってくると、彼が大まじめなのが、わかりすぎるほどよくわかった。表情が憂鬱《ゆううつ》そうに曇り、いつも機嫌よくあいさつする彼が、そっけないかたちばかりのあいさつしかしない。マーカムとヴァンスは十五年来の親しい友人どうしだ。かたやあくまで行動的でぶっきらぼう、直截《ちよくせつ》的で重苦しいと言っていいほどまじめ、かたや気まぐれで皮肉っぽく快活で、世俗的なことには超然としている、という対照的な性質にもかかわらず、互いに相手の性質の自分にはないところに魅力を感じる。これが友情を壊さずに長続きさせるもとになっていた。

マーカムがニューヨークの地方検事になって一年と四カ月、彼はよくヴァンスを訪ねては、重要事件についての相談をもちかけ、そのたびにヴァンスは、自分の判断に寄せるマーカムの信頼を裏切らなかった。実際のところ、マーカムが公職にあった四年間に起きた主な犯罪の大部分を解決したのは、ヴァンスだと言っていいくらいだ。人間の本質についての知識、幅広い読書量と高い教養、鋭敏な論理感覚、誤解を誘う外面の下に潜む真実をかぎつける嗅覚などのすべてが、犯罪捜査という仕事に、つまりマーカムの管轄となったさまざまな事件でヴァンスが非公式に遂行した仕事に、うってつけだったのだ。

　ヴァンスが最初に手がけたのは、忘れられることはないだろう、あのアルヴィン・ベンスンの殺人に関わる事件だった[4]。もし彼が捜査に加わらなかったとしたら、事件にまつわる真相ははたして明らかになっただろうか。それに続いて、あの有名なマーガレット・オウデル絞殺事件が起きた[5]――この殺人事件の謎は、通常の警察捜査の手法では解明できなかったことだろう。また、昨年、ヴァンスが犯人の最終的な意図をくじくことができなかったとしたら、あの度胆を抜くようなグリーン家連続殺人事件（これにはすでに言及したが）はまだ終わっていなかったに違いない。

　そういうわけで、僧正殺人事件のそもそもの始まりから、マーカムがヴァンスに相談をもちかけたとしても意外ではなかった。どうやらマーカムは、犯罪捜査に他人の助力をますますあてにするようになってきている。そして、今度の場合、ヴァンスに訴えたことはとりわけ幸運だった。ヴァンスのような、異常な人間心理の表われに知識の深い者でなくしては、陰険で非道なあの策略に対抗し、悪人をあばくことはできなかっただろう。

「こいつは、ひょっとしてくだらない事件かもしれない」というマーカムの言葉には、説得力がなかった。「だが、きみもいっしょに来たいかもしれんと思ったんでね……」

「ああ、もちろんさ！」ヴァンスはマーカムを冷やかすように笑ってみせた。「まあ、ちょっと座って、筋道を立てて話を聞かせてくれないか。死体は逃げやしないさ。それに、現場を見る前に、事実をある程度整理しておくのがいちばんだ。たとえば、さしあたっての関係者にはどんな人物がいる？　それから、被害者が死亡して一時間とたたないうちに検事局が殺人事件に首をつっこむことになったのは、どういうわけだ？　これまできみから聞かされたことといったら、まるっきりのたわごと《ナンセンス》にしか聞こえないぜ」

マーカムは暗い顔で椅子の縁に腰かけて、自分の葉巻の先を見つめている。

「よせよ、ヴァンス！　『ユードルフォー城の謎』(i)ふうの態度で取りかからんでくれ。この犯罪は——もし犯罪ならばだがね——輪郭がすごくはっきりしてるんだ。殺しかたが異常だってことは、まあ認めよう。だがね、まるで意味をなさない《センスレス》ってわけでもない。アーチェリーは近ごろえらくはやってきてる。弓と矢は、今やアメリカのどこの町だろうとどこの大学だろうと、たいてい使われてるんだぜ」

「なるほどそうだろう。だが、ロビンという名前の相手を殺すのに使われてからは、ずいぶんたっている」

マーカムは目を細めて、探るようにヴァンスを見た。

「きみもそれを思いついたんだな？」

「思いついただって？　きみが被害者の名前を口にしたと同時に、頭に飛び込んできたのさ」

ヴァンスは、しばらく煙草をくゆらせていた。「『だあれが殺したコック・ロビン？』だ。しかも、弓と矢で！……子どものときに覚えたくだらん歌をいつまでも忘れずにいるなんて、妙なもんだな。——ところで、気の毒なミスター・ロビンのファースト・ネームは？」

「確か、ジョーゼフだ」

「啓発も暗示もなし、か。……ミドル・ネームは？」

「おいおい、ヴァンス！」マーカムは苛立《いらだ》たしげに立ち上がった。「殺された男のミドル・ネームに、事件とどんな関係がある？」

「頭をやられちまったわけじゃない。ただ、おかしくなるんだったら、とことんまでおかしくなることだな。正気がかけらだけあったって、何にもならないさ」

ヴァンスはカーリを呼んで、電話帳を取りに行かせた。マーカムはぶつくさ言っていたが、聞こえないふりをしたまま、届いた電話帳をしばらくめくっていた。

「死んだ男は、リヴァーサイド・ドライヴに住んでいたのかい？」ヴァンスが口を開いた。見つけた名前の上に指を置いている。

「そうだったと思う」

「そうか、そうか」ヴァンスは電話帳を閉じ、勝ち誇ったまなざしで、からかうように地方検事を見据えた。

「マーカム」ゆっくりした口調だ。「電話帳にジョーゼフ・ロビンはひとりしか載っていない。住所はリヴァーサイド・ドライヴ、ミドル・ネームは――コクレーンだ！」

「それがどうした？」マーカムの口調は怒気を含んでいる。「その男の名前がコクレーンだっ、たとしようじゃないか。それが、彼が殺されたことと関係があるとでも、本気で言ってるのか？」

「おいおい、ぼくは何も言っちゃいないよ」ヴァンスはわずかに肩をすくめた。「いわゆる、この事件につながりのある事実ってやつを、二、三指摘しているだけじゃないか。今のところはこうだ。ミスター・ジョーゼフ・コクレーン・ロビンが――つまりコック・ロビンが――弓と矢で殺された。法律でこちこちのきみの頭にだって、やけに奇妙に響かないか？」

「いいや！」マーカムはひどくきっぱりと否定した。「そんな名前は、はっきり言ってざらにある。それに、これほど全国でアーチェリーのリバイバル・ブームが起きているんだから、死者や負傷者がもっとたくさん出ないのが驚きなくらいだね。もっと言うと、ロビンは事故死だってこともおおいにありうる」

「いやいや」ヴァンスは、たしなめるように首を振った。「もしそのとおりだったとしてもだよ、その事実が状況を打開してくれることにはならない。ますます奇妙に思えるだけだ。このうるわしのアメリカで今、アーチェリーに熱中してる何千人ものうちで、コック・ロビンという名のひとりが偶然にも矢で射殺されたって！　それじゃ、心霊学だか悪霊学だか知らんが、そういう方面にいってしまうぜ。ひょっとして、エブリス（イスラムの悪魔）だのアザゼル（古代ヘブライの悪霊）だのジン（イスラム神話の霊鬼）なんていう、人間に悪魔的ないたずらをしかけるものたちを信じてるのかい？」

「偶然を認めるには、イスラム教の神学者でなくちゃならんとでも？」マーカムは辛辣《しんらつ》に言葉を返した。

「おやおや、きみ！　かの有名な〝偶然の長い腕〟（「おおいなる偶然の一致」の意味）も、無限に伸びやしないさ。最終的には、きわめて明確な数学の公式に基づく蓋然《がいぜん》性の法則というものがある。ラプラ

⑥スヤツーベール（オーストリアの数学者。一八五一―一九二五）、フォン・クリース（ドイツの生理学者、論理学者。一八五三―一九二八）みたいな人たちの生涯は無駄だったのかと考えると、悲しくなるよ。いずれにせよ、現在の状況はきみが考えているよりずっと込み入っている。たとえば、電話で聞いた話だと、死ぬ前のロビンといっしょにいた最後の人間は、スパーリングという名前だというじゃないか」

「それにも隠れた意味があると？」

「スパーリング、つまりドイツ語でシュペルリンクといったらどういう意味か、知っているだろう？」と、ヴァンスはほがらかに言った。

「ぼくも高校ぐらいは行ったぜ」マーカムはやり返したが、次の瞬間、その目がわずかに見開かれ、身体が緊張した。

ヴァンスは、ドイツ語の辞書をマーカムのほうに押しやった。

「まあ、とにかく、その言葉を調べてみたまえ。念を入れることだ。ぼくも調べた。想像力の産物かもしれないと気になったんで、白い紙に黒々と印刷されたその言葉を見ないではいられなくてね」

マーカムは黙って辞書を開き、ページに目を走らせた。その言葉をまじまじと見たあと、呪文を振りほどこうとでもするようにぴんと背筋を伸ばした。開いた口をついて出る声は、けんかでもしかけるような勢いだった。

「シュペルリンクは〝スズメ〟という意味だ。高校生なら誰だって知ってる。それがどうした？」

「ああ、いかにも」ヴァンスは、のろのろと新しい煙草に火をつけた。「そして、高校生なら誰だって、『駒鳥《コック・ロビン》の死と埋葬を悼《いた》む挽歌』[ii]という古い童謡を知っている。そうだろう？」ヴァンスは、じらすようにマーカムに視線を投げた。マーカムは、身じろぎもせずに立って春の陽光を見つめている。「あの、子どもにとっての古典をよく知らないというふりをするんなら、最初の一節を暗唱してやるよ」

ヴァンスがその耳慣れた古い歌詞を繰り返したとき、まるで目に見えない幽霊がいるような寒気が私を襲った。

だあれが殺したコック・ロビン？
「それは私」とスズメが言った――
「私の弓と矢でもって
コック・ロビンを殺したの」

## 2　アーチェリー練習場にて

四月二日（土曜日）午後零時三十分

マーカムはゆっくりと視線をヴァンスに戻した。

「まさかそんな……」彼は、とっさには説明のつかない恐ろしいものに直面した者のような言いかたをした。

「いやいや」ヴァンスは快活に手を振った。「こいつは単なる盗作さ。初めからそう言ってただろう?」しいて気軽な態度を装うことで、彼は自分でも混乱しそうな感覚を克服しようとしているようだ。「そこでだ、ミスター・ロビンの死を悼む、恋する女性《イナモラータ》も実在するはずだ。覚えてるだろう、あの一節を——」

　だあれが喪主を務めるの?
「それは私」とハトが言った——
「いとしいあの方のため
　私が喪主を務めましょう」

マーカムの頭が痙攣《けいれん》するようにかすかに動き、指は神経質にテーブルをこつこつたたいていた。

「そうだ、そのとおりだよ、ヴァンス！　この事件には女性が存在する。事件の裏に、あるいは嫉妬が潜んでいるかもしれないな」

「おもしろくなってきたじゃないか！　事件はいわば、おとなの幼稚園児向け活人画《タブロー・ヴィヴァン》といったものに発展していくのかもしれん。ただ、そうなればぼくらの仕事はやりやすいがね。ハエを見つけさえすればいいことになる」

「ハエ？」

「ペダンティックに言えば、学名ムスカ・ドメスチカ（イエバエ）さ。……マーカム、忘れたのかい？」

　だあれが彼の死ぬところ見た？
　「それは私」とハエが言った――
　「私のちいさな目でもって
　彼が死ぬとこ見とどけた」

「現実に戻れよ！」マーカムが苦々しげに言った。「子どものゲームじゃないんだ。くそまじめな仕事だぞ」

「子どものゲームが生涯でいちばんまじめな仕事だってこともある」ヴァンスの言葉は夢見るような奇妙な調子を帯びていた。「これは気に入らないな――まったくもって気に入らん。子どもだらけじゃないか――それも、生まれながらにして精神が老いた子どもといった忌まわしさだ」深々と煙草を吸って、ヴァンスはかすかに嫌悪の身ぶりをしてみせた。「詳しく聞かせてくれ。混沌としたこの風景の中で、ぼくらの立っている場所を見つけようじゃないか」

　マーカムがふたたび腰をおろした。

「ぼくもあまり詳しくはわかっていないんだ。この事件で知っていることは、きみへの電話であらかた話してしまった。あの電話の直前に、恩師のディラード教授から電話があって——」

「ディラード？　ひょっとして、バートランド・ディラード教授のことかい？」

「そうだ。惨劇は教授のお宅で起こった。教授を知っているのか？」

「個人的な知り合いじゃあない。科学界の連中が知っているくらいには知っているだけさ——現代の数理物理学者としては屈指の存在だからね。著書はほとんど持っている。教授がきみに電話することになったのは、どういうわけだい？」

「教授とぼくは、二十年来の知り合いなんだ。ぼくはコロンビア大学で教授について数学を勉強した。その後、法律関係の仕事をしてさしあげたこともある。ロビンの死体が発見されるとすぐ、教授はぼくに電話をよこした——十一時半ごろだ。ぼくは殺人課のヒース部長刑事を電話に呼び出して、事件を任せた——教授には、あとでぼく自身もうかがうと言っておいたがね。それからきみに電話したわけだ。部長刑事は部下を連れて、ディラード邸でぼくを待っているころだ」

「そこの家庭の事情はどんなものなんだ？」

「おそらくきみも知ってるだろうが、十年ほど前、教授は教壇を退かれた。以降は、リヴァーサイド・ドライヴ近くの西七十五丁目に暮らしておられる。お兄さんの子を——当時十五歳になったばかりの娘だったな——引きとって、いっしょに住んでるんだ。もう二十五歳くらいになっただろう。それに、ぼくの大学時代のクラスメートでシガード・アーネッソンという愛弟《まなで》子《し》がいる。そいつが大学三年のときに、教授が養子にしたんだ。アーネッソンは今四十歳ぐらい、コロンビア大学で数学を教えている。三歳のときノルウェーからこの国にやってきて、その五年後に孤児になったんだよ。数学の天才みたいなもんで、ディラード教授もきっと将来は偉大な物理学者になる器だと見て、養子にしたんだろう」

「アーネッソンの噂は耳にしてる」ヴァンスがうなずいた。「最近、運動体の電気力学においてミー（ドイツの物理学者。一八六八―一九五七）の理論を修正する論文を発表したね。……それで、三人だけで――ディラード教授、アーネッソン、娘のベルの三人で――暮らしているのかい？」

「使用人がふたりいる。ディラード教授には、生活に困らないだけの収入があるらしい。だが、なかなかどうして、ひっそりした暮らしでもない。あのうちは、まるで数学者たちの総本山みたいなもんで、同人の集会所《セナークル》さながらになっているんだ。そのうえ、娘がアウトドア・スポーツにしょっちゅう出かけてて、そっちでもちょっとした社交仲間をつくってる。何度か訪ねていったことがあるが、必ずお客があったな――上の階の書斎に純粋科学のまじめな学生がいたかと思うと、階下の応接間で若いやつらが騒いでいたり」

「で、ロビンは？」

「ベル・ディラードの仲間――やや年上の上流社会出身の男で、アーチェリーではいくつかの記録保持者だ」

「ああ、そうらしいな。ついさっき、この弓術の本の中で名前を見つけたところだ。ミスター・J・C・ロビンなる人物は、最近の選手権大会でたびたび好成績を収めているらしい。それから、もうひとつ気づいたんだが、ミスター・スパーリングなる人物も、大きなアーチェリー大会でたびたび次点につけている。ミス・ディラードも、やっぱりアーチェリーをやるのか？」

「ああ、そうとうご執心だね。実は、リヴァーサイド・アーチェリー・クラブの発起人なんだ。常設の弓場はスカースデールのスパーリング邸にあるが、ミス・ディラードは教授の七十五丁目の邸《やしき》の側庭《サイドヤード》に練習場をつくってる。ロビンが殺されたのが、その練習場だ」

「そうか！　それで、きみから聞いたように、最後にいっしょにいた人物がスパーリングだったわけだな。そのスズメは今どこだ？」

「わからん。惨劇の直前にはロビンといっしょだったが、死体が見つかったときにはいなかった。その点については、ヒースが新しい情報をつかんでるんじゃないかな」

「きみがちらっと言っていた、動機になるかもしれない嫉妬というのは？」まぶたがものうげに垂れ下がり、けだるそうに煙草をふかしているものの、ヴァンスの言うことにはしっかり筋が通っている――聞かされていることに強く興味をひかれているしるしだ。

「ディラード教授の話では、彼の姪とロビンは親しいということだった。そして、スパーリングとは何者なのか、ディラード邸ではどういう立場なのかと教授に尋ねたら、スパーリングも令嬢を口説いているひとりだとほのめかされたよ。電話でつっこんだことは訊けなかったが、ぼくの印象では、ロビンとスパーリングはライバルで、ロビンのほうが形勢有利だったってところだな」

「そこで、スズメはコック・ロビンを殺しましたとさ、か」ヴァンスは半信半疑で首を振った。

「そんなはずはない。あまりに単純すぎる。コック・ロビンの歌が、凝りに凝ってここまで完璧に再現されていることの説明もつかないし。このグロテスクなしわざには、もっと底知れないものがあるぞ。もっと陰惨で、もっと恐ろしいものがね。——ところで、ロビンを発見したのは？」

「ディラード教授本人だ。家の裏手の小さなバルコニーに出たら、下の練習場にロビンが倒れていた。矢で心臓を貫かれてね。すぐにおりていくと——痛風を患《わずら》っている老体だから、ひどく骨折ってのことだが——もう息がなかったものだから、ぼくに電話した。ぼくが知っているのはこれだけだ」

「まぶしくて目もくらむほどってわけじゃないが、なかなか含みのある話を聞かせてもらったよ」ヴァンスは立ち上がった。「ねえ、マーカム、覚悟したまえよ、そうとう奇怪なものを——忌まわしいものをね。事故とか偶然とかいったことは、きっぱり除外できる。通常の射的用の矢はしなやかな木でできていて、小さくてとがった矢じりがついてる。中ぐらいの重さの弓で射た場合でも、人間の着衣と胸板をやすやすと貫くのは間違いないが、〝スズメ〟という名の男が弓と矢でコクレーン・ロビンという名の男を殺したって事実が、偶然が組み合わさって起きたという仮定をはっきりと退ける。それどころか、とうてい信じられないようなできごとが組み合わさっていることが、この事件全体の裏に悪魔のような巧妙な意図があるという、決定的な証拠だよ」ヴァンスは戸口に向かった。「さあ、もっと何か探そうじゃないか、オーストリア警察が学のあるところをひけらかして、〝シトゥス・クリミニス（犯罪現場）〟と呼んだところでね」

すぐに出かけた私たちは、マーカムの車でアップタウンへ向かった。五番街でセントラル・パークに入り、七十二丁目ゲートを出てほどなく、ウェストエンド・アヴェニューを曲がって七十五丁目へ。ディラード邸は三九一番地だ。右手にあって、そのブロックをずっと先へ行くと川に抜ける。家とリヴァーサイド・ドライヴのあいだには、その一角全体を占める十五階建ての大きなアパートメント・ハウスがあった。教授の家は、まるで守りの盾のようなこの巨大な建物の陰に、身をうずめているのだ。

家は、風雨にさらされて灰色が黒ずんだ石灰岩造り。永続するもの、慰安をもたらすものとして住まいが築かれた時代の建物だ。敷地の間口は三十五フィート、家自体はそのうちのたっぷり二十五フィートの幅を占めていて、敷地の残り十フィートはアパートメント・ハウスの建物とのあいだを隔てる路地《アレイ》になっている。七十五丁目との境には、まん中に大きな鉄扉のついた高さ十フィートの石塀がある。

建築様式は、コロニアル風のバリエーションだ。段差のあまりない短い階段が、七十五丁目の通りから玄関ポーチまで続いていて、ポーチは煉瓦で細く縁どられ、四本の白いコリント式の柱に飾られている。二階には、長方形のすりガラスをはめた観音開きの窓が、家の幅いっぱいに並んでいる(書斎の窓だということが、のちにわかった)。全体に、どことなく閑静な、ひどく古風な感じだ。薄気味悪い殺人の舞台になったとは思えない。

乗りつけた入り口付近に警察の車が二台止めてあり、通りには物見高い野次馬が十数人群がっていた。巡査がひとり、玄関ポーチの細長い柱に寄りかかって、うんざりと見下すように目の前の人だかりを眺めている。

年とった執事が私たちを迎え、玄関ホールの左手の応接間に通してくれた。殺人課のアーネスト・ヒース部長刑事ほか、ふたりの部下がいた。中央の大テーブルのそばに立ち、両手の親指をベストの脇口につっこんで紫煙をくゆらせていた部長刑事が、進み出て片手を差し出し、親しげにマーカムを迎えた。

「どうも、おいでいただきまして」と、部長刑事。冷静な青い目に宿った不安の色が、少しやわらいだかに見える。「お待ちしていました。この事件、どうにもうさんくさいところがありましてね」

後ろに控えているヴァンスに気づくと、がさつでけんかっぱやい感じのヒースの顔が、破顔一笑、いかにも人なつっこそうになった。

「やあ、ヴァンスさん。ひそかに考えてたんですよ、あなたがきっとこの事件におびき寄せられるだろうって。お久しぶりですが、どうしておられました?」部長刑事のすっかり気を許したこの態度。ベンスン事件でヴァンスに初めて会った彼が見せた敵意と、比べてみないではいられなかった。しかし、殺されたアルヴィンの派手な居間での初対面は、すっかり過ぎたこととなった。ヒースとヴァンスのあいだには、互いを尊重し、それぞれの能力を率直に賞賛するところから、微笑ましい親愛の情がはぐくまれてきている。

ヴァンスが手を差し伸べ、にっこり口の両端を持ち上げた。

「実を言うとね、部長、戯曲作家フィレモンの好敵手だった、メナンドロスなるアテネ人の忘れられてしまった栄誉を発掘するべく、奮闘してたのさ。酔狂だろ?」

ヒースはまともに取りあわなかった。

「まあ、いずれにせよ、そっち方面でも犯人をあげるときと同じ手ぎわを発揮なさりゃ、きっと成功なさるでしょうよ」彼の口からお世辞を聞くのは初めてだ。ヴァンスに対する心の底からの賞賛の念のみならず、彼自身の胸にある困惑と不安を裏付けるものだった。

マーカムは部長刑事の心の動揺を感じ取って、いくぶん唐突な質問に及んだ。「目下のこの事件、何が難しそうなのかね?」

「難しいと言ったわけじゃありません。やったやつ《バード》は取り押さえたも同然に思える。ところが、どうも腑に落ちない――くそっ! マーカムさん……こいつは普通じゃないですぜ。筋が通らない」

「言いたいことはわかるような気がする」マーカムは部長刑事を値踏みするように眺めた。「スパーリングがやったように思えるんだろ?」

「絶対です、やつですよ」ヒースは大げさなくらいに断言した。「だが、気にかかるのはそのことじゃない。正直に言いますがね、殺《や》られたこの男の名前が気に入らんのです――そのうえ、弓と矢で殺られたときたら……」ちょっと恥ずかしそうに言葉を濁した。「へんに思われませんか?」

マーカムはうろたえたようにうなずいた。

「どうやら、きみも童謡を思い出したらしいな」そう言うと顔をそむけた。

ヴァンスが、いたずらっぽい目つきでヒースを見た。

「今、ミスター・スパーリングのことを〝鳥《バード》〟と言ったね、部長刑事。そのものずばりだ。スパーリング、つまりドイツ語のシュペルリンクはねえ、スズメって意味なんだよ。そして、覚えてるだろ、スズメなんだよ、コック・ロビンを弓と矢で殺したのは……。おもしろい趣向じゃないか——え、どうだい？」

部長刑事ははっと目を見開き、口をぽかんと開けた。ほとんど滑稽《こっけい》と言っていいほどたじろいで、ヴァンスを凝視している。

「だからこいつはうさんくさい《フィッシー》って言ったんだ！」

「魚くさい《フィッシー》というより、鳥くさい《エイヴィアン》ってとこじゃないかね」

「どうなりとお好きなように言ってくださいよ、どうせ誰にも理解できゃしません」ヒースがにべもなく言ってのけた。説明できないことにぶつかると好戦的になるきらいがあるのだ。

マーカムが、取りなすように割って入った。

「事件のことを詳しく聞こうじゃないか、部長。この家の人間を尋問したんだろうね」

「ざっとですがね」ヒースは、片脚を大テーブルの角にのせて、消えてしまった葉巻に火をつけ直した。「おみえになるのを待っていたんですよ。二階にいらっしゃるあの老紳士とお知り合いだってことでしたから。それで、通りいっぺんのことだけ。現地の路地に部下をひとりつけて、ドク・ドリーマスが見えるまで誰も死体にさわらないよう見張らせています。(1) 先生は、昼食をすませていらっしゃることになってまして。署を出る前に指紋係に電話しておいたんで、もうそろそろ作業に取りかかるはずです。それでどうなるものか、わかりませんがね……」

「矢を射た弓は？」ヴァンスが口をはさんだ。

「重要証拠のひとつだったんですがねえ。ディラード教授が、路地で拾って家に持って入ったとおっしゃいましてね。指紋が残ってたとしても、たぶんめちゃくちゃにされているでしょう」

「スパーリングのほうは？」とマーカム。

「住所は割れてます。ウェストチェスター・ウェイのカントリー・ハウスに住んでるんで、部下を二、三人やって、とっつかまえしだいここへ連行するように言ってあります。それから、使用人ふたりと話をしました。あなた方を案内したじいさんと、その娘の、料理人の中年女です。だが、どちらも何も知らないらしい。あるいは、猫をかぶってるのかもしれませんがね。そのあとで、こちらのお若い令嬢を尋問しようとしたんですが」部長刑事は両手を挙げて、処置なしといったふうに苛立たしげなかっこうをした。「すっかり取り乱して、泣いてばかりなんです。だもんで、ご令嬢に話を聞くって楽しいお役目は、あなたにお任せしようと思いましてね。このスニトキンとバークが――」部長刑事は、正面の窓のところにいるふたりの刑事に向かって親指を突き出した「――地階と路地と裏庭を調べてみましたが、無駄骨でした。今のところ、それだけです。ドリーマスや指紋係がやってきさえすりゃ、それに、スパーリングに口を割らせりゃ、ボールがころがり出して目鼻がつくんでしょうが」

　ヴァンスが聞こえよがしにため息をついた。

「甘いね、部長！　ボールが平行六面体になってころがらなくなってしまっても、しょげないでくれよ。この童謡狂想曲には、何かしら途方もなく奇怪なところがある。ぼくの不吉な予感がことごとくはずれないかぎり、きみは今に、ずうっと目隠しオニをさせられたままってことになるだろう」

「へえ？」ヒースは、毒気を抜かれたようだが抜け目のない目でヴァンスを見た。程度の差はあれ、意見を同じくしているのが明らかにわかる。

「ヴァンス君に脅かされるなよ、部長」とマーカム。「空想をたくましくしてるんだからね」

彼は落ち着かなげなそぶりでドアのほうを向いた。「ほかの者たちが来るまでに、現場を見ておこうじゃないか。ディラード教授やほかの家族には、あとで話をするよ。ああ、そういえば部長、ミスター・アーネッソンの話が出なかったね。いないのかい？」

「大学です。でも、じき戻られるでしょう」

マーカムはうなずいて、部長刑事のあとから玄関ホールに出た。ぶ厚い絨毯を敷いた廊下を抜けて裏口に出ようとしたとき、階段にもの音がして、上のほうの薄暗がりから、澄んだ中にもいくらか震えを帯びた女性の声が聞こえてきた。

「マーカムさん？　叔父が、お声がしたようだと申しますので。書斎でお待ちしておりますわ」

「もう少ししたらまいります、ミス・ディラード」マーカムはいたわりと同情のこもった口調で言った。「いっしょにお待ちいただけますか、あなたにもお目にかかりたい」

　承知しましたとつぶやくように答えると、娘は階段の上を曲がって姿を消した。

私たちは、一階ホール裏口のドアへ向かった。その向こうに狭い廊下があり、地階におりる木造の階段に続いている。階段をおりたところは天井の低い広い部屋で、家の西側路地にすぐ出られるドアがあった。このドアが細めに開いて、開いたところに、ヒースが死体の見張りに配置した殺人課の刑事が立っていた。

この部屋はどうやら、もとは地階倉庫だったらしい。ただし、きれいに改装されて、今ではクラブ・ルームのようなものになっている。コンクリート床に敷きつめた織物のラグ。一方の壁いちめんに描かれた各時代の射手の姿を通覧するパノラマ。左にある長方形のパネルには、『フィンスベリー射手団の的場――ロンドン、一五九四年』という、アーチェリー練習場の光景を描いた巨大な複製画。絵のかたすみにブラディ・ホウス・リッジ、中央にウェストミンスター・ホール、前景にはウェルシュ・ホールが描かれてある。部屋にはピアノと蓄音機もあった。かけ心地のよさそうなたくさんの籐《とう》椅子と、さまざまな色模様の長椅子がひとつ、ありとあらゆるスポーツ雑誌がとりちらかった籐の中央テーブル、アーチェリー関係書でぎっしりの小型の本棚。部屋のすみに標的がいくつか寄せ置かれ、ふたつの裏窓から注ぐ日の光に、金色の円盤や彩色された同心円の輪がいろどり豊かに輝きを放っている。ドア近くの壁面には、さまざまなサイズや重さの長弓が掛かっている。そのそばに、大型の古風な道具箱。道具箱の上に、小さな吊り戸棚のようなものがあって、籠手《こて》、射手用手袋、矢じり、弦など、種々雑多なものが無造作に入れてある。ドアと西側の窓のあいだにある大きな樫材のパネルには、見たこともないような珍しい、種類豊富な矢のコレクションが展示されていた。

このパネルにヴァンスはことのほか興味をひかれ、片眼鏡を注意深くかけ直してゆっくりと近づいていった。

「狩猟用や戦場用の矢だな。非常に珍しい……。おや、記念品がひとつなくなっているようだ。ひどくあわててはずしたんだな。掛けていた小さな真鍮《しんちゅう》の釘が完全に曲がっている」

床に、射的用の矢をいっぱいに差した矢壺がいくつか立っている。ヴァンスは、かがんで一本抜き出し、マーカムに差し出した。

「こんなに弱い矢が、人間の胸を射抜くようには見えないな。だが射的用の矢でも、八十ヤード離れたところにいる鹿をしとめられる……。なのに、パネルから狩猟用の矢がなくなっているのは、なぜだろう？　興味深い」

マーカムは眉をしかめ、唇を固く結んだ。この惨事は事故ではないかという、かすかな望みを捨て切れないでいたのだ。彼は肩を落として矢を椅子の上に放り出すと、戸外へのドアに向かった。

「死体と、現場のようすを見よう」彼はぶっきらぼうに言った。

暖かい春の日ざしの中に出ていくと、私は孤独感に襲われた。立っている狭い石畳の路地は、そそり立つ石塀のはざまの谷間のようだ。通りの地面から四、五フィート低く、塀の門に至る低い階段がある。向かいのアパートメント・ハウスの背にあたる窓ひとつない白い壁は、高さ百五十フィートはありそうだ。ディラード邸のほうは四階建てながら、現代の建築尺度にすると六階分ほどの高さがある。ニューヨークのどまん中で戸外に立っているというのに、ディラード邸の側面にいくつかある窓と、七十六丁目に面してディラード邸の敷地と裏庭で接する家の張り出し窓《ベイ・ウィンドウ》ただひとつを除いては、どこからも見られないのだ。

このもう一軒はミセス・ドラッカーという人の所有だと、まもなくわかった。そして、この家がロビン殺人事件の解明に決定的にして悲劇的な役割を演じる運命にあったのだ。背の高い柳の木々が、その裏窓の目隠しになっている。側面にある張り出し窓からだけ、路地の私たちの立っている場所が見通せた。

ヴァンスは、この張り出し窓に目をやっていた。じっと見つめるその顔に、興味のひらめきがよぎった。何がヴァンスの心をとらえて離さなかったのか推察できたのは、その日の午後も遅くなったときのことだ。

アーチェリー練習場は、七十五丁目のディラード邸の塀から、七十六丁目のドラッカー邸と通りを隔てる同じような塀まで延び、ドラッカー邸側の塀ぎわの浅い砂場には、干草を束ねた垜《あずち》（的を掛ける場所）が築かれている。ふたつの塀のあいだは、二百フィート。あとになってわかったが、それだけの距離があれば、男子ダブル・ヨーク・ラウンド以外、標準的なアーチェリー競技種目なら何でも射的練習のできる、六十ヤード練習場となる。

ディラード家の敷地は奥行き百三十五フィート、ドラッカー家の敷地の奥行きは六十五フィート。両家の裏庭の境にある高い鉄柵の、今アーチェリー練習場に使われているスペースを横切って延びていた部分が、取り払われている。練習場の向こうの端に、ドラッカー家の敷地の西側境界線に背を向けて、もうひとつの大きなアパートメント・ハウスが、七十六丁目とリヴァーサイド・ドライヴの交差する角を占めている。圧倒されるような大きさのふたつの建物のあいだには狭い路地があって、練習場にぶつかるところが高い板塀でふさがれている。塀の小さな扉には鍵がかかっていた。

わかりやすくするため、この記録の中に全体の見取図を挿入しておく。地形上、建築上のさまざまな細部の配列が、この犯罪の解明には非常に重要な意味をもっているからだ。以下の点には特に注意していただきたい。——第一に、アーチェリー練習場の上部にやや張り出した、ディラード邸裏手の二階のバルコニー。第二に、ドラッカー邸の（二階にある）張り出し窓。この南側角から七十五丁目方向に、練習場全体が見渡せる。第三に、リヴァーサイド・ドライヴからディラード邸裏庭に通じる、ふたつのアパートメント・ハウスにはさまれた路地。

ロビンの死体は、アーチェリー・ルームのドアのすぐ外に横たわっていた。背中を下に両腕を伸ばし、両脚をやや引き上げたかっこうで、頭は練習場の七十六丁目側に向いていた。ロビンはおそらく三十五歳くらいだろう。中背で、肥満の兆候がある。まるまると太った顔にブロンドの口髭《くちひげ》を細く残して、きれいに剃りあげている。明るいグレーのフランネル地のスポーツ服上下に、ペール・ブルーの絹のシャツ、厚いゴム底の黄褐色のオックスフォード・シューズを身につけている。帽子が——パール・カラーのフェルト地の中折れ帽《フェドーラ》だ——足もとにころがっていた。

死体のかたわらに大きな血だまりが、指さした巨大な手の形に凝固している。だが、そこにいる全員をぞっとするような恐怖に陥れたのは、死んだ男の胸に垂直に屹立《きつりつ》する細い矢だった。

ひょっとすると二十インチも突き出しているのではなかろうか。身体に突き刺さった部分から広がった、黒い血のしみ。この奇妙な殺人事件に、なおさら不釣り合いに思えるのは、矢を美しく飾る羽毛だった。真紅に染められている。シャフトのまわりにぐるりとターコイズ・ブルーの線がふたすじ——この矢に豪奢《ごうしゃ》な趣を添えている。子ども向け野外演劇の一場面を見せられているのではあるまいか。この惨劇が現実のものであるとは、どうしても思えないのだった。

ヴァンスは目を細め、両手を上着のポケットにつっこんで死体を見おろしていた。一見のんびりした態度ながら、内心では鋭く気を配り、目の前にある光景のさまざまな要素を整理統合するのに忙しいのだ。

「何とも妙だな、この矢は。大型動物の狩猟用じゃないか……。さっき見た、民俗学的陳列品の中のひとつに違いない。しかも、一発で命中だ——肋骨《ろっこつ》のあいだの急所をずばり突いている。寸分たがわずに。驚きだ……。ねえ、マーカム、これほどの腕前は、人間わざじゃないぞ。まぐれ当たりならこんなこともあるかもしれないが、この伊達《だて》男を殺したのは、偶然をあてにするようなやつじゃない。この強力な狩猟用の矢は、間違いなくあの部屋のパネルからもぎとったもので、計画的犯罪であって、意図的にこうしたことを示す——」ヴァンスは不意に死体の上にかがみ込んだ。「おや、こいつはおもしろい。矢筈《やはず》が壊れてるじゃないか——これじゃ、ぴんと張った弦につがえることだってできそうにない」ヴァンスはヒースのほうに振り向いた。「なあ、部長、ディラード教授は弓をどこで見つけたって？　あのクラブ・ルームの窓からそう遠いところじゃあるまい？」

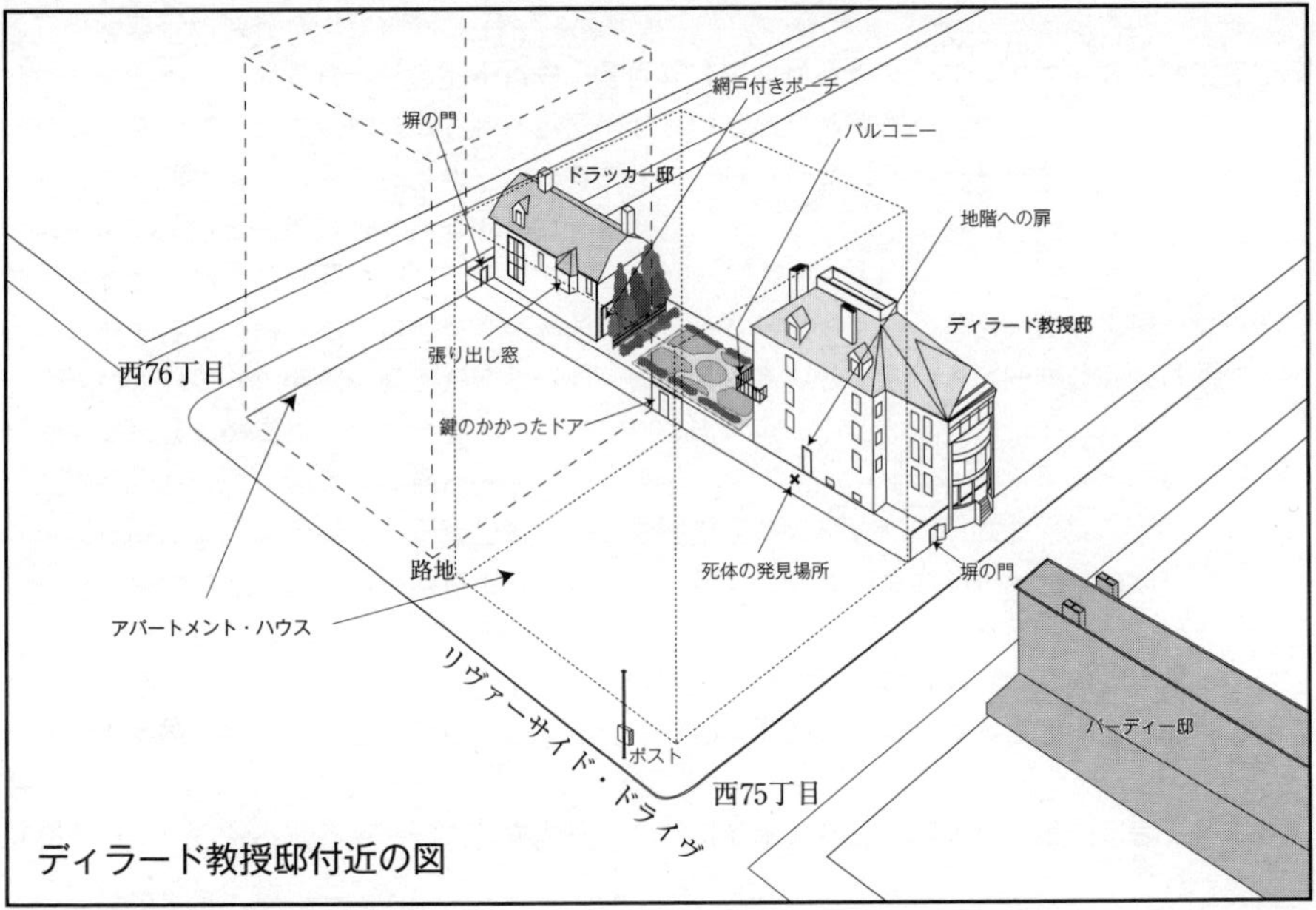


ディラード教授邸付近の図

ヒースは身体を乗り出した。

「確かに、窓のすぐ外ですよ。指紋係が来るまではと思って、今はピアノの上に置いてあります」

「どうせ教授の手形がついているだけっておちだろう」ヴァンスはシガレット・ケースを開けて、煙草をもう一本取り出した。「それに、この矢にも指紋は残っていないと思うね」

ヒースがいぶかしげにヴァンスを凝視した。

「ヴァンスさん、弓が窓のそばにあったとお考えになったのはなぜです？」

「ミスター・ロビンの死体の位置から、それが論理的だと思ったんでね」

「至近距離から射たという意味ですか？」

ヴァンスは首を振った。

「そうじゃないよ、部長。ぼくが言わんとするのは、死体の足が七十五丁目のほうに向き、おまけに腕を伸ばしているのに脚が持ち上がっているってことだ。これが心臓を射抜かれた男の倒れかただっていうのかい？」

ヒースは、この指摘について考えていた。

「まったくですな。もがいて、もっと身体がちぢこまっているもんですよね。それでなくとも、仰向けに倒れたんなら、脚はまっすぐで腕をひっこめているはずだ」

「そのとおり。おまけに、あの帽子だよ。仰向けに倒れたのなら、足もとじゃなくて死体の後ろにあるはずだな」

「おいおい、ヴァンス」と、マーカム。「いったい何を考えてる?」

「なに、いろいろとね。しかしだな、あらゆる事実をつめていくと、これまたとんでもない不合理な結論に導かれる。つまり、この死んだ紳士は、絶対に弓と矢で殺されたのではない、と」

「じゃあ、どうして、こんなとんでもない——」

「ごもっとも。どうしてまた、どう見ても頭がいかれてるとしか思えない、こんな手のこんだ舞台装置を仕組んだのか。——ねえ、マーカム、この事件、どう考えても薄気味悪いぜ」

ヴァンスの話の途中で地階のドアが開くと、バーク刑事に案内されたドリーマス医師が、元気いっぱい練習場に乗り込んできた。愛想よく会釈して、ひとわたりみんなと握手をかわした。それから、ヒース部長刑事に不満たっぷりの目を向けた。

「おい、部長」医師は柄が悪く見えるような角度に帽子をひっぱりおろし、文句を言った。

「一日二十四時間のうち三時間しか食事の時間がないんだぜ。それなのに、よりにもよってその三時間をねらってべらぼうな死体を持ち込まれて、いたぶられてばっかりだ。きみのおかげで、胃袋がだいなしだぞ」ドリーマスはすねた目で部長刑事を探るように見たが、ロビンに気づくと驚いたように口笛を鳴らした。「これはこれは、今度はまた、とんだ風変わりな死体を見つけてくれたもんだ」

医師は膝をついて、慣れた手つきで死体をあれこれ調べはじめた。

しばらく立って眺めていたマーカムが、ヒースのほうにさっと振り向いた。

「部長、ドクターが検屍しているあいだに、二階でディラード教授と話してくる」と言うと、ドリーマスにも声をかけた。「ドクター、引き揚げる前にもう一度お会いしたいんだが」
「承知しました」ドリーマスはちらりとも振り返らなかった。死体をひっくり返して、頭蓋骨の基部を調べていたのだ。

## 3　よみがえる予言

四月二日（土曜日）午後一時三十分

私たちが玄関ホールに行くと、本署指紋係のデューボイス警部とベラミー刑事が到着したところだった。待ちかまえていたらしいスニトキン刑事が、すぐにふたりを地階への階段に連れていき、マーカム、ヴァンス、私の三人は二階へあがった。

書斎は、奥行きが少なくとも二十フィート、間口が建物の幅いっぱいを占める、広々とした贅沢な部屋だった。入り口から見た両側の壁には天井までの大きな作りつけの書棚が並び、西側の中央には、どっしりした青銅のフランス第一帝政《アンピール》様式暖炉。入り口付近にジェイムズ一世時代風の凝ったサイドボードがしつらえられ、その向かい側、七十五丁目に面した窓のそばには、彫刻をほどこしたとてつもなく大きなテーブル・デスクが据えられて、机上に書類や冊子が無造作に散らばっている。部屋じゅう、珍しい美術骨董品《オブジェダール》だらけだ。暖炉の横木の両側の壁掛けパネルからは、対になったデューラーの絵が私たちを見おろしている。椅子はどれもみなゆったりしたもので、地味な革張りだった。

ディラード教授は、片脚を房飾りのついた小さな足乗せ台《オットマン》にのせてデスクの前に座っていた。部屋のすみの窓ぎわには、手足を伸ばして腰かけられるような肘掛け椅子に身体をちぢこまらせて、教授の姪が座っている。活発そうな、身だしなみに一分《いちぶ》のすきもない娘で、彫りの深い品のあるしっかりした顔だちだ。老教授は立ち上がって私たちを迎えることもせず、非礼を詫びもしなかった。身体が不自由なことを当然わかってもらえているものと思っているらしい。紹介はおざなりなものだったが、ともかくマーカムは、ヴァンスと私が同席することを簡単に説明した。

「遺憾なことだよ、「マーカム」私たちが腰を落ち着けると教授が口を開いた。「惨劇が、こうしてきみと会う理由になろうとは。しかし、いつもながらきみに会うのはうれしい。――ベルとわしとを尋問したいんだろう。何でも訊いてもらってかまわんよ」

バートランド・ディラード教授は六十代だが、座りきりのことが多い学究生活から、心もち腰が曲がっている。顔をきれいに剃りあげ、見るからに寸の詰まって幅広の頭にオールバックにした白髪をふさふさと戴いている。目は小さいながらはっとするほど鋭く、洞察力を感じさせる。口もとの皺に、長年難しい問題に精神を集中し続けた人によくあるような、いかめしい表情を刻みつけている。夢想家にして科学者、という顔つきだ。周知のとおり、時間と空間と運動に関するこの人物の奔放《ほんぽう》な夢が、新たな科学的事実の出発点として現実のものとなったのだった。今このときでさえ、その顔は抽象的な内省を映していて、ロビンの死など内面で展開している思索のドラマに割り込んできた邪魔者だくらいにしか考えていないように見える。

マーカムは、ちょっとためらってから答えた。びっくりするほど丁重な口調だ。

「いかがでしょう、教授、悲しむべきこの事件について、ご存じのことをお聞かせいただけないでしょうか。そのうえで、肝心だと思われることを質問させていただきたいのですが」

教授は、かたわらのパイプ掛けに置いてある、使い込んだ海泡石のパイプに手を伸ばした。煙草の葉を詰めて火をつけると、姿勢を楽にして座り直した。

「知っていることはほとんど電話で話してしまったと言っていい。ロビンとスパーリングが今朝十時ごろベルを訪ねてきた。ところが、これはテニス・コートにプレイをしに出かけていてな、ふたりは階下の応接間で待った。三十分ばかり話し声がしていたが、そのうちに地階のクラブ・ルームにおりていった。わしはずっとここで、一時間ほどだったかな、本を読んでいたが、日ざしがあんまり気持ちよさそうなんで、家の裏手のバルコニーにちょっと出てみようと思ってな。五分くらいそこにいただろうか、ふと下の練習場を見おろした。ぎょっとしたよ、ロビンが、胸を矢で突き刺されて、仰向けに倒れておる。痛風でままならぬ身体をひきずってあわてておりていったんだが、気の毒に、もう息がないとひと目でわかった。そこで、すぐさまきみに電話した。そのとき、この家には、執事のパイン老人とわし以外には、誰もいなかった。料理人は市場へ買い出しに、アーネッソンは九時には大学に出かけ、ベルはまだテニスから戻っておらん。パインにスパーリングを探しに行かせたが、どこにもおらん。わしは書斎に戻って、きみを待った。きみの部下たちがやってくる少し前にベルが帰ってきて、その直後に料理人が戻った。アーネッソンは二時を過ぎないと戻らんだろう」

「今朝、ほかにはどなたもみえなかったんですね？——知らない人間もお客も」

教授は首を振った。

「ドラッカーだけだ——きみも以前ここで会ったはずだが。うちの裏に住んでいる。しょっちゅう訪ねてくるんだ——もっとも、たいていはアーネッソンに会いにね。似た者どうしなんでな。『多次元連続体における世界線』についての著書がある男だよ。独特な天才で、真の科学的頭脳の持ち主だ……。だが、アーネッソンが留守とわかって、わしのところでしばらく英国王立天文学会のブラジル調査行の話をして、帰っていった」

「何時ごろのことです？」

「九時半ごろだな。ロビンとスパーリングが訪ねてきたころにはもう、ドラッカーはいなかった」

「ディラード教授」ヴァンスが口を開いた。「ミスター・アーネッソンが土曜の午前中にお出かけになるのは、珍しいことですか？」

老教授は鋭いまなざしを上げ、しばらく躊躇《ちゅうちょ》してから答えた。

「かくべつ珍しくはないな。たいてい土曜日はうちにいるがね。だが、今朝は、学部図書館でわしの代わりに大切な調べものをする用があって……。アーネッソンは、わしの次の著作を手伝っておるんだ[1]」

短い沈黙があって、マーカムが口を開いた。

「今朝のお話では、ロビンとスパーリングのふたりともミス・ディラードに求婚なさっていたとか……」

「叔父さま!」娘が、椅子の上で身体をまっすぐ起こし、非難するような目を老教授に向けた。「フェアじゃないわ」

「だって、ほんとうのことだよ、おまえ」教授はすっかり猫なで声になっていた。

「ほんとのことね――ある意味では」と、娘が折れた。「だけど、そんなことをもちだす必要もないわ。叔父さまだって――あの方たちもご存じだけど――私がふたりをどう思っているかご存じでしょ。いいお友だち――それだけです。つい昨夜《ゆうべ》も、ふたりがいらしてる前で申しあげたばかりよ――それこそきっぱりと――どちらからももう、結婚なんてばかばかしいお話は聞きたくないって。ただのボーイフレンドだったのよ……ひとりはもういない……。かわいそうなコック・ロビン!」娘は、感情を抑えようとけなげに努力していた。

ヴァンスが眉をつり上げて、身体を前に乗り出した。

「コック・ロビン?」

「ええ、私たち、あの人をそう呼んでいたんです。からかって。あの人、そのニックネームが好きじゃなかったもので」

「そのあだ名をつけられるのも、やむをえないな」ヴァンスは同情するように言った。「むしろ、悪くないニックネームじゃありませんか。元祖のコック・ロビンは、『空を飛ぶ鳥みんな』から愛され、誰もがその死を悼んだんですから」ヴァンスは話しながら、娘をじっと見つめている。

「存じてます」娘がうなずいた。「あの人にそう言ったことがあるんです。――やはり、誰だってジョーゼフのことが好きでした。好きにならずにはいられないって人でした。とっても――とっても心のやさしい、親切な方だったわ」

ヴァンスはまた椅子の背にもたれた。マーカムが質問を続ける。

「教授、ロビンとスパーリングが応接間でしゃべっているのが聞こえたとおっしゃいましたね。どんな話だったか聞き取れましたか?」

老人は姪を横目でちらりと見て、一瞬ためらったようだった。

「そんなことを訊いて、どうなるのかね、マーカム?」

「事件に非常に重要な関係があるかもしれません」

「かもしれんな」教授は、考え込むようにパイプをくわえた。「その一方で、わしが答えれば、間違った印象を与えて、生きている人間がひどい誤解を受けることになるかもしれん」

「その点については、私を信用していただけませんか?」マーカムは、うって変わって重々しく、せっぱ詰まった口調になった。

またしばらくの沈黙。その沈黙を破ったのは娘だった。

「お聞きになったことを、なぜマーカムさんにおっしゃらないの、叔父さま? どんなさしつかえがあるとおっしゃるの?」

「おまえのことを思ってだよ、ベル」教授はやさしく答えた。「しかし、おそらくおまえの言うとおりなんだろう」気が進まないようすで視線を上げた。「実はな、マーカム、ロビンとスパーリングは、ベルのことで何か言い争っていたんだ。切れ切れにしか聞こえなかったが、つなぎ合わせると、フェアなやりかたじゃないと互いに責め合っているらしかった。邪魔をするなとか……」

「まあ！　そんな意味じゃないわ」ミス・ディラードが激しい口調でさえぎった。「あの人たちが悪ふざけをするのは、いつものことだったのよ。確かに、多少の嫉妬心はありました。だけど、嫉妬のほんとうの原因は私じゃない。アーチェリーの記録です。ええと、レイモンドのほうが――ミスター・スパーリングのことですけど――もとは腕がよかったんですが、去年、ジョーゼフがいくつかの大会で彼に勝って、いちばん最近の年次トーナメントでクラブのチャンピオンになったんです」

「そしてスパーリングは」マーカムがあとを引きとった。「そのせいであなたからの評価が下がったと思ったのかもしれない」

「ばかばかしい！」娘はむきになって言い返した。

「まあまあ、それはマーカム君にお任せするほうがいいよ」そうなだめると、教授はマーカムに向かって言った。「ほかにまだ訊きたいことがあるかね？」

「ロビンとスパーリングのことでうかがえることがあれば、何でも――どんな人物で、どういうつきあいがあって、こちらとはいつごろからのお知り合いなのか」

「わしよりもベルに訊いたほうがよさそうだな。ふたりとも、この娘《こ》の仲間うちなんだから。わしはたまに会うだけじゃった」

マーカムは問いかけの表情を娘のほうに向けた。

「ふたりとも、もう何年ものつきあいになります」すぐに答えが返ってきた。「ジョーゼフは、レイモンドよりも八つだか十だか年上です。五年前まではイングランドに住んでいたんですが、ご両親が亡くなられてアメリカにやってきて、リヴァーサイド・ドライヴにある独身者用の住まいに暮らすようになりました。かなりのお金持ちで、釣りとか猟とか、いろいろなアウトドア・スポーツをなさって、のんびりした暮らしでした。社交界にもたまに顔を出されてました。りっぱで人づきあいも上手でしたから、何かというとディナーやブリッジの会からお声がかかっていました。ただ、とりたててどうというほどのことはない方でした——知的な面でってことですけど……」

自分の言葉が死者に対してどことなく失礼だとでもいうように、彼女は口ごもった。その気持ちを察したマーカムが、さりげなく尋ねた。

「で、スパーリングは？」

「何かよく知りませんが、裕福な製造業者のご子息です。お父さまはもう引退なさってますが。ご一家は、スカースデールのすてきな郊外住宅にお住まいです——そちらに私たちのアーチェリー・クラブの正規のアーチェリー場があるんですけれど——レイモンドは、ダウンタウンにある会社の顧問技師です。ただお父さまのご機嫌をとるために働いているだけって気がしますが。だって、事務所には週に二、三日しか出ていないんですもの。ボストン工科大学卒で、私が出会ったのは二年生の休暇帰省中のことでした。レイモンドは世間をあっと言わせるようなことなどしませんわ、マーカムさん。ほんとに、すごくりっぱなアメリカ青年ってタイプ――まじめで快活で、ちょっと恥ずかしがり屋で、非の打ちどころなく正直者なんです」

娘の簡単な描写から、ロビンもスパーリングもたやすくその人物を想像できた。また同時に、私たちをこの家に呼び寄せた不吉な惨劇に、ふたりのうちどちらかでも結びつけるのは難しかった。

マーカムはしばらく眉をひそめたまま、座っていた。やがて、顔を上げて娘をまっすぐに見た。

「ちょっとおうかがいします、ミス・ディラード。ミスター・ロビンが亡くなったことに何かしら関係がありそうな、理屈なり説明なりがおありでしょうか?」

「まさか!」まさにほとばしるような口調だった。「コック・ロビンを殺そうなんて考える人間がいるかしら? 彼は、敵をつくるような人じゃありませんでした。ほんとうに、信じられませんでした――この目で見るまで。この目で見てさえ、現実のこととは思えませんでしたわ」

「でもね、おまえ」ディラード教授が口をはさんだ。「あの男は殺された。してみると、彼の人生には、おまえが知らなかった、あるいは考えてもみなかった何かがあったに違いない。昔の天文学者なら存在するとも思わなかったような新しい星が、今や次々と発見されているんだからね。それと同じことだ」

「ジョーゼフに敵がいたなんて、信じられない」と彼女が言い返す。「信じられませんとも。あんまりばかばかしくって」

「すると」マーカムが口を開いた。「スパーリングがロビンの死の何らかの原因となったというのは、ありそうもないことだとおっしゃるんですね」

「ありそうもないですって?」娘の目がきらっと光る。「ありえない、ですわ!」

「ですが、ねえ、ミス・ディラード」いつもどおりのものうげな口調になったヴァンスだった。「スパーリングという名、シュペルリンクとは、スズメって意味なんですよ」

娘は、椅子の上で身じろぎもしなかった。顔が蒼白になり、両手で椅子の肘掛けを固く握り締めている。そして、そうするのが精いっぱいだとでもいうように、ゆっくりとうなずいた。苦しげに息をする胸が、波打ちはじめる。突然、身体を震わせ、ハンカチを顔に押しあてた。

「まさか!」かぼそい声だった。

ヴァンスは立ち上がって娘のところに行き、なだめるように肩に手をかけた。

「何がまさかなのです?」

娘は顔を上げ、彼と目を合わせた。その目に安心させられたらしく、無理をして悲しそうに微笑んでみせた。

「ついこのあいだ」娘は声をしぼり出した。「みんなで下の練習場にいたときのことです。レイモンドがシングル・アメリカン・ラウンドの射的の位置につこうとしていたところにちょうど、ジョーゼフが地階のドアを開けて練習場に出てきたんです。別に危ないことなんかないんですが、シガードが——ミスター・アーネッソンのことですわ——裏手の小さなバルコニーに腰をかけて私たちのことを見ていましてね。『こらこら!　そこの人!』って私がジョーゼフをからかったら、シガードが身を乗り出して言ったんです。『わかってないな、きみ、危ない綱渡りじゃないか。きみはコック・ロビン、しかも射手はスズメなんだぜ。そんな名前なんだから覚えてるだろ、スズメ君とかが弓と矢を使ってるとき、どんなことが起きかねないか』——そんなふうに言ったんです。そのときは誰も、たいして気にかけもしなかった。でも、今になって……」娘の声はおびえたようにくぐもって途切れた。

「これこれ、ベル。気に病むんじゃないよ」教授がなだめたが、その声には苛立ったような調子がないとは言い切れなかった。「シガードのやつがまた、ところかまわん冗談を言っただけじゃないか。わかっとるだろ、あいつはひっきりなしに現実を皮肉ったり冷やかしたりしておる。常日ごろ抽象的な理論に頭を使っとるもんで、それがただひとつの気晴らしなのさ」

「そうでしょうね」とベル。「もちろん、あれはほんの冗談でした。でも、恐ろしい予言か何かのように思えてきて。それにしても——」と、あわてて付け加えた。「絶対にレイモンドがやったんじゃないはずです」

彼女の話の途中で書斎のドアがいきなり開くと、背の高い痩せた人物が入り口に現われた。

「シガード!」はっとしたベル・ディラードの叫び声には、隠し切れない安堵の響きがこもっていた。

シガード・アーネッソンは、ディラード教授の愛弟子にして養子だが、かなり強い印象を与える男だった。六フィートを超す、しなやかでぴんと背筋の伸びた身体つき、一見、身体の割に大きすぎる頭。黄色に近い髪の毛は子どものようにぼさぼさで、わし鼻に、とがった丈夫そうな顎。四十歳は超えていないはずだが、顔は小皺だらけだ。人を茶化すようないたずらっぽい表情ながら、ブルー・グレーの瞳に宿る強烈な知的情熱は、表面に見せている性格を裏切るものだった。私の第一印象では、好ましい、尊敬に値する人柄だ。懐の深い男――大きな力を秘め、すばらしい能力の持ち主、といった感じだ。

その日の午後、部屋に入ってきた彼は、探るような目でさっと一同を見回した。ミス・ディラードに軽くうなずいてみせ、次に老教授をさりげなく、おもしろがるような目でじっと見た。

「いったい、この三次元の家に何ごとがあったんです？　外じゃ、車の列に人だかりときたもんだ。玄関には見張り……やっとこさケルベロス（頭が三つで尾が蛇の、地獄の番犬）をやっつけてパインに中に入れてもらったと思ったら、ふたりの私服に有無を言わさずここにせきたてられて。非常におもしろいけれど、めんくらっちまいますね。……おや！　地方検事さんじゃありませんか。おはようございます――というより、こんにちは、かな――ミスター・マーカム」

マーカムが遅ればせのあいさつを返すより先に、ベル・ディラードが口を切った。

「シガード、お願いだからふざけないで。――ミスター・ロビンが殺されたのよ」

「〝コック・ロビン〟のことか。それは、それは！　かわいそうに、あんな名前だったからじゃないかい？」知らせにまったく動じていないふうだ。「誰が――それとも何がかな、彼を元素に還元したんだい？」

「誰がということについては、わかりませんが」相手の軽率なもの言いを非難するような口調で答えたのは、マーカムだった。「ミスター・ロビンは心臓を矢で貫かれて殺されていました」

「何とふさわしいことだ」アーネッソンは椅子の肘掛けに腰を落ち着けて、長い両脚を伸ばした。「これ以上適切なことがあるかい、コック・ロビンが矢で死ぬ、それを射た弓は――」

「シガード！」いきなりベル・ディラードがさえぎった。「冗談もいいかげんにして。レイモンドじゃないっておわかりでしょ？」

「もちろんさ、きみ」当の男は、なんとなくもの足りなさそうに彼女を見た。「ぼくが考えていたのはミスター・ロビンの鳥類学上の祖先のことだよ」ゆっくりとマーカムのほうに向いた。「では、現実の殺人ミステリというわけなんですね――死体、手がかり、張りめぐらされた罠、ってやつですか？　ぼくも話に入れてもらえませんかね？」

マーカムが事件のあらましをざっと話して聞かせ、彼は興味津々で耳を傾けた。ひととおり話が終わると、こう尋ねた。

「練習場に弓はなかったんですか？」

「ほう！」この男が現われてからずっと、ぼうっとして見えたヴァンスが、そのとき初めて身体を起こし、マーカムに代わって答えた。「何とも的を射たご質問です、ミスター・アーネッソン。そう、地階の窓のすぐ外で弓が見つかりました。死体から十フィートしか離れていないところです」

「では、話は簡単になりますな」と、がっかりしたような口調でアーネッソンが言った。「あとは指紋をとればいいだけだ」

「残念ながら、その弓にはほかの手が触れてしまっている」と、マーカム。「ディラード教授が拾って家の中に持って入られたんです」

アーネッソンが、けげんそうに老教授のほうを向いた。

「どういうはずみでそんなことを?」

「はずみだって? シガード、わしは自分の気持ちなど分析しちゃおらんよ。ただ、とっさに、その弓は重要な証拠だという気がして、警察が来るまでの用心のつもりで地階に置いておいたのさ」

アーネッソンは顔をしかめ、片目をひょうきんな感じにつり上げてみせた。

「精神分析の連中なら、抑制と検閲の解析とか言いそうなものに聞こえるな。教授の心中にはどんな潜在意識があったんでしょう……」

ドアをノックする音がして、バークが顔をのぞかせた。

「ドク・ドリーマスが下でお待ちです、検事。検屍が終わりました」

マーカムが立ち上がった。

「さしあたり、お邪魔するのはここまでにいたしましょう。先に片づけてしまわなくてはならないお決まりの仕事がたっぷりありますのでね。しかし、今しばらくは、このまま二階にいてくださるようお願いしなくてはなりません。もう一度お目にかかってから、おいとまします」

応接間におりていくと、ドリーマスはつま先でいらいらと床をたたいていた。

「めんどうなことは何もないね」医師はマーカムに口を開くすきを与えずにしゃべり出した。「あのスポーツマン氏の死因は、第四肋骨筋を貫通して心臓に入った、非常に鋭い矢先です。

たいした威力ですよ。内出血も外出血もひどい。死後二時間というところで、推定死亡時刻は十一時半になります。まあ、当て推量の域を出ませんが。格闘した形跡はなし。着衣に乱れも、手に擦り傷もありません。何が何だかわからないうちに死んでいったようです。ただし、倒れたときに固いコンクリートにぶつけたらしく、頭にでかいこぶがある……」

「ほう、非常におもしろい」ヴァンスのものうげな口調が、検屍医のぷつぷつ途切れるような報告に割り込んだ。「どの程度の〝こぶ〟でしたか、ドクター?」

ドリーマスは目をぱちくりさせて、めんくらったようにヴァンスを見た。

「頭蓋骨にひびが入るくらい。確かめていませんがね、もちろん。しかし、後頭部に広範囲の内出血があり、鼻孔《びこう》と耳に乾いた血がついているうえ、瞳孔《どうこう》が不整ということは、頭蓋骨を骨折してるってことです。解剖すれば、もっと詳しいことがわかるでしょう」医師は地方検事に向き直った。「ほかに何か?」

「特にない、ドクター。できるだけ早く検屍報告を出してもらえさえすればけっこう」

「今夜にでも。部長刑事が電話で、もう運搬車を手配してくれてますんで」そう言うと、私たちみんなと握手して、そそくさと帰っていった。

ヒースは、苦い顔をして後ろに控えていた。

「うーむ、収穫なしですね、検事」彼はこぼしながら葉巻をいまいましげに嚙《か》んだ。

「しょげることはないさ、部長」ヴァンスがたしなめた。「さっきの、頭に打撲傷があったって話は、深く追及するだけのことがある。ぼくは、倒れたときの傷だとばかりは言い切れないって意見だけどね」

部長刑事はこの意見に関心を示さなかった。

「それにですね、マーカム検事。弓にも矢にも、指紋はありませんでした。デューボイスが言うには、きれいに拭きとられているらしいと。ご老人が拾ったときのものらしい汚れが、弓の端にちょっぴりついてましたが、ほかに指紋らしきものは何も」

マーカムは、おし黙ったまましばらく葉巻をくゆらせていた。

「通りに出る門のハンドルはどうだ？　アパートのあいだの路地にあるドアのノブには？」

「だめでしたよ！」ヒースが吐き捨てるように言う。「ざらざらの錆びついた鉄で、指紋なんかとれません」

「なあ、マーカム」ヴァンスが口を開いた。「間違った方向に行こうとしてるよ。指紋なんかないのが当然じゃないか。実際、芝居というものは、慎重に演出したうえで小道具をみんな観客の目にさらすようにしておくってもんでもないだろう。つきとめなくちゃならんのは、この独創的な興行主が、ばかばかしくも芝居がかった演出をぬけぬけとやってのけたのはなぜか、その理由だ」

「そんな簡単な話じゃありませんよ、ヴァンスさん」ヒースが苦々しげに言った。

「簡単だなんて言ったかね？　いいや、部長、とんでもなく難しいさ。それも、ただ難しいってだけじゃない。巧妙にして不可解、そして……残酷だ」

四月二日（土曜日）午後二時

# 4 謎のメモ

マーカムが、意を決したように中央の大テーブルに向かって腰をおろした。

「よし、部長、使用人ふたりを洗うとしよう」

ヒースがホールに出て、部下のひとりに指示した。しばらくして、背の高い、陰気なおどおどした男が入ってきて、うやうやしく気をつけの姿勢をとった。

「執事です、検事」と部長刑事。「名前はパイン」

マーカムはその男をじっくり値踏みしていた。年のころは六十くらいだろうか。目立って末端肥大症の現われた顔つき。このゆがみは全身にも及んでいる。両手が大きく、足の幅も広くてぶかっこうだ。服装は折り目正しいが、身体に合っていない。高いクレリカル・カラー（襟の後部でとめる、細く硬いカラー）など、ひとまわりもふたまわりも大きい。白髪まじりのもじゃもじゃ眉の下の目が青白くうるみ、不健康そうなはれぼったい顔にわずかな裂け目があるといった程度の口。肉体的にはひいき目で見てもいいところがまったくないのだが、なんとなく油断がならないという印象を与えるのだった。

「そうか、きみがディラード家の執事か」マーカムは感慨をこめて言った。「この家に来てどのくらいになる、パイン？」

「そろそろ十年でございます」

「すると、ディラード教授が大学を退職なさってすぐ雇われたわけだな?」

「確かそのように」低く、しわがれた声だ。

「今朝この家で起きた事件について、何を知っている?」マーカムがいきなりこの質問をぶつけたのは、不意をついて相手が口をすべらせるのを期待したのではないかと思うが、パインは泰然自若《たいぜんじじゃく》と受け止めた。

「何も存じません。ディラード教授が書斎からお呼びになってスパーリングさまを探すようおっしゃるまで、何かあったとは気づきませんでした」

「教授はそのとき、事件のことを話されたのか?」

「『ミスター・ロビンが殺された。わしに代わってミスター・スパーリングを探してきてほしい』とおっしゃいました。――それだけでございました」

「教授が『殺された』と言ったのは確かか、パイン?」ヴァンスが口をはさんだ。

執事は初めてためらいを見せ、いつのまにかそのようすに警戒の色が濃くなった。

「さようで――確かにそうおっしゃいました。『殺された』というおっしゃりかたでございました」

「それで、探しているときに、ミスター・ロビンの死体を見たかい?」ヴァンスは目で壁紙の柄をぼんやりと追いながらくいさがった。

もう一度、ためらいの間《ま》があいた。

「はい、見ました。地下室のドアを開けて練習場を見ましたところ、あのお気の毒な若い方が……」

「さぞ驚いただろうね、パイン」と、ヴァンスはそっけなく言う。「何かの拍子にあの気の毒な若い紳士の身体にさわったりしなかったか？――あるいは、ひょっとして矢に？――それとも弓にでも？」

パインのうるんだ目が、一瞬きらりと光った。

「いいえ――もちろん、そんなことはいたしませんとも。……とんでもないことで」

「なるほど、とんでもないことかい？」ヴァンスは、うんざりしたようにため息をついた。

「だが、弓は見たね？」

相手の男は、いかにも心の中にあるものを見ようとするかのように目を細めた。

「はっきりといたしません。ひょっとしたら見たかもしれませんし、ひょっとしたら見ていないのかもしれません。思い出せないのでございます」

ヴァンスはこの相手にすっかり興味を失ったらしい。マーカムが尋問を再開した。

「パイン、ミスター・ドラッカーが今朝九時半ごろ訪ねてきたそうだな。見かけたかね？」

「はい。あの方はいつも、地下室のドアからおみえになります。階段をのぼったところにある食器室を通りかかられまして、おはようと声をかけてくださいました」

「来たときと同じ経路でお帰りだったか？」

「そうだったと思います――ただ、お帰りの際、わたくしは上の階におりました。お住まいは裏の——」

「知っている」マーカムは膝を乗り出した。「今朝、ミスター・ロビンとミスター・スパーリングを迎え入れたのはきみだろう」

「はい。十時ごろでございました」

「応接間で待っているふたりをまた見かけるなり、あるいはふたりの話を小耳にはさむなりしなかったか？」

「いいえ。今朝がたは、アーネッソンさまのお部屋にほとんどかかりっきりでございましたので」

「へえ！」ヴァンスが執事に目を向けた。「その部屋なら二階の裏手だ、そうだろ？——バルコニーのある部屋だろ？」

「さようで」

「聞き捨てならない。ディラード教授がミスター・ロビンの遺体を最初に見つけたのが、そのバルコニーからだった。どうやってきみに知られずにその部屋に入ったんだろう？　確か、事件を初めて知ったのは、書斎から教授に呼ばれてミスター・スパーリングを探すように言われたときだと言ったね」

執事の顔がまっ青になった。ふと気づくと、その指が神経質に痙攣《けいれん》している。

「わたくしがアーネッソンさまのお部屋をしばらく離れていたのでしょう」必死の言いわけだ。

「そうです——きっとそうに違いありません。実は、そういえば、リネン室にまいりました

「……」

「ああ、なるほどね」ヴァンスはいつしか放心状態に陥っていた。

マーカムはしばらく葉巻をくゆらせ、ひたすらテーブルの上を凝視していたが、やがて執事に尋ねた。

「今朝、ほかに訪ねてきた者がいたか、パイン？」

「いいえ、どなたも」

「ここで起きたことに、何も思い当たるふしはないんだな？」

男は、うるんだ目を宙にさまよわせて、重々しく首を振った。

「ございません。ロビンさまは楽しくてどなたからも好かれる方とお見受けしておりました。殺されたりするような方ではありません――申しあげたいことをおわかりいただけるとよろしいんですが」

ヴァンスが顔を上げた。

「ぼくとしては、きみの言いたいことが正確に理解できたとは言いかねるね、パイン。事故じゃなかったと、どうしてわかる？」

「わかってはおりませんが」平静な答えが返ってきた。「アーチェリーのことを多少存じております ので――失礼ながらこう申しあげるのをお許しいただければ――ロビンさまは狩猟用の矢で殺されたのだとひと目でわかりました」

「観察力があるじゃないか、パイン」ヴァンスがうなずいた。「まさにそのとおりだ」

この執事から率直な話は聞けそうにないことがはっきりした。マーカムは彼をさっさと下がらせて、それと同時にヒースに料理人をよこすよう指示した。

入ってきた女性を見るやいなや、父と娘が似ていることに気づいた。四十がらみのだらしなさそうな女で、やはり背が高く骨ばっている。痩せた細長い顔に、大きな手足。パインの家系には内分泌過多の気《け》があるらしい。

二、三、予備的な質問をしてわかったのは、未亡人でビードルという名前であること、五年前夫に先立たれたときパインの推薦でディラード教授のもとに来たことだった。

「今朝、このうちを出たのは何時ごろだった、ビードル?」と、マーカムが尋ねた。

「十時半になったばかりでした」落ち着かないようすで、警戒心が見える。言いわけがましい好戦的な声だった。

「帰ってきたのは?」

「十二時半ごろです。そちらの方に入れていただきましたよ」——ヒースを憎々しげに見た——「まるで罪人扱いでね」

ヒースはにやりとした。「時間はオーケーです、マーカムさん。こちらさんがご立腹なのは、私が階下に行かせないようにしたからです」

マーカムはどっちつかずなうなずきかたをした。

「今朝ここで起こったことについて何か知っているかね?」じっくり探り見ながら質問を続ける。

「知ってるもんですか。ジェファーソン・マーケットにいたんですよ」

「ミスター・ロビンかミスター・スパーリングに会ったかね？」

「台所の前を通って階段をアーチェリー・ルームにおりていかれましたね、あたしが出かけるちょっと前に」

「ふたりの話を何か聞かなかったか？」

「あたしは盗み聞きなんざいたしませんよ」

マーカムはむっとして顎を引き締めた。口を開きかけたところ、ヴァンスが慇懃《いんぎん》な調子で女に声をかけた。

「検事さんは、ひょっとしたらドアが開いていたかもしれない、感心なあんたが聞くつもりじゃなくても、会話が少しは耳に入りはしなかっただろうかって思われたんですよ」

「ドアは開いてたかもしれませんがね、でも何にも聞いちゃいません」すねたような答えが返ってきた。

「それじゃ、アーチェリー・ルームに誰かほかの人間がいたかどうかもわからんわけだ」

ビードルは眉根《まゆね》を寄せて、腹を探ろうとするようにヴァンスを見た。

「ほかにも誰かいらしたかもしれませんね」と、ゆっくり言う。「実は、ドラッカーさまのお声がしたような気がいたします」声に悪意ある調子が含まれ、毒のある笑いの影が薄い唇の上をよぎる。「今朝早くから、アーネッソンさまを訪ねておいででした」

「ほう、あの人が？」ヴァンスは、いかにも驚いたようすを見せた。「それじゃ、ひょっとしてあの人に会ったのでは？」

「いらしたのはお見かけしましたが、お帰りは見ていません——いずれにしても、気づきませんでしたね。どんな時間にだって、こっそり出入りなさいますもの」

「こっそりだって？　へえ！……ちなみに、買い物に行くとき、どのドアから出かけたかね？」

「玄関のドアです。ベルお嬢さまが地階のお部屋をクラブ・ルームになさいましたので、いつも玄関から出入りしております」

「では、今朝はアーチェリー・ルームに入らなかったんだね？」

「入りませんでした」

ヴァンスは椅子の上で身体を起こした。

「ご協力ありがとう、ビードル。もうけっこうだ」

女が部屋を出ていくと、ヴァンスが立ち上がって窓ぎわに行った。

「どうも的はずれな筋にばかり熱をあげすぎているよ、マーカム。使用人をいたぶったり、家族を尋問してみたりしたところで、どうにもならない。敵の陣地に突撃を始めるにあたって、まずは心理的な壁をたたき壊さなくちゃ。このうちの連中ときたら、誰もがそれぞれにもれてしまわないよう大切に秘密を心にしまってる。これまで各人は、自分が実際に知っていることよりもよけいな話までしたか、知っていることをみなまでは話さなかったか、そのどちらかだったよ。がっかりだが、ほんとうだ。わかったことで、ほかの話とつじつまが合う話がひとつもない。起こった順にできごとを並べてくいちがいが見られる場合、ぴったりかみあわない点はみな故意にゆがめられたところだと思っていい。ぼくらの耳に入ってきた話には、きれいにかみあっている部分がひとつもなかったね」

「というより、つなぎ目が欠けてるようだな」と、マーカムが意見した。「もっとつっこんで尋問しないと、そこがわからないんだよ」

「きみは人がよすぎる」ヴァンスが大テーブルに戻ってきた。「尋問を重ねれば重ねるだけもっと惑わされる。ディラード教授からして、正直に何もかも打ち明けてはくれなかったんだぜ。教授は何か隠している――疑っているが、口にすまいとしているね。何でまた、あの弓をうちに持って入ったんだ？　アーネッソンはまさにこの質問をして、要点をついた。なかなか切れるじゃないか、アーネッソンって男は。――それに、筋肉自慢の若者たちを従えた、スポーツ好きの若いご令嬢。この娘、あまたの恋のしがらみにまとわりつかれて、誰も傷つけずに自分自身も仲間たちも全員疑惑からはずそうと必死だ。ごりっぱな目的だが、ありのままの真実に導いてくれるものではない。――パインにも、これまたいろいろな思惑がある。しまりのない顔の仮面の裏に、びっくりするような考えを隠してるんだ。だが、いくら巧みに尋問したところで、やつの脳味噌を探ることはできっこない。早朝の仕事のことにしたって、何だか妙じゃないか。午前中ずっとアーネッソンの部屋にいただって？　なのに、教授がアーネッソンの部屋のバルコニーで日光浴してたことはどうやら知らなかったらしい。あの、リネン室のアリバイ――あやしいもんだね。それから、なあ、マーカム、あのビードル未亡人の話をとくと考えてみろ。遠慮のなさすぎるドラッカー氏が嫌いなんだな。もってこいだとばかりに、言いがかりをつけた。アーチェリー・ルームで彼の声がしたような『気がする』と。だが、声はしたのだろうか？　わかったもんじゃない。事実、ドラッカーが帰る途中に投石器やら投げ槍やらのあいだをうろついてて、あとからロビンとスパーリングがそこへやってきたってこともありうる……。そうだ、その点を調べてみなくてはなるまい。つまり、ミスター・ドラッカーと少しばかり丁重に会談することが、ぜひとも必要だ……」

表の階段をおりてくる足音がして、アーネッソンが居間の入り口に姿を現わした。

「さて、だあれが殺したコック・ロビン？」と、冷やかすようににやにやしながら尋ねる。

迷惑そうに立ち上がったマーカムが邪魔者に抗議しようとしたが、アーネッソンは片手を挙げた。

「待った、待ってくださいよ。ここにまいりましたのは、やむにやまれぬ奉仕精神を正義という――この世の正義という――崇高なる大義に捧げるため。わかっていただきたい。哲学的に言うならば、もちろん、正義などというものは存在しない。もしほんとうに正義などがあったら、われわれはみんな、広大な宇宙という薪小屋の屋根をふくようなはめになるだろうから」

彼はマーカムの向かいに腰をおろして、くっくっと皮肉っぽく笑った。「白状しますとね、ミスター・ロビンの哀れにも早すぎる死が、ぼくの科学的精神に訴えるところ大なんです。難しい、秩序正しい問題になっている。はっきりと数学的な趣がある――与えられていない項はない。決定すべき未知数が若干と、あとははっきりした整数ばかり。そこで、ぼくがその問題の解答を出す天才というわけだ」

「どんな解答になる、アーネッソン？」マーカムは、相手の知性をよく知って敬意をもっている。人をくったような軽薄な態度に隠された真剣な意図を、彼はすぐに感じ取ったらしい。

「おっと！　まだ、その方程式に取り組んでいないんだ」アーネッソンは、使い込んだブライヤー・パイプをひっぱり出して、大切そうにいじくった。「しかし、純粋に世俗の平面に立ってちょっとした探偵の仕事をしてみたいと、いつも思っていた。物理学者の飽くなき好奇心、生来のせんさく癖ってやつですよ。もうずっと、ものの数ではないこの天体上でのわれわれの生活の些事に、数学という科学を適用したら便利じゃないかという持論を温めているんですがね。この宇宙には法則しかない――エディントン（イギリスの天体物理学者。一八八二―一九四四）が正しくて、法則というものも何もないなら別だが――なのに、どうして犯人の身もとと所在は、ルヴェリエ（フランスの天文学者。一八一一―七七）が天王星の軌道偏差を観測して海王星の質量と位置推算暦を算定したような具合につきとめられないのか、納得できないな。ほら、ルヴェリエはそれを算定したあとで、ベルリンの天文学者ガーレに黄道の経度を示して、海王星を探すように言ったんですよ」

　アーネッソンは言葉を切って、パイプに煙草を詰めた。

「さて、マーカムさん」と、続ける。この男は本気なのだろうか。「不条理で支離滅裂なこの事件に、ルヴェリエが海王星発見に用いた純粋に合理的な手法を適用できれば幸いですな。しかし、それには、いわゆる天王星の軌道の揺れに関するデータを手に入れなくては――つまり、この方程式における多様な因数をすべて知らなくてはならない。そこでお願いにあがったんですよ、ぼくを信用して事実を全部教えていただけませんか。知的協力関係とでも申しましょうか。ぼくは、科学的な線に沿ってこの問題を解くということで、あなた方に協力する。すばらしい趣向になりますよ。ついでながら、学問上の抽象概念からどんなにかけ離れたところであろうと数学はすべての真理の基礎であるという、持論の証明もしたいし」

ここでやっとパイプを一服し、彼は椅子に深く腰かけた。「どうです？」

「わかっていることは何でも、喜んで教えようじゃないか、アーネッソン」と、しばらく間《ま》をおいてマーカムが答えた。「しかし、今後持ち上がるかもしれないあらゆることを打ち明けると約束はできない。正義という目的に反して、われわれの捜査の妨げになるかもしれない」

ヴァンスは、アーネッソンのびっくりするような要求にさもうんざりしたように、半ば目を閉じて座っていた。だがこのとき、生き生きとしたようすを見せてマーカムのほうを向いた。

「なあ、ミスター・アーネッソンにこの犯罪を応用数学の分野で解釈するチャンスを提供していけない理由は、どこにもないじゃないか。きっと、われわれからの情報は科学的な目的だけにしか使われないさ。それに――どんなことになるかわからないんじゃないか？――この先、興味深いこの事件を片づけるまでに、彼の熟達のわざに助けてもらう必要があるかもしれない」

マーカムはヴァンスのことを熟知しているので、これは口から出まかせに提案しているのではないと気づいた。彼がアーネッソンに向かって次のように言っても、私は別に驚かなかった。

「では、いいでしょう。方程式を立てるのに必要なデータは何でもさしあげるとしよう。現段階で何か特に知りたいことは？」

「いや、いや。これまでのところ、あなた方と同じくらい詳しくわかっています。ビードルとパインからは、みなさんが引き揚げたところで情報をしぼり取るとしましょう。ただし、ぼくがこの問題を解いて犯人の所在を正確につきとめたあかつきには、ルヴェリエに先立って海王星の計算式を提出していたのを、サー・ジョージ・エアリー（イギリスの天文学者。一八〇一—九二）に握りつぶされた、気の毒なアダムス（イギリスの天文学者。一八一九—九二）のような目にあわせてもらいたくないもんだな……」

ちょうどそのとき、表のドアが開いて、玄関で立ち番をしていた制服警官が初めて見る人間を連れて入ってきた。

「この方が、教授に会いたいとのことで」警官はうさんくさいと思っているのを隠そうともせず取り次いだ。連れてきた男のほうを振り向いて、頭をマーカムのほうへひょいとかしげた。

「地方検事さんだ。用件はあちらへ」

新参の男はどことなくめんくらっているようだった。すらりとした身だしなみのよい男で、まぎれもなく上品な雰囲気を漂わせている。年は五十くらいだろうか。ただし、顔つきにいつまでも若々しいところをとどめている。薄い髪の毛に白いものがまじり、ややとがりぎみの鼻、小ぶりながらけっして弱々しくはない顎。ひいでた広い額を戴くその目が、最も印象的な特徴だった。挫折し、夢破れた夢想家の目——悲哀と憤慨がこもごも宿る。あたかも、人生に裏切られて不幸と苦い思いを背負わされてしまったとでもいうように。

彼は、マーカムに声をかけようとして、ふとアーネッソンの姿に気づいた。

「やあ、おはよう、アーネッソン」穏やかな耳ざわりのいい声だ。「たいへんなことになっているのでなければいいんだが」

「人が死んだだけだよ、パーディー」答えるほうはぞんざいなもの言いだった。「俗に言う、コップの中の嵐ってやつさ」

話を横取りされて、マーカムは不愉快そうだった。

「何かご用でしょうかね?」

「お邪魔するつもりではありませんでした」と、男が詫びた。「このお宅と親しくさせていただいてまして——通りのま向かいに住んでいるものですから、何ごとかあったのだと察しました。何かお役に立つことでもあるかもしれないと思いついたんです」

アーネッソンがくすくす笑った。「おいおい、パーディー! 言葉を選んで、自然な好奇心を取りつくろうことはないいんじゃないか?」

パーディーが赤面した。

「ほんとのことだよ、アーネッソン——」と、彼がしゃべり出したところへ、ヴァンスが口をはさんだ。

「向かいにお住まいだそうですね、ミスター・パーディー。ひょっとしたら、正午にかけてこの家を見ていたりなさいませんでしたか?」

「いや、ほとんど見ていませんね。書斎からは七十五丁目が見おろせますし、実際、午前中ほとんどずっと窓ぎわに座っていたんですけれど、書きものに気をとられていました。昼食後に仕事をしに戻ってきて、人だかりがして警察の車が止まっているうえ入り口に制服の警官までいるのに気がついたんです」

ヴァンスは、目のはしでじっと相手を観察していた。

「ひょっとして、今朝、この家に入った、あるいはこの家を出ていった人間を見かけてはいらっしゃいませんか、ミスター・パーディー？」

男はゆっくりと首を振った。

「とりたてては誰も。若い人がふたり――ミス・ディラードのお友だちです――十時ごろいらっしゃったのには気づきましたが。買い物かごをさげたビードルが出かけるのも見えたな。でも、それだけしか思い出しません」

「若い人のどちらかが帰っていくところをご覧になりましたか？」

「覚えがありません」パーディーは眉根を寄せた。「とはいえ、ひとりが練習場の門から出ていったようにも思えます。それも、ただそんな気がするだけにすぎませんが」

「何時ごろのことでした？」

「さあ、よくわかりません。いらしてから一時間かそこらあとでしょうかね。かくべつ気にしてもいませんでしたので」

「ほかに、今朝この家に出入りした人間を思い出せませんか？」

「十二時半ごろ、ミス・ディラードがテニス・コートからお帰りでしたね、ちょうど私が昼食に呼ばれたときでした。実は、あの方が私にラケットを振ってみせられたんです」

「で、ほかには誰も？」

「見かけていないと思います」落ち着いた返事は、心の底から残念がっているふうだった。

「こちらに入っていくところをご覧になった青年のひとりが、殺されました」と、ヴァンスが教えた。

「ミスター・ロビン――別名コック・ロビンがね」アーネッソンが注釈を加える。そのおどけたしかめつらが、私には不快だった。

「何だって！　かわいそうに！」パーディーはただただショックを受けたようだった。「ロビンが？　ベルのアーチェリー・クラブの代表選手じゃありませんか？」

「不世出の名選手。――まさにその男のことです」

「かわいそうなベル！」その言いかたに含まれた何かに、ヴァンスは鋭く彼を見つめた。「こんなことになって、あんまりひどく取り乱していなければいいが」

「大騒ぎしているさ、当然」と、アーネッソンが切り返す。「さらに言えば、警察もね。特にどうっていうこともないのに、上を下への大騒ぎ。地球上はロビンのような『うごめく不純な炭水化物の小さなかたまり』――ひっくるめて人類と呼ばれているものだらけなのになあ」

　パーディーはたじろぎもせず、悲しげな笑いを浮かべた。どうやら、アーネッソンの毒舌には慣れっこになっているらしい。改めてマーカムに訴える。

「ミス・ディラードと彼女の叔父さんに会わせていただけるでしょうか？」

「よろしいですとも」マーカムが判断するのを待たず、答えたのはヴァンスだった。「書斎にいらっしゃいますよ、ミスター・パーディー」

パーディーは、ぼそぼそ声で丁重な礼を述べて出ていった。

「おかしなやつですよ」パーディーに声が聞こえなくなると、アーネッソンが評した。「けっこう金を持ってましてね。のらくら暮らしているんです。情熱を傾けているのは、チェスの問題を考えること、ときた……」

「チェスだって?」ヴァンスが、おもしろそうに顔を上げた。「もしかしてあの人がジョン・パーディー? 有名なパーディー・ギャンビット（ポーンなどを捨て駒にする開戦の手）の考案者の」

「そのご当人ですよ」アーネッソンの顔に、ユーモアたっぷりの皺《しわ》が寄る。「二十年がかりで考案した強力な防御法が、新たな一歩とまではいかないがコンマ一歩か二歩をチェス競技の歴史に付け加えた。それについて本も書いた。ついでに、ダマスクスの城門を前にした十字軍戦士みたいに改宗を説いて回った。一貫して偉大なるチェス後援者でしてね、競技会に寄付をしたり、世界じゅうを回っていろいろなチェスの試合に参加したり。その結果として、彼の定跡を試してみることもできました。それがマンハッタン・チェス・クラブの中核選手のあいだで大評判を呼びまして。気の毒に、パーディーは次々とマスターズ・トーナメントを開催しました。全部、自腹を切ってね。ちなみに、ひと財産すりましたね。言うまでもなく、条件としてもっぱらパーディー・ギャンビットを使うことを要求しました。いやはや、何とも哀れでしたよ。ラスカー博士（ドイツ人。一八九四—一九二一年の世界チャンピオン）や、カパブランカ（キューバ人。一九二一—二七年の世界チャンピオン）やルービンスタイン（ポーランドの世界的プレイヤー。一八八二—一九六一）、フィン（アメリカ人のチェス・プレイヤー）などという連中が相手にまかり出ると、まるで通用しなかったんだから。あの定跡を使ったプレイヤーはほぼ全滅でした。定跡としては失格です――不運なライスの定跡よりももっと運が悪い。パーディーにとっては手痛い打撃でした。髪の毛は白くなるわ、筋肉にすっかりはりがなくなるわ。老け込んでしまったんです、要するに。敗残の人ですよ」

「その定跡の顚末《てんまつ》なら存じています」ヴァンスはつぶやいた。考え込むように天井を見やっている。「自分でも使ってみました。エドワード・ラスカー(1)に教えられて……」

制服の警官がまた入り口に現われて、ヒースを手招きした。部長はいそいそと立ち上がり――チェスの講釈にうんざりしていたとみえる――ホールに出ていった。ほどなくして引き返した彼の手に、小さな紙きれがあった。

「おかしなものがありますよ」部長はマーカムに手渡した。「つい今しがた、郵便受けからはみ出しているのを、表にいた警官がたまたま見つけまして、のぞいてみようと思ったらしいです。――どう思われます?」

マーカムは狐につままれたような顔でそれを調べていたが、ひとことも言わずにヴァンスに渡した。私は立ち上がって、ヴァンスの肩越しにのぞいた。紙は定型のタイプライター用紙サイズで、郵便受けに入るように折り畳んだ跡がある。エリート活字、色があせた青いインクリボンのタイプライターで打った文字が数行。

一行めは、こうだ。

ジョーゼフ・コクレーン・ロビンが死んだ。

二行めは問い。

だあれが殺したコック・ロビン?

その下に、こうタイプしてある。

スパーリングとはスズメの意味だ。

そして右下のすみに――署名があるべき位置だ――大文字で記された言葉。

僧正《ザ・ビシヨップ》

## 5　女の叫び声

四月二日(土曜日)午後二時三十分

ヴァンスは、奇妙なメッセージとさらに奇妙な署名をさっと見たところで、例の慎重な緩慢さで片眼鏡に手を伸ばした。強い興味を押し隠しているしるしだ。眼鏡の具合を調整しながら、紙片を熱心に調べる。そうして、それをアーネッソンに手渡した。

「ほら、あなたの方程式の貴重な因数ですよ」ヴァンスの目が、からかうように相手を見据えた。

アーネッソンはそのメモを横柄に眺め、皮肉に顔をしかめてそれをテーブルの上に置いた。

「この事件に聖職者は関係ないはずです。非科学的なことで名高い連中じゃないですか。数学をもって太刀打ちできる相手じゃない。〝僧正〟ねえ……」と、首をかしげる。「僧服をまとった知り合いはいない。――ぼくの計算式からこのちんぷんかんぷんは除外するとしましょう」

「そんなことをなさると、ミスター・アーネッソン」ヴァンスが真剣な声で返した。「あなたの方程式がばらばらになりゃしないでしょうかね。この暗号のような書簡は、なかなか意味深長に思えます。それどころか――門外漢にすぎないぼくが意見を述べるのもおこがましいが――この事件がらみでこれまでのところ現われているうちで、きっといちばん数学的なものですよ。これで、偶然だの事故だのという状況はなしになりましたね。〝G〟ですよ、言うなれば――われわれみんなの方程式を支配するであろう、重力定数です」

ヒースは立ったまま、しかつめらしくもいとわしそうに、タイプされた紙片を見おろしていた。

「書いたのはどこかの変人ですよ、ヴァンスさん」

「変人には違いないさ、部長。だがね、この変人にかぎっては、おもしろいごく内輪の情報をたくさん知っているに違いないという事実を、見逃しちゃいかん。すなわち、ミスター・ロビンのミドル・ネームがコクレーンであること、この紳士が弓と矢で殺されたこと、ミスター・スパーリングがロビンの死亡時刻にその近くにいたことなどをね。しかも、事情通の変人は、実質上この殺人について予知していたことになる。このメモは、きみや部下たちが現場に到着する前に、タイプして郵便受けに入れられたらしいからね」

ヒースが頑固にやり返す。

「通りに集まった野次馬のひとりが、小賢《こざか》しくも事件の内容をかぎつけて、警官が後ろを向いてるすきに郵便受けにつっこんだっていうんじゃなきゃ、ですがね」

「まずひとっ走りうちに帰って、文面を慎重にタイプして――ってことかい?」ヴァンスは哀れむような微笑を浮かべて、首を振った。「だめだよ、部長、きみの説は成り立たないんじゃないかな」

「それじゃ、いったいこれはどういうことなんです?」ヒースが、だだをこねるように問いただす。

「皆目わからないね」ヴァンスはあくびをして、立ち上がった。「さあ、マーカム、行ってミスター・ドラッカーにちょいと会ってこようじゃないか。ビードルの大嫌いな、ね」

「ドラッカーですって!」アーネッソンはびっくりして叫んだ。「どんな関わりがあるんです?」

「ミスター・ドラッカーはね」と、マーカム。「今朝、きみを訪ねてこのうちに来た。帰る前にロビンやスパーリングに会った可能性もないとは言えない」そこでちょっとためらった。「ごいっしょ願えるかな?」

「いや、せっかくだが」アーネッソンは、パイプの灰をたたき落として立ち上がった。「目を通さなければならん授業の資料が山積みなんでね。――しかし、ベルをお連れになるといいでしょう。レディ・メイはちょっと変わってますから……」

「レディ・メイ?」

「失礼。あなた方が彼女をご存じないのを失念していた。みんな、レディ・メイって呼んでるんです。貴族の女性への敬称ですが。あのかわいそうな老婦人を喜ばせようとしてね。ドラッカーの母親のことです。妙な人物ですよ」意味ありげに自分の額をたたいた。「少しばかりきてますね。おっと、害になるようなことは何もない。口笛みたいに快活な人だが、ひとつのことしか考えられないんですな、ありていに言えば。毎日、朝から晩まで、ドラッカーのことばかり考えてる。まるで赤ん坊相手みたいに息子の世話を焼く。嘆かわしいことだ……。ええ、ベルを連れていったほうがいい。レディ・メイはベルが好きなんですよ」

「いいことをうかがいました、ミスター・アーネッソン」とヴァンス。「ミス・ディラードに、よろしかったらご同行願えないかと、うかがってみていただけませんか?」

「ああ、いいですとも」アーネッソンは、別れのあいさつ代わりににっこりして――横柄さと皮肉な感じがいかにも見えすいた笑顔だったが――二階にあがっていった。しばらくすると、ミス・ディラードがやってきた。

「シガードに聞きましたが、アドルフにお会いになりたいとか。あの人はもちろんかまわないと思いますわ。でも、レディ・メイが、お気の毒に、ほんの些細なことにさえひどくびっくりなさるんですの……」

「びっくりさせるつもりはないんですが」ヴァンスはきっぱり言った。「ミスター・ドラッカーが今朝こちらにおみえでしたね。料理人の話では、あの方がアーチェリー・ルームでミスター・ロビンやミスター・スパーリングと話をしているのが聞こえたような気がするとのことで。捜査にご協力いただけるかもしれません」

「できるだけ協力くださるはずですわ」娘は意気込んだ。「でも、レディ・メイにはくれぐれもご配慮くださいませね」

声に、懇願するような、擁護するような調子があって、ヴァンスが不思議そうにベルを眺めた。

「ミセス・ドラッカーのことを――つまり、レディ・メイのことを――訪ねていく前に少し聞かせてください。どうして、そんなに配慮しなくちゃならないんです？」

「あの方、たいそう悲惨な人生をくぐってこられたんです。かつてはすばらしい歌手でいらした――ええ、二流どころのアーティストにとどまるなんてものじゃなく、輝かしい将来を約束されたプリマドンナでした。[1]ウィーンの先鋭批評家と――オットー・ドラッカー[2]ですけれど――結婚、四年後にアドルフが生まれました。それがある日のこと、ヴィエナー・プラター公園で、二歳になった赤ん坊を、あの方が取り落としてしまったんです。そのときから、あの方の人生はがらりと変わってしまいました。背骨にけがをしたアドルフは、足が不自由になったんです。レディ・メイは悲嘆に暮れました。けがは自分のせいだと思い込み、キャリアを捨てて子どもの世話に一身を捧げることにしたのです。一年後にご主人が亡くなり、アドルフを連れて、少女時代にしばらく過ごされたことのあるアメリカにいらっしゃって、今お住まいの家を買われたわけなんですの。何から何まで、長じて脊椎彎曲《せきついわんきょく》となったアドルフ中心に生きてこられたんですわ。息子のためにあらゆるものを犠牲にして、赤ん坊にするように世話をして……」ベルの顔に暗い影がさした。「ときどき、私は思うんです——みんなが思っていることですけど——あの方の頭の中では、今でも息子はいたいけな子どもなんじゃないかしら。そのことが——ええ、病的になってしまってるんだわ。でもそれは、絶大な母性愛という甘美な恐ろしい病気——異常なほどゆがんだ愛情だって、叔父は申します。ここ何カ月か、すごく妙な——いっぷう変わったふうになられて。古いドイツの子守歌や童謡を口ずさんでらっしゃるのをよくお見かけするんですが、胸のところで腕を組んで、まるで——ああ、それはそれは神々《こうごう》しくて、もう恐ろしいほどで！——まるで赤ん坊を抱いているみたいなんですもの……。それに、アドルフを守ろうとするあまりでしょうか、ぎょっとするほど嫉妬深くなって。ほかの男の人をみんな恨むんですよ。つい先週もミスター・スパーリングを連れて会いにまいりましたら——私たち、しょっちゅうあの方をお訪ねするんです、お淋しそうに悲しそうにしてらっしゃるもんですから——そしたら、彼を険しいと言っていいくらいの目でにらんでおっしゃったんです。『どうしてあなたも足が萎《な》えてしまわなかったの？』って……」

娘が口をつぐんで、私たちの顔を見回した。

「これでおわかりいただけたでしょうか、ご配慮くださいと申しあげたわけを。……レディ・メイは、私たちがアドルフをいじめにきたと思われるかもしれません」

「不必要にその方の苦痛を増すことなどないようにしますよ」ヴァンスは娘に同情するように言った。そして、みんなでホールに向かおうというとき、娘にひとつ質問をした。それで私は、昼過ぎ、彼がドラッカー邸をちょっとのあいだながらじっくり検分していたことを思い出したのだ。

「ミセス・ドラッカーの部屋はどのあたりになりますか?」

娘ははっとしたように彼を見たが、即座に答えた。

「家の西側にあたる——張り出し窓がアーチェリーの練習場に突き出している部屋ですけど」

「ほう!」ヴァンスはシガレット・ケースを出して、レジー煙草を一本、慎重に選び出した。「その窓ぎわによく座っておられますか?」

「しょっちゅうのことです。レディ・メイは四六時中アーチェリーの練習をじっと見てらっしゃいます——なぜだかは存じませんが。私たちをご覧になると、きっとお辛いでしょうね、アドルフは弓を射るほど丈夫じゃありませんもの。何回かやってはみたんですけれど、疲れてしまうのでやめざるをえなかったんです」

「苦痛だからこそ、あなた方の練習をご覧になるのかもしれない——ある種の自虐行為ですよ。何とも痛ましいことです」

愛情がこもっていると言っていいほどのヴァンスの言葉だった。彼の真の姿を知らない人間には、異様に響いたかもしれない。地階のドアからアーチェリー練習場に出ようというとき、彼が付け加えて言った。

「ひょっとして、最初にミセス・ドラッカーにちょっとお目にかかっておくと、いちばんいいんじゃないかな。そうすれば、われわれの訪問は何ごとだろうと思われたとしても、不安がいくらかやわらぐかもしれん。ミスター・ドラッカーに知られずに、あの方の部屋まで行くことができるでしょうかね？」

「ええ、だいじょうぶですわ」娘は喜んでいた。「裏口からまいりましょう。アドルフの書斎は——彼が書きものをする部屋ですけど、表側にあるんです」

ミセス・ドラッカーは、みごとな張り出し窓のところで、ゆったりとした古風な長椅子に重ねたピローに寄りかかって座っていた。ミス・ディラードは、母親に対するような情愛をこめてあいさつし、やさしく気づかいながら身体をかがめて、その額にキスをした。

「何と申しましょうか、たいへんなことが今朝、うちで起こったんです、レディ・メイ」と、ベル。「それで、こちらの方々が、あなたにお目にかかりたいとおっしゃいまして。私がお連れしましょうと申しあげたんですの。よろしかったかしら？」

私たちが入っていったとき、青白い、悲しみをたたえた顔をドアからそむけていたミセス・ドラッカーが、今、恐怖にこわばってこちらを見つめている。背の高い女性で、痩せて、やつれていると言っていいほどだ。椅子の肘の上で軽く曲げた両手は、おとぎ話に出てくる鳥女の鉤爪《かぎづめ》のように、筋ばって皺が寄っている。顔もまたほっそりと、深い皺が刻まれている。が、魅力がない顔というわけではない。瞳は澄んで生き生きしているし、鼻は筋がすっと通って高い。齢《よわい》六十をとうに超えているに違いないというのに、髪の毛は褐色にふさふさとしていた。

彼女はしばらく、身じろぎもせず口もきかなかった。それから、両手をゆっくりと握って閉じ、唇を開いた。

「どういったご用?」低い、よく響く声だ。

「ミセス・ドラッカー」答えたのはヴァンスだった。「ミス・ディラードのお話のとおり、お隣で今朝、悲しいことが起きました。あなたのお部屋の窓が、アーチェリーの練習場を直接見渡せるたったひとつのところですので、われわれの捜査の助けになるようなことが、何かお目にとまったかもしれないと思いまして」

この女性の警戒心は目に見えてゆるんだものの、彼女がふたたび口を開くまでに一、二拍の間《ま》があいた。

「で、どんなことが起きたのです?」

「ミスター・ロビンという人が殺されたのです。——ひょっとしてご存じの方では?」

「アーチェリーの選手——ベルのクラブの代表選手の方?……ええ、存じあげてますわ。強くて丈夫な若者、重い弓を引くことができて、それでも疲れることのない人。誰がそんなことを?」

「わかりません」さりげないふうでありながら、ヴァンスは彼女を抜け目なく観察している。

「ただ、練習場で、あなたのお部屋の窓から見えるところで殺されていましたので、ご協力いただければと思ったまでです」

まぶたがずるそうに伏せられ、考え抜いたすえに満足したといったふうにミセス・ドラッカーが両手を握り締めた。

「練習場で殺されたことは確か?」

「練習場で発見しました」と、ヴァンスがあたりさわりのない返事をした。

「そう。……でも、わたくしにどんなご協力ができるんでしょう?」彼女は緊張を解いて椅子に寄りかかった。

「今朝、練習場で誰かを見かけられましたか?」

「いいえ!」即座の、そして強い否定。「誰も見ませんでした。一日じゅう練習場のほうを見てはいませんわ」

ヴァンスはその女性の凝視をしっかり受け止め、ため息をついた。

「それは非常に残念。今朝、この窓から外をご覧になっていたら、事件を目撃された可能性もあったんでしょうが。……ミスター・ロビンは弓と矢で殺され、どうやらそんなことをされる動機といったものが見当たらないのです」

「弓と矢で殺されたとおっしゃるの?」灰のように白かった彼女の頬に、ほのかに赤みがさした。

「検屍官の報告ではね。われわれが見たとき、矢が心臓を貫いていました」

「当然ですわね。おかしいところなんか何もないみたいだわ、ねえ？……矢が、ロビンの心臓を貫く、って！」どことなく超然としている、遠い、うっとりした目だった。

はりつめた沈黙があって、ヴァンスが窓のほうに移動した。

「外を見せていただいてもよろしいでしょうか？」

何かまるで別のことを考えていたらしいその女性は、やっとのことでわれに返った。

「どうぞ、どうぞ。たいして眺めがいいわけでもないんですけれどね。北に七十六丁目の並木、南にはディラードさんの裏庭の一部が見えますわ。でも、向かいのあの煉瓦塀はまったく目ざわりなの。あのアパートメントが建つまでは、川の眺めがすばらしかったんですのよ」

ヴァンスは、しばらくアーチェリー練習場を見おろしていた。

「そうですか。今朝、この窓のところにいらっしゃりさえすれば、何があったかお目に入りもしたかもしれませんのに。ここから、練習場とディラード家の地階のドアがすごくはっきり見える。……残念です」ヴァンスは腕時計をちらりと見た。「息子さんはご在宅でしょうか、ミセス・ドラッカー？」

「息子！　わたくしの坊や！　あの子に何のご用？」声が悲痛にうわずって、毒々しいまでの憎しみをこめた視線がヴァンスを射た。

「まったくたいした用ではないんですが」ヴァンスがなだめるように言った。「ただ、練習場に誰かがいるところをご覧になったかも――」

「誰も見ておりませんよ！　見たはずありません、うちにいなかったんですから。今朝は早くから出かけて、まだ帰ってませんわ」

ヴァンスは、いたわりの目でこの女性を見た。

「午前中ずっとお出かけですか？——行き先をご存じですか？」

「あの子がどこにいるかはいつも承知しております」ミセス・ドラッカーは毅然として答えた。

「わたくしに何でも話してくれますからね」

「今朝はどちらへお出かけとおっしゃってましたか？」ヴァンスは穏やかに追及する。

「もちろん。ただ、ど忘れしてしまって。ええと……」細長い指が椅子の肘掛けをこつこつたたき、目が落ち着かなげにきょときょと動いた。「思い出せません。でも、戻ってまいりましたら訊いておきましょう」

ミス・ディラードは立ってこの女性を見守りながら、当惑をつのらせていた。

「だけど、レディ・メイ、アドルフは今朝うちにみえたんですよ。シガードに会いに——」

ミセス・ドラッカーが身体をしゃんと起こした。

「そんなことありません！」ぴしりと言った彼女は、娘を邪険と言ってもいいような目で見た。「アドルフの用事があったのは、ダウンタウンのあたりでしたよ。お宅のあたりにはいませんでした——いなかったとわかってます」きらりと目を光らせ、挑むようにヴァンスのほうを向いてにらみつける。

間《ま》の悪い一瞬だった。しかし、続いてもっと痛ましい場面が訪れた。

ドアがそっと開いて、ミセス・ドラッカーの両腕がさっと差し伸べられた。

「まあ、おまえ――わたくしの坊や！　いらっしゃいな」

しかし、ドアのところに立った男は足を踏み出さない。小さな丸い目をぱちぱちさせて、目が覚めたら思いも寄らぬ場所だったとでもいうようにきょとんとしている。アドルフ・ドラッカーは背丈がせいぜい五フィートしかなかった。脊椎彎曲に典型的な、押しつぶしたような体型。脚がひょろ長く、彎曲してふくらんだ胴体に、大きなドーム形の頭が乗っている。だが、顔には知性の輝きがあり、強烈な情念のパワーが人をひきつけずにはおかない。ディラード教授は数学の天才と呼んでいた。この男の博学を疑う者はあるまい[3]。

「いったいどういうことです？」ドラッカーはかん高い震える声で、ミス・ディラードを見ながら答えを迫った。「こちらはきみのお知り合いかい、ベル？」

娘が話し出すのを、ヴァンスが身ぶりで制止した。

「実はですね、ミスター・ドラッカー」陰鬱《いんうつ》な調子だ。「お隣で悲しい事件がありました。こちらはミスター・マーカム、地方検事です。そして、警察署のヒース部長刑事。ミス・ディラードにお願いしてお連れいただきました。今朝、アーチェリー練習場でふだんと違うことをお母さまがお気づきになられなかったか、うかがいたいと存じましてね。事件が起こったのは、ディラード家の地階のドアのすぐ外だったんですよ」

ドラッカーが顎を突き出して目をぱちくりさせた。

「事件？　どんな事件です？」

「ミスター・ロビンという方が殺されました――弓と矢で」

男の顔が、発作でも起こしたようにひきつった。

「ロビンが殺された？　殺されたですって？……いつ？」

「おそらく、十一時から十二時のあいだのどこかでです」

「十一時から十二時のあいだ？」ドラッカーの視線がさっと母親に移った。興奮してきたようで、大きくぶかっこうな指がスモーキング・ジャケットの縁をしきりにいじくっている。「何が見えたんですか？」きらりと光る目をぴたっと母親に据えた。

「何のことを言っているの、おまえ？」うろたえて蚊の鳴くような声での反駁《はんばく》だった。

ドラッカーの表情が硬くなり、口もとが冷笑でもれそうにゆがんだ。

「この部屋で叫び声が聞こえたのが、ちょうどそのころだった、ってことです」

「まさか！　いいえ――いいえ！」母親はかたずをのみ、激しく首を振った。「聞き違いですよ、おまえ。今朝、わたくしは叫んだりしませんでした」

「じゃあ、ほかの誰かだったんですね」その口調には、冷たい厳しさがあった。言葉がちょっと途切れたあとで、言い添える。「こういうことです。叫び声がしたあと、二階にあがってきて、この部屋のドアのところでようすをうかがいました。でも、お母さんが子守歌《アイアポパイア》を口ずさみながら歩き回ってらしたんで、ぼくは仕事に戻りました」

ミセス・ドラッカーはハンカチを顔に押しあてて、つかのま目を閉じていた。

「十一時から十二時のあいだ、仕事をしていたのですか？」切実な思いを抑えて、高く響く声。

「だって、何度か声をかけたのに――」

「聞こえましたよ。でも、返事はしなかったんです。手が離せなかったものですからね」「そういうことだったの」彼女はゆっくりと窓のほうを向いた。「出かけているものと思っていましたよ。おまえ、わたくしに言ってなかったかしら――?」

「ディラードさんのところに行くって言いましたよ。でも、シガードが留守でしたから、十一時ちょっと前に帰ってきたんです」

「気がつきませんでしたよ」精根尽きて、彼女はぐったりと椅子に寄りかかり、向かいの煉瓦塀に目をやった。「呼んでも返事がなかったし、てっきりまだ帰ってきていないものとばかり」

「ディラードさんのところを通りの門からおいとまして、公園を散歩してきました」ドラッカーの声がいらついている。「そして、表のドアから入ったんですよ」

「そして、わたくしの叫び声が聞こえたですって?……だけど、どうして叫んだりします? 今朝は背中も痛みませんでしたよ」

ドラッカーが眉をしかめ、小さな目をヴァンスからマーカムへさっと動かした。

「叫び声が聞こえました――女性のね――この部屋から」と、かたくなに繰り返す。「十一時半ごろでしたよ」そして、椅子にどさっと座り込むと、不機嫌そうにまじまじと床を見つめた。

この母と息子のややこしいやりとりに、一同はあっけにとられた。ヴァンスは戸口近くで十八世紀ごろの古い版画の前に立っていて、見かけばかりは一心に見入っているが、抑揚にいたるまでひとことも聞き逃してはいないと私にはわかる。ぶらぶら歩き出したかと思うと、口をはさまないようにとマーカムに合図して、ミセス・ドラッカーに近づいていった。

「たいへん申しわけありませんでした、奥さま、お騒がせしてしまって。お許しいただきたい」

おじぎをすると、ミス・ディラードのほうを振り向いた。

「帰りの案内をお願いできますか？　それとも、ぼくたちだけでまいりましょうか？」

「ごいっしょいたしますわ」と、娘は言った。ミセス・ドラッカーのところへ行って、片腕を身体に回す。「ごめんなさいね、レディ・メイ」

ホールに出ていきかけたヴァンスが、いかにもふと思いついたように足を止めて、ドラッカーのほうを振り返った。

「あなたもごいっしょしていただいたほうがいいな」さりげないけれど有無を言わせない口調だ。「ミスター・ロビンをご存じでしたし、何か教えていただけるかもしれない――」

「行ってはいけません！」と、ミセス・ドラッカーがわめいた。さっと身体をまっすぐに立てて、苦悶と恐怖に顔をゆがめている。「行かないで！　その人たちは敵よ。おまえをいじめたいのよ……」

ドラッカーは立ち上がっていた。

「なぜ行ってはいけないんです？」と、すねたように言葉を返す。「この事件のことを知りたい。もしかしたら――こちらのおっしゃるとおり――ご協力できるかもしれないし」そして、我慢できないという身ぶりをすると、私たちのところにやってきた。

## 6 「『それは私』とスズメが言った」　四月二日（土曜日）午後三時

ディラード家の応接間に戻り、ミス・ディラードが私たちを残して書斎の叔父のもとに行ってしまうと、ヴァンスは単刀直入、当面の仕事に着手した。

「お母さまの目の前でお尋ねして、あの方に心配をかけるのは気が進まなかったんですがね、ミスター・ドラッカー、今朝、ミスター・ロビンが亡くなる少し前にこちらを訪ねていらしたのだから――ひととおりの手順を踏むだけのことですが――ご存じのことをすっかり話していただかなくてはなりません」

ドラッカーは暖炉のそばに腰をおろしていた。用心深く首をひっこめていたが、返事を返さない。

「いらっしゃったのは」と、ヴァンスが続けた。「九時半ごろでしたね、確か。ミスター・アーネッソンに会いに」

「そうです」

「アーチェリー練習場と地階のドアを通って？」

「いつもの経路なんです。わざわざあのブロックをぐるっと回るのもね」

「ところが、ミスター・アーネッソンは今朝、お留守だった」

ドラッカーがうなずく。「大学に行っていて」

「そこで、ミスター・アーネッソンがいらっしゃらないとわかって、ディラード教授としばらく書斎にいらしたんですよね。天文観測隊が南米へ派遣されたことを話し合っておられたとか」

「王立天文学会がアインシュタイン偏差理論の実験のためにソブラルに出かける話です」と、ドラッカーは補足した。

「書斎にはどのくらいいらっしゃいましたか?」

「三十分足らずです」

「そのあとは?」

「アーチェリー・ルームにおりて、雑誌を一冊のぞいてみました。チェスの問題が載っていたので。最近あったシャピロとマーシャルの試合の終盤での着手強制《ツークツワンク》（自分の不利になるような駒の動きしかできない局面）ですが、座って考えていました……」

「ちょっと待った、ミスター・ドラッカー」ヴァンスの声に、興味を押し殺しているような調子がまじった。「チェスにご興味が?」

「そこそこには。さほど時間を割いているわけでもありません。チェスは純粋に数学的なゲームじゃありませんから。適切な推論ができなくて、あくまでも科学的な精神に訴えるには足りない」

「難しい手でしたか?」

「難しいというより、巧妙と申しますか」ドラッカーは、抜け目なくヴァンスを見つめている。

「一見役に立たないようなポーンを一手動かすのが手詰まり打開の鍵だとわかったとたん、簡単に解けました」

「どのくらい時間がかかりました?」

「三十分かそこらでした」

「十時半ごろまで、というところですか?」

「そんなところでしょうね」ドラッカーは深々と椅子に身を沈めたが、ひそかな警戒心を解いてはいない。

「では、ミスター・ロビンとミスター・スパーリングがアーチェリー・ルームに入ってきたとき、そこにいらっしゃったはずですね」

すぐには返事がなかった。ヴァンスは相手がためらっているのに気づかないふりをして、付け加えた。「ディラード教授がおっしゃったんですが、おふたりは十時ごろ訪ねてみえて、この応接間でしばらくお待ちになったあと地階の部屋におりていかれたとか」

「それはそうと、スパーリングはどこです?」ドラッカーの目が、私たちをひとりひとり疑り深そうに鋭く見た。

「じきにこちらへみえるでしょう」とヴァンス。「ヒース部長刑事が部下をふたり、お迎えにやりましたから」

ドラッカーの両の眉がつり上がった。「ははあ! では、スパーリングは強制的に連れ戻されるってわけだ」へらのような指をピラミッド形に組んで、黙って考えにふけるようにそれを見つめている。と、ゆっくりと目を上げて、ヴァンスを見た。「ロビンとスパーリングにアーチェリー・ルームで会ったかとお尋ねでしたね。――ええ、会いました。ちょうど帰りかけたところに、ふたりがおりてきました」

ヴァンスは背もたれに寄りかかって、脚を前に投げ出した。

「おふたりのようすは、ミスター・ドラッカー――婉曲《えんきょく》に申しますが――口論でもなさってい

るようでしたか？」

ドラッカーはこの質問をしばらく吟味していた。

「そんなふうに言われてみますと」ようやく口を開いた。「思い出してみるに、なんとなくよ

そよそしい雰囲気だったような。しかしですね、その点については断言しかねます。だってほ

ら、ふたりがその部屋に入ってくるとほとんど同時に、出ていってしまったものですから」

「地階のドアから出たと、そうおっしゃいましたね。それから、塀の門を通って七十五丁目に

出られた。間違いありませんか？」

つかのま、ドラッカーは答えたくなさそうに見えたが、答えたときは努めて平気そうにして

いた。

「そのとおりです。川べりをちょっとぶらついてから仕事に戻ろうと思ったんです。リヴァー

サイド・ドライヴに出て、乗馬道をのぼって七十九丁目を曲がって公園に入りました」

警察に対する陳述は何でもひととおり疑ってみることにしているヒースが、続いて質問した。

「どなたか知り合いに会われましたか？」

ドラッカーがむっとした顔を向けたが、ヴァンスがすかさず急場を救った。

「どうでもいいことだよ、部長。あとでその点を確かめる必要が出てきたら、改めて問題にしたらいいんじゃないか」それから、ドラッカーに向かって言った。「散歩からは十一時ちょっと前に戻られた、そうおっしゃいましたね。そして、表のドアからお宅に入られた」

「そうです」

「ついでながら、今朝こちらにいらしたとき、ふだんとかくべつ変わったことは何もなかったと?」

「お話しした以外のことは何も」

「それで、十一時半ごろ、お母さまの叫び声が聞こえたというのは確かなんですね?」

ヴァンスは身じろぎひとつせずにこの質問をした。ただ、かすかにこれまでと違う調子が声に忍び込んでいて、ドラッカーに驚くべき作用を及ぼした。椅子からずんぐりした身体を持ち上げ、立ち上がって、威丈高《いたけだか》にヴァンスを上からにらみつけた。小さな丸い目がかっと光り、唇がわなわなと震える。前に突き出した両手が、痙攣の発作に襲われたかのように曲がったり伸びたりしている。

「何が言いたいんだ?」と、ひっくり返ったかん高い声で詰め寄る。「母の叫び声を聞いたって言ってるじゃないか。母が認めようと認めまいと、知ったことか。それに、母の部屋で足音がした。母は自分の部屋にいた、いいですか、そしてぼくは自分の部屋にいた。十一時から十二時までね。そうではないと証明などできないはずです。それにね、ぼくがどこで何をしていようが、あなた方からもほかのどんなやつからも、難詰されるつもりはない。よけいなお世話だ——おわかりですか?……」

あまりのすさまじい怒りに、今にも彼がヴァンスに襲いかかるのではないかと思ったほどだった。危険かもしれないと察知したヒースが、立ち上がって一歩進み出た。ところが、ヴァンスは動じない。あいかわらずものうげに煙草をふかし、相手が怒りをぶちまけ終わると、淡々と感情をかけらも見せずに言った。

「お尋ねしなくてはならないことはもうありません、ミスター・ドラッカー。それに、ねえ、ちっとも興奮なさる必要などありません。お母さまの叫び声が、殺人の起きた正確な時間を割り出す助けになるかもしれないと、思いついただけのことなんですからね」

「母の叫び声が、ロビンの死亡時刻とどんな関係があるんですか? 母は、何も見なかったと言ってたんじゃありませんか?」ドラッカーは憔悴《しょうすい》したようすで、ぐったりとテーブルにもたれかかった。

そのとき、ディラード教授が入り口に現われた。後ろにアーネッソンが立っている。

「何ごとかね?」と教授。「騒がしいもんで、おりてきたよ」ドラッカーを冷ややかに眺めている。「こんなふうにきみが脅かすまでもなく、ベルは今日、十分な目にあっておる」

ヴァンスが立ち上がったが、彼が口を開くよりも早くアーネッソンが進み出て、人差し指を立てて振りながら茶化し半分にドラッカーをたしなめた。

「少しは自制ってやつを覚えなくちゃな、アドルフ。そんなにいまいましいほどまじめに人生を考えちゃって。長いこと星と星のあいだの広大なる空間をたっぷり研究してきたんだから、ものの釣り合いって感覚を身につけたっていいんじゃないか。地上の針の先ほどのこんな小さなことを、どうしてそうものものしくとらえることがある?」

ドラッカーは肩で荒い息づかいをしている。

「こんなやつら――」

「おいおい、アドルフ!」アーネッソンがみなまで言わせなかった。「人間ってやつは誰だって、こんなやつらってほどのものなのさ。とりたてて言うほどのことがどこにある?……さあ、来いよ。送っていってやろう」そう言ってドラッカーの腕をしっかり取ると、階下に連れていった。

「お騒がせして申しわけありませんでした」と、マーカムがディラード教授に詫びた。「どうしたことか、かっとなってしまわれて。捜査というやつは、だいたいにおいて愉快なしろものではありません。しかし、長びかないようにしたいと思います」

「そうか、できるだけさっさと頼むよ、マーカム。それと、なるべくベルを思いやるようにしてくれたまえ。帰る前にまた顔を見せてくれ」

ディラード教授が二階に戻ると、マーカムは眉根を寄せ、両手を後ろに固く組んで部屋の中を行ったり来たりした。

「ドラッカーをどう思う?」マーカムはヴァンスの前に立ち止まって尋ねた。

「はっきり言って、愉快な人物ではない。すっかり病んでいるね。手のつけようがない嘘つきだ。しかし、抜け目がない。まったく、いまいましいくらい抜け目がないよ。常軌を逸した頭脳の持ち主だね——ああいうタイプにはよくあることだ。真に建設的な天才となることもある、スタインメッツ（ドイツ生まれのアメリカの電気技術者・発明家。一八六五—一九二三）のようにね。でも、ドラッカーのように、深遠な思索を非実用的な方面に働かせることがあまりにも多いね。それでも、たいして言葉をやりとりできなかったものの、まったく収穫がなかったわけでもない。あの男、何か、話したくても話すふんぎりがつかないことを隠しているんだ」

「そういうこともありうるな、当然」マーカムはあやふやな返事をした。「十一時から正午まで って時間の話題に、神経をとがらせている。それに、ずっと猫みたいにきみをうかがっていた」

「イタチみたいにだよ……そうさ、あのありがたい監視の目、気づいていたとも」

「いずれにせよ、彼がたいして役に立つとは思えない」

「ああ。船はたいして先に進んだとは言えないね。だが、少なくとも、多少の荷を積み込むことはできた。頭に血ののぼりやすいわれらが数学の奇才が、非常におもしろい推理の糸口をいくつかつけてくれた。それに、ミセス・ドラッカーも見込みはたっぷりだね。ふたりの知っていることが両方ともわかったら、このわけのわからん事態を打開する鍵が見つかるかもしれない」

ヒースはそれまでずっとぶっちょうづらで、うんざりとつまらなさそうに事の成り行きを眺めていた。それがここにきて、闘志満々、居ずまいを正した。

「申しあげておきますよ、ミスター・マーカム。時間の無駄というものです。こんな話をして、何になるってんです？　スパーリングの坊やですよ、おたずね者は。私の部下がしょっぴいてきて、ちょいとしめあげてやりゃ、起訴までもってけるに十分なネタがあがるってもんですよ。やつはディラードの娘に惚れて、ロビンにやきもちをやいてた。あの娘のことだけじゃなくって、あの赤い棒っきれをロビンのほうがまっすぐ射ることができるってこともあった。この部屋でロビンとひともんちゃくあった――教授が耳にしたっていうやつですな。そして、ロビンといっしょに下の階におりていった。証言によれば、それからわずかの時間で殺人が起きた……」

「おまけに」と、ヴァンスが皮肉っぽく付け加えた。「名前は〝スズメ〟だときた。なんたる《クオド・エラト・》歴然たる証拠《デモンストランダム》――いやいや、部長、あんまり単純すぎるよ。トランプでカンフィールド（数列をつくるひとり遊び）をやるみたいな具合になってしまう。犯人に直接容疑が降りかかるよう、周到に計画されすぎているがゆえにね」

「周到な計画になんぞ、さっぱり見えませんね」ヒースは譲らない。「このスパーリングってやつがかっとなって弓を取り上げ、あそこの壁から矢を一本ひったくって、ロビンのあとから外に出ると、心臓をぶすり、そしてすたこら逃げたんですよ」

　ヴァンスがため息をついた。

「このよこしまな世界をそのものずばりに見すぎているよ、部長。ものごとがそんなに素朴にてきぱき運ぶものだったら、人生もたいそう単純な――そして索漠たるものになるだろうがね。

だが、ロビン殺しの手口《モダス・オペランディ》はそんなものじゃない。第一に、動いている人間を的にして、ちょうど肋骨《ろっこつ》と肋骨のあいだ、心臓という急所をはずさないような射手なんて、いやしない。第二に、ロビンの頭蓋骨骨折がある。倒れたときのものかもしれないが、どうも違うような気がする。第三、帽子が足もとにあった。自然に倒れたなら、あそこにはないはずだ。第四、矢《や》筈《はず》が擦り切れていて、弦につがえられたかどうかあやしいものだ。第五、ロビンは正面から矢を受けている。弓を引いたりねらいを定めたりするあいだには、助けを呼ぶなり自分をかばうなりする暇があったはずではないか。第六、……」

ヴァンスは煙草に火をつけようとして、言葉を切った。

「おっと、部長！　見落としていたことがあった。人間が心臓を刺された場合、たちまち血がほとばしり出るものだ。特に、凶器の先端が矢柄より大きくて、適度に傷口の栓とならなかったときにはね。そうだ！　アーチェリー・ルームの床に、きっと、血痕がある――ドア付近があやしい」

ヒースはためらっていたが、それもほんの一瞬のことだった。長い経験から、ヴァンスの示唆は軽々しく扱うべきでないと教えられていたのだ。いかにも人がよさそうにぶつくさ言いながらも立って、家の裏手のほうに出ていった。

「なあ、ヴァンス、何が言いたいかわかってきたぞ」マーカムは困った顔つきをした。「しかし、けしからん！　ロビンが弓と矢で殺されたと見せかけたのが事後《エクス・ポスト・ファクト》の舞台装置にすぎないのだとすると、考えたくもないほど極悪非道のものにぶつかったってことになる」

「偏執症的気質のなせるわざだ」ヴァンスは珍しく真剣に断じた。「おっと、自分のことをナポレオンだと思うようなありきたりの偏執症じゃなくて、頭脳が途方もなさすぎて、正気が人知のかぎりでは帰謬法《レダクシオ・アド・アブスルダム》の域にまで達してしまった人間――気質そのものが四次元の式になるというところまでいってしまったという常軌の逸しかただな」

マーカムはやたらと煙をふかしながら思索にふけっていたが、しばらくして口を開いた。

「ヒースが何も見つけてくれないことを願うね」

「なぜ――いったいどうしてだい？」ヴァンスが切り返した。「ロビンがアーチェリー・ルームで死んだという物的証拠が何もなかったとしたら、法的にもっとめんどうな問題になるだけだぞ」

しかし、その物的証拠が出てこようとしていた。ほどなくして部長刑事が、きまり悪そうだが興奮したようすで戻ってきた。

「まいりましたよ、ヴァンスさん！」と、だしぬけに言った。「図星です」感嘆の表情を隠そうともしなかった。「床に血の跡こそありませんでしたがね。コンクリートに黒ずんだところがありまして、今日のいつの時点かに誰かがぬれた布きれで拭いてます。まだ乾いていなかった。場所は、おおせのとおり、ドアのすぐそば。なおさらあやしいことには、床に敷いたラグのうち一枚をひっぱってきて隠してあった。だがね、これでスパーリングがシロってことになったわけじゃない」ヒースはいまいましげに言い添えた。「部屋の中でロビンを射たのかもしれん」

「それから血をきれいに掃除して、弓と矢を拭いて、死体と弓を練習場に運んで、おもむろに立ち去った？……なぜだ？……アーチェリーのことを知りすぎていて、屋内スポーツじゃないよ、部長。それに、スパーリングはアーチェリーのことを知りすぎていて、弓と矢で人を殺そうなどと思わないさ。ロビンの平穏無事な生涯を絶ったあれほどみごとな命中は、まったくのまぐれ当たりだったたろう。ギリシャ神話のテウクロスでさえ、あんな確実な当たりはとれなかったろうよ――ホメロスによれば、テウクロスはギリシャ随一の弓の名手だったんだがね」

ヴァンスが話していると、パーディーがホールにおりて出ていこうとした。玄関にさしかかったところで、ヴァンスがさっと立ち上がって戸口に出た。

「ああ、ちょっと、ミスター・パーディー。ちょっと待っていただけませんか」

相手は慇懃《いんぎん》で従順な態度で振り向いた。

「もうひとつおうかがいしたいんですが」と、ヴァンス。「ミスター・スパーリングとビードルが今朝、塀の門から出てゆくのをご覧になったとおっしゃいましたね。その門を出入りした者を、ほかには確かにご覧にならなかったのでしょうか？」

「ええ、そうです。つまり、ほかには覚えがありません」

「ミスター・ドラッカーにしぼって考えているのですが」

「ああ、ドラッカーですって？」パーディーは、軽く強調するように首を振った。「いや、あの人のことだったら覚えていたでしょうが。でも、私が気づかないうちに何人もの人がこのうちを出たり入ったりしたかもしれないですよね」

「まったく――まったくですな」ヴァンスはどうでもよさそうにつぶやいた。「ちなみに、チェスの腕前はどうなんでしょうね、ミスター・ドラッカーの？」

パーディーがはっと驚いたようすを見せた。

「実践という意味では、あの人は全然チェス・プレイヤーではありません」彼は正確を期した慎重な言いまわしをした。「ただし、すぐれた分析家であり、ゲームの理論には驚くほど精通してらっしゃいますね。でも、実際に盤上で指されることはめったにないのです」

パーディーが帰っていくと、ヒースが上目づかいに勝ち誇ったようにヴァンスを見た。

「ほらほら」人のよさそうな言いかただ。「あのドラッカーのアリバイを確かめたがってるのは、私だけじゃないようですな」

「ああ、しかしね、アリバイを確かめることと、当人自身にアリバイを証明させることとは別ものだ」

そのとき、玄関のドアが勢いよく開いた。ホールに重い足音がして、三人の男が戸口に現われた。ふたりは刑事らしい。あいだにはさまれて、三十歳くらいのすらりとした長身の青年が立っている。

「つかまえました、部長」刑事のひとりが得意満面、意地の悪い笑いを浮かべながら報告した。「ここからまっすぐ自宅に舞い戻って、踏み込んだときは荷造りの最中でした」

スパーリングは、憤慨と不安の目で部屋を見回している。ヒースがその目の前に立ちはだかり、そのまま勝ち誇ったように頭のてっぺんからつま先まで眺めた。

「ほお、お若いの、ずらかるつもりだったのか、え?」部長刑事の葉巻が、しゃべるたびに唇のあいだでひょいひょいと上下する。

スパーリングは頬を紅潮させ、かたくなに口を閉じている。

「そうか! 言うことは何もないってことか?」顎をいからせて、ヒースはなおも言いつのった。「無口な若者ってやつかね? まあいい、しゃべらせてやるまでだ」マーカムのほうを振り向く。「どうでしょう? 本署に連行しますか?」

「ミスター・スパーリングも、ここで二、三の質問に答えるのをいやだとはたぶんおっしゃるまい」マーカムは小声で言った。

スパーリングは、この地方検事をしばらくまじまじと見ていた。次に、ヴァンスに視線を移すと、ヴァンスが励ますようにうなずいてみせた。

「どんな質問に答えればいいんです?」懸命に自制しているらしい。「週末旅行の準備をしていたら、この失礼な人たちがどかどか部屋に入ってきた。かと思えば、ひとことの説明もなし、家族と話もさせてもらえずに、ここへ連れてこられた。今度は、警察本署へ連行するって話だ」反抗的な目でヒースをにらみつける。「いいでしょう、本署に連れてってもらおうじゃありませんか——あきれたね!」

「今朝、何時にここを出られました、ミスター・スパーリング?」ヴァンスの口調は穏やかで当たりがやわらかく、態度には人を安心させるようなところがあった。

「十一時十五分ごろです。グランド・セントラル駅を十一時四十分に出るスカースデール行きの列車に間に合うように」

「で、ミスター・ロビンは？」

「ロビンの帰った時間は知りません。ベルを――ミス・ディラードを待つと言ってました。ぼくはアーチェリー・ルームで別れたんです」

「ミスター・ドラッカーにお会いになりましたか？」

「ちょっとだけですが――会いましたよ。ロビンとぼくがおりていったとき、アーチェリー・ルームにいたので。でも、すぐ帰ってしまいましたね」

「塀の門から？　それとも、練習場を抜けて？」

「覚えていません――というか、気にしていなかったので……。あの、ちょっと、これはいったい何のまねです？」

「ミスター・ロビンが今朝、殺されましてね」と、ヴァンス。「――十一時前後のことです」

スパーリングの目が飛び出さんばかりに大きく開かれた。

「ロビンが殺された？　信じられない！……誰が――誰が殺したんです？」唇が乾き、舌で湿らせている。

「まだわかっていません」と、ヴァンス。「矢で心臓を射抜かれていました」

この言葉に、スパーリングは肝をつぶした。うつろな目が左右にきょときょと動き、手はポケットの中の煙草をまさぐった。

ヒースがもう一歩詰め寄って、顎を突き出した。

「ひょっとしてあんたが教えてくれるんじゃないのか、誰が殺したのか——弓と矢でね！」

「どうして——なぜそんな——ぼくが知ってると思うんです？」スパーリングは、口ごもりながらやっとのことでそう言った。

「いいか」部長刑事が容赦なく言い返す。「あんたはロビンを妬《ねた》んでいた、そうだろ？　あの娘のことで頭に血がのぼって口論した、ちょうどこの部屋で、な？　ロビンがやられる直前にいっしょにいた人間は、あんただけだった、そうだな？　おまけに、あんたは弓と矢にかけちゃ、ちょっとした腕前だな？——だから、あんたは何か知ってるだろうと思うわけだ」部長刑事は目を細め、上唇を引き上げて歯を見せた。「さあ！　吐いてもらおう。あんたのほかに考えられないんでね。あの娘をロビンと張り合ってたうえに、最後にいっしょにいるところを見られてる——殺されるほんの少し前にな。それに、アーチェリーの名人以外に、弓と矢で殺そうとするやつがいるかね——ええ？……楽になっちまえよ、吐いちまえ。逃げられやしない」

　あやしい光がスパーリングの目に凝集され、身体が硬くこわばってきた。

「うかがいますが」——はりつめた不自然な声だった——「弓は見つかったんですか？」

「見つけたとも」ヒースが不快な笑い声をたてた。「ちょうどあんたが置いていったところで——あの路地でね」

「どんな弓でした？」スパーリングの視線は、どこか遠くの一点を見つめたまま動かない。

「どんな弓でした、だと？」ヒースがおうむ返しに言う。「普通の——」

　この青年をじっくり観察していたヴァンスが口をはさんだ。

「質問の意味はわかるような気がするよ、部長。女性用の弓でした、ミスター・スパーリング。五フィート六インチくらいの、軽めの――三十ポンドに満たない、というところでしょうか」

スパーリングが、自分を押し殺して何か辛い決意をするかのように、ゆっくりと深呼吸をした。かすかな、陰鬱な笑みを浮かべて、唇が開いた。

「これ以上話してもしょうがない」大儀そうな口調だ。「逃げる時間はあると思った……。ええ、ぼくが殺しました」

ヒースが満足げにうなり、その好戦的な態度がたちまち影を潜めた。

「思ったよりものわかりがいいじゃないか」と、父親のような口調で言って、ふたりの刑事に事務的にうなずいてみせた。「お連れするように。私の車を使ってくれ――外に止めてある。記帳はせずに拘置しておくように。署に帰ってから私が手続きをしたいんでね」

「来るんだ、ほら」と、刑事のひとりが、ホールのほうを向きながら命令口調で言った。

しかし、スパーリングはすぐには従わなかった。訴えるような目でヴァンスを見た。

「お願いが――できれば――」

ヴァンスが首を振った。

「いや、ミスター・スパーリング。ミス・ディラードにはお会いにならないほうがいい。今あの人を苦しめても何もならない……。ごきげんよう」

スパーリングはそれ以上ひとことも言わずに、囚《とら》われの身となって出ていった。

## 7　ヴァンス、結論に達する

四月二日（土曜日）午後三時三十分

ふたたび応接間は私たちだけになった。ヴァンスが立ち上がって背伸びをし、窓ぎわに行った。たった今演じられた場面が意外なクライマックスをもって幕をおろし、みんな、どことなくぼうっとしていた。同じひとつの思いに心をとらわれていたのだと思う。ヴァンスが口を開いたとき、まるで私たちの考えを彼が代表して声にしたかのようだった。

「どうやら、例の童謡に戻ったようだな……

『それは私』とスズメが言った――
『私の弓と矢でもって
コック・ロビンを殺したの』

ねえ、マーカム。少しばかりどろどろしてきたね」

ヴァンスはゆっくりと大テーブルのところに戻り、煙草をもみ消した。横目でヒースを見る。

「何を考え込んでいるんだ、部長？　鼻歌でも口ずさんで、タランテラ（ナポリ付近の活発な踊り）でも踊ってるところだろ。犯人《ホシ》が凶行を自白したんじゃないのかい？　犯人がじきに牢屋で泣きっつらをかくことになったとわかったんだ、うれしくてしかたがないんじゃないのかい？」

「実を申しますとね、ヴァンスさん」ヒースは不機嫌そうに認めた。「満足がゆかんのですよ。あんまり簡単に白状しすぎだし、それに——そう、ずいぶん大勢の野郎どもを見てきたが、今度のやつは行動が犯人らしくない。それがほんとのところです」

「いずれにしても」と、マーカムが希望的観測を述べた。「あの不合理な自白も、新聞屋の好奇心を満足はさせてくれるだろうから、邪魔をされずに捜査が進められるってもんだ。この事件はひどい騒ぎを引き起こすぞ。だが、犯人が牢屋にいると記者連中が思っているかぎりは、〝捜査の進展〟のニュースとやらでうるさくつきまとわれることもあるまい」

「あの男が犯人じゃないと言ってるわけじゃありませんよ」ヒースは自分自身の確信に明らかに反するような説をまくしたてた。「犯罪の確証をつかんだ手ごたえはあった。あの男、そうとわかって観念したんです、そのほうが裁判が楽になると思ったんでしょうよ。結局、それほど馬鹿じゃないということかもしれませんな」

「そうではあるまいよ、部長」と、ヴァンス。「あの若い男の頭の働かせかたはきわめて単純だった。ロビンがミス・ディラードに会いたがっていたのを知っていたし、彼女が昨夜、彼にいわば肘鉄をくらわせたことも知っていた。スパーリングがロビンを高く買っていなかったのは確かだね。短くて軽めの弓の使い手に殺されたと聞いたもんで、ロビンがたしなみある一線を越えて彼女に言い寄って、報いの矢に心臓を貫かれたという結論に飛びついたんだ。そこで、われらが高潔なるヴィクトリア朝のスズメ君は、男らしく胸をたたいて『この人を見よ《エッケ・ホモ》！』

（いばらの冠をかぶったキリストを指してピラトがユダヤ人に言った言葉）と叫んでみるよりほかしかたがなかった……。痛ましいかぎりだ」

「いずれにしたって」ヒースは不服そうだ。「あの男を釈放するつもりはありませんよ。マーカムさんが起訴しないとおっしゃるなら、そりゃご勝手ですがね」

マーカムは部長刑事を寛容の目で見やった。部長刑事の緊張を悟っていた彼は、人の言葉にいちいち気を悪くすることのない度量の大きいところを見せた。

「それでもね、部長」やさしい言いかただ。「たぶん、いっしょに捜査を続けるに異論はないだろう？　たとえぼくがスパーリングを起訴しないと決めたって」

ヒースはたちまち後悔した。おもむろに立ち上がってマーカムのところに行き、手を差し出した。

「おっしゃるまでもなく！」

マーカムは出された手を握り、愛想よく笑みを浮かべて立ち上がった。

「では、さしあたってはきみにあとのことを任せた。事務所で仕事があるし、スワッカーを待たせてあるんでね[1]」そう言うと、元気なくホールに向かった。「ミス・ディラードと教授に事の成り行きを説明してから行こう。特に考えがあるかい、部長？」

「そうですな、階下の床を拭いた布きれをよく探してみましょう。それと並行して、アーチェリー・ルームをすみずみまで細かく洗ってみますよ。そうそう、料理人と執事も、もう一度しめあげて、と――特にあの料理人だな。汚れ仕事が進行中に、手が届くくらい近いところにいたに違いない……。あとは、いつものお決まりの仕事ですな――隣近所の聞き込みやなんか」

「結果を知らせてくれ。今日遅くと明日の午後は、スタイヴェサント・クラブにいる」

ヴァンスが戸口でマーカムに追いついた。

「ねえ、きみ。郵便受けにあった、あの暗号みたいなメモをおろそかにしちゃいかん。主観的には、例の童謡の鍵かもしれないと思えてならない。ディラード教授と姪ごさんに訊いてみたほうがいい、〝僧正《ビショップ》〟に思い当たるような意味があるかどうか。あの聖職を表わす署名には意味があるよ」

「そうだろうかね」マーカムの返事はけげんそうだ。「意味なんか全然ないように思えるよ。でも、きみの提案どおりにはしてみよう」

けれども、教授もミス・ディラードも、〝僧正〟という言葉から連想するものは思いつかなかった。教授は、あのメモにはこの事件に関連するようなたいした意味などないというマーカムの意見に同意するようだった。

「子どもだましの通俗劇みたいだな。ロビンを殺したやつが、わけのわからん変名で自分の犯罪のことを書いたなど、ありそうもない。犯罪者の知り合いはおらんが、そんなやり口は論理的に思えんね」

「しかし、今回の犯罪そのものが非論理的なんですから」ヴァンスは愉快そうに、思い切ったことを言った。

「三段論法のそもそもの前提を知らずして、ものごとを非論理的と言うことはできん」教授は辛辣《しんらつ》な言葉を返した。

「ごもっともです」ヴァンスの口調は、わざとらしく丁重だ。「ゆえに、メモ自体、論理がないわけではないかもしれない」

マーカムが気をきかせて話題を変えた。

「教授、特にこのことを申しあげなくてはと思ってまいりましたが、ミスター・スパーリングが先ほどみえまして、ミスター・ロビンが亡くなったことを知らされると、自分がやったと自白なさいました……」

「レイモンドが自白！」ミス・ディラードは息をのんだ。

マーカムが、同情の目で娘を見る。

「正直なところ、ミスター・スパーリングの自白を私は信じていません。誤解から騎士道精神を発揮なさって、犯行を認めるに至ったに違いありません」

「騎士道精神？」彼女はおうむ返しに言うと、身を乗り出した。「それはどういう意味なんです、ミスター・マーカム？」

答えたのはヴァンスだった。

「練習場で見つかったのは、ご婦人用の弓だったんです」

「まあ！」娘は両手で顔をおおって、すすり泣きに身体を震わせた。

ディラード教授はそれを見ておろおろした。無力感が苛立《いらだ》ちのかたちになる。

「何のたわごとだ、マーカム？　どんな射手だろうと、婦人用の弓で射ることはできるじゃないか。……あきれ返った馬鹿な若者じゃ！　とんでもない自白などして、ベルに情けない思いをさせおって！……マーカム、なあ、あの坊やにはできるだけのことをしてやってくれ」

マーカムはしかと請け合い、私たちは立ち上がって辞去した。

「そういえば、ディラード教授」ヴァンスがドアの前で足を止めた。「誤解なさらないでいただきたいのですが、あのメモをタイプするという冗談としか思えないことをとくとくとしてやったのは、誰かこの家に出入りできる者という可能性がなきにしもあらずです。ひょっとして、このお屋敷内にタイプライターがございますか？」

ヴァンスの質問に憤慨しているのは目に見えていたが、教授はせいぜい丁重な答えを返した。

「いや――わしの知るかぎり、ずっと置いていない。わしのタイプライターは、十年前に大学を辞めたときに捨てた。必要なものは何でも代行業者がタイプしてくれる」

「では、ミスター・アーネッソンは？」

「タイプライターはいっさい使わん」

階段をおりる途中で、ドラッカー家から戻ってきたアーネッソンに出くわした。

「当地のライプニッツを慰めてきたところです」彼は大げさなため息をついた。「かわいそうなアドルフ！　この世の中はあの男の手に余る。ローレンツやらアインシュタインやらの相対性理論の公式に溺れているぶんには、実に冷静なんだ。ところが、現実世界にひきずりおろされると、支離滅裂になっちまう」

「関心がおありだろうと思いますのでお知らせしておきますが」ヴァンスが何げなく言った。

「ついさっき、スパーリングが殺人を自白しました」

「ほう!」アーネッソンは含み笑いをした。「まさにぴったりですね。『それは私』とスズメが言った……。すばらしい。ただ、それが数学的にどういうことになるのかわからん」

「それと、情報をいちいちお知らせすることになったので申しあげておきます」と、ヴァンス。「計算の参考になるかもしれませんが、ロビンはアーチェリー・ルームで殺されて、そのあと練習場に運ばれたと信じるに足る根拠があります」

「お教えいただいて、ありがたいです」アーネッソンが一瞬まじめな顔になった。「ええ、ぼくの問題に影響するでしょう」彼は私たちについて玄関まで来た。「何かぼくでお役に立てることがありましたら、またいらしてください」

ヴァンスは足を止めて煙草に火をつけたが、思い悩むようなその目から、何かを決意しようとしているのだとわかる。ゆっくりと、彼はアーネッソンのほうを向いた。

「ミスター・ドラッカーかミスター・パーディーがタイプライターをお持ちかどうかご存じですか?」

アーネッソンはかすかにはっとして、鋭敏そうに目をしばたたいた。

「ははあ! あの僧正のメモ……そうですね。ひととおり調べておくだけってやつですか。ごもっとも」満足そうにうなずいてみせる。「ええ。ふたりともタイプライターを持っていますよ。ドラッカーは四六時中タイプしてます——キーに向かって考えるんだとか。そして、パーディーのチェス関係の通信ときたらたいへんなもので、映画スターそこのけです。彼も全部自分でタイプします」

「あまりお手数でなかったらですが、それぞれの方のタイプライターでタイプした見本と、ついでにおふた方がお使いの紙のサンプルも、手に入れていただけないでしょうか」

「わけありませんよ」アーネッソンは、この頼みがうれしくてしかたないように見えた。「午後じゅうにお届けしましょう。どちらにいらっしゃいます？」

「ミスター・マーカムがスタイヴェサント・クラブにいる。そちらへ電話してくだされば、彼が手配して――」

「お手をわずらわせることはありませんよ。見つけしだい、ぼくが自分でミスター・マーカムにお届けします。喜んでそうさせてもらいますとも。愉快じゃないですか、探偵ごっこも」

地方検事の車でヴァンスと私は家に帰り、マーカムはそのまま事務所に向かった。その晩七時に、私たち三人はスタイヴェサント・クラブで落ち合って夕食をともにした。八時半になるころには、ラウンジでマーカムお気に入りのコーナーに陣どり、煙草をくゆらせながらコーヒーを飲んでいた。

食事中、事件の話は出なかった。夕刊紙の遅版に、ロビンが死んだという記事が小さく出ていた。どうやらヒースは首尾よく報道陣の好奇心をかわし、想像力の翼が広がるのを阻止したらしい。地方検事事務所は閉まっていて記者たちはマーカムを質問攻めにすることができなかったので、遅版の情報は不十分だった。部長刑事はディラード邸の警戒も怠りなかったので、報道陣は家族の誰にも接触できなかった。

マーカムは、ダイニング・ルームから出る途中で『サン』紙の遅版を取ってきており、コーヒーをすすりながらひととおりじっくりと目を通した。

「まずはこて調べというところか」と、悲しそうな言いかたをする。「朝刊にどんなことを書かれるかと思うと、ぞっとするね」

「ただ忍耐あるのみさ」と、ヴァンスが無情な笑みを見せる。「どこかの鋭い新聞屋がコマドリ《ロビン》とスズメと矢っていう三題噺に気づいてみろ、とたんに社会部デスクは狂喜乱舞、全国の新聞の第一面はこぞって、まるでマザー・グースの広告ページって具合になることだろうよ」

マーカムはげっそりした顔つきになった。やがて、こぶしを固めて、椅子の肘掛けを腹立たしげに殴りつけた。

「よせよ、ヴァンス。童謡なんかの戯《ざ》れごとでぼくの想像をかきたてようたって、そうはいかない」マーカムは自信のもてないことに嫌気がさしたように言い添えた。「たまたま符合しただけじゃないか、なあ。絶対、意味なんかあるものか」

ヴァンスはため息をついた。「自分の意志に逆らってみずからを納得させようとすれば、いつまでたっても意見は変わらない――バトラー（サミュエル・バトラー。イギリスの作家・風刺家。一八三五―一九〇二）がそんなことを言っていたな」ヴァンスはポケットに手をつっこんで、紙を一枚取り出した。「さしあたり《プロ・テムポーレ》、子ども向けの詩はいっさい棚上げにしておくとして、これは、食事の前にぼくがつくっておいた、ためになる時間表なんだが……ためになるかな？　そう、解釈のしかたがわかると、たぶんためになる」

マーカムは、その紙をしばらくじっくり読んでいた。ヴァンスが書いていたのは、次のようなものだ。

午前九時　アーネッソン外出、大学の図書館へ。
九時十五分　ベル・ディラード外出、テニス・コートへ。
九時三十分　ドラッカー来訪、アーネッソンに会いに。
九時五十分　ドラッカー、階下のアーチェリー・ルームへ。
十時　ロビンとスパーリング来訪、三十分ほど応接間に。
十時三十分　ロビンとスパーリング、アーチェリー・ルームへ。
十時三十二分　ドラッカー、塀の門から散歩に出かける（本人言）。
十時三十五分　ビードル外出、買い物に。
十時五十五分　ドラッカー、自宅へ帰る（本人言）。
十一時十五分　スパーリング、塀の門から外へ。
十一時三十分　ドラッカー、母親の部屋で叫び声を聞く（本人言）。
十一時三十五分　ディラード教授、アーネッソンの部屋のバルコニーへ。
十一時四十分　ディラード教授、練習場にロビンの死体発見。
十一時四十五分　ディラード教授、地方検事局に電話する。
午後零時二十五分　ベル・ディラード、テニスから帰宅。

零時三十分　警察、ディラード邸に到着。
零時三十五分　ビードル、買い物から帰宅。
二時　アーネッソン、大学から帰宅。

よって、ロビンが殺されたのは、十一時十五分（スパーリング辞去の時間）と十一時四十分（ディラード教授が死体を発見した時間）とのあいだである。

上記の時間に家にいたことがわかっている人物は、パインとディラード教授だけである。

この事件に何らかの関わりがあるその他の人々の所在は、以下のとおり（現在までにわかっている陳述および証拠による）。

一、アーネッソンは、午前九時から午後二時まで、大学の図書館にいた。
二、ベル・ディラードは、午前九時十五分から午後零時二十五分まで、テニス・コートにいた。
三、ドラッカーは、午前十時三十二分から午前十時五十五分まで公園を散歩、午前十時五十五分以後は書斎にいた。
四、パーディーは、午前中ずっと自宅にいた。
五、ミセス・ドラッカーは、午前中ずっと自室にいた。
六、ビードルは、午前十時三十五分から午後零時三十五分まで、買い物に行っていた。

七、スパーリングは、午前十一時十五分から午前十一時四十分までグランド・セントラル駅に向かっていた。十一時四十分に、スカースデール行き列車に乗った。

結論として、この七人のうち少なくともひとりのアリバイがくずれぬかぎり、パインかディラード教授かどちらかに容疑の重みがすべてかかり、また、現実の犯人もこのふたりのうちのいずれかであるはずだ。

紙を読み終えたマーカムが、憤慨の身ぶりをした。

「とんでもないことばかり考えてるんだな。それに、この結論には論理的飛躍《ノンセクイツール》がある。ロビンの死亡時刻を推定するのに時間表は役に立つがね、当然のごとくわれわれが今日会った人間のうちのひとりが犯人であると前提するのはまったくナンセンスだ。外部の人間が犯人である可能性をまったく無視してるじゃないか。家に入らずに練習場とアーチェリー・ルームに行ける経路が三つあるんだぜ――七十五丁目の塀の門、七十六丁目にもうひとつある塀の門、それに、ふたつのアパートメントのあいだをリヴァーサイド・ドライヴに至る路地」

「ああ、三つの経路のひとつが使われた可能性ももちろんあるさ」と、ヴァンス。「しかし、三つのうちいちばん人目につかない、したがっていちばん利用しやすそうな入り口には――つまり、路地へのドアには――鍵がかかっていて、ディラード家の人間以外、誰も鍵を持っていそうもないってことを見落としてはいけない。殺人犯が通りに面した門のどちらかを通って練習場に入ったとは、ちょっと考えられないしね。人目につきすぎて危険だよ」

ヴァンスは、真剣な表情で膝を乗り出した。

「そして、ねえ、マーカム、第三者や行きずりの人間を除外できる理由はほかにもある。ロビンをその創造主のもとに送り返したやつは、今朝十一時十五分から十二時二十五分までのディラード家の状態を正確に知っていたに違いない。パインと老教授だけしかいないことを知っていたんだ。ベル・ディラードが家の中をうろついていないことを知っていたし、ビードルが出かけていて、もの音を聞きつけたり不意に姿を見られたりすることはないと知っていた。ロビンが――被害者が――あのうちにいて、スパーリングが帰ったことも知っていた。それに現場の状態もある程度知っていた――たとえばアーチェリー・ルームのようすなんかをね。ロビンがあの部屋で殺されたことに、疑いの余地はないよ。こんな細かい点までよくわかっていない人間には、あの場に乗り込んで大胆な殺人をやってのけることはできないだろう。ねえ、マーカム、これは誰か、ディラード家の家庭事情にきわめて詳しい人間――あの家が今朝どんな状態になるか、きっちり知ることのできた誰かだ」

「ミセス・ドラッカーの叫び声はどうなんだ？」

「ああ、まったく、あれは何なんだろう？　ミセス・ドラッカーの部屋の窓は、殺人犯が見落としていた要因だったかもしれない。それとも、ひょっとしたら、知っていながら敢えて見つかる危険を冒したのかもしれない。それに、もう一方では、ミセス・ドラッカーがはたして叫んだのかどうか、よくわかっていない。彼女は叫ばなかったと言い、ドラッカーは叫んだと言っている。ふたりがともに、われわれの耳に吹き込んでそう思わせておきたい、隠れた動機をもっているんだな。ドラッカーは、叫び声のことをもちだすことによって、自分が十一時から十二時まで家にいたことを証明したいのかもしれないし、母親が否定したのは、息子が家にいなかったのを恐れてのことかもしれん。どうも、ごった煮《オラ・ポドリダ》だな。まあいい。ぼくの言いたいポイントはね、ディラード家の事情に通じている者のみが、あんな悪魔的なことをしうるってことだ」

「そんな結論を出すには、まだ材料が少なすぎるよ」と、マーカム。「偶然ってやつがひと役買っているかもしれない――」

「何言ってるんだい、きみ。そりゃ、一回や二回なら都合よく偶然が重なることもあるかもしれないが、一から十まで偶然がうまく重なるってことはありえないね。それに、郵便受けに残されていたメモのこともある。犯人のやつ、ロビンのミドル・ネームまで知ってるんだぜ」

「むろん、犯人があのメモを書いたという仮定に立つならね」

「すると、いたずら好きなどこかのトンマが千里眼だか透視だかで犯罪を見つけ出して、とっさにタイプライターをたたいておかしな文面を仕上げ、息せき切ってあの家に駆けつけて、もっともらしい理由など何もないのにメモを郵便受けに入れるところを見つかる危険を冒したと、そんな仮定に立つのかい？」

マーカムが返事をするより先にヒースがラウンジに現われ、こちらのコーナーに突進してきた。困ったことがあって、気もそぞろといったようすだ。あいさつもそこそこに、部長刑事がマーカムにタイプした封筒を手渡した。

「午後遅便で『ワールド』紙が受け取りました。警察回りの記者、クィナンが、ついさっき届けてくれましてね。クィナンの話じゃ、『タイムズ』と『ヘラルド』も同じような文面の手紙を受け取ってるそうです。どれも、今日一時の消印で。たぶん、十一時から十二時までのあいだに投函されたものでしょうな。それに、マーカムさん、どの手紙も、ディラード家の近くのポストに投函されているんですよ。西六十九丁目の〝N〟郵便局を通ってる」

マーカムが封筒から中身を抜き出した。その目がかっと見開かれ、口のまわりの筋肉が引き締まる。そして、目も上げずに、その手紙をヴァンスに差し出した。一枚のタイプライター用紙に書かれた言葉は、ディラード家の郵便受けに残されていたメモの字句とまったく同じだ。最初のメモの内容を正確に引き写している――「ジョーゼフ・コクレーン・ロビンが死んだ。だあれが殺したコック・ロビン？　スパーリングとはスズメの意味だ。――僧正《ザ・ビショップ》」

ヴァンスは、その紙片をちらりとだけ眺めた。

「まったく筋が通っているな。〝僧正〟は、自分のジョークの肝心な点を世間に見過ごされはしないかと心配した。それで、新聞社に説明してやりたかったんだ」

「ジョークですと？　ヴァンスさん」ヒースが苦々しげに訊き返した。「こいつのは、われわれが親しんでいるジョークとは、わけが違うんじゃありませんかね。この事件、いよいよもってクレイジーになってきたとしか――」

「まさにそれだよ、部長。クレイジーなジョークだ」

制服のボーイが近づいてきて、地方検事の肩越しに身をかがめて耳打ちした。

「すぐここへ通してくれたまえ」マーカムはそう言うと、私たちのほうを向いた。「アーネッソンだよ。例のタイプ見本を持ってきたんだろう」

マーカムの顔は暗くかげっている。ヒースが持ってきた紙片を、もう一度まじまじと見た。

「ヴァンス。どうやらこの事件、きみが考えているとおり恐ろしい展開になりそうだと、ぼくにも思えてきた。タイプが一致すればお手柄だが……」

しかし、紙片をアーネッソン持参の見本と比べてみると、似ても似つかなかった。パーディーあるいはドラッカーのタイプライターとは活字やインクが違うばかりか、アーネッソンが手に入れた見本のどれとも紙質が一致しなかった。

## 8　第二幕

四月十一日（月曜日）午前十一時三十分

ロビン殺人事件が巻き起こした全国的な騒ぎのことは、ここで改めて説明するまでもない。驚嘆すべきあの惨劇が全国の新聞紙上でいかに大々的に扱われたか、誰もが覚えているからだ。この事件にはいろいろな呼び名がつけられた。ある新聞では〈コック・ロビン殺人事件〉と呼んだ。またある新聞は〈マザー・グース殺人事件〉と名づけた。こちらは文学的という点でまさっているが、正確という点では劣る。[1] しかし、タイプしたメモの署名には新聞の神秘好みに強く訴えるものがあって、ロビン殺人事件はやがて〈僧正殺人事件〉として知れ渡っていった。恐怖と童謡のフレーズという不可解でぞっとする取り合わせが世間の空想を煽《あお》りたて、陰惨で奇怪な事件の経緯が醸《かも》し出す雰囲気は奇怪な悪夢さながらに国じゅうに取りつき、払っても払っても落とすことができないのだった。

　ロビンの死体が発見された週は、殺人課の刑事たちも地方検事局所属の刑事たちも昼夜兼行で進める捜査に忙殺された。ニューヨークの主だった朝刊紙が〝僧正〟のメモの写しを受け取ったことから、ヒースがもっていたかもしれないスパーリング有罪説はすっかり吹っ飛んでしまった。ヒースは、この青年の無罪を公式に認めることは拒否したものの、持ち前のがんばりを見せて、さらに有力な容疑者をあげるという仕事に乗り出していった。部長刑事が組織して指揮した捜査網は、グリーン家殺人事件のときに負けず劣らず完璧なものだった。どんなにかすかな見込みしかないような筋であろうと、けっしてなおざりにはしなかった。部長刑事が作成した報告には、ローザンヌ大学の口やかましい犯罪学者でさえ舌を巻いたことだろう。

　殺人が起きた日の午後、アーチェリー・ルームの血を拭いた布きれを部長刑事と部下が捜査したが、あとかたもなかった。それと同時に、ヒースの動員した専門家たちが、ほかの手がかりも求めてディラード家の地階全体を念入りに調べたにもかかわらず、結果はむなしかった。ただひとつ明らかになったのは、コンクリート床の上に残る拭き跡を隠すように、出入り口近くの布製ラグを最近動かした形跡があったことだけだ。だが、この事実は、部長刑事がとうの昔に気づいていたことを裏付けたにすぎない。

ドリーマス医師の検屍報告は、ロビンはアーチェリー・ルームで殺されたあと練習場に運ばれたという、今では公式に受け入れられている説を裏付けた。解剖の結果、頭蓋骨後頭部の傷は、平らな地面にぶつかったものとはまるで違う、重い鈍器で強烈な一撃が加えられてできた、くぼんだ裂傷であることがわかった。凶器が捜索されたが、それらしい道具は出てこなかった。

ヒースはビードルとパインを数回にわたって尋問したが、このふたりからは何も新しいことを聞き出せなかった。パインは、あの日は午前中ずっと階上のアーネッソンの部屋にいて、ほんのしばらくリネン室と玄関に行っただけであり、ディラード教授に言われてスパーリングを探しに行ったとき、死体にも弓にも指一本触れていないと頑固に言い張った。しかし、部長刑事はこの男の証言に一から十まで満足しているわけではない。

「あの目をしょぼつかせたじいさん、袖の下に何やら隠してやがる」部長刑事がマーカムに、憎々しげに言ってみせた。「しかし、吐かせるにゃ、ゴムホースと水が必要だな」

七十五丁目のウェストエンド・アヴェニューとリヴァーサイド・ドライヴにはさまれた家々が、しらみつぶしに洗われた。あの日の午前中、ディラード家の塀の門から出入りした者を見かけた住人が、あるいは出てくるかもしれないと。しかし、退屈きわまるこの仕事は、からぶりに終わった。ディラード家が見通せる範囲に住んでいる人間で、あの朝、屋敷付近で誰かを見かけたというのは、どうやらパーディーひとりきりらしい。実際、この線に沿って、骨の折れる捜査を数日間続けたあげく、結局は第三者や偶然をあてにせずやっていくしかあるまいとヒースは観念したのだった。

ヴァンスが表にしてマーカムに見せた覚書に出てくる七人のアリバイは、事情の許すかぎり徹底的に洗われた。完全に調べあげることは、もとよりできない相談だった。アリバイが主として関係者個人の陳述だけを土台としていたので、やむをえない。それに、無用の疑いを引き起こすことのないよう、細心の注意を払って調査しなければならないのだった。調査の結果は、次のようなものだ。

一、アーネッソンが大学図書館にいるところを、司書補一名および学生二名ほか多数が見かけている。しかし、証言で挙がった時間は連続していないし、正確でもない。

二、ベル・ディラードは、百十九丁目とリヴァーサイド・ドライヴの角の公衆テニス・コートで数セットのプレイをしたが、仲間は四人以上だったので二回ばかり友人に譲ってゲームをやすんだ。やすんでいたあいだベルがコートに残っていたことを、実証的に言明できる者はいない。

三、ドラッカーがアーチェリー・ルームを出た時刻をスパーリングは決定的に確認したが、その後のドラッカーを見た者はいない。公園では知り合いに会わなかった、しばらく足を止めて知らない子どもたちと遊んだだけだと、ドラッカーは主張している。

四、パーディーはひとりで書斎にいた。料理係の老人と日本人給仕は家の裏手にいて、昼食のときまでパーディーと会っていない。したがって、彼のアリバイはまったく消極的なものである。

五、ミセス・ドラッカーがあの朝どこにいたかについては、本人の言葉をそのまま受け取るしかない。ドラッカーがアーネッソンを訪ねていった九時三十分から、料理係の女性が昼食を持ってあがった午後一時まで、夫人を見た者は誰もいない。

六、ビードルのアリバイについてはかなり調査が行き届き、満足すべきものがあった。この料理人が十時三十五分に家を出ていくところをパーディーが見ており、十一時から十二時まで、ジェファーソン・マーケットでビードルを見かけたことを覚えている商人が数人いた。

七、スパーリングが十一時四十分のスカースデール行き列車に乗ったことは確認された。したがって、本人が言明した時刻——つまり十一時十五分——にディラード家を辞したに違いない。ただし、この点の確認は単なる形式上のことにすぎない。スパーリングは実際問題としてすでに事件から除外されていたのだから。しかし、ヒースも説明したように、もし十一時四十分の列車に乗っていなかったことがわかれば、ふたたび重要参考人と目される可能性もあった。

部長刑事は、さらに一般的な線に沿っての捜査を進め、関係者たちの経歴や交友関係を調べていった。べつだん難しい仕事ではない。世間によく知られている人物ばかりだったし、情報は難なく入手できた。それでも、ロビン殺人事件にかすかなりとも光明を投げかけそうな手がかりは何ひとつ掘り出せなかった。犯罪の動機をほのめかすようなものは何も現われてこない。

一週間にわたる丹念な捜査と考察の果て、依然として事件は、一見突き破れそうもない謎におおわれているのだった。

スパーリングはまだ釈放されていなかった。本人の馬鹿げた自白とあいまって、一見確かな《プリマ・ファシー》証拠が、官憲側が釈放手続きをとることを不可能にしていたのだ。けれども、マーカムが、この事件のためにスパーリングの父親が依頼した弁護士と非公式に相談した結果、私が想像するに、一種の〝紳士協定〟のようなものが成立したらしい。検事側は何ら起訴手続きをしようとしなかったし（当時は大陪審が開かれていたにもかかわらずだ）、被告側弁護団も人身保護令《ハベアス・コー》状《プス》を要求する手続きをとらなかった。どう考えても、マーカムとスパーリングの弁護士たちは、真犯人逮捕を待っているらしい。

マーカムは、ディラード家の家人たちとたびたび会見して、捜査の本筋がつかめるような些細な手がかりでも見つけようと、たゆまぬ努力を続けていた。パーディーは地方検事局に召喚されて、事件のあった朝、窓から目撃したことについて供述書をとられた。ミセス・ドラッカーはもう一度尋問を受けたが、事件の朝、窓から外を眺めたことをきっぱり否定したばかりか、叫び声をあげたという話を一笑に付した。

ドラッカーは、再度の尋問で前の証言をいくぶん訂正した。叫び声の聞こえてきた場所については思い違いをしていたかもしれない、往来あるいは庭に面したアパートの窓からだったかもしれないと言う。あの叫び声は母親の口から発せられたのではなかったというのはおおいにありうる。直後に母親の部屋の戸口に立ってみると、フンパーディンクの『ヘンゼルとグレーテル』の中に出てくる古いドイツの子守歌を口ずさむ声が聞こえていたから、と。ドラッカーからもその母親からもそれ以上のことは聞き出せないと考えたマーカムは、最終的にディラード家自体に捜査を集中することにした。

　アーネッソンは、マーカムの事務所でたびたび開かれた非公式の会議に出席したが、彼一流の毒舌と皮肉なものの見かたはあるものの、要するに何の見当もついていないということでは私たちと同じらしかった。アーネッソンの言う、事件を解く方程式というやつをヴァンスはおもしろそうに冷やかし、定理の因数が残らず判明するまで方程式は立てられないとアーネッソンは主張する。事件全体を、ユウェナリス（ローマ帝国の政治・社会を風刺した詩人。六〇―一二八）の戯れごとでもあるかのように見ているらしい。それに対して、何度もマーカムがあからさまに不快感を示していた。アーネッソンを非公式に捜査陣に加えたことでマーカムはヴァンスを非難したが、アーネッソンがそのうちに、一見無関係に思えるが実は有益な、出発点《ポアン・ド・デパール》となるような情報を提供してくれるだろうと言って、ヴァンスは弁解するのだった。

「彼の犯罪数学理論は、もちろんくだらないさ」と、ヴァンス。「心理学なら――抽象理論に走らないかぎりだが――この難題をあるいは基本的要素に還元してくれるかもしれないな。しかし、さしあたっては先に進むための材料が必要なんだ。アーネッソンは、われわれが知りうる以上にディラード家の内幕を知っている。おまけに、ドラッカー一家も、パーディーも知っている。彼のようにあまたの学問的名誉をになっている人間は、言うまでもなく人一倍洞察力にすぐれているしね。あの男がこの事件のことを考えて注意を払っているかぎりは、われわれにとってきわめて重要なことにぶつかるチャンスがあるってわけだよ」

「きみの言うとおりかもしれんがね」マーカムはぶっちょうづらだ。「あの、人をくった態度、どうも神経にさわるよ」

「達観することだね。あの皮肉な言動は、あの男の科学的思索ゆえと考えるんだ。精神を広大無辺の宇宙に絶えず投影させて、光年とか無限とか超物理的次元とかに取り組んでいる人間が、地上の人生のかぎりなく小さい問題を鼻でせせら笑う、こんな自然なことはないじゃないか。……いいやつだよ、アーネッソンは。心やすく愉快な男ではないかもしれんが、非常に興味深い人物だ」

　ヴァンス自身、異様な真剣さでこの事件に取り組んでいた。メナンドロスの翻訳はすっかり棚上げにされてしまった。そして彼は、不機嫌で怒りっぽくなった——興趣の尽きない問題に夢中になっている証拠だ。毎晩、食事をすませると書斎にこもって、何時間も本を読む。それも、ふだん親しんでいる古典や芸術的著作ではなく、バーナード・ハートの『精神異常の心理学』、フロイトの『機知とその無意識に対する関係』、コリアトの『異常心理学』と『抑圧された感情』、リッポの『滑稽《こっけい》と諧謔《かいぎゃく》』、ダニエル・A・ヒューブシュの『殺人コンプレックス』、ジャネの『強迫観念と神経衰弱』、ドウナスの『計算症について』、リクリンの『欲求満足とおとぎ話』、レップマンの『強迫観念の法廷における意義』、クーノ・フィッシャーの『機知について』、エーリヒ・ウルフェンの『犯罪心理学』、ホレンデンの『天才の精神異常性』、グロースの『人間の遊戯性』などだった。

ヴァンスは、何時間もかけて警察の報告書を調べた。ディラード家を二度にわたって訪問したし、一度は、ベル・ディラードといっしょにミセス・ドラッカーを訪ねた。ある晩は、ロバチェフスキー（ロシアの数学者。一七九二―一八五六）の言う疑似球体としての物理的空間に関するド・ジッター（オランダの天文学者。一八七二―一九三四）の考えかたについて、ドラッカーやアーネッソンと長いあいだ議論していた。ドラッカーの精神状態を知るのが目的だったのではあるまいか。また、ドラッカーの著書『多次元連続体における世界線』を読み、ヤノフスキー（ダヴィッド・ヤノフスキー。一九一〇年の世界チャンピオンマッチでラスカーに挑戦）とタラッシュ（ジークベルト・タラッシュ。一九〇八年の世界チャンピオンマッチでラスカーに挑戦）によるパーディー・ギャンビットの分析をほとんど一日がかりで調べた。

日曜日――ロビンが殺されてから八日め――ヴァンスが私に言った。

「あきれたよ、ヴァン。この事件は信じられないくらいに巧妙だ。ありきたりの捜査じゃ、とうてい解決は望めない。異常な頭脳のなせるわざだ。外見を子どもっぽく見せているところに、最も恐ろしい、人の裏をかく方策が潜んでいるんだ。犯人は、一度きりで満足していそうもない。コック・ロビンの死には、決定的な目的が何もない。この残忍な犯罪を企《くわだ》てた倒錯的頭脳は、飽くことを知らない。事件の背後に隠された異常な心理機構を暴露することができないかぎり、挑戦のためのさらに恐ろしいいたずらが、きっと……」

早くもその翌朝、ヴァンスの予言が現実のものとなった。ヒースの報告を受けて、今後とるべき捜査方針を相談するために私たちは、十一時にマーカムの事務所に集まった。ロビンの殺人発覚から九日たってなお、事件には何らかの進展も見られず、新聞の警察および地方検事局批判はますます辛辣なものになっていた。その月曜の朝、私たちを迎えるマーカムがひどく意気消沈していたのも無理からぬことだ。ヒースはまだ来ていなかった。しばらくして到着したヒース部長刑事もまた、目に見えて元気をなくしていた。

「どっちを向いても煉瓦塀にぶちあたる」部長刑事はそうこぼしてから、部下の活動の結果をざっと説明した。「動機らしきものが何も見当たらないし、スパーリングのほかは、われわれが目をつけられそうな人間は見渡すかぎりひとりもいない。あの朝、誰かおいはぎみたいなやつがアーチェリー・ルームに舞い込んでひっかき回していった、とでも結論づけたくなりましたよ」

「〝おいはぎ〟なんて輩《やから》はね、部長」と、ヴァンスが反論する。「恐ろしく想像力に欠けているんだ。ユーモアのセンスなんか、もちあわせちゃいない。ところが、ロビンを長い長い旅に送り出したやつは、想像力もユーモアも兼ね備えている。ロビンを殺すだけでは満足せず、この一幕をばかげたジョークに変えてしまった。それに、世間が肝心なことに気づかなければいけないとばかりに、新聞社に説明の手紙まで送りつけてるんだ。――これが、そのへんをうろついているならず者のやることかね?」

しばらくものも言わず、情けなさそうに葉巻をくゆらせていたヒースだったが、やがて、いかにも嘆かわしいといった目をマーカムに向けた。

「最近、この町で起こることといったら、どれもこれもまるっきり筋の通らない事件ばっかりですよ。つい今朝ほども、スプリッグって男がアップタウンの八十四丁目に近い、リヴァーサイド公園で射殺された。ポケットの金は手つかずだし、盗まれたものはない。ただ撃たれただけです。若い男で、コロンビア大学の学生です。両親と暮らしていて、敵はいない。大学に行く前に、いつものとおり散歩に出かけた。それが、三十分もたつころには死体になって、煉瓦工に発見されたんですよ」部長刑事は、葉巻をやけくそで噛《か》み続けている。「そんなわけで、この事件でわれわれはまた苦労しなくちゃならんってわけです。手っとり早く片づけないことにゃ、新聞にぼこぼこにたたかれますよ。しかも、まったく――まるっきり何も――手がかりがないときてる」

「まあまあ、部長」ヴァンスは慰めるように言った。「人が撃たれるのなんて、そこいらにごろごろある事件じゃないか。そんなたぐいの犯罪には、ありふれた理由がいくらでもつくものさ。ロビン殺しでぼくらの推理の手順をすっかり狂わせているのは、事件に付随する舞台装置と劇的要素だ。これが童謡にひっかかりさえなかったら――」

そこまで口にして、ヴァンスが不意に言葉を切り、まぶたを心もち伏せた。そして、前かがみになっておもむろに煙草の火をもみ消した。

「部長、その男、スプリッグという名だって言ったね?」

ヒースが浮かない顔でうなずく。

「じゃあ」ヴァンスの口調に、隠し切れない真剣さがにじんだ。「ファースト・ネームは?」

ヒースは意外そうな顔をした。けげんな顔でヴァンスをちらりと見やったが、やがてポケットから擦り切れた手帳を取り出して、そのページをめくった。

「ジョン・スプリッグ」と答える。「ジョン・E・スプリッグです」

ヴァンスは新しい煙草を取り上げて、ひどく慎重に火をつけた。

「では訊くが、三二口径で撃たれたんだろう?」

「えっ」と、ヒースが目を丸くして顎を突き出した。「そうです。三二口径ですが……」

「頭のてっぺんを撃ち抜かれたんだろうね?」

部長刑事は飛び上がらんばかりに驚き、滑稽なくらいうろたえてヴァンスを見つめた。頭をゆっくりと上下させている。

「そうです。それにしても、いったいぜんたい——」

ヴァンスが手を振って相手を黙らせた。しかし、質問を封じたのは、その身ぶりよりもむしろ顔つきのほうだった。

「まったく、あきれ返る」ヴァンスは呆然と立ち上がり、前方をきっと見据えた。その人柄をよく知らなかったら、ヴァンスがてっきり恐ろしさに震えあがっているのだと思ったところだ。

ヴァンスはやがて、マーカムの机の後ろにある高い窓のところに行って、市刑務所の灰色の石塀を見おろした。

「信じられない。陰惨にすぎる……しかし、きっとそうに違いない……」

マーカムのいらついたような声が響いた。

「何をぶつぶつ言ってるんだ、ヴァンス。そんなにもったいぶるなよ。スプリッグが三二口径で頭を撃たれたって、どうしてわかったんだ?　いったい、何がどうしたっていうんだ」

ヴァンスが振り返ると、マーカムの視線にぶつかった。
「わからないかい？　こいつは、あの恐ろしいパロディ劇の二幕めなんだ……例の『マザー・グース』を忘れたのか？」そして、押し殺した声で暗唱しはじめたのだが、その声に、すすけた古い事務室の中が筆舌に尽くしがたい恐怖感でいっぱいになった。

小さな男が昔いた
小さな鉄砲持っていた
弾丸《たま》は鉛、鉛の弾丸で
それでジョニー・スプリッグの
かつらのまん中撃ったらば
かつらは吹っ飛ぶ、吹っ飛ぶかつら（『小さな男が昔いた』マザー・グースの歌のひとつ）

## 9　テンソル公式

四月十一日（月曜日）午前十一時三十分

マーカムは、催眠術にでもかけられたかのように、座ってヴァンスを見つめていた。ヒースは口を半開きにして、葉巻を持った手を唇まで数インチというところで止めたまま、凍りついたようにつっ立っていた。部長刑事のようすにはどことなく滑稽と言ってもいいようなものがあって思わず噴き出すところだが、血がさっと凝固してしまったようなありさまで、筋肉という筋肉が動かそうにも動かなくなっていた。

マーカムがまず口を開いた。頭をぐいとそらし、手は乱暴にテーブルの上に置いている。

「またもや、とんでもないたわごとじゃないか、いったいどうした?」ヴァンスの大胆な見解に対して、マーカムが必死の攻防に出る。「きみがロビン事件で、どうやら頭にきてしまったんじゃないかと思えてきた。ごくありふれたスプリッグって名の男が撃たれたからって、何もそんな奇怪きわまりない手品だって考えることもあるまい」

「しかしね、マーカム、認めなくちゃならんのは」ヴァンスの口調は穏やかだ。「ジョニー・スプリッグなるその男が、〝小さな鉄砲〟で、いわば〝かつらのまん中〟を撃たれたってことだ」

「だとしても、それがどうした?」マーカムの顔が、かすかに興奮の色を帯びる。「マザー・グースの童謡をもちだして無駄口をたたく、何の根拠がある?」

「まあ、待ってくれ。きみも知ってのとおり、ぼくは無駄口をたたきはしない」ヴァンスは、地方検事のデスクのまん前にある椅子に腰をおろした。「大向こうをうならせるような雄弁家ではないかもしれんがね、ぼくは今、実際、無駄口をたたいているわけじゃない」ヴァンスはヒースに向かって、愛想よく笑いかけた。「なあ、そうだろ? 部長」

しかし、ヒースには口にするべき意見がない。あいかわらずびっくりしたような姿勢のままだ。ただ、先ほど丸く見開かれていた目が今では、向こうっ気の強そうな大ぶりな顔に刻まれた細長い割れ目にすぎなくなっている。

「本気でそんなことを――」と言いかけたマーカムを、ヴァンスがさえぎった。

「そうだ。本気で、コック・ロビンを矢で殺した男が、その残忍なユーモアを不運なスプリッグの上にも適用したと言ってるんだ。暗合はこの際問題にならない。こんなに繰り返し類似のことがあるからには、健全で合理的な根拠など、根こそぎ崩壊する。それでなくたって、世の中すっかりおかしくなってるんだ。そこにもってきて、こんな頭のおかしいやつが、科学も合理性も何もかも吹っ飛ばす。スプリッグ殺しは醜怪きわまる事件だが、放っておくわけにもいかない。この事件の裏に潜む信じられないような含意をきみがいくら否定しようともがいたって、結局は承認せざるをえないだろうね」

マーカムは立ち上がって、神経質に部屋を行ったり来たりした。

「起きたばかりのこの犯罪に、説明のつかない要素があることは認める」検事の戦闘的な態度がなりをひそめ、口調すらやわらいでいた。「しかし、野放しになってるどこかの頭のおかしなやつが、子ども心に聞き覚えた童謡の歌詞を再現しようとしてると、仮にいちおう認めるとして、それが何の役に立つというのかわからないね。通常捜査いっさいを実際のところ不可能にするのがおちだ」

「そうは思わない」ヴァンスはもの思いにふけるかのように煙草をくゆらせている。「そう仮定すれば、捜査の決定的な土台ができると思いたい」

「そうですとも」やけになったヒースの皮肉が飛ぶ。「われわれのやらなくちゃならん仕事は、ニューヨーク六百万人の人間の中から一匹のナンキンムシを探し出しに行くことですな。わけもないこった」

「憂鬱《ゆううつ》に取りつかれちゃいけないよ、部長。ぼくらの目をまんまとかいくぐっている道化者は、案外、昆虫学上の標本になるくらい特徴のはっきりしたやつかもしれないじゃないか。それに、そいつの正確な習性についちゃ、鍵と言えるものをすでにつかんでるんだ……」

マーカムが不意に開き直った。「それはどういう意味だ?」

「この二度めの犯罪が、単に心理的にばかりか地理的にも最初の犯罪に結びついているって、ただそれだけのことだが、互いにほんのわずかしか離れていない区画内でふたつの殺人があった——われわれが追及している破壊的な悪魔は、少なくとも、ディラード家の界隈をお気に入りの場所としている。それにまた、このふたつの殺人事件のいろんな要素を考えてみると、犯人が遠くからやってきて、不案内な土地で倒錯的なユーモアを発揮したという可能性はまずない。ぼくが学のあるところを見せて指摘したとおり、ロビンをあの世に送り込んだのは、あの恐ろしい惨劇の手が下された正確な時刻にディラード家の状況がどうなっているかをよく知り尽くした人物だ。二度めのこの犯罪にしても、スプリッグが今朝散歩したくなると演出者が知っていなくては、ああもすっきりとはやってのけられなかったことだろうよ。いや実に、この薄気味悪い芝居ふたつの仕組みときたら、どこをとってみても、実演した者が被害者の周囲の状況に精通していたことを証明している」

あとに続く重苦しい沈黙を、ヒースが破った。

「ヴァンスさん、あなたのおっしゃるとおりだとすると、スパーリングは釈放ということになりますな」条件付きで同意するのにも部長刑事はしぶしぶだったが、ヴァンスの主張が部長を動かしたことはいなめない。絶望的な表情で地方検事のほうを振り向く。「どうするのがいちばんいいとお考えでしょう、あなたは？」

ヴァンスの説を肯定することを拒んでなお煩悶《はんもん》していたマーカムは、部長の問いに答えなかった。今また机の前に腰をおろして、吸い取り紙の下敷を指先でたたいている。やがて、部長を見上げずに尋ねた。

「スプリッグの事件を担当しているのは誰だ、部長？」

「ピッツ警部です。六十八丁目の分署詰めの者が最初に取りかかったんですが、本部に通知が届くと、ピッツ警部が部下をふたりばかり連れて調べに行きました。警部は、私がこちらに来るちょっと前に戻ってきました。お手あげだと言ってます。しかし、引き続き捜査にあたるようにと、モラン警視が①」

マーカムは、机の端の下のほうにある呼び鈴を押した。すると、地方検事の私室と大応接間にはさまれた執務室に通じるスイング・ドアを押して、若い秘書のスワッカーが姿を現わした。

「電話でモラン課長を呼び出してくれ」と、マーカム。

電話がつながると、検事は受話器を引き寄せてしばらく話し込んでいた。受話器をもとに戻すと、ヒースに力なく微笑みかける。

「今からきみが、正式にスプリッグ事件を担当することになったよ、部長。ピッツ警部がじきにやってくる。そうすれば事情がわかるだろう」検事は目の前に山と積まれた書類に目を通しはじめた。「どうやら、スプリッグとロビンは実は同類なんだと考えざるをえなくなった」彼は浮かぬ顔で付け加えた。

十分ほどして現われたピッツは、ずんぐりと背が低くて、痩せたいかつい顔に黒いちょび髭《ひげ》をはやした男だった。あとで知ったのだが、殺人課でも最も有能な人物のひとりだった。専門は〝ホワイト・カラー・ギャングスター〟、つまり知能犯。警部はマーカムと握手し、仲間どうしであるヒースには目で会釈した。ヴァンスと私に紹介されると、疑り深い目をしてしぶしぶ腰をかがめてみせた。しかし、ヴァンスから目を離しかけたところで、急に表情が変わった。

「ファイロ・ヴァンスさん、ですか?」

「これは、これは。どうやら当たりです、警部」ヴァンスはため息をついた。

ピッツはにこにこと歩み寄り、手を差し出した。

「お目にかかれてうれしいです。ヒース部長から、お噂はかねがね」

「ロビン事件で、ヴァンスさんが非公式にお力を貸してくださっているんだ、警部」と、マーカム。「それで、あのスプリッグという男がつい隣で殺されたので、きみから事件のあらましを報告してもらいたいと思ってね」検事はコロナのペルフェクトス葉巻の箱を取り出して、机越しに押しやった。

「おっしゃるまでもなく」警部は相好をくずして、葉巻を選ぶと、満悦の表情で鼻先に運んだ。

「課長に聞くところ、起きたばかりのこの事件に何かお考えがあって、あなたみずから手がけたいと思ってらっしゃるとか。本音を申しあげますと、やっかい払いができて私としては大歓迎です」警部はゆっくりと腰を落ち着け、葉巻に火をつけた。「何からお話ししましょうか？」

「何もかも」

ピッツは楽な姿勢に座り直した。

「では、と。事件が報告されたとき、ちょうどその場に居合わせたわけなんですが——今朝の八時ちょっと過ぎでした——部下をふたりばかり連れて、アップタウンに駆けつけました。地区の署の者が仕事に取りかかっていましたし、私たちと同時に検屍官補もやってきて……」

「検屍官補の報告を聞きましたか、警部？」と、ヴァンスが尋ねる。

「聞きました。スプリッグは頭頂を三二口径でぶち抜かれていました。格闘の形跡はなし——打ち傷も何もありませんでした。どこといって不審なところはない。いきなり撃たれただけです」

「発見されたとき、仰向けに倒れていませんでしたか？」

「ええ。歩道のまん中に、そのまま行儀よくまっすぐに伸びていました」

「それで、アスファルトに倒れたときに頭蓋骨が砕けていませんでしたか？」さりげない口調でもちだされた質問だった。

ピッツは口から葉巻をはずし、ヴァンスに茶目っけまじりの視線を投げた。

「あなた方、この事件について何かご存じですな」図星だろうと言わんばかりにうなずいてみせる。「ええ。頭蓋骨後部はすっかりたたきつぶされてた。倒れたときにめいっぱいぶつけたたんじゃあね……」

ものでしょう。だが、別に痛くもかゆくもなかったでしょうよ――脳味噌に弾丸をくらってい

「弾丸といえば、警部、その傷について何かへんだとお気づきになったことは?」

「ええ……あります」何か考えているように、ピッツは親指と人差し指とで葉巻をひねくりながら答えた。「頭のてっぺんにある弾傷になど、普通じゃお目にかかれないですからね。それに、帽子は無傷でした――撃たれる前に落っこちたんでしょう。そんなところが、へんだと言えばへんなところですかね、ヴァンスさん」

「そう、警部、ひどくへんですよ……それに、ぼくの考えでは、至近距離から拳銃を発射されていますね」

「二、三インチと離れていなかったようです。傷口のまわりの髪の毛が焦げていました」警部は、意味もなく大げさな身ぶりをしてみせた。「おそらく、やっこさん、相手が拳銃を出すのを見て、前かがみになって帽子を落としたんでしょう。だから、至近距離から弾丸を頭のてっぺんに受けた」

「お説もっともですな。ただし、その場合、仰向けに倒れないで、うつ伏せにつんのめったろうと思われますが。……それはともかくとして、お続けください、警部」

ピッツはずる賢そうな顔でヴァンスにうなずいてみせると、話を続けた。

「私がまずやったのは、ポケットを調べてみることでした。上等の金時計と、札やら銀貨やら取りまぜて十五ドルばかりがありました。だから、盗みが目的だったとは思えません。撃った

やつがあわてふためいてずらかったなら別ですがね。しかし、どうもそうではないらしい。今朝、あの早い時刻の公園界隈には、人っこひとりいませんでしたから。それにあの場所は、歩道が石塀の陰になってどこからも見えなくなっている。あの仕事をやってのけた犯人は、なるほどうまい場所を選んだもんですよ。……ともかく、部下をふたり、収容車が来るまでの死体の見張りに残して、私は九十三丁目のスプリッグのうちに行ってみました。ポケットに手紙が二、三通入ってたんで、名前と住所がわかったんです。被害者はコロンビア大学の学生で、両親と暮らしていること、朝食後に公園を散歩する習慣だったことがわかりました。今朝は七時半ごろに家を出たそうで……」

「ふむ。毎朝公園を散歩する習慣だったんだな」ヴァンスがつぶやいた。「興味深い」

「だからといって、何の手がかりにもなりません」と、ピッツ。「早朝に運動するやつは珍しくもありませんからね。それに、今朝のスプリッグにはいつもと変わったところなど何もなかった。何の心配ごとも抱えていなかったと、家族の者は言っています。気軽にあいさつをして出かけたそうです。それはあとで大学に足を延ばして調べてみました。知り合いの学生二、三人と、教師にもひとり会って話を聞きました。スプリッグはごくおとなしい学生だったそうです。友だちをつくるでもなく、どちらかというとひっこみ思案。まじめな男で――いつも机にかじりついているといったふうだったとか。クラスでの成績は上々で、女の子と遊び回るなんてことは絶対になかった。徹底して女嫌いだったんです。いわゆる社交的なタイプじゃない。あらゆる証言からして、めんどうを引き起こすような人間だったとは思えない。ですから、撃たれた理由にからきし見当がつかんのですよ。何かの事故だったに違いない。人違いされたのかもしれないな」

「発見されたのは何時でした？」

「八時十五分ごろでした。七十九丁目に新しくできたドックで働く煉瓦工が、岸壁を横切って鉄道線路のほうに出ようとして、見つけました。その男が、ドライヴを通りかかった郵便配達に知らせ、郵便配達がもよりの警察に電話したんです」

「で、スプリッグが九十三丁目の自宅を出たのは七時半ごろだったんですね」ヴァンスは、瞑想にふけるかのように天井を見上げている。「すると、公園の、殺された場所へちょうどたどりついたばかりという時間だな。どうも、スプリッグの習慣をよく知っていた人間が待ち伏せしたらしいな。手ぎわのいい早わざ……事故や偶然では、どうも片づけられそうにないよ、マーカム」

　ヴァンスのからかうような言葉には答えず、マーカムはピッツに声をかけた。

「それで、手がかりになりそうなものは、何も見つからなかったと？」

「そうなんです。部下がそうとう綿密に現場を洗いましたが、何も出てきませんでした」

「スプリッグのポケットの中——手紙のあいだとかからは？」

「何も。課のほうに全部保管してありますが、ありふれた手紙が二通と、よくあるがらくたのたぐいで……」そのとき、警部がふと思い出したように言葉を切って、表紙のめくれた手帳を取り出した。「これがありました」ピッツは気乗り薄な声で言いながら、三角形にちぎれた紙

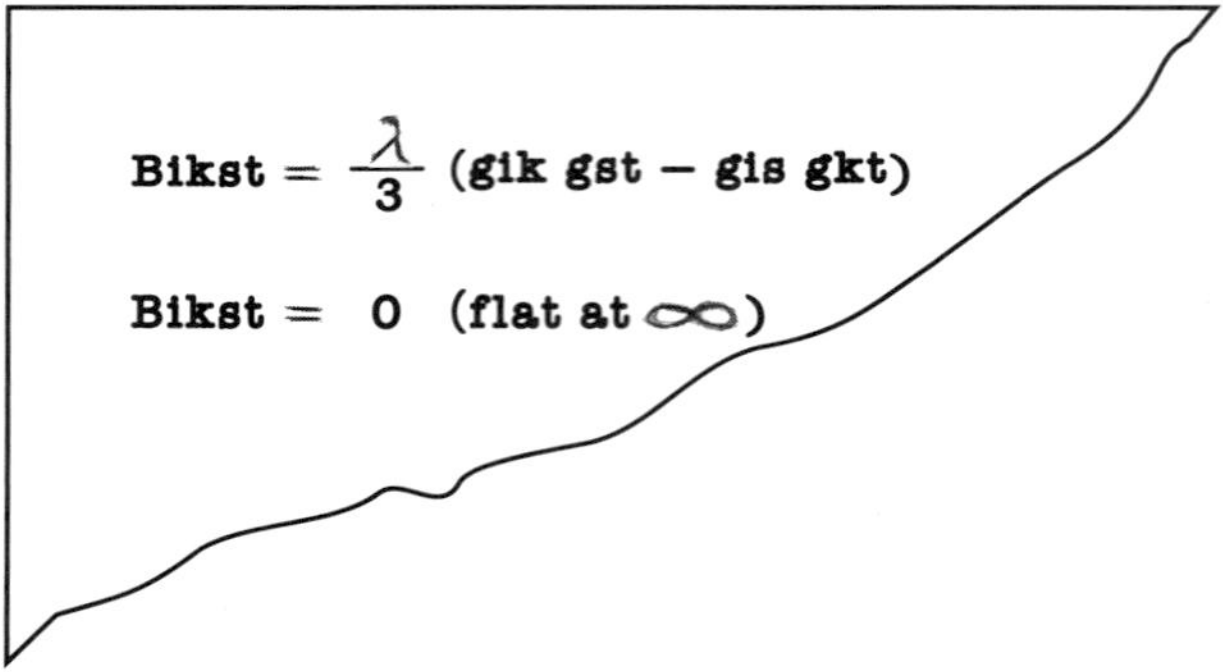


きれをマーカムに渡す。「死体の下から見つかったものです。意味もなさそうですが、ポケットにつっこんできました――習慣でして」

その紙きれは、長さ四インチ足らず、罫線なしの普通の用紙の角を破り取ったようなものだった。タイプライターで打った数学の公式の一部に、ギリシャ文字のラムダや、イコールや無限大の記号が鉛筆で書き込んである。ここにその紙きれを転載しておくことにする。事件には何の関わりもないもののように見えて、この紙きれがのちにスプリッグ殺しの捜査に、奇怪な驚くべき役割を演じることになるのだ。

ヴァンスはこの証拠品にちらりと目をくれただけだったが、マーカムはしばらくそれを手にして眉をしかめていた。何かひとこと言おうとして、ヴァンスと目が合った。それで、マーカムは口をつぐんで肩を軽くすぼめ、紙きれを無造作に机の上に放り出した。

「見つけたものはこれだけかね?」

「これで全部です」

マーカムは立ち上がった。

「いや、どうもありがとう、警部。このスプリッグ事件、どんなことになるかわからないが、ともかく取り組んでみることにしよう」検事は、ペルフェクトスの箱を指さした。「二、三本ポケットに入れて帰りたまえ」

「ありがとうございます」ピッツは葉巻を選び、ベストのポケットにだいじそうに収めて、一同と握手をかわした。

ピッツが出ていくと、ヴァンスがさっと立ち上がってマーカムの机の上の紙きれをのぞき込んだ。

「ほう」と言って片眼鏡を取り上げ、しばらくその記号をじっと見ていた。「これはおもしろい。最近見た公式だが、どこでだったかな……そうだ。リーマン－クリストッフェルのテンソルだ――もちろん。ドラッカーが、著述の中で球面ホマロイダル空間のガウス曲率を決定するのに、この公式を使っている。……でも、スプリッグはこいつに何の用があったんだろう。大学の課程で使うよりずっと高度な公式なのに……」ヴァンスは紙きれを取り上げて、日に透かした。「〝僧正〟のメモと同じ紙質だ。タイプも同じだって、たぶんきみも気づいたろう?」

今度はヒースが身を乗り出して、紙きれを調べた。

「同じものですな、間違いなく」その事実が、部長をはたと当惑させたらしい。「これで、ふたつの事件にともかくつながりができる」

ヴァンスの目が謎めいた光を放つ。

「つながり――そうだとも。しかし、この公式がスプリッグの死体の下にあったとは、殺人自体もそうだが、不合理のように思える……」

マーカムが落ち着かなげに身体を動かす。

「その公式を、ドラッカーが自分の書物の中で使っているっていうんだね」

「そうだ。しかし、だからといって、ドラッカーに関係があるとはかぎらない。このテンソル式は、高等数学をやる者なら誰だって知っているんだからね。非ユークリッド幾何学で使われる式のひとつなんだ。リーマン（ドイツの数学者。一八二六―六六）が物理学のある具体的問題に関連して発見したんだが[2]、今では相対性理論に関わる数学にとってきわめて重要なものになっている。抽象的意味で高度に科学的で、スプリッグ殺しに直接の関係はもちえないね」ヴァンスはまた腰をおろした。「アーネッソンがこの発見を知ったら喜ぶよ。これから、何か意外な結論を引き出すかもしれない」

「この新しい事件のことを、アーネッソンに知らせる必要はないんじゃないか」と、マーカム。

「ぼくの考えでは、できるだけ内密にしておいたほうがいい」

「〝僧正〟がそうはさせておくまいよ」

マーカムは顎を引き締めて、吐き出すように言った。「いやになってしまうな。とんでもないことにとっつかまってしまった。これが悪夢で、今にも目が覚めるのだったらいいんだが」

「そうはいきません」ヒースはうなるように言うと、部長は、戦闘態勢を整えるかのように深く息を吸った。「賽《さい》の目は何と出てます？　さて、これからどうしましょう？　武者震いしてますよ」

マーカムがヴァンスに声をかけた。

「この事件について、きみには何か考えがあるらしい。意見を聞かせてくれよ。正直に白状すると、ぼくは泥沼であっぷあっぷで、手も足も出ない」

ヴァンスは煙草の煙を勢いよく吸い込むと、言葉に力をこめようとでもするかのように前にのめった。

「マーカム。結論はひとつ。このふたつの殺人事件は、同一人物の頭からはじき出されたものだ。どちらも同じ、奇怪な衝動から生まれた。最初の事件は、ディラード家の内部事情によく通じた人物によるものだった。ということは、今度の事件からすると、ディラード家の内部事情に加えて、ジョン・スプリッグという名の男が毎朝リヴァーサイド公園の一定の場所を散歩する習慣だったことを、十分によく知っている人物を探さなくてはならない。そういう人物が見つかったら、時間、場所、機会、考えられる動機など、いろいろな点を照合してみなくてはならない。スプリッグとディラード家の人たちのあいだには、何か相互関係がある。どんな性質の関係かはわからない。だが、まず第一にすべきは、そいつを見つけることだ。ディラード家に直接当たってみる以外に、いい方法があるかね？」

「まず、昼食にしよう」マーカムが疲れた声で言った。「出かけるのはそれからだ」

# 10　望めぬ協力

四月十一日（月曜日）午後二時

ディラード家に着いたのは、二時を少し回ったところだった。パインが呼び鈴に応えて現われた。私たちの訪問に驚いたかもしれなかったが、この男はそれを巧みに隠し、そんな気配を少しも表に出さなかった。しかし、ヒースを眺めるまなざしには、ある種の不安が見てとれた。ただ、声だけは、いかにもしつけのよい使用人らしい平板でなめらかな調子だった。「アーネッソンさまは、まだ学校からお帰りになりませんが」

「人の心を読むのは得意じゃないらしいな、パイン」と、ヴァンス。「きみとディラード教授に会いに来たんだよ」

落ち着かないようすのパインが返事をするより先に、ミス・ディラードが応接間の入り口に姿を現わした。

「お声がしたように思ったものですから、ミスター・ヴァンス」ベルは、私たち一同を包み込むようにもの問いたげな微笑みを浮かべる。「どうぞ、お入りください。……レディ・メイがちょっとお寄りくださってるんですの――午後、ドライヴをごいっしょすることになっていますので」

私たちが部屋に入ると、ミセス・ドラッカーは大テーブルのかたわらに立っていた。骨の浮いた片手を椅子の背にかけていたが、どうやら今までその椅子に腰かけていたらしい。またたきもせずに私たちを凝視するその目に、恐怖の色がある。痩せた顔は、ゆがんでいると言っていいほどだ。口を開こうともせず、法廷で申し渡される宣告を待つ被告人さながら、何か恐ろしい言葉を覚悟しているかのように、身を硬くしている。

ベル・ディラードの快活な声が、その場の緊張を解きほぐした。

「上にいる叔父に、あなた方がいらしたと伝えてまいりましょう」

ベルが部屋を出ていくのを待ちかねたようにミセス・ドラッカーがテーブル越しに乗り出して、陰気な、おびえたようなささやき声でマーカムに言った。「あなた方がなぜいらしたのか、存じてますよ。今朝公園で撃たれた、あのりっぱな若い方のことでしょう?」

思ってもみなかった夫人の言葉に意表をつかれて、マーカムはすぐに言葉を返すことができなかった。答えたのは、ヴァンスだ。

「すると、事件のことをお聞きおよびでしたか、ミセス・ドラッカー。どうしてそんなに早くお知りになりました?」

ずるそうな表情が浮かび上がり、それが夫人を妖婆のように見せた。「ご近所じゅう、その話でもちきりですよ」はぐらかすような答えだ。

「ほんとうですか。困りましたね。でも、どうしてまた、私たちがその事件の取り調べでこちらに来たとお考えに?」

「青年の名前、ジョニー・スプリッグだったでしょう?」その問いかけに、かすかに不気味な微笑がともなっている。

「そうです。ジョニー・E・スプリッグです。しかし、それだけでは、ディラード家との結びつきの説明になりません」

「ああ、それがなるんですわ」夫人が、いかにも満足げに頭を上下させる。「遊んでいるんです――子どもが。最初はコック・ロビン……次にジョニー・スプリッグ……子どもというものは遊ばなくてはなりません――元気な子どもはみな遊ばなければならないものですわ」夫人のようすが急に変化した。穏やかな表情が顔に輝き出たが、目は悲しげだ。

「遊びだとしても、悪魔の遊びだとはお思いになりませんか、奥さま?」

「それがなぜいけないのです? 人生そのものが悪魔のようなものなのに」

「そういう人たちもいる――そうも言えますが」私たちの前に立つこの奇妙で哀れな人物に視線を注ぎながら、ヴァンスの声に妙に同情的な響きがこもった。「ご存じなのではありませんか?」即座に続けたヴァンスの言葉の調子が変わった。「〝僧正〟とは誰なのか」

「僧正?」戸惑ったように夫人が眉をしかめる。「いいえ、存じませんわ。それも子どもの遊び?」

「まあ、そんなものでしょう。ともかく、コック・ロビンとジョニー・スプリッグには僧正が関係している。今度の途方もない遊びを考え出したのは、実は僧正なる人物なのかもしれない。私たちはその男を探しているわけなのです、奥さま。その男から真相を知りたいのです」

夫人は、何か迷っていることでもあるかのように、漠然と首を振った。

「そんな男など存じません」そう言うと、マーカムをきっと見据えた。「でも、コック・ロビンを殺し、ジョニー・スプリッグのおつむのまん中を撃った人間を見つけ出そうとなさったって、何にもなりません。けっしてわかりっこありませんよ――けっして――けっして……」夫人は興奮して声がかん高くなり、痙攣《けいれん》の発作を起こした。

ちょうどそのとき、ベル・ディラードが部屋に入ってきて、あわててミセス・ドラッカーに駆け寄り、抱き止めた。

「さあ、レディ・メイ、遠い田舎のほうにでもドライヴにまいりましょう」なだめるように言うと、非難の色もあらわにマーカムのほうを振り向き、冷たい口調で言った。「叔父が、書斎においでくださいと申しております」娘はミセス・ドラッカーを連れて部屋を出て、ホールを歩いていった。

「どうもおかしな女ですな」と、ヒース。あっけにとられて、つっ立って事の成り行きを眺めていたのだ。「あの女、とっくにジョニー・スプリッグのことをかぎつけていたんですよ」

ヴァンスがうなずく。

「そこへぼくらが現われて、こわくなったんだな。それにしても、病的で鋭敏な神経の持ち主だよ、部長。息子の障害やら、息子がほかの子どもたちと変わらなかった昔のことやらを四六時中考えて暮らしているもんで、ロビンとスプリッグ殺しにまつわるマザー・グースのストーリーにふと思い至っただけのことかもしれないが……ありそうなことだ」ヴァンスはマーカムを見やった。「この事件の底のほうには、奇妙なものが流れている――信じられないような、恐ろしい意味が。化けものと妖怪変化ばかりが住むという、イプセンの『ペール・ギュント』のドヴレ・トロールの洞窟に迷い込んだような気分だな」ヴァンスは肩をすぼめたが、ミセス・ドラッカーが投げかけていった恐怖の死衣から彼も完全には抜け切っていないらしい。「ディラード教授に会えば、たぶん、多少なりともしっかりした手がかりがつかめるだろう」

私たちを迎える教授の態度はそっけなく、打ちとけたようすはほとんど見られなかった。机の上に書類がとりちらかっているところからすると、仕事中を邪魔してしまったらしい。

「いきなりやってきて、どうしたことだ、マーカム」私たちが着席するなり、教授が尋ねた。「ロビン殺しについて、何か知らせでも？」教授は、ワイル（ドイツの数学者。一八八五—一九五五）の『空間、時間および物質』のあるページに印をつけ、大儀そうに椅子の背にもたれて、じれったそうな目で私たちを眺めた。「マッハ力学（マッハはオーストリアの物理学者。一八三八—一九一六）におけるある問題で、ひどく忙しいところなんじゃが……」

「申しわけありません」と、マーカム。「ロビン事件についてお知らせするようなことは何もありません。ところが、今日また、ご近所で新たな殺人事件が起こりまして、どうやらロビン殺しと関係があるらしく思えるんです。特に教授にお尋ねしたいと存じましたのは、ジョン・E・スプリッグという名前がお知り合いにいらっしゃらないかということなのですが」

ディラード教授の迷惑そうな顔つきが一変した。

「それが殺された男の名前なのか？」教授の態度から、関心を欠いたといったようすがすっかりなくなっている。

「そうです。ジョン・E・スプリッグという名の男が、今朝七時半ちょっと過ぎに、リヴァーサイド公園の八十四丁目寄りの場所で、射殺されました」

教授は、視線をマントルピースのあたりにさまよわせて、しばらく黙り込んでいた。何か気にかかることがあって、心中思い惑っているらしい。

「さよう」と、教授がようやく口を開く。「そういう名前の青年を、わしは——わしらは——知っている。——まさか、同一人物ではあるまいが」

「どういう方です?」マーカムが熱を帯びたような声でくいさがった。

教授はまだためらっている。

「わしが考えている青年は、アーネッソンが目をかけている、数学を勉強している学生——ケンブリッジ大学ならシニア・ラングラー（数学の卒業試験の首席一級合格者）に当たる」

「どういうお知り合いなんでしょう?」

「アーネッソンが何度もうちに連れてきた。わしに話をしてみてほしいと言って引き合わせてな。アーネッソンはその学生をたいへん自慢にしていたが、並々ならん才能の持ち主だということはわしも認めねばならん」

「すると、ご家族全員がその青年をご存じだったんですね?」

「そう。ベルも会ったことがあるはずだ。それに、きみの言う〝家族〟の中にパインやビードルも含まれるとするなら、たぶんそのふたりもその男の名前にはなじみがあるだろう」

ヴァンスが次なる質問を繰り出す。

「ドラッカー家の人たちもスプリッグをご存じでしたでしょうか、ディラード教授？」

「知っておったろうな。アーネッソンとドラッカーはしょっちゅう行き来しておるし……思い出したよ、いつか、ドラッカーがここに来ている晩、スプリッグが訪ねてきたことがあったような覚えがある」

「では、ミスター・パーディーは？　あの方もスプリッグと知り合いだったのでしょうか？」

「それはわしにはわからん」教授は、いらいらと椅子の肘掛けを指先でたたいていたが、マーカムのほうを向いた。「ところで」――苛立《いらだ》ちに耐えかねるといった調子の声だ――「きみたちの質問の要点は何なんだ？　われわれがスプリッグという名前の学生を知っているということが、今朝の事件とどんな関係がある？　まさか、殺された男は、アーネッソンの弟子だというんじゃあるまい」

「それが、どうやらそうらしいのです」と、マーカム。

それに続いて口をきいたときの教授の声には、不安まじりの――私の耳にはおびえていると言っていいほどに聞こえた――響きがあった。

「だとしても、それがわしらとどんな関わりがある？　どうして、ロビン殺しとその男の死が結びつく？」

「とりたててはっきりとした根拠がないことは認めます。けれども、どちらの犯罪にも目的というものが見当たらず――どちらの事件にもまるで動機が欠けています――状況が妙に同じように思われるのです」

「きみが言いたいのは、むろん、動機がまだ見つかっていないということなんだろうな。しかし、一見して明白な動機がない犯罪を何でもかんでも結びつけようとすると……」

「それに、このふたつの事件には、そのほかにも時間や場所が近いという要素もありまして」とマーカム。

「それが、きみの仮定の根拠なのか?」教授の言いかたには、哀《あわ》れみと蔑《さげす》みがあふれている。「きみはけっして数学が得意ではなかったがね、マーカム、そんなお手軽な前提に立って仮説を組み立てるのは無理な相談だというくらいのことは、承知しておくべきだな」

「どちらの名前も」ヴァンスが口をはさんだ。「――つまり、コック・ロビンもジョニー・スプリッグも――よく知られた童謡に出てきます」

驚きを隠そうともせずにヴァンスをまじまじと見ていた老人が、やがて、怒りに顔を染めて言った。

「きみ、ふざけている場合か」

「私がふざけているんじゃありません、残念ながら」ヴァンスは悲しげに言った。「ふざけているのは、〝僧正〟です」

「〝僧正〟だと?」ディラード教授は腹立ちを必死で抑えている。「なあ、マーカム。遊びならまっぴらごめんだぞ。この部屋で、僧正というわけのわからん言葉がもちだされたのは、これで二度めじゃ。何の意味なのかうけたまわりたいね。頭のおかしいやつが、ロビン殺しについて馬鹿げた手紙を新聞社に送ったからといって、その僧正が、スプリッグとどんな関係がある?」

「スプリッグの死体の下から見つかった紙きれに、僧正のメモと同じタイプライターで打った、数学の公式がありましてね」

「何だと?」教授が膝を乗り出した。「同じタイプライター? 数学の公式?……どんな公式だ?」

マーカムがポケットにあった手帳を開いて、ピッツから受け取った三角形の紙きれをひっぱり出した。

「リーマン-クリストッフェルのテンソル……」教授は、紙きれを長いあいだじっと見つめていた。そして、紙きれをマーカムに返した。急に老け込んだように見える。視線を上げた教授の目が、弱々しく疲れをにじませている。「何が何だか、さっぱりわからん」絶望的なあきらめの口調。「しかし、きみが今言ったような線をたどっていくのが、たぶん正しいんだろうな。――それで、わしに何の用だ?」

相手の豹変ぶりに、マーカムはすっかりめんくらった。

「おうかがいした用件の第一は、スプリッグとお宅のあいだに何かつながりがありはしないか、確かめることでした。ただ、正直なところ、つながりがあることはわかったものの、さて、事件にどう結びつくものか、とんと見当がつきません。けれども、お許しをいただいて、妥当と思われる方法で、パインとビードルにいちおう尋問させていただきたいと思いますが」

「好きなように、何でも訊いてみるがいいよ、マーカム。わしは、きみらの邪魔をしたと言われるようなことはしたくない」教授は訴えるような目でマーカムを見た。「ただし、思い切った手段をとる場合には、事前にちょっとわしに知らせてほしい」

「お約束しましょう」マーカムは立ち上がった。「でも、今のところ、思い切った手段をとらねばという心配など、まったくなさそうです」マーカムは手を差し出した。老人が心中に心配ごとを隠しているのを察したマーカムが、口に出さずに同情の念を表わしたいと考えてのことに違いない。

教授は、戸口まで私たちを送ってきた。

「どうも、あのタイプしたテンソル、合点がゆかん」と、首を振り振り、教授がつぶやく。

「しかし、わしにできることがあれば……」

「していただけるかもしれないことは、あるんですが、ディラード教授」と、ヴァンスが入り口で足を止めた。「ロビンが殺された日、私たちはミセス・ドラッカーにお会いしました……」

「ああ」

「午前中窓ぎわに座っていたことを、あの方は否認されていますが、十一時から十二時までのあいだ、練習場で起きたことを何かご覧になったふしがあるんです」

「そういうそぶりがあったのかね?」教授の口調には、無理に好奇心を抑え込んだようなところがあった。

「遠くからではありますが、ミスター・ドラッカーのほうが、お母さまの叫び声を聞いたとおっしゃったんです。夫人は、叫び声をあげたことを否認なさっています。というわけで、あの奥さまが何かをご覧になって、私たちには隠しておきたいとお考えなのかもしれないと想像いたしました。そこで、ふと思いついたんですが、あなたなら、誰よりも楽にあの方に口がきけるし、何かご覧になったとすれば話してくださるよう説得していただけるかもしれないと」

「だめだ」教授は荒々しいと言っていいほどの口調で言った。しかし、マーカムの腕に手をかけて、たちまちのうちに口調を変えた。「わしに頼んでいいことと悪いことがあるよ。事件の朝、あの気の毒な傷ついた女性が窓から何かを見たというのなら、きみたちだけの力で探り出さねばならん。あの女性を吊るし上げるのに手を貸すことなどできんよ。あんまりあの人に気をもませないようにしてほしいもんだ。知りたいことを探るには、もっとほかに方法があるだろう」教授はまっすぐマーカムの目をのぞき込んだ。「すんなり話すような人ではない。きみたちも後悔するのがおちだ」

「見つけ出せるだけのことは見つけなくてはなりません」マーカムはきっぱりと、しかし思いやりをこめて答えた。「この町に悪魔が出没している。相手が誰であろうとも、苦しめるのがいやだからといって手をこまぬいているわけにはいかないんです――その苦しみがどんなに悲痛であってもです。しかし、ご安心を。必要もないのに人をいためつけるようなことはいたしません」

「考えてみたことがあるかね？」ディラード教授は穏やかに尋ねた。「きみの追い求めている真実が、犯罪そのものよりももっと恐ろしいものかもしれないということを」

「それは覚悟してかからねばなりませんね。しかし、たとえそうだとわかっていても、そのためにいささかなりともたじろいだりはいたしません」

「もちろんそうだろうとも。しかしな、マーカム、わしはきみよりもずっと年をとっておる。きみが対数だの逆対数だのに苦しんでいる少年だったころ、わしの髪はもう半分白くなっておった。そして、人間というものは年をとれば、宇宙の真の釣り合いというものがわかってくる。比率がすっかりわかるんだ。それまでいろんなものに対してもっていた評価が、意味を失ってしまう。老人が誰よりも寛大なのはな、そのせいなのだ。人間がつくった価値など重要でも何でもないことを、老人は知っておる」

「しかし、私たちが人間のつくった価値に従って生きていかねばならないかぎり」と、マーカムは主張する。「それを支持するのが私の義務なのです。それに、真実へ導いてくれるであろう道を進むことを、個人的な同情から拒否することはできません」

「おそらく、きみの言うとおりなのだろう」教授はため息をついた。「しかし、その場合はわしに協力を求めないでほしいね。真実が明らかになったときには、慈悲をかけてほしいものじゃ。電気椅子送りを要求する前には、犯人がそれにふさわしい人間かどうか、しかと確かめてほしい。肉体が病むように、精神も病む。そして、そのふたつはいっしょに病むことが多いもんなんだ」

応接間に戻ると、ヴァンスはふだんに増して丁寧な手つきで煙草に火をつけた。

「スプリッグが死んだことで、教授はひどくしょげているね。口には出さなかったが、テンソル式を見て、スプリッグとロビンとが同じ方程式に属していることを教授は確信したらしい。

しかも、あまりにやすやすと。さて、なぜだろう？——それに、スプリッグがこのうちの知り合いだということも認めてはばからなかった。疑っているとまでは言わないにしても、何か恐れているね……どうもおかしいな、教授の態度は。きみがあんなに熱意をこめて支持した法的正義を邪魔しようとはさらさら思っていないにしても、ドラッカー一家に関するかぎり、十字軍のようなきみの行動を応援するようなことは絶対にすまいと腹を決めている。ミセス・ドラッカーをあんなにもいたわる裏に、何が潜んでいるのか知りたいものだ。教授が感傷的な人間だとは、うかつに言えないね。それに、病んだ精神と病んだ肉体についてのあのご高説、あれはいったい何だったんだ？　体育教育の趣意書もどきじゃないか……ばかばかしい。ところで、パインとその娘を、ひとつ尋問するとしようじゃないか」

マーカムは、座って、むっつりと煙草をふかしていた。検事がこれほど意気阻喪しているのには、めったにお目にかかれないほどだ。

「あの連中を尋問したところで、役に立つものだろうかね。ともかく、部長、パインをここへ呼んでくれ」

ヒースが出ていくと、ヴァンスがひょうきんな目でマーカムを見た。

「ねえ、きみ、ぐちをこぼすもんじゃないよ。ローマの喜劇作家テレンティウス（紀元前一八六または一八五—一五九）も慰めの言葉を言ってるじゃないか——『調べることができるかぎり《ニル・タム・ディフィシーレ・エスト》、どんなに難しく《クイン・クエレンド》ても解けない問題はない《インヴェスティガリ・ポシット》』ってね。なにしろ、これは難しい問題だ……」と言うと、急にまじめな態度に戻った。「今ぼくらが直面しているのは、未知数だ。ありきたりの行動律では割り切れない、何か不思議な異常な力と闘っているところなんだ。一見、きわめて巧妙——底なしに巧妙——おまけに、まったくなじみがない。しかし、どこかこの家の付近から発していることだけは、少なくとも今ではわかっている。心理のすみっこというすみっこ、隙間という隙間を探すんだ。ぼくらのまわりのどこかに、目に見えないドラゴンが潜んでいるんだ。だから、ぼくがパインに訊くことに、びっくりしちゃいけない。一見まるで見当違いだって思えるような場所をのぞき込まなくちゃならないんだから……」

入り口に足音が近づいてきたかと思うと、ヒースがすぐ後ろに老執事を従えて入ってきた。

## 11 盗まれたピストル

四月十一日(月曜日)午後三時

「かけてくれたまえ、パイン」ヴァンスは慇懃《いんぎん》無礼とでもいうような態度で言った。「教授に許可をいただいたので、きみに訊きたいのだが。こちらから尋ねることに、全部はっきりと答えてもらいたい」

「もちろんでございますとも。ディラード教授に隠しごとをなさるわけなどありようがございませんのでね」

「けっこう」ヴァンスはのんびりと椅子の背に寄りかかった。「まず最初に訊くが、今朝こちらのお宅では朝食は何時だった?」

「八時半でございます――いつもどおりで」

「家族の者はみんなそろっていたかね？」

「ええ、おそろいでした、はい」

「今朝、みんなに食事を知らせたのは誰だい？　そして、知らせたのは何時ごろだった？」

「わたくしがお知らせいたしました――七時半に。お部屋のドアをノックして回りまして――」

「返事を確かめただろうね」

「はい――いつもどおりに」

「そこで、よく思い出してくれよ、パイン、今朝は誰からもみな返事があったかね？」

相手は力をこめてうなずいた。

「はい、みなさんお返事をなさいました」

「それで、誰も朝食に遅れた者はいなかったんだね？」

「みなさん遅れないようにおいでになりました――いつもどおりに」

ヴァンスは身体を前かがみに伸ばして、煙草の灰を灰皿に落とした。

「ひょっとしたら、今朝、朝食前に誰か、家を出るか家に帰ってくるかするのを見かけなかったかい？」

さりげなくもちだされた質問だったが、執事の薄くたるんだまぶたをかすかな戦慄が走った。

「いいえ、見かけませんでした、はい」

「きみが見かけなかったとしても、家族の誰かが、きみの知らないうちに家を出て、また帰ってきたってことがないだろうか？」

この間で初めて、パインが答えをためらうかのように見えた。

「それがでございます」彼は不安げに口を開いた。「実のところ、わたくしは食堂でテーブルのしたくをしておりましたので、今朝、わたくしの知らないうちに表口から出入りすることはどなたにだってできたはずでございます。それに、ありていに申しまして、アーチェリー・ルームの出入り口だって使えたはずでして。朝食のしたく中、娘は普通、台所のドアを閉めておりますから、はい」

ヴァンスは、しばらくのあいだ何か考えているように煙草をふかしていた。それから、抑揚のない、ぶっきらぼうな口調で尋ねた。「この家で誰かピストルを持っている者は？」

パインの目が大きく見開かれた。

「いえ、そのようなことは、わたくしは――存じません、はい」息を詰まらせながらの答えだった。

「僧正のことを今までに耳にしたことはないかね、パイン？」

「いいえ、ございません。はい」パインの顔が蒼白になった。「新聞社に例の手紙を書いた男のことでございましょうか？」

「ただ僧正って言っているだけだ」ヴァンスがなげやりな口調で言う。「ところで、ちょっと教えてほしいんだが、今朝リヴァーサイド公園で殺された男のことを、きみは何か聞かなかったか？」

「ええ、聞きました。隣の門番がその話をしておりました」

「スプリッグという青年を知っているね？」

「こちらで一、二度お見かけいたしました」

「最近ここへ来たことがあるかね？」

「先週おみえになりました、はい。木曜日だったかと存じます」

「そのとき、ほかには誰かいたかい？」

パインは、記憶を探るように眉をしかめた。

「ドラッカーさまがいらっしゃいました、はい」しばらくして答えが返ってきた。「それに、確かパーディーさまも。みなさん、遅くまでアーネッソンさまのお部屋で話しておいでございました」

「ミスター・アーネッソンの部屋でかい？　ミスター・アーネッソンは、いつもご自分の部屋にお客を通されるのかね？」

「いいえ、そういうわけではございませんが。ディラード教授が書斎でお仕事をなさっていらっしゃいましたし、この応接間にはお嬢さまとドラッカーの奥さまがいらっしゃったものでございますから」

ヴァンスはしばらく黙っていた。

「以上だ、パイン。だがね、すぐにビードルをよこしてくれたまえ」

ビードルがやってきて、不機嫌なけんか腰で私たちの前につっ立った。ヴァンスが、パインにしたのと同じような質問をした。この使用人の答えはたいていが「はい」とか「いいえ」とかの簡単なもので、すでにわかっている事実に付け加えられるようなことはとりたててなかった。しかし、短い会見の終わりごろに、ヴァンスが、ひょっとしてその朝、朝食の前に、ビードルが台所の窓からたまたま外を見はしなかったかと尋ねた。

「一度か二度は見ました」ふてぶてしい返事が返ってきた。「見ちゃ悪いですかね？」

「練習場か裏庭に、誰か見かけなかったかい？」

「先生とドラッカーの奥さまのほかは、誰も」

「ほかに誰か知らない人間は？」ヴァンスは、その朝、ディラード教授とミセス・ドラッカーが裏庭にいたことなどなんでもないような印象にしようと努めていたが、ゆっくりと思案するようにポケットに手をやって、シガレット・ケースを探っているようすからすると、この情報にヴァンスはひどく興味をそそられているらしい。

「いいえ」女はそっけなく答えた。

「教授とドラッカーの奥さまを見かけたのは、何時ごろのことだった？」

「たぶん、八時ごろだったでしょう」

「ふたりは話をしていたんだね？」

「ええ。ともかく」と、料理人が言い直す。「おふたりは、植え込みのあたりを行ったり来たりなさってましたね」

「おふたりは、朝食の前にいつも庭を散歩なさる習慣なのかい？」

「ドラッカーの奥さまは、よく、朝早くから外に出て、花壇のまわりを歩いていらっしゃいます。先生のほうは、いつだってお好きなときにご自分の庭をお歩きになる権利があるってもんでしょうよ」

「権利がどうとか言ってるんじゃないよ、ビードル」ヴァンスがやさしく言った。「ただ、教授がそんなに朝早くからその権利を行使なさる習慣があるかどうかを知りたいんだ」

「でしたら、先生は今朝、その権利を行使なさってました、って申しあげましょう」

ヴァンスは料理人を放免すると、立ち上がって窓辺に行った。いかにも納得がいかないふしがあるらしく、川のほうへ続く往来を見おろしてしばらく立ち尽くしていた。

「まったく、自然に親しむにはもってこいの日だな。今朝の八時、きっと雲雀《ひばり》が空を飛んでいたことだろう――それに、おそらく――いばらの上には蝸牛《かたつむり》が這っていたんだろうさ。(1)しかし――いやはや――すべて世は事もなし、とはかぎらんので、困る」

マーカムがヴァンスの当惑に気づいた。

「何を考えているんだ？　ビードルの言ったことは無視してかまわないと思うが」

「困るのはね、マーカム、この事件では何ひとつとして無視できないことなのだ」ヴァンスは振り返ることもせず、穏やかに答えた。「だがまあ、現在のところ、ビードルの明かした事実には意味がないと認める。わかったことは、今朝スプリッグが息の根を止められた直後に、われらがメロドラマの役者ふたりがうろうろしていた、ということだけだ。教授とミセス・ドラッカーが空の下で会っていたっていうのは、もちろん、きみの大好きな偶然だったのかもしれない。それともまた、あの老紳士の淑女《レディ》に対する感傷的な態度に、何かしら関係のあることかもしれん……教授の食事前の逢い引きについては、ひとつ、それとなく探りを入れてみる必要があるようだ」

ヴァンスが不意に、窓から身体を乗り出した。

「おや、アーネッソンだ。ちょっと興奮しているようだな」

まもなく、玄関のドアで鍵の音がして、アーネッソンがホールを通り過ぎようとした。私たちの姿に目を留めると、さっそく応接間に入ってきて、あいさつも抜きにいきなり切り出した。

「スプリッグが撃たれたと聞いたが、どうなんだ?」アーネッソンは熱を帯びた目で私たちを射るようにぐるっと見回した。「きみたち、あの男のことでぼくに話を聞きに来たんだろ。いいとも。何でも訊いてくれ」彼は、中身がぎっしり詰まったブリーフケースを中央テーブルに放り出すと、長椅子の端にどさっと腰をおろした。「今朝、刑事がひとり大学にやってきて、愚にもつかん質問をしたり、喜歌劇に出てくる道化探偵のようなまねをしたりしていった。ひどく謎めいている……人殺し――恐ろしい人殺しだ。ジョン・E・スプリッグなる人物についてどんなことを知っているか、とかなんとか言って……三年生をふたりばかり脅かして一学期分ほども精神的成長を止め、罪もない若い英語講師を神経衰弱一歩手前にまで追い込んでしまったんだぞ。――ぼく自身はそのあんぽんたんには会わなかったが――ちょうど講義に出てたったんでね。そいつ、ぬけぬけと、スプリッグがどんな女の尻を追い回していたかなんて訊いていったそうだ。スプリッグに女なんて！　あの学生の頭の中には、勉強以外のことはありゃしなかった。四年生の数学科でいちばんの優等生だったんだ。欠席なんか一度もしたことがなくて。今朝、出席をとるときに返事がないので、何かたいへんなことが起きたんだとわかったさ。それが、昼食どきになると、誰もかれもみんな殺人事件の噂をしてるじゃないか……何か解答が出ているのか？」

「解答は何も出ていません、ミスター・アーネッソン」ヴァンスは、じっと相手を見守っている。「ただし、あなたの方程式のためには新しい因数が手に入りましたが。ジョン・スプリッグは今朝、〝小さな鉄砲〟でかつらのまん中を撃たれたんです」

アーネッソンは、しばらくのあいだ身じろぎもせず、ヴァンスを見つめていた。やおら頭をのけぞらせたかと思うと、あざけるような笑い声をたてた。

「またしてもお化けの話ですか――コック・ロビン殺しのように……謎解きをしていただこうじゃありませんか」

ヴァンスが簡単に凶行のいきさつを話して聞かせた。

「今のところ、わかっていることはそれだけです。どうでしょう、ミスター・アーネッソン、あなたに何か思いつきがおありなら、聞かせていただけませんか」

「残念ながら、ありません」アーネッソンは本心から驚いているようだ。「まったくありません。スプリッグは……ぼくがめんどうをみたうちで、いちばん頭の切れる学生のひとりでした。天才的なところがあるやつで、両親がジョンなんて名前をつけたのがいけない――ほかにいくらでも名前はあるというのに。それで、あの若者の運命が決まってしまった。いかれたやつに頭を撃ち抜かれる定めになってしまった。間違いなく、ロビンを矢で殺したのと同じ道化だ」

アーネッソンは両手をもみ合わせた。内に潜む哲学者が、頭をもたげはじめたのだ。「けっこうな難問じゃないか。洗いざらい話してくださったんでしょうね。既知の整数すべてが必要なんです。そのうちに、何か新しい数学的手法を思いつくかもしれない——ケプラー（ドイツの天文学者。一五七一—一六三〇）のように」アーネッソンは、みずからの思いつきに得意になっていた。「ケプラーの〝樽の幾何学《ドリオメトリア》〟（ケプラーは一六一五年に『酒樽の新立体幾何学』を著わした）をご記憶ですか？　微積分の基礎となった。ケプラーは、葡萄酒の樽をつくろうとして——最小限の木材を使って最大限の容積の樽をつくろうとして、あの法則を発見したんですよ。ぼくがこの事件を解決しようとして編み出す方程式が、科学研究の分野に新境地を開くかもしれない。は、は。すると、ロビンもスプリッグも殉教者ということになる」

百歩譲ってその抽象的な思惟に対する生涯をかけた情熱から生まれたものと考えるにしても、アーネッソンのこの軽口はあまりに悪趣味だと思われた。しかし、ヴァンスは相手の冷酷で皮肉な物言いを少しも意に介していないようだ。

「言い忘れたことがひとつありました」と、ヴァンス。彼はマーカムのほうを振り向いて例の公式を書いた紙きれを求めると、それをアーネッソンに手渡した。「スプリッグの死体の下から、これが見つかりました」

相手は、その紙きれを小馬鹿にしたような態度で調べていた。

「僧正が、またちょっかいを出したんだな。例のメモと同じ紙で、同じタイプ……しかし、リーマン－クリストッフェルのテンソルをどこからひっぱり出してきたんだろうな？　これが何かほかのテンソルだったら――たとえば、G・シグマ・タウのようなものだったら、応用物理学をやっている者なら誰だってお手のものだろうけれど。こいつはありふれたテンソルじゃない。おまけに、この式は見当違いで、普通じゃない。抜けている項があるんだ……あっ、そうだ。ついこのあいだの晩、スプリッグにこの公式の話をしたばかりだった。あいつ、それを書きとめてたっけ」

「パインが、木曜日の晩、スプリッグがお宅を訪ねてきたと言ってましたよ」ヴァンスが口をはさんだ。

「へえ、そうですか。そう言ってましたか……木曜日――確かに。パーディーもいました。それに、ドラッカーもね。ガラスの座標について議論してたんです。それで、このテンソルの話が出て――最初に言い出したのは、ドラッカーじゃなかったかな。それから、パーディーが、高等数学をチェスに応用するっていう、とんでもない考えをもちだして……」

「ところで、あなたはチェスをなさいますか？」と、ヴァンスが尋ねた。

「以前はやっていました。今はやりません。しかし、きれいなゲームですよね――競技する人間のほうは、そうとばかりはかぎりませんが。奇妙な連中ですよ、チェス・プレイヤーときたら」

「パーディー・ギャンビットを研究してみたことがおありですか？」（そのときには、一見何の関係もなさそうなヴァンスの質問の意味が、私にはわからなかった。そして、マーカムも、じりじりとしびれを切らしてきているようだった）

「気の毒に、パーディーのやつ」アーネッソンは気の入らない笑みをこぼした。「数学者のはしくれとしては悪くないんだ。高校の教師にでもなればよかったのに。なまじ金がありすぎたんですね。チェスのほうに行っちまって。ぼくは、あの定跡は科学的じゃないと言ってやったんです。どうすれば破れるかまで教えてやりました。ところが、あの男にはそれがわからない。そのうちに、カパブランカ、ヴィドマール（ミラン・ヴィドマール。ユーゴスラビアの世界的プレイヤー）、タルタコーワ（サヴェリー・タルタコーワ。世界的プレイヤー）なんかが続々と現われてはあの定跡をごみ箱にたたき込んでしまった。ぼくの言ったとおりになったんだ。生涯を棒に振ってしまったわけです。もう何年も、別の定跡を目指してがんばってますが、うだつはあがらない。ワイルやシルバーシュタインや、エディントン（イギリスの天文学者。一八八二―一九四四）やマッハといったところを読んでは、インスピレーションを得ようとあがいていますがね」

「なかなかおもしろい」ヴァンスは、話しながらパイプを詰めていたアーネッソンに、自分のマッチ入れを差し出した。「パーディーはスプリッグをよく知っていたんでしょうか？」

「いや、よく知っていたというほどでは。ここで二度ばかり会っただけ――そんなところです。ドラッカーのほうならパーディーはよく知っていますがね。ポテンシャルだスカラーだベクトルだと、ドラッカーに質問していますよ。チェスの世界に革命を起こすような何かを見つけようっていうんで」

「この前の晩、リーマン－クリストッフェルのテンソルが話題にのぼったとき、パーディーは興味をもったようでしたか？」

「そうとも言えません。あの男の領分からは、ややはずれていますのでね。時空間の曲率をチェス盤に当てはめるのは無理だ」

「この公式がスプリッグの死体のそばから見つかったこと、どうお考えになります？」

「何とも。スプリッグの手になるものだったら、ポケットから落ちたのだとでも言えるでしょうが。しかし、数学の公式をタイプするなんて、めんどうなことを誰がしますかね」

「それはもう、僧正ですよ」

アーネッソンは、パイプを口からはずしてにやにや笑った。

「僧正X。そいつを見つけ出さなくてはなりませんね。まったく、気まぐれなやつですな。価値の観念がまるっきり倒錯している」

「まったくです」ヴァンスは、ものうげに答える。「それはそうと、うっかり忘れるところでした。ディラード家にピストルはありませんか？」

「ほう！」アーネッソンが、愉快でたまらないといったふうにくっくと笑う。「いよいよおいでなすった……失望させてしまって、まことにお気の毒ですがね。ピストルなどありません。からくり扉もなければ秘密の階段もなし。何もかもあけっぴろげで公明正大なもんですよ」

ヴァンスは、芝居がかったため息をついてみせた。

「それは残念……残念しごくです。おおいに望みをかけていたんですが」

音もなくホールにおりてきていたベル・ディラードが、見ると入り口に立っている。ヴァンスの質問とアーネッソンの返事を聞いていたらしい。

「いえ、シガード、うちにはピストルが二挺あるわよ」と、ベル。「射撃練習に田舎で私が使っていた古いピストル、覚えていないの?」

「とっくの昔に処分してしまったものと思っていたよ」アーネッソンが立ち上がって、ベルに椅子を引き寄せてやった。「あの夏、ホパトコンから帰ったとき、きみに言ったじゃないか。このけっこうずくめの国で銃を持っていていいのは、強盗か山賊だけだよ、って」

「だって、おっしゃったことを信用できなかったんですもの」と、娘がやり返す。「あなたってば、どこまでが冗談でどこからまじめなのか、見当がつかないわ」

「それで、そのピストルをしまっていらっしゃるんですか、お嬢さん?」ヴァンスの落ち着いた声がした。

「ええ。それが何か?」娘はヒースのほうを気づかわしげにちらと見た。「いけなかったでしょうか?」

「うるさいことを申しますと、非合法だったと思いますね。しかしながら」――ヴァンスはなだめるような笑顔を見せた――「部長があなたにサリヴァン法を適用する手続きをとるようなことはありますまい。今、どこにあります?」

「下の――アーチェリー・ルームに。道具入れの引き出しのどれかにあります」

ヴァンスが立ち上がった。

「お手数ですが、お嬢さん、しまっておかれた場所を教えていただけませんか。ぜひとも拝見したい」

娘は躊躇《ちゅうちょ》し、どうしたらよいか尋ねるような目でアーネッソンを見た。アーネッソンがうなずくと、ひとことも言わずに向きを変え、私たちをアーチェリー・ルームに案内していった。

「窓ぎわのあの戸棚です」

そこに行って、ベルは片側の小さな深い引き出しを開けた。ごたごた詰め込まれたがらくたに埋もれて、奥のほうに三八口径のコルト自動拳銃があった。

「あらっ」と、娘が叫んだ。「ひとつだけしかない。もうひとつがなくなってるわ」

「小さいほうではありませんか?」と、ヴァンスが尋ねる。

「そうです……」

「三二口径?」

娘がうなずいた。うろたえた目をアーネッソンに向ける。

「うむ、なくなっているね、ベル。しかたがない。たぶん、きみの友だちの弓の選手が、路地で弓を引き損じたときに脳味噌をふっとばそうってんで、持ってったんだろうよ」

「冗談はよして、シガード」と、娘がちょっとぞっとしたように頼んだ。「どこにいっちゃったんでしょう?」

「は、は。またしてもあやしい謎、か」アーネッソンがせせら笑う。「放ってあった三二口径ピストル紛失の不思議」

娘の心配を見かねて、ヴァンスが話題を変えた。

「どうでしょう、お嬢さん、ミセス・ドラッカーのところへご案内願えないでしょうか。二、三、お話ししたいことがあるんですよ。あなたが今ここにいらっしゃるところからすると、田舎へのドライヴはおやめになったんでしょう?」

娘の顔を、苦痛の影がよぎった。

「ああ、今日はあの方のお邪魔をしてはなりませんわ」その口調に、訴えるような悲痛な響きがこもる。「レディ・メイは具合がとってもお悪いんです。いったいどうしたことでしょう――二階でお話ししていたときにはとても調子がおよろしいように見えたんですけれど、あなたやマーカムさんとお会いしたあと、うって変わってお元気をなくされて……ああ、何か恐ろしいことがあの方の胸をふさいでしまったようなんです。ベッドに寝かせてさしあげてからも、『ジョニー・スプリッグ、ジョニー・スプリッグ』って、何度も何度も、ぞっとするような細いお声でうわごとのように繰り返されて……お医者さまに電話して、急いで来ていただきましたの。すると、できるだけ安静にということでした」

「いや、別に、たいした用件ではありません」ヴァンスは娘を安心させるように言った。「もちろん、またの機会を待つことにしますよ。お医者さまというのはどなたですか、お嬢さん?」

「ホイットニー・バーステッド先生ですわ。私の覚えているかぎりでは、ずっとかかりつけのお医者さまです」

「りっぱな医者です」と、ヴァンス。「全国でもあれほどの神経科医は見つからないでしょう。先生の許可がおりないかぎり、私たちは何もいたしませんよ」

ミス・ディラードは、感謝に満ちた目でヴァンスを見た。そして、会釈をしてその場をはずした。

ふたたび応接間に引き揚げてくると、アーネッソンは暖炉の前に陣どってヴァンスを冷やかすように眺めた。

「『ジョニー・スプリッグ、ジョニー・スプリッグ』か。は、は、レディ・メイ、さっそく感づかれたとみえるな。あの女性は頭がおかしいのかもしれないが、脳味噌のどこかはじっこのところが過剰なほど鋭敏なんですよ。まったく、うかがいしれない機械だなあ、人間の脳というやつは。ヨーロッパの最も偉大な思索家の中には、精神障害者がいる。ぼくの知っているチェスの名人には、服を着るにも食事をするにも介護がいるというのが、ふたりもいますしね」

ヴァンスは、アーネッソンの話など聞いていないようだった。入り口の小さな戸棚のそばに立ち止まって、古代中国の硬玉《こうぎょく》の彫りものひとそろいにすっかり見とれている。

「この象は場違いですな」と、蒐集品のうちの小さな彫刻を指さして、さりげなく言った。「ブンジンガですね――頽廃《たいはい》期のものですな。よくできてはいるが、本物じゃない。たぶん、満州ものの複製でしょう」ヴァンスはあくびをかみころして、マーカムのほうを振り向いた。「ねえ、きみ、することはもう残っていないようだよ。そろそろおいとまするとしようか。しかし、その前に、教授にひとことごあいさつしておこう。しかし……ミスター・アーネッソン、こちらでお待ちいただけますか。ご迷惑でしょうか？」

アーネッソンは少しばかり驚いたように眉を上げたが、たちまち顔に皺《しわ》を寄せて、人を小馬鹿にするようなつくり笑いをしてみせた。

「いや、どういたしまして。おかまいなく、どうぞ」そう言うと、パイプの詰め替えにかかった。

ディラード教授は、ふたたび闖入《ちんにゅう》してきた私たちに、ひどく迷惑そうだった。

「たった今知ったところなのですが」と、マーカム。「今朝、朝食の前に、ミセス・ドラッカーとお話しになっていたとか……」

ディラード教授の頬の筋肉が、怒ったようにぴくりとひきつった。

「自分のうちの庭で隣の住人と話をすることが、地方検事局に何か関わりでもあるのかね？」

「いいえ、先生、そういうわけでは。しかし、お宅に関係の深い捜査に従事しているわけですし、私にはあなたのご協力を求める特権があると考えますが」

老教授はひとしきりぶつぶつ言っていた。

「よろしい」と、怒ったような態度で、教授は相手の言葉を受け入れた。「わしは、ミセス・ドラッカー以外に誰も見かけなかった——きみのほしがっている返事は、これだろう」

ヴァンスが会話に割り込んできた。

「うかがいたいのは、そのことではございません、ディラード教授。今朝のミセス・ドラッカーが、早朝、リヴァーサイド公園で起こったことをご存じのようすだったかどうか、あなたの印象をお聞きしたいと思ったのですが」

教授はすぐにも切り返そうという勢いを見せたが、かろうじて自制し、少し間《ま》をおいてから答えた。「いや、知っているような印象は受けなかった」

「どことなく落ち着かないとか、言ってみれば興奮なさっているようすとかは？」

「そんなことはなかった」ディラード教授が立ち上がって、マーカムに面と向かった。「何が目当てなのか、よくわかるよ。しかし、それには関わりたくない。言っておいたはずだぞ、マーカム。あの気の毒な女性のことで、スパイをしたり告げ口をしたりする役目をするつもりはないとな。きみに言うべきことは、それだけだ」教授は机に戻った。「今日はすごく忙しいんでね、申しわけないが」

私たちは階下におりて、アーネッソンに別れのあいさつをした。出ていく私たちに親しげに手を振るアーネッソンだったが、その笑顔に、さっき私たちが教授にくらわされた肘鉄砲をそばで見ていてほくそ笑んでいるかのような、どこか哀れむような励ますようなところが見えた。

舗道に出ると、ヴァンスが立ち止まって煙草に火をつけた。

「さてと、お次は、悲しくもやさしいミスター・パーディーと、ちょっとおしゃべり《コーズリ》するとしよう。何が聞き出せるものかわからないが、あの男と話し合ってみたいんだ」

しかし、パーディーは自宅にいなかった。日本人の使用人が、主人はたぶんマンハッタン・チェス・クラブにいるはずだと教えてくれた。

「明日だっていいだろう」ヴァンスは家から出ていきながらマーカムに言った。「朝のうちに、バーステッド博士と連絡をとって、ミセス・ドラッカーに会わせてもらえるよう話をつけるよ。そのついでに、パーディーのところにも回ることにすればいい」

「明日は、今日よりも収穫があってほしいもんですな」と、ヒース。

「ひとつふたつ、なかなか耳寄りなエピソードがあったのを聞き逃しちゃいないかい、部長?」と、ヴァンス。「ディラード家に関係のある人間がみなスプリッグと顔見知りで、あの男が朝早くハドソン川のほとりを歩き回るってことを簡単に知りうる立場にあることがわかった。それに、教授とミセス・ドラッカーが今朝八時ごろ、庭をうろついていたこともわかったじゃないか。アーチェリー・ルームから三二口径のピストルが紛失したことも発見した。——収穫がありすぎて困るってほどでもないが、ちょっとしたもんだ——確かに、ちょっとしたもんだよ」

車で通りを下っていると、ものうげな放心状態から覚めたマーカムが、どうしようもない危惧をぬぐえないようすでヴァンスを見やった。

「この事件を扱っていくのが、ぼくにはほとんど恐ろしくなってきた。あまりにも陰惨だからだ。新聞がジョニー・スプリッグの童謡に気づいてふたつの殺人事件を結びつけでもしてみろ、どんなやりきれない騒ぎになることか、考えただけでうんざりだ」

「残念ながら、それはもう覚悟しておいていいと思う」と、ヴァンスがため息をつく。「ぼくは心霊学なんてものは絶対に信じない——夢が現実になったこともないし、精神感応の状態とはどんな感じのするものかも知らない——でもね、今に僧正が、あのマザー・グースの歌を新聞社に知らせるに違いないという気はするんだ。今度の新しいユーモアは、前のコック・ロビンの芝居よりもわかりにくい。みんなにわからせる必要がある。死体を道化芝居の道具だてに使うような冷酷な道化師にも、見物人はなくてはならないからね。そこに、この忌まわしい犯罪のひとつの弱点があるんだ。そこが、こちらからすればほとんど唯一のつけ目なんだよ、マーカム」

「クィナンに電話して、何か受け取っていないか訊いてみましょう」と、ヒース。

だが、部長がその手数をかけるまでもなかった。『ワールド』紙の記者は、地方検事のオフィスで待っていて、スワッカーに案内されてすぐに通されてきた。

「こんにちは、ミスター・マーカム」気軽で無遠慮な態度ながら、クィナンの態度にどこか神経質な興奮のしるしが現われていた。「ヒース部長にお目にかけたいものがあって。スプリッグ事件は部長の担当で、部長はあなたと会議中だと本署で聞いたもんですから、飛んできたしだいです」記者はポケットを探って、一枚の紙きれを取り出すと、それをヒースに渡した。「なにしろぼくは、あなたに対しては公明正大、気前がいいんですよ、部長。そこはもちつもたれつってわけで、少しは内輪の話を期待してますよ……この手紙、まあ、ちょいとご覧ください。アメリカで最もポピュラーな家庭新聞が、ついさっき受け取ったばかりのもんです」

ありふれたタイプライター用紙で、薄青いインクでエリート書体をタイプした、マザー・グースの童謡の中のジョニー・スプリッグの歌だった。右下のすみには、大文字ばかりで、〝僧正《ザ・ビショップ》〟の署名がある。

「そして、こいつが封筒ですよ、部長」クィナンがもう一度ポケットを探った。

消印は午前九時。最初のメモと同じで、N郵便局の管轄地区で投函されていた。

## 12　深夜の訪問

四月十二日（火曜日）午前十時

翌朝、ニューヨークの新聞各紙の第一面には、マーカムが恐れていたよりももっとセンセーショナルな記事が書きたてられていた。『ワールド』紙のほか、ふたつの有力紙が、私たちがクィナンに見せられたのと同じ手紙を受け取っていた。それが公表されたことによって巻き起こった興奮は、手に負えないほどのすごさだった。ニューヨークじゅうが不安と恐怖の渦に巻き込まれた。ふたつの犯罪の偏執狂じみた面を単なる符合にすぎないと片づけ、僧正のメモをただのいたずらだと解釈してすませようとする懐疑的論調も二、三あるにはあったが、新聞はことごとく、世間の人々も大多数が、かつてないタイプの恐るべき殺人者が社会に挑戦していると確信しているのだった(1)。

マーカムとヒースがマスコミに包囲され攻撃を受けていたが、秘密の帳《とばり》は細心の注意をもって維持されていた。解決の鍵はディラード家の周辺にあると思えるなどというほのめかしも、また、三二口径ピストルが紛失したことへの言及もなかった。スパーリングの立場は、新聞紙上では同情的な扱いをされた。一般の見解ではもう、この青年は気の毒にも周囲の事情によって犠牲にされたということになっており、マーカムが起訴を引き延ばしているという非難もすべてたちまちのうちに収まってしまった。

スプリッグが撃たれた日、マーカムはスタイヴェサント・クラブで会議を開いた。刑事課のモラン警視、オブライエン警視正(2)のふたりも出席した。ふたつの殺人事件が詳細にわたって検討され、ヴァンスが、問題の解答は結局、ディラード家、あるいはディラード家に直接関係のある方面で見つかるはずだという理由を説明した。

「ふたつの凶行をうまくやりおおせるには、被害者のふたりを取り巻く条件をよく知っていなくてはなりませんが、それを知りうる立場にある人物は、今では全員つかんでいるわけです」と、ヴァンスが最後に言った。「これからとるべき道はひとつ、これらの人物を徹底的に洗ってみることだけです」

モラン警視は、ヴァンスの意見に傾きかけていた。しかし、それには条件が付く。「ただ、ご指摘の人物ですが、どの人をとっても血に飢えた異常者には思えませんな。その点がどうも」

「この殺人者は、普通の意味での異常者ではないのです」と、ヴァンス。「おそらく、ほかのすべてのところは正常なのです。実際、すばらしい頭脳の持ち主かもしれない。ただひとつの欠点を除いて――つまり、私に言わせれば、あまりにすばらしすぎるという欠点がある。思索に熱中するあまり脇道にそれて、釣り合いの感覚をすっかりなくしてしまったんです」

「しかし、いくら常軌を逸した超人だとしても、動機もないのにこんな残忍な凶行に走りはしないでしょう」と警視。

「ところが、動機があるんです。こういう恐ろしい殺人を着想する背後には、何か途方もない誘因がある——その誘因が作用した結果が、あんな悪魔のようなユーモアのかたちになったんです」

オブライエンは、この会話には加わっていなかった。話題になっていることの漠然とした含意にはいちおう同意しながらも、いかにも非現実的な話の性質に苛立《いらだ》ちを感じてきた。

「そういうお話は、新聞の論説にはけっこうだが、実地の役には立ちません」重々しい口ぶりで難癖をつけると、警視正は、太くて黒い葉巻をマーカムに向けて振ってみせた。「われわれがやらなくちゃならないのは、あらゆる手がかりをたぐっていって、何か法的証拠をつかむことですよ」

最終的に決まったのは、僧正のメモを専門家に分析してもらうこと、タイプライターと用紙の出所を追求することだった。リヴァーサイド公園でその朝の七時から八時までのあいだに誰かを見かけたという証人を、組織的に探し出す計画が立てられた。そのほか、スプリッグの習慣や交友関係についても、綿密に調査することになった。担当の刑事をひとり、特別に指名して、当該地区の郵便物集配人を調べさせ、あちこちのポストから手紙を集めるときに新聞社宛の封筒に気づかなかったか、封筒が実際に投函されていたポストを覚えているかを洗うことにした。

そのほかいろいろと、必ずやることになっている活動の方法が取り決められた。モランの提案で、さしあたり警官を三人、殺人現場付近に配置することになった。何か新しい発展がありはしないか、あるいは、事件関係者が疑わしい行動をとりはしないか、昼夜見張りをさせる。

警察本部と地方検事局は連携して仕事をすることになった。マーカムが、もちろんヒースとの暗黙の了解のうえで、連携の指揮をとる。

「ディラード家とドラッカー家ともに、ロビン殺しの関係で、ぼくはすでに家族に会っている」と、マーカムがモランとオブライエンに説明する。「それに、スプリッグ事件についても、ディラード教授とアーネッソンには会って話をした。明日は、パーディーとドラッカー家の人たちに会う予定だ」

次の朝十時少し前、マーカムはヒースとともにヴァンスを訪ねてきた。

「こんなことを続けさせるわけにはいかない」と、あいさつもそこそこに検事が言い出した。「誰かが何かを知っているんなら、そいつを探り出さなくちゃならん。ねじを巻き上げてやる――結果がどうなろうと、かまったものか」

「手を尽くして追い立ててみるさ」ヴァンスはいっこうに気乗りがしないようすだ。「たいしてうまくいくとは思えないがね。並のやりかたじゃ、この謎は解けない。ところで、バーステッド博士に電話してみたよ。今朝ミセス・ドラッカーと話をしてもさしつかえない、ということだ。しかし、まずは博士のほうと会うように打ち合わせた。ドラッカーの病状について、もっと知りたいんでね。脊椎彎曲《せきついわんきょく》になんて、ねえ、きみ、普通は転んだくらいのことでなったりしないものだよ」

さっそく博士の家まで車で乗りつけ、すぐに招き入れてもらった。バーステッド博士は、大柄で人当たりのいい人物で、その愛想のよいもの腰は努めて修養した結果であるという印象だ。

ヴァンスは単刀直入、問題の要点をついた。

「先生、ミセス・ドラッカーはもちろん、おそらくはあの令息も、最近ディラード家で起きたロビンの事件に間接的に関わっていると考えられる根拠があるのです。それで、尋問する前に、ふたりの精神状態について——もちろん、ご職業上の守秘義務にさしつかえない程度でけっこうですが——あらかじめうかがっておきたいと存じまして」

「どうかもっと具体的にお話ししていただけませんか？」バーステッド博士は警戒しつつ、超然とした態度を見せた。

「聞くところによりますと」と、ヴァンスが続ける。「ミセス・ドラッカーは、令息の脊椎彎曲症はご自分の責任であるとお考えのようです。しかし、私の理解するところ、単なる肉体的なけがなどからはあの方のような障害は起こらないのが普通ですが」

　バーステッド博士がゆっくりとうなずいた。

「おっしゃるとおりです。脊髄が圧迫されて半身不随になるということは、脱臼や外傷の結果として起こることもありますが、こうして生じる障害はフォーカル・トランスバース型のものです。脊椎の炎症あるいはカリエスといったものは——われわれが一般にポット病（ポットはイギリスの医師。一七一四—八八）と呼んでいるものですが——普通は結核性です。脊髄結核には子どもがかかりやすい。生まれたときにすでにかかっていることが多いのです。実際には、外傷の結果、病気になる場所が決まったり、潜んでいた病源が刺激されたりして、病気を誘発することもありえます。こういうことがありますから、けがが病気の原因だと考えてしまうのも無理ないことなのです。

しかし、脊椎カリエスの真の病理学的構造は、シュマウスとホースレイ（イギリスの外科医。一八五七―一九一六）の手によって明らかにされています。ドラッカーの障害は、疑う余地なく結核性のものです。あの方の脊椎彎曲は過度に後方凸状《とつじよう》に彎曲した脊柱後彎症で、脊椎骨がそうとう阻害されていると思われます。それに、骨炎の局部症状も全部見られるのです」

「当然、ミセス・ドラッカーにそういう事情をご説明なさったのでしょうね」

「何度もね。しかし、まったくの無駄でした。倒錯した殉教精神のうちにある恐ろしい本能が、息子の障害の責任は自分にあるという考えを捨てさせないのです。間違ったこの考えが固定観念になってしまった。それがあの方の精神状態をすっかり支配してしまい、過去四十年にわたる奉仕と犠牲の生活に意義を見いださせているんですね」

「その心理的ノイローゼは、どの程度まで精神に影響を与えているのでしょうか？」とヴァンス。

「それは、申しあげるのがなかなか難しい。私としてはその問題に踏み込みたくありませんね。しかし、これだけは申しあげていいでしょう。あの方は明らかに病的です。もののの見かたがゆがんでいます。ときとして――これはごく内々の話としてですよ――令息に対して著しい錯覚的関心集中を示されることがある。令息の幸福があの方の妄執になっているんですな。令息のためとあらば、おそらくはどんなことでもやってのけて悔いなしとなさるでしょう」

「いろいろと打ち明けてお話しいただきまして、ありがとうございます、先生……ところで、昨日ミセス・ドラッカーが逆上なさったのは、令息の幸福に関して心配ができたとかショックを受けたとかの結果だと推定するのは、当たっていないでしょうか？」

「当然そういうことでしょうね。令息のこと以外に、あの方には何の情緒生活も精神生活もありませんから。ただし、一時的な失神が、現実の恐怖に基づくものか想像上の恐怖に基づくものかは、何とも断定できかねます。なにしろ、もう長いこと現実と妄想の境目で生きておられるんですから」

しばらく沈黙があった。そして、ヴァンスがやがてこう尋ねた。

「ミスター・ドラッカーのほうですが、ご自分の行動について全責任を負うことのできる方だとお考えですか？」

「あの方は私の患者であり、私があの方を隔離する手続きを何らとっていない以上、そのご質問は少々無作法に聞こえますが」と、バーステッド博士が、冷たい非難の色を浮かべた。

マーカムが膝を乗り出して、きっぱりと言ってのけた。

「先生、私どもは言葉を飾っている暇がありません。残酷きわまる殺人事件を捜査しているところなんです。ミスター・ドラッカーは、その殺人事件に関係がある——どの程度の関係かはわかっていませんが、ともかく、それを見つけ出すのが私どもの義務なのです」

当初はマーカムにくってかかろうかという衝動を見せた博士だったが、どうやら考え直したらしく、返事をするときにはゆったりと事務的な声になっていた。

「情報提供を拒む理由は何もありません。しかしながら、ミスター・ドラッカーの責任感に疑問をさしはさまれることはすなわち、私が公衆の安寧《あんねい》に対して怠慢のそしりを受けることですから。たぶん、この方のご質問を、私が誤解したのでしょうが」博士は、しばらくヴァンスをじっと眺めていたが、やがて、職業的な口調で先を続けた。「もちろん、責任感と申しましても、いろいろ程度があります。ミスター・ドラッカーの場合、脊椎彎曲症患者にはよくあることですが、精神が過剰に発達しています。すべての精神活動が、いわば内攻するのです。正常な生理反応を欠くと、抑止作用や常軌の逸脱をしばしば引き起こすことがあります。しかし、ミスター・ドラッカーにそのような兆候はありません。興奮しやすく、ヒステリーを起こす傾向はありますが、あの病気にはそういった心理反応がつきものなのです」

「ミスター・ドラッカーの楽しみというと、どんなことなんでしょうね？」ヴァンスが、丁寧な口調でさりげなく尋ねた。

バーステッド博士は、ちょっと考えていた。

「子どものする遊び、とでも申しましょうか。障害のある方がそういうことを楽しみになさるというのは、珍しいことではありません。ミスター・ドラッカーの場合は、欲求満足の目覚めというんでしょうかね。正常な子ども時代がなかったので、何か若返ったような感じになるものがあればそれに飛びつく。子どもらしい遊びをすると、純粋に精神的な生活の単調さに救いとなるんですね」

「令息のそういう遊びへの本能に、ミセス・ドラッカーはどう対しておられますか？」

「たいへんけっこうなことですが、奨励なさってますね。リヴァーサイド公園のプレイグラウンドで遊んでいらっしゃる令息を、お母さまが手すり壁越しに乗り出して眺めていらっしゃるという光景を、よくお見かけします。それに、令息がお宅に子どもたちを呼んで集まりをしたり、ごちそうの会を開いたりするときには、いつもお母さまが中心になって世話をなさっていますよ」

しばらくして私たちは辞去した。七十六丁目に入ったところで、ヒースが悪夢から覚めたように深く息をついて、車中に居ずまいを正した。

「子どもの遊びの話、どう思われますか?」と、部長がおじけづいたような声を出す。「いやはや、ヴァンスさん。この事件、いったいどういう展開になるんです?」

川向こうの霧にかすむジャージーの断崖を眺めているヴァンスの目に、どことなく奇妙な悲しみの色が漂っている。

ドラッカー家で呼び鈴に応えたのは太ったドイツ人女性で、私たちの前に立ちはだかって、ミスター・ドラッカーは忙しくて誰にも会えないと、うさんくさそうに言った。

「取り次いだほうがよさそうだよ」と、ヴァンス。「地方検事が、すぐに話したいことがある、とな」

この言葉が相手に不思議な効果を及ぼした。女の両手が顔に持っていかれ、豊満な胸が痙攣《けいれん》するように波打つ。そして、あわてふためいたようにきびすを返すと、階段を駆けのぼった。ドアをたたく音、そして人の声。二、三分ほどして女がおりてくると、ミスター・ドラッカーが書斎で会う旨を告げた。

使用人のかたわらを通り過ぎざま、ヴァンスがくるっと振り返って、薄気味の悪い目つきでにらみながら尋ねた。

「昨日の朝、ミスター・ドラッカーは何時に起きられた?」

「わたし――存じません」すっかりちぢみあがった使用人が、口ごもる。「いいえ、はい、存じてます。いつもどおりでした――九時です」

ヴァンスはうなずいて、先に進んだ。

ドラッカーは、書物や原稿だらけの大きなテーブルのそばに立って、私たちを迎え入れた。陰気な態度で腰をかがめただけで、椅子を勧めることもしない。

ヴァンスは、落ち着かないくぼんだ目の奥にある秘密を読み取ろうとでもするかのように、しばらくドラッカーを見つめていた。

「ミスター・ドラッカー」と、ヴァンスが口を切る。「よけいなごめんどうをおかけするのは本意じゃないんですが、あなたがミスター・スプリッグのお知り合いだったとうけたまわったものですから。たぶんもうご存じでしょうが、昨日の朝、この近所でミスター・スプリッグが撃たれた。そういうわけで、あの方を殺すような理由をもっている人間を誰かご存じのようでしたらうけたまわりたいと思って、こうして参上したしだいです」

ドラッカーがきっと身体を起こした。自制に努めてはいるものの、返事をする声がかすかに震えを帯びている。

「スプリッグ君と知り合いと言ったって、ほとんど知らないんですよ。亡くなったことについては、心当たりなど何も……」

「死体のそばから、リーマン－クリストッフェルのテンソルを記した紙きれが見つかったんですが、あなたの著書の中で物理的空間の有限性について書かれた章に引用されてる式なのです」そう言いながらヴァンスは、机の上にあるタイプ原稿の一枚を手もとに引き寄せて、さりげないようすで眺めた。

ドラッカーは、ヴァンスのその所作には気づいていないようだった。ヴァンスの話に含まれていた情報が、彼の注意力を占領していた。

「どうも理解しかねます」と、ぼんやり言う。「その紙を拝見できますか？」

マーカムが、すぐにその要求に応えた。ドラッカーは紙片をしばらく調べていたが、やがてそれを返した。そして、小さな目を意地悪そうに細めた。

「これについて、アーネッソンに尋ねてごらんになりましたか？　先週、アーネッソンがスプリッグと、まさにこの問題について議論していましたよ」

「ええ、お尋ねしました」と、ヴァンスが無造作に言う。「ミスター・アーネッソンはそれをご記憶でしたが、別に何の手がかりもくださいませんでした。アーネッソンさんにご無理でも、ひょっとしてあなたならと考えて、おうかがいしたわけです」

「お役に立てなくて、残念ですが」ドラッカーの返事には、嘲弄《ちょうろう》するような含みが感じられた。「このテンソルは、誰だって使うでしょうよ。ワイルやアインシュタインの著書は、この式だらけです。著作権があるわけじゃありませんから……」ドラッカーが回転書棚にかがみ込んで、八つ折りにした薄いパンフレットを抜き出した。「ミンコフスキー（ロシア生まれのドイツの数学者。一八六四－一九〇九）の

『相対性原理』にも、ほら、このとおり。ただ記号が変えてあるだけ――たとえば、Bの代わりにTが使われている。それに、指数の代わりにギリシャ文字が使ってある、といった具合ですね」さらに別の本を取り出した。「ポアンカレ（フランスの物理学者。一八五四―一九一二）も『宇宙進化の仮説』の中でそのテンソルを引用していますが、内容は同じでも表現する記号は違っていますね」ドラッカーはいかにも横柄に、手にした書物をテーブルに放り出した。「なのに、どうしてまた、ぼくのところに？」

「あなたのお宅に足を運んだのは、テンソル式のためだけではありません」と、ヴァンスが軽い調子で言う。「たとえば、スプリッグの死はロビン殺しと関係があると信じるに足る根拠がある……」

ドラッカーの長い手がテーブルの縁をつかんだ。そして、興奮に目を光らせながら、顔を前に突き出した。

「関係があるって――スプリッグとロビンに？　まさか、新聞記事をうのみにしていらっしゃるわけじゃないでしょう……あれは、とんでもないデマです」ドラッカーの顔がひきつりはじめ、声がかん高くきいきい響く。「ナンセンスなたわごとですよ、まったく……何の証拠もない。――証拠のかけらさえもない」

「コック・ロビンに、ジョニー・スプリッグですよ」と、ヴァンスのものやわらかな、身体の底から響いてくるような声。

「くだらない。とんでもなくくだらない。――ああ、世の中は狂ってしまったのか……」ドラッカーは身体を前後に揺らしながら片手でテーブルをたたき、原稿を四方八方にとりちらかした。

ヴァンスは、いささか驚いた目でドラッカーを眺めていた。

「〝僧正〟とはお知り合いじゃありませんか、ミスター・ドラッカー？」

相手は身体の動きを止め、自分でも落ち着こうと努めながら、恐ろしいほどにまじまじとヴァンスをにらんだ。口もとがひきつって、筋肉がしだいに萎縮《いしゆく》していく病人のゆがんだ笑いに似てきた。

「あなたまでもか。あなたもおかしくなってる」ドラッカーは、一同を次々にらみつけた。「いまいましい。とんでもない馬鹿者だ。僧正など、いやしない。コック・ロビンとかジョニー・スプリッグとかいう人間もいやしない。それをあなた方ときたら――いいおとなが――ぼくを脅かしにかかってる――数学者のこのぼくを――童謡なんぞで……」ドラッカーはヒステリーの発作のように笑い出した。

ヴァンスが急いでそばに寄って、その腕を取って椅子に座らせた。笑いがしだいに収まり、ドラッカーは弱々しく手を振った。

「まったく、ロビンとスプリッグが殺されたのは、気の毒だった」ドラッカーの口調は重々しく、生気がない。「しかし、そんなことを問題にするなんて、子どもしかいませんよ。……犯人はいずれ見つかるでしょう。あなた方に無理なら、ぼくが手伝いますよ。しかし、むやみに空想をたくましくしないでいただきたいものです。事実だけを見るんです……事実を……」

相手が消耗してぐったりとなったので、私たちは引き揚げることにした。

「すっかりおびえ切ってるんだ、マーカム。ひどくおびえている」ふたたび廊下に出ると、ヴァンスが言った。「あの、ずるい、ゆがんだ心の奥に、何が潜んでいるのか知りたいものだ」

ヴァンスは、ミセス・ドラッカーの部屋のほうに廊下を進んでいった。

「こんなふうにご婦人を訪問するなんて、どうもお行儀がいいとは言えないね。まったくなあ、マーカム、ぼくは警官に向いていないよ。こそこそかぎ回るのは大嫌いだな」

ノックに、かぼそい声が応えた。ミセス・ドラッカーは、いつにも増して蒼ざめた顔で、窓ぎわの長椅子に仰向けに寝ていた。握った白い手を少し曲げて、椅子の肘掛けに寄せて伸ばしている。今までもそうだったが今回はなおさらのこと、いつか見たアルゴナウテース（ギリシャ神話。金の羊毛を探しに大船アルゴで遠征した一行の物語）の中の、フィネウスを悩ます貪欲《どんよく》なハルピィの絵を思い出させた。

私たちが口を開くより先に、しぼり出すようなすさまじい声がした。

「おいでになるのはわかっていましたとも——まだわたくしをいじめ足りなくて、いらっしゃるだろうと思っていました……」

「いじめるなど、とんでもない、ミセス・ドラッカー」と、ヴァンスが穏やかに言葉を返す。

「それはとんでもない見当違いというものです。ただ、ご協力を求めているだけです」

ヴァンスの態度が、夫人の恐怖心をいくぶんやわらげたようだ。夫人は、探るようにヴァンスを見つめている。

「ご協力できさえすればですがね」と、つぶやく。「何もご協力できるようなことがございま

「ミスター・ロビンの亡くなった朝、窓からご覧になったことを話していただくだけでけっこ
うなんですが」と、ヴァンスがやさしく提案した。
「いいえ――いいえ」夫人の目が恐ろしいほど大きく見開かれている。「何も見ませんでした
――あの朝は、窓に近づくこともいたしませんでした。たとえ殺してやると言われたって、わ
たくしが最後に申しあげる言葉は、何も見なかった、ですよ――絶対に何も見なかった、です
わ、絶対に何も」
ヴァンスは、それ以上追及はしなかった。
「ビードルに聞いたところ」と、ヴァンスが質問を続ける。「あなたは、朝早く起きられて、
お庭を散歩なさることがたびたびあるそうですが」
「ええ、そうです」安堵のため息と同時に出た言葉だった。「朝方、よく眠れないものですか
ら。背骨がずきずき痛んで、早くに目が覚めてしまうのです。おまけに、背中の筋肉にしこり
ができて痛むんですわ。すると、起き出しましてね、お天気さえよければ、いつも庭を歩き回
ります」
「ビードルは、昨日の朝もあなたを庭でお見かけしたと言っておりました」
夫人は、心ここにあらずといったようすでうなずいた。
「それから、ビードルがお見かけしたとき、ディラード教授があなたとごいっしょだったとも」
夫人はまたうなずいたが、その直後に挑むようなもの問いたげな視線をヴァンスにちらりと

向けた。

「あの方とはときどきごいっしょいたします」と、急いで言う。「わたくしのことをわかってくださいますし、それに、アドルフを褒めてくださいます。あの子のことを大天才だと思ってくださっているんですわ。そうですとも、あの子は天才です――りっぱな人間になるはずでした――ディラード教授のような――病気でさえなかったなら……それというのも、みんなわたくしの罪なんですわ。赤ん坊のあの子を取り落としたわたくしの……」乾いたような声でむせび、憔悴《しょうすい》した身体が震え、指は痙攣したように動いている。

少し間《ま》をおいて、ヴァンスが尋ねた。「昨日、ディラード教授と、お庭でどんな話をなさいました?」

夫人の態度に、ずるそうなようすが浮かぶ。

「ほとんどアドルフのことでしたわ」と夫人は言ったが、しいてさりげなさを装う努力が見えすく。

「お庭か練習場で、誰かほかの人を見かけませんでしたか?」ヴァンスはうんざりしたような目で相手を見た。

「いいえ」またもや恐怖が夫人をとらえる。「でも、誰かがあそこにいたのですね。そうなんじゃありませんか――人に見られたくない誰かが」一生懸命力をこめてうなずく。「そうだわ。誰かほかの人がいたんですね――そして、わたくしに見られたと思ったのね……でも、わたくしは見ていませんわ。ああ、神かけて、見ていません」夫人は両手で顔をおおって、ひきつけを起こしたように身体を震わせた。「わたくしが見てさえいましたら。知ってさえいましたら。でも、それはアドルフじゃありませんわ――わたくしのかわいい坊やじゃありません。あの子は眠ってました――ありがたいことに、あの子は眠ってましたわ」

ヴァンスが夫人に近づいた。

「ご令息でなかったことが、なぜありがたいんです?」と、やさしく尋ねる。

夫人はちょっと驚いたように、ヴァンスを見上げた。

「なぜ、ですって？　覚えていらっしゃるでしょう。昨日の朝、小さな男が、小さな鉄砲で、ジョニー・スプリッグを撃ちました――それと同じ小さな男が、コック・ロビンを弓と矢で殺したんです。恐ろしい遊びですわ――わたくしが心配しているのは……でも、申しあげるべきことではありません――申しあげることはできないんですわ。小さな男は、何か恐ろしいことをしでかすかもしれません。ひょっとしたら」――恐怖のあまり、声から生気が失せてしまった――「ひょっとしたらその男は、わたくしのことを〝靴の家に住むおばあさん[1]〟だなどと、とんでもないことを考えているのかもしれません」

「なんてことをおっしゃいますか、ミセス・ドラッカー」と、ヴァンスは慰めるように無理やり笑顔をつくった。「そんなお話はナンセンスですよ。そんなことを気に病まれてはいけません。ものごとにはすべて、完全に理屈にかなった説明があるものです。その説明を見つけるのに、奥さまがご協力してくださるような気がするのですが」

「いいえ――いいえ。わたくしにはできませんわ。してはならないのです。わたくし自身にもよくわかっていないのですもの」夫人は、決心したように深く息を吸い込んで、唇を固く結んだ。

「どうして、お話しくださるわけにいかないんでしょう?」と、ヴァンスがくいさがる。

「何も知らないんですもの」と、夫人が叫ぶ。「知っていればいいんですけれど。わたくしにわかっているのは、何か恐ろしいことが今ここで起こっているということだけ——何か恐ろしい呪いがこの家に取りついているんです……」

「どうしてそんなことがわかるんです?」

夫人は激しく身を震わせはじめ、その目はぼんやりと部屋の中をさまよい出した。

「それは——」やっと聞き取れるほどか細い声。「——それは、小さな男が、昨夜《ゆうべ》ここへ来たからです」

その言葉に、私は背筋がぞっとした。ものに動じることのない部長が、はっと息をのむ音さえ聞こえた。やがて、ヴァンスの落ち着いた静かな声がした。

「どうしてわかりました? 奥さま。ご覧になったのですか?」

「いいえ、見たわけではありませんわ。でも、この部屋に入ってこようとしたんです——あそこのドアのところから」私たちがさっき入ってきた、廊下に通じる出入り口のほうを、夫人は不安そうに指さした。

「そのお話を聞かせていただかなければ」と、ヴァンス。「でないと、奥さまのつくり話だという結論を出さねばならなくなります」

「ああ。でも、つくり話などではありません――神かけて」夫人の真剣さを疑う余地はない。この女性を死ぬほど恐ろしい思いでいっぱいにした何ごとかが起こったのだ。「わたくしはベッドで、目を開けたまま横になっておりました。暖炉の棚の上にある小さな時計が、ちょうど夜中の十二時を打ちました。するとかすかな衣ずれのような音が、廊下のほうから聞こえてまいりました。頭をドアのほうに向けてみますと――そこのテーブルの上に、常夜灯の薄明かりがともっていましたので……ドアのノブがゆっくり回っていたんです――音もなく――まるで、わたくしを起こさずにここに忍び込もうとでもしているように――」

「ちょっと待ってください。奥さま」と、ヴァンスが言葉をはさんだ。「夜はいつでも部屋に鍵をおかけになるんでしょうか？」

「最近までは一度も鍵をかけたことはございませんでした。ミスター・ロビンが亡くなるまでは。あのときから、なんとなく不安な気持ちになって――うまく理由を説明できませんけれど……」

「よくわかりますよ。――どうぞお続けください。ドアのノブが動くのを見たとおっしゃったところでしたね。で、それから？」

「そうですわ――ええ。ゆっくりと動いていました。わたくしはそこのベッドに横になったまま、恐ろしさにちぢみあがっていました。けれども、しばらくして、ようやくの思いで叫びました――どれくらいの声が出たのか存じませんけれど。でも、そのとき急にノブの動きがやんで――あわてて去っていく足音が聞こえました――廊下から……それから、わたくしはどうにかこうにか起き上がりました。ドアのところに行って聞き耳をたてました――なにしろ、心配で心配で――アドルフが心配だったんですの。すると、かすかな足音が階段をおりていきました――」

「どちらの？」

「裏手の――台所に出るほうのです。そのうちポーチの網戸が閉まって、その後はすっかりもとどおり静かになりました……わたくしは、膝をついて鍵穴に耳をつけて、長いあいだ待ちました。けれど、何ごともないようですので、ようやく立ち上がりました……なぜだか、ドアを開けてみなければならないような気がしてしかたがなかったのです。心底恐ろしかったのですけれど、それでも、ドアを開けなくてはならないと……」夫人の全身に震えが走った。「そおっと鍵を回してノブを握りました。ゆっくりとドアを手前に引きますと、外側のノブの上に置いてあった小さなものが、ことりと床に落ちました――廊下には明かりがともっていました――夜はいつもつけておくことにしてありますの――必死で下を見まいと努めました。それこそ必死で……それでいて、床から目を離すことができないのです。足もとに――おお、恐ろしい――何かがころがっているんです……」

夫人は言葉を続けることができなかった。恐怖で舌がしびれてしまったかのようだった。けれども、ヴァンスの冷静な淡々とした声が、夫人を落ち着かせた。

「床にころがっていたのは、何でした、奥さま？」

夫人は苦しそうに立ち上がると、しばらくベッドの足もとに立って気分を立て直し、化粧台のそばに行った。小さな引き出しを開けると、手をつっこんであれこれとかき回した。そして、開いた手を私たちのほうに差し出した。てのひらの上に、小さなチェスの駒が載っている――まっ白い手に、くっきりと黒檀《こくたん》のように黒い駒。僧正《ビショップ》だった。

## 13　ビショップの影に

四月十二日（火曜日）午前十一時

ヴァンスは、ビショップの駒をミセス・ドラッカーから受け取ると、上着のポケットに滑り込ませた。

「もしも昨夜《ゆうべ》ここで起こったことが知れると、奥さま、危険です」と、ヴァンスが、改まった厳かな口調で言う。「こんないたずらをした人間が、奥さまがこの件を警察に話したと知ったら、またあなたをこわがらせるようなことをしようとするかもしれません。ですから、今のお話は、絶対にひとことも他人にもらしてはなりません」

「アドルフにも?」と、途方に暮れたような声。

「誰にも話してはなりません。たとえご令息の前であろうとも、絶対に沈黙を守らなくてはなりません」

ヴァンスがそんなことを強調する意味がそのときにはわからなかったが、数日たってからすべてはっきりした。彼がなぜこんな忠告をしたのか、その理由は悲劇となって判明した。そして、ミセス・ドラッカーの打ち明け話のあいだにも、ヴァンスの透徹した精神が驚くべき正確な推理力を発揮して、ほかの誰にも想像もつかなかったある種の可能性を予見していたことが、そのときになって初めてわかったのだった。

しばらくして私たちは夫人のもとを辞し、裏手の階段をおりていった。二階から八段か十段下の踊り場で階段は急角度で右に折れ、暗く狭い廊下に抜けて、そこにドアがふたつある。左手のひとつは台所に通じ、今ひとつのドアはそのはす向かいにあって、そこから網戸の付いたポーチに出られる。

今は太陽の光がさんさんと注ぐポーチにさっさと出た私たちは、ミセス・ドラッカーの恐ろしい体験が投げかけた不気味な気分を払いのけようとばかり、ひとこともなくつっ立っていた。

マーカムがまず口を開いた。

「ヴァンス、昨夜《ゆうべ》ここにチェスの駒を持ってきたやつが、ロビンとスプリッグを殺した犯人だと思うか?」

「その点、疑問の余地なしだな。犯人の真夜中の訪問、その目的は非常にはっきりしている。今までに判明している事実と、完璧に符合する」

「単に残酷なだけのいたずらとしか思えないんだが」と、マーカム。「酔っぱらった浮浪者のしわざか何か」

ヴァンスは首を振る。

「これは、今度の悪夢のような事件の中でただひとつ、いかれたユーモアで片づけられないできごとだ。ものすごく真剣な遠征だったんだよ。自分の足跡をくらまそうとするときほど悪魔が真剣なことはない。われわれが追っている悪魔は、やむをえずあんな手を打った。思い切った手段に出たんだ。絶対にそうだよ。やつが昨夜ここに敢えて忍び込んだときの気分ときたら、さぞかし愉快どころの騒ぎじゃなかったことだろうね。しかし、いずれにせよ、これで、決定的な手がかりを得て仕事を進められるってことだ」

論理の応酬にくたびれてじりじりしていたヒースが、ヴァンスの言葉じりをすばやくとらえた。

「手がかりって、いったい何です?」

「第一に、チェスをもてあそぶわれらが吟遊詩人は、この家の間取りその他をすっかり頭に入れていると推定していいこと。階上の廊下の常夜灯が裏手の階段を踊り場のあたりまでは照らすかもしれんが、あとはまったくの暗闇だったはず。それに、家の裏手のようすはかなりこみいっている。したがって、勝手を心得ていないかぎり、音もたてずに暗闇の中を進むことはできない。それに、どうやらこの深夜の客は、ミセス・ドラッカーの寝室の場所も知っていた。途中で同時に、昨夜の何時ごろにドラッカーが寝るか、その時間まで知っていたに違いない。途中で邪魔が入らないという確信がなければ、やっこさん、訪ねてきそうもないからね」

「その程度じゃあ、たいして役には立ちませんな」と、ヒースは不満そうだ。「すでに、犯人はこのふたつの家に関係があって、あらゆることに通じているって見通しに立って進んできてるんですからね」

「そりゃそうだ。しかし、だ。家庭の事情にかなり通じていたとしても、特定のある晩に、家族のひとりひとりが何時に寝るかとか、どうすれば気づかれずに家に忍び込むことができるかとか、そんなことまでは知らない場合もある。それにね、部長、この深夜の訪問客は、ミセス・ドラッカーが夜でもドアに鍵をかけない習慣だったことを知っている。あの人の部屋に入るつもりだったのは明らかだからね。ただちょっとしたおみやげを部屋の外に置いて、あっさり失礼するっていうだけの目的じゃなかった。その証拠に、黙ってこっそりノブを回していたんだから」

「ただミセス・ドラッカーの目を覚まさせて、あれをすぐに見つけてもらおうとしただけかもしれない」とマーカム。

「だったら、なぜノブをあんなに用心して回したのかね？――誰も起こさないようにしてたみたいじゃないか。ノブをガチャガチャさせるか軽くノックするか、それとも、チェスの駒をドアに投げつけるかしたほうが、その目的にはかなうじゃないか……いや、マーカム、やつは、それよりもはるかに恐ろしい目的を心中に抱いていたんだ。しかし、ドアには鍵がかかっていたうえに、ミセス・ドラッカーが驚いて叫んだんで、計画が狂ってしまった。そこで、ビショップの駒を見つかりそうな場所に置いて逃げ出したのさ」

「それにしてもですよ」と、ヒース。「夫人が夜、ドアに鍵をかけないことくらい、誰だって知っていたかもしれないし、暗闇でも進んでいけるくらいに家の間取りやなんかを知ることは誰にだってできますよ」

「しかしね、部長、裏のドアの鍵は誰が持っている？　昨夜、夜中にその鍵を使えるのは誰なのかね？」

「ドアに鍵がかけてなかったのかもしれません」とヒース。「全員のアリバイを調べあげてみれば、何か手がかりがあるかもしれませんな」

ヴァンスはため息をついた。

「アリバイのまったくない者が二人や三人は見つかるだろうね。それに、昨夜の訪問が計画的なものだったとすれば、アリバイはぬかりなく用意されていることだろうよ。相手は頭の足りないやつじゃないんだ、部長。巧妙きわまる機略縦横な人殺し相手に、命がけの勝負をしてるんだ。ぼくらが考えつくことぐらい、相手も間髪を容れず考えつくし、精妙な論理を組み立てることにかけちゃ、長い修練を積んでいる……」

ヴァンスは、ふと衝動に駆られたようにきびすをめぐらして、中扉をくぐり、ついてくるようにと合図した。そのまままっすぐ台所に向かう。先ほど応対に出たドイツ人の使用人が、テーブルのそばにぼんやりと座って昼食のしたくをしている。私たちが入っていくと、女は立ち上がって、後ずさりで私たちから離れていった。そのふるまいにあっけにとられたヴァンスは、しばらく何も言わずにただ見守った。テーブルに目を移すと、縦半分に割って中身をくり貫いた大きなナスがある。

「ほう」と、ヴァンスが感心したような声をあげて、そばに並んだ皿の内容を見た。「ナス《オーベルジーヌ》のトルコ風《ア・ラ・テュルク》だね。すてきな料理だ。しかし、ぼくだったら、羊の肉をもっと細かくするけどな。それに、チーズをうんと少なくするよ。きみの手づくりのエスパニョール・ソースの味を壊してしまうからね」ヴァンスは愉快そうな笑顔を浮かべて、使用人を見上げた。「ところで、名前は？」

「メンツェル」と、浮かぬ声の返事。「グレーテ・メンツェルです」

「ドラッカー家にはどのくらい？」

「かれこれ二十五年になります」

「ずいぶん長いね」と、ヴァンスが考えながら言う。「ところで、きみ、われわれが訪ねてきたとき、どうしておびえていたのかね？　話してくれないか」

相手は不機嫌になって、大きな手を固く握り締めた。

「おびえたりなどいたしませんよ。ただ、ドラッカーさまがお忙しかったものですから——」

「ひょっとしたら、あの人を逮捕しにきたと思ったんだろう？」と、ヴァンスが切り込む。

使用人の目が大きく見開かれた。しかし、答えはない。

「ミスター・ドラッカーは、昨日の朝、何時に起きられた？」と、ヴァンスが続ける。

「さっきも申しあげましたとおり……九時でございますよ——いつもどおり」

「ドラッカーさんは何時に起きられた？」ヴァンスのあくまで追及してやまないひときわ高い声には、どんな芝居のせりふもはるかに及ばない、不吉な響きが含まれている。

「申しあげましたとおり——」

「正直に言うんだ《ディ・ヴァールハイト》、メンツェル！　あの人は何時に起きた？《ウム・ヴィー・フィール・ウーア・イスト・エア・アウフゲシュタンデン》」

ドイツ語で繰り返した質問は、心理的に効果てきめんだった。相手は顔を両手でおおって、罠にかかった獣のようにひきつった叫び声をあげた。

「わたしは――存じません」と、うめくように言う。「八時半にお起こしいたしましたが、返事がありませんでした。ドアを押してみましたら……鍵がかかっていませんでした。そして――ああ、神さま《ドゥー・リーバー・ゴット》――あの方はいらっしゃいませんでした」

「そのあと、いつあの方に会った？」と、ヴァンスが穏やかに尋ねる。

「九時でございました。食事の用意ができたとお知らせしに、また二階にまいりました。あの方は書斎で――机につかれて――ひどく興奮なさった状態で、お仕事をしていらっしゃいました。そして、あっちに行ってろとおっしゃいました」

「朝食にはおりてこられたのか？」

「ヤー――ヤー。おりていらっしゃいました――三十分ほどして」

使用人は、流しの水切り板にぐったりと寄りかかった。ヴァンスが、椅子を引き寄せてやった。

「おかけ、メンツェル」と、やさしく言う。使用人が言われたとおりにすると、ヴァンスが尋ねた。「なぜ、ドラッカーが九時に起きたと言った？」

「そうせざるをえなかった――お言いつけだったのです」彼女は意地も緊張感もなくしてしまって力尽きたように、深く息をついた。「昨日の午後、奥さまがディラードのお嬢さまのところからお帰りになって、ドラッカーさまのことで誰かから訊かれたら『九時です』と言うようにとお言いつけになりました。誓いをたてさせられました……」女の声はしだいに細くなって消え入り、目がガラス玉のように光った。「ですから心配で、それ以外にお答えしようもなかったんです」

ヴァンスはまだ腑に落ちないことがあるようだった。紫煙を二、三度深く吸い込むと、こう言った。

「きみが話してくれたことで、何もそんなに気に病むほどのことはない。ミセス・ドラッカーのような病身のご婦人が、妄想に駆られて、息子に疑いがかかるかもしれないからとかばいだてするのは、別に不自然でもないさ。なにしろ、すぐお隣で殺人があったんだものね。きみは長いあいだ奥さまといっしょに暮らしてきて、こと令息のこととなると、どんなに些細なことであろうとあの方がどんなに大げさにお考えになるか、よくわかっているはずじゃないか。実を言うと、きみがそのことをあんまりまじめにとっているのには驚いたね。まだほかにも何か、ミスター・ドラッカーを今度の犯罪に結びつける理由があるのかい？」

「いいえ――いいえ、とんでもありません」女は必死に首を振った。

ヴァンスは眉をしかめ、裏窓のほうにゆっくりと歩み寄った。それが、不意に振り返った。いかつい顔、びくともしない表情だった。

「メンツェル、ロビンが殺された朝、どこにいた？」

驚くべき変化が起こった。女の顔が蒼白になり、唇がわなわなと震え、発作に襲われでもしたかのように両手を握り締めた。視線をヴァンスからそらそうとしたが、ヴァンスの見守っている目の中にある何かが、女をとらえて放さない。

「どこにいた？　メンツェル」質問が繰り返される。

「わたしは――ここに――」と、言いかけてふと口をつぐみ、じっと見つめるヒースを女はおろおろしながら見た。

「台所にいたんだな？」

女はうなずいた。口をきく気力も失せたようだった。

「そして、ミスター・ドラッカーがディラード家から帰るのを見たんだろう？」

女がまたうなずいた。

「よし」と、ヴァンス。「それで、ミスター・ドラッカーは裏口の網戸付きポーチから入って、二階にあがった……台所の窓から見られているとは知らず……あとから、あの時間にきみがどこにいたかを尋ねた……台所にいたと言うと、黙っているように言いつけられた……そしてきみは、ミスター・ドラッカーが帰ってくるちょっと前に、ミスター・ロビンが死んだことを知った……そこへ、昨日になって、ミスター・ドラッカーは九時まで起きなかったと言うよう奥さまから指示されたうえ、この近所で誰かが殺されたと聞いて疑いをもち、こわくなった……そうだろう、メンツェル？」

女はエプロンを顔に押しつけた。すすり泣く声。返事を待つまでもない。ヴァンスの話が図星だったことは明らかだった。

ヒースが葉巻を口からはずして、威丈高《いたけだか》に女をにらみつけた。

「そうか。隠していたんだな」と、部長が顎を前にしゃくってうめいた。「この前、尋問したときに、嘘をついていたんだな。警察を邪魔だてしたな」

女はおじけづいて、ヴァンスに訴えるようなまなざしを向けた。

「まあまあ、部長」と、ヴァンス。「メンツェルには、警察の邪魔をするつもりなんかなかったんだよ。それに、もうほんとうのことを話してくれたんだから、なるほどもっともなごまかしは大目に見ていいんじゃないか」そして、ヒースの返答も待たず、使用人のほうを向いて事務的な口調で尋ねた。「網戸付きのポーチに出るドアは、毎晩戸締まりをするのかい？」

「ヤー――毎晩いたします」無感動な答えだった。恐怖の去ったあと、残ったのは腑抜け状態だった。

「昨夜、錠をおろしたのは確かかい？」

「九時半に――寝る前に」

ヴァンスは、歩廊を横切って、錠を調べた。

「ばね錠だ」と、戻りがてら報告する。「鍵は誰が持っている？」

「わたしが。それにドラッカーの奥さま――あの方もひとつお持ちです」

「ほかに誰も持っていないのは確かか？」

「ディラードのお嬢さまのほかは、どなたも……」

「ディラードのお嬢さんだって？」ヴァンスは興味をそそられたらしく、声が急に高くなった。

「何でまた、あの人が？」

「もう何年も前からです。お身内も同然なんですもの――一日に二度、三度といらっしゃいますから。わたしが出かけるときには裏の扉に錠をおろしますので、お嬢さまが鍵をお持ちだと、奥さまがおりていらっしゃる手数が省けます」

「まったくね、筋は通っている」と、ヴァンスがつぶやく。そして、「これ以上お邪魔することもないようだ、メンツェル」と言って、裏の小さなポーチにぶらりと出た。

私たちの後ろで扉が閉まると、ヴァンスが庭に向かって開いている網戸を指さした。

「きみたちも気づいただろう、この金網を枠からはずして、その隙間から手をつっこむとかけがねを回せるようになっている。ミセス・ドラッカーの鍵か、ミス・ディラードの鍵か、どちらかが――おそらくはミス・ディラードの鍵だろう――この家のドアを開けるのに使われたんだ」

ヒースはうなずいた。事件がこうして実際的な展開を見せたことは部長の気に入った。しかし、マーカムはどこ吹く風といったようすだ。ひとりぽつんと離れたところで不機嫌に煙草を吸っている。それが今、意を決したように回れ右して屋内にとって返さんとしたそのとき、ヴァンスに腕をつかまれた。

「いけない――いけないよ、マーカム。そいつはまずい。腹の虫を抑えるんだ。きみはどうも短気でいけないいなあ」

「そんなこたあどうだっていいんだ、ヴァンス」マーカムは相手の手を払いのけた。「ドラッカーのやつ、ロビンが殺される前にディラード家の門を出たなんて、嘘をついていやがった

――」

「そりゃ、嘘はついたさ。あの朝の行動についてドラッカーが話したことは少しあやしいって、最初から思っていたよ。しかし、今ここで二階にあがっていってどなりちらしてみたところで、始まらない。使用人のほうが間違っているって言うだけのことさ」

マーカムは承服しかねている。

「だが、昨日の朝のことはどうだ？　使用人が八時半に呼びに行ったとき、いったいどこにいたのか知りたいもんだね。ミセス・ドラッカーは、何でまた、あの男が眠っていたって、あんな小細工をしてまでわれわれに思い込ませようとするんだ？」

「たぶんあの人も、ドラッカーの部屋に行ってみて、部屋が空だったことを知っているんだよ。そこへ、スプリッグが死んだって話だ、想像をたくましくしたあげく、あの男のアリバイをつくってやることにしたんだな。しかし、きみがあの男の話のくいちがいを追及しようとすれば、ことがめんどうになるばかりだよ」

「ぼくはそうとまでは思わない」マーカムが意味ありげな深刻さで言う。「この忌まわしい事件に解決をもたらすかもしれない」

ヴァンスはすぐには答えなかった。柳の枝が芝生に投げかける影が揺れているのをじっと見おろしている。やがて、低い声で言った。

「われわれは、当たって砕けろという手段をとることはできない立場にある。きみが今考えていることが真実だと証明されて、さっき得たばかりの情報を明かさなくてはならなくなったら、昨夜ここにやってきた小さな男が、また二階の廊下をうろつくことになりかねない。しかも今度は、ドアの外にチェスの駒を置いておくだけでは満足しないかもしれない」

恐怖の色がマーカムの目に浮かんだ。

「今ぼくが、あの女の証言を盾にドラッカーをしめあげれば、彼女の身の安全を脅かすかもしれないと？」

「この事件の恐ろしいところは、真相が判明するまではあらゆる曲がり角で危険に直面するってことなんだ」ヴァンスの声は重々しく、相手のはやる心をたしなめる。「誰であろうと、危険にさらすわけにはいかない……」

ポーチに通じるドアが開いて、ドラッカーが敷居口に現われ、日光の中で小さな目をまぶしそうにまたたいた。視線がマーカムの上で止まり、よそよそしいつくり笑いにその口がゆがむ。

「お邪魔ではないでしょうね」と、ドラッカーが意地悪そうな横目使いで詫びを言う。「料理係の女がつい今しがたぼくのところに来て、ロビン君がかわいそうに亡くなった朝、ぼくが裏口のドアからうちに入るところを見かけたと、あなた方に申しあげたと知らせてくれたものですから」

「いやはや」と、ヴァンスはつぶやいてその場をはずし、新しい煙草を選ぶのに気をとられているふうを装った。「これでおじゃんだ」

ドラッカーは、ヴァンスのほうを探るようにちらっと見ると、皮肉たっぷりのふてぶてしさで、きっと身体をそらした。

「それで、どうだとおっしゃるんですか?」と、マーカム。

「ただ、それは女の間違いだということを申しあげておきたいと思っただけです」と、相手が答える。「どうやら、日を取り違えたらしい——そりゃ、ぼくは裏口のこのドアからたびたび出入りしますよ。けれど、ロビン君の死んだ朝は、このあいだ説明したとおり、七十五丁目の門を通って練習場から出て、公園を少し散歩したあと表玄関から帰ってきました。よく話して聞かせますと、グレーテは自分が間違っていたと認めましたよ」

ヴァンスはドラッカーの言うことを逐一聞いていたが、そこで振り返ると、いかにも率直らしい目つきをした相手の笑顔に向き合った。

「ひょっとして、チェスの駒であの人を説き伏せたのではないでしょうね?」

ドラッカーがいきなり顔を前に突き出して、ごくりと息をのんだ。いびつな身体がぴんと張り、目や口のまわりの筋肉がひきつりはじめ、首の靭帯《じんたい》が縄のように浮き上がった。一時は今にも自制心を失ってしまいそうに見えたが、必死の努力で自分を抑えた。

「何のことをおっしゃっているのか、わかりませんね」こみあげる怒りに声が震えている。

「チェスの駒に、何の関係があるんですか?」

「チェスの駒には、いろいろ名称がありますね」と、ヴァンスが穏やかにほのめかす。

「あなたがぼくにチェスの講釈をなさろうというんですか?」毒を含んだ見下すようなようすがドラッカーの態度に表われたが、それをどうにか苦笑いでごまかす。「いろいろな名称が確かにありますね。キング、クイーン、ルーク、ナイト——」そこで言葉を切った。「ビショップ……」頭を扉の枠にもたせかけて、浮かぬ顔でしゃべりはじめた。「そうですか。おっしゃりたいのは、そういうことですか。ビショップ……あなた方はそろいもそろって、ばかばかしい遊びに興ずる、知恵の足りない子どもなんですね」

「こちらにはちゃんとした根拠があります」と、ヴァンスは、人を圧倒するような冷静さで言う。「それで、遊び――ビショップを中心的なシンボルとした遊びに興じているのは誰かほかの者だと、信じているのです」

ドラッカーが正気を取り戻した。

「母の気まぐれを、あまり真剣に受け取らないでいただきたいものです」と、いましめる。「あの人は、空想のとりこになってとんでもないことを言い出すことがよくあるんです」

「これは、これは。でも、なぜ、この際お母さまのことをもちだされるんです?」

「さっき、母と話していらっしゃったではありませんか。それに、おっしゃることをうかがっていますと、失礼かもしれませんが、母の無邪気な妄想にたいへんよく似ていますのでね」

「その一方で」と、ヴァンスが穏やかに応じる。「お母さまも、ちゃんとした根拠があってそれを信じていらっしゃるのかもしれませんよ」

ドラッカーは眉をひそめ、さっとマーカムのほうを向いた。

「ばかばかしい」

「ああ、まったくです」と、ヴァンスがため息をつく。「そんなことを議論したって始まらない」それから、調子を変えて言い添える。「おおいに助かるんですがね、ミスター・ドラッカー、昨日の朝八時から九時までどちらにいらしたのか教えていただければ」

相手は何か言おうと口を開いたが、唇はすぐにまた閉じられてしまった。そして、心の中を推し量るようにヴァンスを見つめて立っていた。やがて、早口に、押しつけるような声でようやく答えはじめた。

「仕事をしていたんですよ――書斎で――六時から九時半まで」ドラッカーは言葉を切ったが、もっと説明したほうがいいと思ったらしい。「ここ数カ月、光の干渉を計算に入れたエーテル・ストリング理論の修正に取り組んでいるんです。量子論では説明できないものでしてね。ディラード教授には、ぼくの力では無理だと言われました」その目にあやしげな光が宿った――「ところが、昨日の朝早く目が覚めて、ふと、この問題のある因子がひらめいたので、さっそく起き出して書斎に行った……」

「それで、書斎にいらっしゃった、と」と、ヴァンスが無造作に言う。「なあに、たいして重要なことでもありませんがね。今日はお邪魔してすみませんでした」ヴァンスはマーカムに頭を動かして合図し、網戸のほうに歩き出した。練習場に足を踏み入れたあたりでヴァンスが振り返って、笑顔で、さわやかと言っていいほどの声で言った。「メンツェルはこちらで保護しましょう。彼女に万一のことでもあれば、はなはだ痛手ですからね」

ドラッカーは、まるで催眠術にでもかかったように、私たちを呆然と見送っていた。

声が向こうに聞こえないところまで来ると、ヴァンスがヒースのかたわらに寄った。「部長」と、ヴァンスは心配そうな声を出した。「あのまっとうなドイツ人家政婦《ハウスフラウ》は、自分ではそれと知らずにしめ縄に首をつっこんでしまったのかもしれない。それで——ほんとうのところ——ぼくは心配している。腕に覚えのあるやつをひとり、今晩あの家につけて、監視させたほうがいい——裏口のあの柳の木立の下から。叫び声がしたら、すぐに飛び込むようにと指示しておいてね……私服の天使がメンツェルの眠りを守ってくれてると思えば、ぼくも枕を高くして眠れるというものだ」

「承知しましたよ」ヒースはすごんだ顔つきをしてみせた。「今晩、チェス遊びをするやつが彼女を悩ましに現われることはないでしょう」

## 14　チェスの試合

四月十二日（火曜日）午前十一時三十分

私たちはディラード家のほうへゆっくりと歩きながら、この陰惨な事件に何らかのかたちで関係している全員の前夜の所在を、さっそく調査するべきだということで意見が一致した。

「だがね、慎重を期して、ミセス・ドラッカーの身に降りかかったことについては、ひとことでも口をすべらさないようにしなくちゃならない」と、ヴァンスが警告する。「あのビショップの使者は、深夜の訪問をかぎつけられるとは思っていない。恐怖のあまり、かわいそうな夫人がよもや口外するようなことはあるまいと思い込んでいるさ」

「きみはどうも、あの話をちょっと重く見すぎているんじゃないかな」と、マーカムが異を唱えた。

「何を言うんだい、きみ」ヴァンスがいきなり足を止めて、両手を相手の肩に置いた。「きみこそ、弱気すぎる――そこが大きな欠点だよ。きみは勘がにぶい――野性の勘がないんだ。きみの魂は、詩ではなく散文になってしまってる。一方ぼくは、きみとは違って、想像のおもむくまま天馬空《てんば》を行くのさ。言っておくがね、ミセス・ドラッカーの部屋の入り口にビショップを置いていったのは、ハロウィーンのいたずらなんかじゃないよ。決死の覚悟になった人間の行為だ。警告なんだ」

「夫人が何か知っていると思うか？」

「ロビンの死体が練習場に運ばれるのを見たんだと思う。それに、何かほかのものも――死んでも見たくなかった何かを見たんだろう」

みんな黙りこくって歩いた。塀の門を通って七十五丁目に出、そこからディラード家の正面玄関に回るつもりだった。ところが、アーチェリー・ルームの前を通りかかったところで地下室のドアが開いて、ベル・ディラードが落ち着かなそうに出てきた。

「練習場をこちらにいらっしゃるのが見えたものですから」と、ベルはひどく気にかかることがあるようすで、マーカムに声をかけた。「もうかれこれ一時間以上も、ご連絡をとろうとしていたんですの――事務所にお電話して……」態度がそわそわしてきた。「何だかへんなんです。ああ、何でもないことかもしれませんけど……でも、今朝、レディ・メイをお訪ねしようとこのアーチェリー・ルームを通りかかって、ふと、もう一度道具箱の引き出しをのぞいてみたんです――それが、どうも――おかしなことに、盗まれたはずの小さなピストルが……そこにあって――ちゃんとあって――もうひとつのピストルといっしょにあるんです」娘は息をのんだ。「マーカムさん。昨夜、誰かが引き出しに戻したんですわ」

　この知らせは電気のようにヒースに伝わった。

「手は触れなかったでしょうね」と、部長の興奮した声。

「ええ――なぜでしょう……」

　部長は無遠慮に娘の横をすり抜けると、道具箱の引き出しをぐいと引き開けた。前日、私たちが見た大きいピストルのかたわらに、真珠貝の握りの小さな三二口径ピストルがある。部長は目をぎらぎらさせて、引き金の用心鉄に鉛筆を通して慎重に持ち上げた。光に向かってかざし、銃身の先をかいでみた。

「輪胴がひとつ、からになっている」と、満足げに報告する。「それも、ごく最近に撃ったものだ……こいつは、きっと手がかりになるぞ」部長はピストルをそっとハンカチにくるんで、上着のポケットに入れた。「デューボイスの尻をたたいて、指紋をとらせましょう。それから、ヘージドーン警部[1]に弾丸を調べてもらいます」

「部長、きみときたら」と、ヴァンスがからかうように言う。「おたずね者の紳士が、弓や矢はきれいに拭っておいたのにピストルにだけは指紋を残しておくなんて、そんなことを考えているのかい?」

「あなたのような想像力の持ち合わせがございませんでね、ヴァンスさん」と、ヒースは無愛想にやり返す。「ですから、しなくちゃならないことをするまでなんです」

「きみの言うとおりだ」と、ヴァンスは相手の徹底した周到さに深く感心して、にっこりした。「きみの熱意に水をさして、すまなかったよ」

ヴァンスが、ベル・ディラードのほうを向いた。

「そもそも教授とミスター・アーネッソンにお会いしようとうかがったんです。でも、あなたにもお話ししたいことがあります。ドラッカー家の裏口扉の鍵をお持ちですね？」

ベルは、けげんそうにうなずいた。

「ええ、もう何年も前から持っています。しょっちゅう行き来するものですから。レディ・メイのお手間がずいぶん省けます……」

「その鍵について知りたいことは、ただひとつ。誰か使う権利のない人間に、その鍵が使われたことはないだろうか、ということなのですが」

「だって、そんなことはありえません。一度だって人に貸したことはありません。いつもハンドバッグに入れてあるんですもの」

「あなたがドラッカー家の鍵をお持ちだということは、みなさんご存じなのですか？」

「それは――そうだと思います」娘はめんくらっているらしい。「隠そうとしたことなんかございませんもの。家族の者も、きっと知っているでしょうね」

「では、誰かよその人がいる前でそのことを話したり、それと気づかれるようなことをなさったことは？」

「あったでしょうね――とりたてて思い出すことはありませんけれども」

「今、鍵をお持ちなのは確かですか?」

娘は目を丸くしてヴァンスを眺め、ひとことも言わず、籐《とう》のテーブルに置いたトカゲ革の小ぶりなハンドバッグを取り上げた。バッグを開けて、ささっと、内側の仕切りを探る。

「あります」と、ほっとした声を出した。「いつもの場所にあります……なぜそんなことをお尋ねになりますの?」

「ドラッカー家に勝手に出入りすることができるのは誰なのか、それを知ることが肝心なので」と、ヴァンス。それから、なお問いたげなベルの先回りをするように尋ねる。「昨夜、鍵をお手もとから離したようなことがありませんでしたか?――つまり、ご存じないうちに、バッグから鍵が抜きとられるようなことは?」

恐怖の色が娘の顔に浮かんだ。

「まあ、いったい何ごとがあったのですか?――」と、言いかけたところで、ヴァンスにさえぎられた。

「どうか、お嬢さん、ご心配なく。捜査を進めるに当たっては、万が一にもありえないことだとしてもいちおう調べてみて、ひとつずつ除外していこうとしているだけです。――どうです? 昨夜、誰かがあなたの鍵を盗み出すような機会がなかったでしょうか?」

「いいえ、ございませんでした」と、娘は落ち着かなげに答える。「八時に劇場にまいりまして、そのあいだずっとバッグは手に持っておりました」

「最後に鍵をお使いになったのは、何時ごろのことです?」

「昨夜の夕食後でした。レディ・メイのようすをうかがいにまいりまして、おやすみのごあいさつをいたしました」

ヴァンスがかすかに眉をひそめた。娘の話が、組み立てたある理論にどうもしっくりこないらしい。

「夕食のあと、鍵をお使いになった」と、ヴァンスが繰り返した。「そして、昨夜ずっと、ハンドバッグは手もとにあって、目の届かないところに置かれたことは一度もなかったと?」

娘はうなずいた。

「お芝居のあいだもずっと、バッグは膝の上にありましたわ」と、娘が説明する。

ヴァンスは、そのハンドバッグを考え深げに眺めていた。

「さて。鍵のロマンスはこれでおしまい」と、ヴァンスが軽く言う。「——ではちょっと、叔父さまのところへもう一度お邪魔させていただきましょう。お嬢さんに前触れ役《アヴァン・クーリエ》を務めていただいたほうがよろしいのではないでしょうか。それとも、私たちだけでいきなり砦に突進したほうがよろしいかな?」

「叔父は外出中なのです」と、娘が言う。「ドライヴのほうへ、散歩に出かけておりますの」

「それでは、アーネッソンさんは? まだ大学からお帰りになってないのでしょうね」

「ええ。でも、昼食には帰ってくるでしょう。火曜日の午後は講義がありませんの」

「では、それまで、ビードルやあのすてきなパイン君と話をさせてもらいましょうか。——何でしたら、ミセス・ドラッカーを訪ねてさしあげれば、たいへん喜ばれるんじゃないでしょうかね」

娘は、困ったような微笑を浮かべ、軽くうなずいて地下室のドアから出ていった。

ヒースが、すぐにビードルとパインを探しに行き、応接間に連れてくると、ヴァンスが前夜のことについて質問した。しかし、ふたりからは何の情報も得られなかった。どちらも十時に就寝していた。使用人部屋は家の側面三階にあり、ミス・ディラードが劇場から帰ったのにさえ気づかないでいた。ヴァンスは、練習場で何かもの音がしなかったか、真夜中ごろにドラッカー家のポーチの網戸が閉まる音を聞かなかったかと尋ねた。だが、その時刻にはもちろん、ふたりともぐっすり眠っていた。結局、今訊かれたことを口外してはならないと警告されて、ふたりはさがらされた。

五分ばかりあとに、ディラード教授が入ってきた。私たちを見て驚きはしたものの、ともかく機嫌よく迎えてくれた。

「マーカム、きみはこれでたった一度だけ、わしが仕事に没頭していないころあいを見計らって訪ねてくれたことになる。――また、何か訊きたいことがあるんだろう？　じゃあ、書斎で尋問を受けるとしようか。あそこのほうがずっと居心地がいい」教授は先に立って階段をのぼり、みんなが席につくと、戸棚から自分でポートワインのグラスを取り出して、私たちにも相伴を勧めた。

「ドラッカーがいればな」と、教授。「あれはほんのたまにしか酒類を飲まないが、わしの

〝九六年もの〟が好きでね。もっとポートワインを飲んだほうがいいって勧めるんだが、あれはポートワインは身体に悪いと思い込んでおってな、わしの痛風のことを何だかんだと言う。しかし、ポートワインと痛風は何の関係もない――そんな考えは馬鹿げた迷信のようなもんだ。上等のポートワインはワインのうちでも最高のものだよ。オポルト地方（ポートワインの産地）に痛風はない。適度な肉体的刺激物を多少はとったほうがドラッカーのためにはいいんだがな……かわいそうな男だ。あれの精神は、自分で自分の身体を燃やす溶鉱炉みたいなものだ。すばらしい男なんだよ、マーカム。もしもあれの肉体が頭脳と歩調を合わせられるほどに丈夫だったとしたら、世界でも有数の物理学者になれるだろうにのう」

「あの方の話だと」と、ヴァンスが横やりを入れる。「光の干渉に関して量子論を修正することなんかあの人にできるわけないと、やっつけられたそうじゃありませんか」

　老人は痛ましそうに微笑んだ。

「そうじゃ。そんな批判をすれば、あの男は刺激されて精いっぱいの努力をするだろうとわかっておるからな。実を言うと、ドラッカーは今、革命的な問題に取り組んでおる。すでに、きわめて興味深い定理をいくつか発見した……。ところで、諸君が論じにこられたのは、そんな問題ではないだろう。何か協力できることがあるのか、マーカム？　それとも、何か知らせでも？」

「残念ながら、特にお知らせするほどの新しい話はございません。うかがいましたのは、もう一度ご協力を願いたいと思って……」どう切り出したものか迷い、マーカムはためらっていた。

そこで、ヴァンスが質問する役を買って出た。

「昨日おうかがいしてから、事情が少しばかり変わってまいりました。新たに一、二のできごとがあって、ご家族の昨夜の行動がはっきりすれば捜査に役立つものと考えたしだいです。ご家族の行動が、今度の事件のある要因に影響を及ぼしたやもしれぬふしがあるものですから」

教授はやや驚いたように顔を上げたが、意見することはなかった。ただ、「おやすいご用だ。家族のうちの誰のことが知りたい？」と言った。

「特にどなたということはありません」ヴァンスは急いで相手を安心させようとした。

「それでは、と……」教授は古い海泡石のパイプを取り出して、煙草を詰めはじめた。「ベルとシガードとわしと、三人だけで六時に夕食をとった。七時半にドラッカーが立ち寄り、しばらくするとパーディーもやってきた。それから、八時になるとシガードとベルは芝居に出かけ、十時半過ぎにドラッカーとパーディーが帰っていった。わしは家の戸締まりをして十一時ちょっと過ぎに寝ることにした――パインとビードルはもうとっくにやすませていた。わしから話せることといえば、ざっとこんなものかな」

「お嬢さんとミスター・アーネッソンは、お芝居にごいっしょなさったわけですね」

「そうだ。シガードが芝居に行くことはめったにないが、行くときはいつもベルを連れていっておる。イプセンがかかると、たいてい見逃さないようじゃ。なにしろイプセンびいきでな。アメリカ育ちでも、ノルウェーのものに対する愛情はちっとも変わらん。自分の生まれた国に心《しん》から忠誠とみえる。オスロ大学のどの教授にも負けんくらいノルウェー文学に通じておる。

ほんとうに好きな音楽といえば、グリークだけ。コンサートなり芝居なりに出かけるといえば、プログラムは決まってノルウェーものと思ってはずれがない」

「すると、昨夜ご覧になった芝居もイプセンですか?」

「『ロスメルスホルム』じゃなかったかな。ニューヨークじゃ、今またイプセンばやりだな」

ヴァンスはうなずいた。

「ウォルター・ハムデン一座ですね。――それで、芝居からお帰りになったアーネッソンさんなりお嬢さんなりに、お会いになったんでしょうか?」

「いや、会わなかった。帰りがかなり遅くなったんじゃないかな。今朝のベルの話では、芝居がはねてからプラザ・ホテルで夜食をとったそうだ。ともかく、今にシガードも帰ってくるじゃろうし、詳しくはあれから聞くといい」教授は我慢してつきあってはいたが、事件と一見無関係なこうした質問をいかにもうっとうしがっていた。

「ミスター・ドラッカーとミスター・パーディーが、昨夜、食事のあと、お宅におみえになった事情についてうかがえるとありがたいのですが」とヴァンス。

「あのふたりが訪ねてきたといって、いつもと別に変わったことがあったわけじゃない。夕方になるとよくやってくる。ドラッカーが来たのは、量子論の修正について進捗状況をわしと論じるためだったが、パーディーが現われて議論は中断した。パーディーもりっぱな数学者なんだが、高等物理学までは手に負えん」

「ミスター・ドラッカーかミスター・パーディー、どちらの方か、芝居にお出かけ前のお嬢さんにお会いになったでしょうか？」

ディラード教授が、パイプをゆっくりと口から離した。表情が憤《いきどお》りを帯びてきている。「失礼ながら」と、教授が苛立《いらだ》たしそうに言う。「そんな質問に答えたところで何の役に立つのか、わからんが――」それから、調子をややわらげて付け加えた。「わしの家庭内のくだらんこまごましたことが、何か参考になるというんなら、むろん、喜んで詳しく話そう」教授はヴァンスをちらっと見た。「そうだ。ドラッカーもパーディーも、昨夜はベルに会っておる。シガードも含めて、芝居に出かける時間まで、たぶん三十分ほどじゃったろう、みんなこの部屋におったのでな。たまたまイプセンの才能について議論が始まって、ハウプトマンのほうがすぐれているといってドラッカーが譲らないもんで、シガードはおおいにむくれていた」

「そして八時に、ミスター・アーネッソンとお嬢さんがお出かけになって、あなたとミスター・パーディーとミスター・ドラッカーの三人がここに残られた」

「そのとおり」

「それから、十時半に、ミスター・ドラッカーとミスター・パーディーがお帰りになった、そうおっしゃいましたね。ごいっしょに帰られたんですか？」

「階段の下まではいっしょだった」教授は苦々しさを隠そうともしないで答えた。「ドラッカーは家に帰ったと思うが、パーディーのほうは、マンハッタン・チェス・クラブに用があった」

「ミスター・ドラッカーが家に帰られるにしては、少し早すぎるようですが」と、ヴァンスが考え込む。「ことに、あなたと重要な問題を論じるためにいらしたわけですし、お帰りになるまでにはその機会が十分にはなかったのに」

「ドラッカーは体調がよくなかった」と、教授の声がまたもや我慢の限界といった調子になる。

「前にも話したと思うが、あの男はひどく疲れやすい。それに、昨夜はいつになく消耗しておった。実際、口に出して疲れたとこぼし、帰ってすぐに寝ると言っておったほどだ」

「なるほど……話がよく合います」と、ヴァンスがつぶやく。「先ほどあの方が、昨日は朝六時から起きて仕事をしたとおっしゃってました」

「驚くことはない。あの男、何か問題を思いつくやいなや、いちずにそれに取り組むのだ。気の毒に、数学に対する、精力を消耗する熱情を調節するブレーキが正常に働かんのだな。あれでは精神の安定がくずれはしないかと、心配になることがたびたびある」

ヴァンスは、どういうわけか話をそらした。

「ミスター・パーディーですが、昨夜はチェス・クラブに用がおありだったとのことでしたね」と、ヴァンスが、新しい煙草に慎重に火をつけておいて言った。「どんなご用だか、何かおっしゃってませんでしたか?」

教授が、いかにも哀れでしようがないといった微笑を浮かべた。

「たっぷり一時間はその話をしておった。何でも、ルービンスタインとかいう男が――今この国を訪問中の、チェス界の天才らしい――パーディーを相手に、三回戦の模範ゲームをすることになったんだそうだ。その最後の手合わせが昨晩あった。ゲームは、二時に始まって六時に中休みに入った。八時に再開されるはずが、ルービンスタインがダウンタウンのどこかの晩餐《ばんさん》会の主賓だったとかで、十一時に延びた。パーディーはやきもきしていた。第一ゲームは負け、二回めは引き分け、そこで昨夜のゲームに勝てばルービンスタインと同格じゃ。六時の局面では、形勢有利だとパーディーは考えていたようだった。ドラッカーの意見は違ったがね……したがって、あの男はここからまっすぐクラブに行ったに違いない。ドラッカーといっしょにうちを出たのが、確か十時半をまわったころだったからな」

「ルービンスタインはなかなか強いプレイヤーです」と、ヴァンス。興味をそそられているのが声に現われ、隠そうとしても隠し切れないでいる。「チェス界の大物のひとりですね。一九一一年にサン・セバスチャンでカパブランカを破り、一九〇七年から一九一七年まで、当時の世界選手権を握っていたラスカー博士に挑戦するのは、当然この人だと考えられていた(2)……ええ。ミスター・パーディーがあの人を負かしたら、まったくたいしたお手柄でしょうね。ほんとに、ルービンスタインと手合わせしたというだけでも、なかなかどうして、少なからず名誉なことですよ。ミスター・パーディーはあの定跡で名を知られてはいらっしゃいますが、大物の列に加えられたことはまだありませんからね。――ところで、昨夜のゲームの結果をお聞きになりましたか？」

教授の口の端《は》に、また、哀《あわ》れむようなかすかな笑みが浮かんだ。何か巨大な知識の塔とでもいったものの高みから、子どもたちの他愛のない戯《たわむ》れを、慈愛をこめて見おろしているという印象だ。

「いや、まだ聞いておらん」と、教授が答えた。「尋ねてみてもおらん。しかし、わしの見当ではパーディーの負けだな。ドラッカーが中休み中の局面を見てあれの弱点を指摘したとき、いつもよりもずっと自信ありげだったから。ドラッカーという男は生まれつき慎重なたちで、きちんとした根拠がないかぎり、断定的な意見を口にすることはめったにない」

ヴァンスは、いくぶん驚いたように眉をつり上げた。

「とおっしゃいますと、ミスター・パーディーはまだ終わっていないゲームをミスター・ドラッカーといっしょに吟味して、どう決着がつくか議論されたというんですね。それはマナー違反であるばかりか、そんなことをしたプレイヤーは誰であろうと失格になりますよ」

「わしはチェスのマナーなど、いっこうに知らんがね」と、ディラード教授が不機嫌に言葉を返す。「パーディーがその点でマナー違反をしてはおらんことは確かだ。ありのままを話すと、パーディーがあそこのテーブルで駒を並べて考え込んでおったところへ、ドラッカーが近寄ってのぞき込んだら、あの男は助言はしないでくれと頼んだのだ。駒の配置について議論が始まったのはそれからしばらくあとのことで、それも一般論にとどまっていた。何か特定の手筋についで話が出たということはなかったと思う」

ヴァンスはゆっくりと身体を前に倒し、例のいかにもご丁寧なやりかたで煙草を灰皿に押しつけた。ヴァンスがそんなことをするのは興奮を抑えている証拠なのを、私はずっと前から知っている。やがて、無造作に立ってすみのチェス・テーブルのかたわらに行った。そして、白黒の升目が交互に並んだみごとな象眼細工の盤面に片手をのせた。

「それで、ミスター・ドラッカーがそばに行ったとき、ミスター・パーディーはこの盤で駒の配置の研究をしておられたわけですね」

「そうじゃ」ディラード教授は、とってつけたような丁寧な口調で答えた。「ドラッカーは向かいに座って、局面をじっと見ておった。それから、口出しし出したもんで、パーディーが黙っていてくれと頼んだ。十五分そこそこたってからパーディーが駒を置くと、そこで、ゲームは負けだとドラッカーが言い出しおった――ドラッカーが自分で、そのさしかけの配置を続けてみせて、見かけは有利のようだが根本的な弱点があったんだと言ってね」

ヴァンスは、意味もなく指を盤の上に走らせた。それから、駒を二つ三つ箱から取り出して、まるで手なぐさみのようにいじってから、またもとに戻した。

「ミスター・ドラッカーの言われたことをご記憶ですか?」と、ヴァンスが顔も上げずに尋ねる。

「特に注意を払っておらんかったからな――なにしろ、あいにくとそんな話には興味がわかなかったもので」その答えには、間違いなく皮肉な調子が含まれている。「だが、覚えておるかぎりでは、ゲームが早指しならパーディーが勝てるかもしれんが、ルービンスタインは手が遅いことで有名な男で、慎重なプレイヤーでもあるから、きっとパーディーの配置の弱点を見つけるに違いないと、ざっとそんなふうなことをドラッカーは言っておったようだ」

「それで、ミスター・パーディーは、その批評に腹を立てておいででしたか?」ヴァンスはいつのまにか自分の席に戻って、ケースから新しい煙草を選び出しているところだった。ただし、まだ腰をおろしていない。

「立腹したね——それも、ひどく。ドラッカーの態度はあいにくと反抗的だったし、パーディーはチェスのことで神経過敏になっておったもんでな。実際、ドラッカーがけちをつけたというので、まっ青になるほど怒っておった。しかし、わしのほうから話題を変えてやってな、帰るころにはどうやらふたりともその件はもう頭になかったようだ」

　私たちはそれから、あまり長居はしなかった。マーカムが教授にくどくどと詫びを言い、この訪問でたいそう迷惑をかけてしまった償いに努めた。ヴァンスがパーディーのチェスのゲームについてむやみに根掘り葉掘り訊き出したことを、検事は快く思っていなかった。そこで、応接間までおりてくると、その不平をぶちまけた。

「この家の連中が昨夜どこで何をしていたかという質問なら、まだわかる。しかし、パーディーとドラッカーがチェスのゲームの件で意見をたがえたってことをほじくり回したのは、何のためなのかさっぱりわからん。そんな無駄話以外にすることはたくさんあるじゃないか」

「無駄話を憎悪することは同時に、テニスンのイザベルに、その静穏な全生涯を通じて栄光をもたらしもしたのだがね」と、ヴァンスが軽口をたたく。「しかし——敢えて言わせてもらうよ、マーカム——ぼくらの生活はイザベルのとは違う。まじめな話、ぼくの無駄話にはわけがあったんだ。ぼくはおしゃべりをした——それによって知ったことがある」

「何を?」マーカムが鋭く訊き返す。

　ヴァンスは廊下のほうを用心深く一瞥《いちべつ》し、前かがみになって声をひそめた。

「わが親愛なるリュクルゴス君（古代アテネの政治家。厳格な社会規律の唱道で知られる。前三九〇頃—三二四）、ぼくが知ったのはね、書斎のチェスの駒の中から黒のビショップがなくなっていることと、ミセス・ドラッカーの部屋のドアのところに置かれた駒が、上にあった駒のセットの中のひとつだということだ」

## 15　パーディーとの会見　　四月十二日（火曜日）午後零時三十分

この新事実は、マーカムを深く衝き動かした。興奮したときのいつもの癖で、立ち上がって両手を後ろに組んで、部屋の中を行ったり来たりしはじめた。ヴァンスが明かしたことの意味を把握するのに後れをとったヒースも、葉巻をしきりとくゆらせている――いろいろな事実を、ああでもないこうでもないと、内心でせっせと組み立てようとしている証拠だ。

ふたりがまだ考えをまとめ切れないでいるうちに、廊下の裏手のドアが開いて、軽い足音が応接間に近づいてきた。ミセス・ドラッカーのところから戻ってきたベル・ディラードが入り口に現われた。心配そうな顔でマーカムに視線を据えて尋ねる。

「今朝、アドルフに何をおっしゃいましたの？　すっかりおびえ切っていましたけど。ドアの錠やら窓のかけがねやらを、全部いちいち調べようとしているんですよ、まるで強盗でも恐れているみたいに。そして、夜は忘れずかんぬきをしっかりかけるようにって、かわいそうなグレーテをこわがらせているんです」

「ああ、メンツェルに、用心するように言ったんですね」ヴァンスが思い当たるふしがあるかのように言った。「それは妙だな」

娘はヴァンスにさっと目をやった。

「そうなんです。でも、何の説明もしてはくれませんの。ただもう興奮して、わけがわかりません。それに、あの人の態度でいちばんへんなのは、お母さまのそばに行くのを避けていることですわ……どういうわけなのかしらね、ヴァンスさん。何だか恐ろしいことでも起こるんじゃないかって気がして」

「私にもわけがわかりません」ヴァンスは低い、元気のない声で言った。「説明しようとすることさえはばかられるんです。万が一にも間違っていたら……」そこでしばらく口を閉ざした。「まあ、お待ちになって、ようすを見ることです。たぶん、今晩あたりわかるでしょう。しかしお嬢さん、あなたがこわがられる理由は何もありません」ヴァンスは慰めるように笑ってみせた。「ドラッカーの奥さまはいかがです?」

「ずっとよくなられたようです。でも、何だかまだ心配ごとがおありのようで。どうやら、アドルフに関係しているみたい。おそばにいたあいだじゅう、アドルフのことばかり話していらっしゃいましたもの。そして、近ごろあの人のようすに変わったことがあるのに気づかないかなどと、しつこくお訊きになって」

「この場合、ごく自然なことですよ」と、ヴァンス。「でも、あの方の病的な態度に、あなたまでが影響されてはいけませんね。――さてと、話題を変えるとしましょう。昨夜はお芝居にお出かけの前、書斎に三十分ばかりいらしたそうですね。で、おうかがいしたいんですが、お嬢さん、そのあいだハンドバッグをどこに置いてらっしゃいました？」

この質問に娘はびっくりしていたが、しばらくためらってから答えた。「書斎にまいりましたとき、コートといっしょに入り口の小さなテーブルの上に置きましたけれど」

「あの鍵が入った、トカゲ革のバッグでしたか？」

「ええ、シガードは夜会服が嫌いなので、いっしょに出かけるとき、私はいつも昼間の服にいたしますの」

「それで、バッグは三十分ばかりテーブルの上に置いておかれただけで、あとは昨夜じゅうずっとおそばにあったんですね。今朝はいかがです？」

「朝食の前、ちょっと散歩に出かけましたが、バッグは持ってまいりました。そのあと、廊下の帽子棚に一時間かそこら置いておきましたが、十時にレディ・メイのところに出かけるときにまた持ってまいりました。それから、あの小さなピストルが戻っているのに気づいて、奥さまを訪ねるのはあとまわしにしたんですの。あなたやマーカムさんがいらっしゃるまで、バッグは下のアーチェリー・ルームに置いてありましたが、それからはずっと持っていましたわ」

ヴァンスは娘に、とってつけたような礼を述べた。

「さて、これで、ハンドバッグの遍歴はつぶさに判明いたしました。どうか、この件は全部お忘れください」娘は何か問いたげだったが、ヴァンスがとっさに先手を打ってその好奇心を制した。「昨夜、プラザ・ホテルに寄って夜食をとられたとか、叔父さまからうかがいましたが、お帰りはさぞ遅くなられたことでしょうね」

「シガードといっしょに出かけるときはいつも、あまり遅くならないようにしています」と、母親めいた不平口調でやんわりと答えた。「あの人ったら、どんな種類の夜遊びだろうと、性に合わないんです。もっとゆっくりしましょうって頼んだんですけれど、あんまり情けなさそうなようすをされて、その気が失せました。それで、実は、十二時半に帰ってまいりました」

ヴァンスは、慇懃《いんぎん》に微笑を浮かべて立ち上がった。

「つまらない質問によくぞ我慢してくださいました。ほんとうにありがとうございます。これから、ミスター・パーディーのお宅に寄ってみるつもりです。何かまた、いい思いつきを聞かせてくださりはしないかと思いましてね。今時分はたぶんご在宅でしょう」

「きっと、いらっしゃるわ」娘はいっしょに廊下まで出てきた。「あなた方がいらっしゃる少し前まで、ここにいらしたんですのよ。帰って手紙を書くっておっしゃってましたわ」

外に出ようとして、ヴァンスがふと立ち止まった。

「ああ、そういえば、お嬢さん。お尋ねしたいことがもうひとつあったのを忘れるところでした。昨夜、ミスター・アーネッソンとごいっしょにお帰りになったとき、どうして十二時半だとおわかりになったんです？　お見受けしたところ、時計はおつけにならないようですが」

「シガードがそう申しました」と、娘が説明した。「さっさと連れて帰られたもので、私、ちょっぴり気を悪くして、ホールに入ったときにいやみで時間を訊いてやったんです。すると、あの人が時計を見て、十二時半だと申しました……」

ちょうどそのとき、玄関のドアが開いてアーネッソンが入ってきた。からかい半分、驚いたようなかっこうで私たちを眺めていたが、そのうちベル・ディラードに気づいた。「おや、きみ」と、ふざけ半分に娘に呼びかける。「憲兵隊《ジャンダルムリ》につかまっちゃったのかい？」愉快そうに私たちのほうを向いた。「何の会議だろう？　どうやら、この家が本物の警察署になりそうな勢いだな。スプリッグ殺しのネタ探しですかね、ははあ。前途洋々たる青年が、嫉妬に燃える指導教官の手で息の根を止められたとかなんとか、そんなところでしょうかね？　狩猟の女神ダイアナをよってたかって拷問にかけたのでないことを願ってますがね」

「そんなこと、とんでもない」と、娘が口を出す。「みなさん、とっても思いやりがありました。それで、つい今しがた、あなたがどんなに頭の古い人間かってことをお話ししてたところ――十二時半にはもう私をうちに連れ帰ったりなんかして」

「これでもずいぶん甘いと思うがね」アーネッソンはにやにやした。「きみのような子どもが、そんなに遅くまで帰らないのを許したりして」

「恐ろしいことね、年をとって――数学にのぼせてるって」ベルは憤慨して、二階に駆けあがった。アーネッソンは肩をすぼめて、見えなくなるまで娘の後ろ姿を眺めていた。それから、皮肉な目でマーカムを見据えた。

「で、どんな吉報を持ってきてくださったのかな？　最新の犠牲者について、何か新しい情報でも？」アーネッソンは、先に立って応接間のほうに向かった。「まったく、あの青年は惜しまれるよ。遠くへ旅だってしまって。ジョニー・スプリッグなんて名前をつけることからしてけしからん。笛吹きピーターのほうがまだましってもんだ。笛吹きピーターだったら、胡椒事件以外には何も起こらなかっただろうに。(i) きみたちだって、あれで殺人事件をでっちあげるわけにはいかんだろう……」

「知らせることは何もないよ、アーネッソン君」と、マーカムが相手の態度に気を悪くして、口をはさんだ。「情勢には何の変化もない」

「すると、ただの社交的訪問ってわけですか。食事はいかがです?」

「こちらには、適当だと判断する方法を駆使して捜査を進める権利がある」と、マーカムが冷ややかに言う。「それに、こちらの行動についてきみに報告する義務などないね」

「そうか。すると、きみたちを悩ますような何ごとかが起こったんだな」アーネッソンは嘲《ちょう》弄《ろう》するように言った。「ぼくは協力者として承認されたものだと思っていたんだがね、わかりましたよ、暗闇にひっこんでいなくちゃならないんですね」そして、大げさにため息をついてみせ、パイプを取り出した。「水先案内をなくしてしまって――かのビスマルクと同様、ぼくも残念だ」

ヴァンスは、アーネッソンの不平などには一見したところ超然と、もの思いにふけりながら入り口近くで煙草をふかしていた。それが、すっと部屋の中に進み出た。

「まったくだ。ねえ、マーカム。ミスター・アーネッソンのおっしゃるとおりだよ。何でも知らせるという約束をしたんだ。それに、協力してくださるには、すべての事実に通じていなくちゃね」

「だって、きみが言い出したことじゃないか」と、マーカムが抗議する。「昨夜あったことを口にするのは、もしかすると危険かもしれないって……」

「そのとおりだよ。あのときはミスター・アーネッソンにした約束を忘れていた。それに、この方の口が堅いことは信頼できると信じている」ヴァンスはそれから、前の晩のミセス・ドラッカーの話を詳しく聞かせた。

アーネッソンは、心を奪われたように熱心に耳を傾けていた。嘲笑がしだいに薄れていき、代わって、推理を働かせているような沈鬱《ちんうつ》なようすが現われてくる。しばらくパイプを手に、瞑想にふけるかのように黙り込んで座っていた。

「確かに、これは問題の重要な因子のひとつだ」と、ようやく意見を述べた。「これで、われわれの定数が変わってくる。新しい角度から計算し直さなければならないと、ぼくにもわかる。僧正《ビショップ》は、どうやらわれわれの仲間うちにいるらしい。でも、どうしてレディ・メイを脅かさなければならなかったんだろう?」

「ロビンが死んだほぼ同時刻に、あの方が叫び声をあげたという証言がありました」

「ははあ」と言って、アーネッソンが立ち上がった。「おっしゃる意味はわかりました。コック・ロビンがこの世からいなくなった朝、あの人は窓から僧正を見た。それで、僧正があとになって引き返してきて、あの人の部屋のドア・ノブに乗っかって、黙っていろと警告したっていうんですね」

「どうやらそんなところでしょうね、おそらく……それで、あなたの方程式を組み立てるのに必要な整数はそろいましたか?」

「その黒のビショップにひと目お目にかかりたいもんですが、どちらに？」

ヴァンスがポケットを探って、駒を取り出した。アーネッソンは手に取って熱心に眺める。一瞬、その目がぎらりと光った。手の中で駒をひっくり返してみて、それからヴァンスに返した。

「どうやら、この特殊な駒に見覚えがおありのようですね」ヴァンスはさわやかな声で言った。「当たりです。書斎にあったお宅のチェス・セットの中から拝借されたものです」

アーネッソンはゆっくりとうなずいてみせた。

「そうだと思いました」そう言って、マーカムのほうへくるりと振り向いた。しなびた顔だちのうちで、皮肉っぽい意地悪そうな目が光る。「ぼくを蚊帳《かや》の外に置こうとしたわけは、これですか？　容疑者ってわけですね？　ピタゴラスの亡霊ってところだ（ピタゴラスは学園の門を閉じ、学説を世間にもらさぬよう門人に口止めした）。隣近所にチェスの駒を配って回るという憎むべき罪には、どんな刑罰が待っているんですか？」

マーカムは立ち上がって、廊下へ出ていこうとした。

「きみに嫌疑はかかっていない、アーネッソン」と、マーカムは不機嫌さを隠そうともせずに答える。「ビショップの駒は、真夜中の十二時きっかりにミセス・ドラッカーのところに置いていかれた」

「そして、疑われる資格のある者となるには、ぼくは三十分ばかり遅すぎたというわけか。失望させて申しわけないね」

「方程式ができましたら、教えてください」と、私たちが玄関から出るときになってヴァンスが言った。「これから、ちょっとミスター・パーディーを訪ねていくところでね」

「パーディーを？　ああ、ビショップの件で、チェスの専門家をお訪ねになるってわけですか。その理屈は納得できます――少なくとも、単純にして直接的だというとりえはある……」

アーネッソンは狭いポーチに立って、道を渡る私たちを日本家屋の鬼瓦さながらに見守っていた。

パーディーは、例によってもの静かな慇懃な態度で私たちを迎え入れた。ふだんから表情にまとわりついている、悲劇的ないかにも失意のどん底にあるといったふうな外見が、その日はいっそうきわだっていた。書斎で私たちに椅子を勧める態度が、人生に意欲をすっかりなくしてただ機械的にうわべだけ生きているといったふうだった。

「ミスター・パーディー、今日お訪ねいたしましたのは」と、ヴァンスが切り出した。「昨日の朝、リヴァーサイド公園でスプリッグが殺された事件について、何かおうかがいできるかもしれないと思ったからです。これから質問させていただくことには、いちいちまっとうな根拠がありまして」

パーディーはあきらめたようにうなずいた。

「どんな質問をされても、さしつかえはございません。容易ならぬ問題に取り組んでおられるということは、新聞でよく存じております」

「では、まず教えてください。昨日の朝、七時から八時までどちらにいらっしゃいましたか？」

頬にかすかな赤みがさしたが、パーディーは抑揚のない低い声で答えた。

「ベッドに。起きたのは九時近くでした」

「朝食前に公園を散歩なさる習慣ではありませんでしたか？」（これは、ヴァンスのまったくのあてずっぽうだった。パーディーの習慣について、捜査の進行中、一度も問題にされたことはなかったのだから）

「そのとおりですが」と、相手は何のためらいもなく即答した。「昨日は散歩にまいりませんでした。――前夜、かなり遅くまで仕事をいたしましたので」

「スプリッグが死んだことを初めて耳になさったのは、何時ごろでした？」

「朝食のときに。料理人が、ご近所の噂話のうけ売りで聞かせてくれました。公の報道は、『サン』の夕刊早版で読みました」

「では、もちろん僧正の手紙のことは今朝の朝刊でご覧になったんでしょう。――この事件をどう思われます、パーディーさん？」

「まったく見当もつきません」そのときになって初めて、どんよりとした目に生気らしきものが浮かんだ。「信じられない事態だ。数学的な確率という観点から見ると、このように互いに関連のあるできごとがすべて暗合的に生じたということは、考えられないことです」

「そうなんです」と、ヴァンスが同調する。「今、数学のお話が出ましたが、リーマン－クリストッフェルのテンソルをよくご存じでいらっしゃいますか？」

「存じています。ドラッカーが、世界線についての著書の中で引用している。けれども、私の数学は物理学のほうのとは違いますので。私も、チェスにのぼせなかったら——」パーディーは淋しげな微笑を見せた。「——天文学者になっていたところですが。いろんな因子を複雑なチェスの組み合わせに応用することに次いで大きな精神的満足が得られるのは、私が思うに、天界と取り組んで新しい天体を発見することですね。私は今でも、屋上のさしかけ小屋に、アマチュア観測用の五インチ天体望遠鏡を備えているんですよ」

　ヴァンスは、パーディーの話に熱心に耳を傾けていた。それからしばらくは、マーカムがいらいらするのもヒースが退屈するのもおかまいなしに、海王星の軌道の外にある、ピカリング教授が最近断定した新星Oの存在について、パーディーと論じ合ったのだった[1]。そのうえでやっと、話をテンソル式に引き戻した。

「この前の木曜日、ミスター・アーネッソンがこのテンソルについてドラッカーやスプリッグと論じ合っていたとき、あなたもディラード家にいらしたんでしたね」

「そうです。あのときその問題がもちだされたのを覚えています」

「スプリッグとはどの程度のおつきあいでしたか?」

「ほんの浅いつきあいしかありませんでした。アーネッソンのところで一、二度会ったという程度です」

「どうやらスプリッグも朝食前にリヴァーサイド公園を散歩する習慣だったようですよ」と、ヴァンスがさりげなくもちだした。「公園で行き合われたことはありませんか、パーディーさん?」

相手のまぶたがかすかにひきつった。しばしのためらい。

「いや、一度もありませんよ」と、ようやく答えが返ってきた。

ヴァンスは、その否定の言葉には無関心のようすで、立ち上がると表の窓のそばに歩み寄り、外を眺めた。

「ここからアーチェリー練習場が見渡せるかと思いましたが、この角度からではすっかり隠れてしまっていますね」

「そうなんです。あの練習場、かなりうまいこと、外からのぞかれないようになっているんです。塀の反対側は空き地になっていて、誰も塀越しには見ることができない……ロビンが殺されるところを見た者があるかもしれないとお考えなんでしょうか……」

「それもありますが、ほかにもありましてね」ヴァンスは席に戻った。「あなたはアーチェリーをなさらないんでしたね」

「私にはいささか荷がかちすぎるものですから。ミス・ディラードが以前、私にもあのスポーツに興味をもたせようとなさったことがありましたけれど、どうも私は有望な弟子ではなかったようです。何度かあの方と試合をしたことはあるんですが」

いつになくものやわらかい口調が、そこはかとなく感じられた。はっきり言えないまでも、どことなく、パーディーはベル・ディラードを愛しているのだと感じられるところがある。ヴァンスも同じ印象を受けたに違いない、しばし黙っていたあとでこう言った。

「おわかりいただけると思いますが、不必要にプライベートなことをあばきたてるつもりではないのです。しかし、捜査中のふたつの殺人事件の動機がいまだに不明のままなのです。それで、ロビンが殺されたのは、最初、単純にミス・ディラードの愛情を競い合った結果だと解釈されていたことでもあり、この際ですから、若い令嬢の心がどちらに傾いていたのか、だいたいのところでも内実がわかれば参考になると思うのですが……あのご一家の友人でもあるあなたならたぶんご存じだろうと思うのですが、ひとつ、その点を打ち明けていただければありがたいんですが」

パーディーの視線が窓の外にさまよい出て、ため息ともつかないものがもれた。

「私は初めからずっと、あの人とアーネッソンがいつかは結婚するだろうという感じがしています。ただし、単なる推測の域を出ませんが。あの人にいつだったか、かなりはっきり、三十になるまで結婚のことは考えようとも思わないのだと言われたことがあります」（ベル・ディラードがパーディーにそんなことを言ったいきさつは、容易に見当がついた。パーディーの情緒的な面も、知的な面と同様、どうやら失敗に終わったらしい）

「では、あの方が若いスパーリングに対して真剣に心を寄せているとは考えていらっしゃらないんですね」

パーディーは首を振った。

「ただ、あの男の現在の受難は、女性の立場から見て非常に感傷的な魅力でしょうがね」と、パーディーは注釈を付け加えた。

「ミス・ディラードにうかがいましたが、今朝あの方を訪ねていかれたとか」

「たいてい一日に一度はお寄りすることにしていましてね」パーディーは明らかにむっとして、少しばかり当惑もしているようだった。

「ミセス・ドラッカーをよくご存じですか?」

パーディーがヴァンスをさっと、もの問いたげに見た。

「とりたててよく存じあげているわけではありません。もちろん、たびたびお目にはかかっていますが」

「お宅を訪ねていかれたことは?」

「何度もお訪ねしていますが、いつもドラッカーに会いにです。もう何年ものあいだ、数学とチェスの関係に関心を寄せていますのでね……」

ヴァンスはうなずいた。

「ところで、昨夜のルービンスタインとのゲームの結果はいかがでした? 今朝、新聞を読みそこなったものですから」

「四十四手で投了《リザイン》してしまいました」と、相手はしょんぼりした。「中休みで封じ手(対局が中断されるとき、手番の対局者が指し手を書いて封筒に入れること)を指したとき、まったく見落としていた私の攻撃《アタック》の弱点をルービンスタインに見抜かれてしまいましてね」

「ディラード教授のお話だと、昨夜、盤面の形勢について議論なさったときにドラッカーさんが結果を予想されたとか」

ヴァンスが昨夜のそのできごとの話をこうもあからさまにもちだしたわけが、私には不可解だった。パーディーにとってはどんなに痛手であるか、よくわかっているはずなのに。マーカムも、ヴァンスがとうてい許されないへまな発言をしたと思ったのか、眉をしかめた。

パーディーは顔を赤らめて、椅子の上で居ずまいを正した。

「昨夜のドラッカーは口がすぎました」言葉に毒がなくもない。「実地のゲームをするプレイヤーではなくても、勝負半ばのゲームにあんな口出しをするのがご法度《はっと》だってことぐらいはあの男でも知っているはず。しかし、正直に申しあげますと、あの男の予言を私は少々肝に銘じていました。封じ手で局面を切り抜けられると思っていたんですが、ドラッカーはもっと先まで手を読んでいたんです。読みが不思議なくらい深かった」口調に、自嘲ぎみの嫉妬がまじる。見たところ温厚な性格のようだが、その実、パーディーはドラッカーをひどく憎んでいるように感じられた。

「勝負にどのくらい時間がかかりましたか?」ヴァンスはさりげなく訊いた。

「一時ちょっと過ぎまでかかりました。十一時に再開した後半に十四手しかなかったんですが」

「見物人は大勢いらっしゃいましたか?」

「時間が遅い割には、思いのほかたくさんでしたね」

ヴァンスは煙草の火を消して立ち上がった。階下の廊下を玄関に向かったところで、ヴァンスがふと立ち止まって、薄気味の悪い、せせら笑うような目つきでパーディーを見据えて言った。

「そうそう、黒のビショップが、昨夜の真夜中ごろ、またもやそこいらをうろつき回ったんですよ」

その言葉が驚くべき効果を生んだ。まっこうから平手打ちをくらったように、パーディーがさっと身体を後ろにそらせ、その頰は白墨のように色を失った。まるまる三十秒もヴァンスをじっと見据えていた目は、燃える石炭のようだった。唇がわなわなと震えていたが、言葉は出てこない。そして、超人的とも思われるような努力で、ようやく身体をねじ曲げると、玄関口に向かった。ドアをぐいとひっぱって開けると、私たちが通り抜けるまでそのまま支えていた。

七十六丁目のドラッカー家の前に置いてある地方検事の公用車のところまでリヴァーサイド・ドライヴを歩きながら、マーカムがヴァンスに、最後にパーディーになぜあんな文句を浴びせたのかと語気鋭く問いただした。

「ぼくはね」と、ヴァンス。「パーディーを驚かせて、何か知っているのか、ぴんとくるものがないか、感触を得たかったんだ。しかし、まったくもって、マーカム、あんな結果になろうとはね。あれほどの反応とは、驚いた。どうもわけがわからない——まったくもって、わからん……」

ヴァンスはすっかり頭を抱えてしまっていた。しかし、車が七十二丁目でブロードウェイにすべり込むと、身体を起こして、シャーマン・スクウェア・ホテルに回ってくれと運転手に言った。

「パーディーとルービンスタインのチェスのゲームのことを、もっと詳しく知りたい。なぜということもない——単にもの好きな気持ちからなんだが。しかし、教授から話を聞いたときから、気になってはいたんだ……。十一時から一時まで——たった四十四手の試合の残りを片づけるにしては、あんまり時間がかかりすぎだ」

アムステルダム・アヴェニューと七十一丁目の角を曲がって車を止め、ヴァンスはマンハッタン・チェス・クラブに姿を消した。帰ってきたのはたっぷり五分もたってからのことだ。びっしりと書き込みをした紙を一枚、手にしている。しかし、表情のどこにもうれしそうなところは見受けられない。

「こじつけながら、なかなか興味津々たる説だったんだが」とヴァンスは渋面をつくった。「結局、味もそっけもない事実の暗礁に乗り上げてしまったよ。クラブの書記と話をしてきた。昨夜のゲームには二時間十九分かかっている。秘策を尽くした、めくるめく攻防や心理戦の展開で、なかなか派手な勝負だったようだ。十一時半ごろには、見物の神々もパーディーに軍配を上げていた。ところが、そこで、ルービンスタインが長考一番の大芝居を打って、パーディーの作戦をこっぱみじんに粉砕してしまった。——ドラッカーの予言どおりにね。驚嘆すべき慧眼《けいがん》だよ、ドラッカーという人物は……」

ヴァンスはどうも、とりあえずの情報だけではまだ十分に満足していないようだった。続いての言葉に、不満が表明されていた。

「書記と話しているあいだに思い出したんだが、ぼくは部長を見習うことにしたよ。つまり、いささか事務的に徹底してみることにした。そこで、昨夜のゲームのスコアシートを借りて、駒の動きを写してきたんだ。時間がたっぷりあるときに研究してみよう」

そして、ヴァンスは、スコアを大げさに思えるくらい丁重に折り畳んで、札入れにしまった。

## 16　第三幕

四月十二日（火曜日）―四月十六日（土曜日）

エリゼーで昼食をすませたあとも、マーカムとヒースはダウンタウンにとどまった。ふたりの前に、忙しい午後が横たわっている。マーカムの日常事務はたまりにたまっていたし、ロビン事件の捜査に加えてスプリッグ事件まで受け持つことになった部長は、別個にふたつの捜査機関を動かし、あらゆる報告を統合調整し、上官からの数々の質問に回答し、新聞記者の大群の貪欲《どんよく》な興味を満足させてやらなくてはならなかった。ヴァンスと私は、ネードラー画廊の現代フランス絵画展をのぞき、サン・レジスでお茶を飲み、夕食時にスタイヴェサント・クラブでマーカムに会った。ヒースとモラン警視が八時半ごろ私たちに合流して、非公式な会議となった。会議は真夜中近くまで続けられたが、何ひとつとして具体的なかたちは結ばないままだった。

次の日も、落胆以外の何ごともたらされなかった。デューボイス警部の報告には、ヒースから託されたピストルから指紋らしきものは検出されなかったとあった。ヘージドーン警部は、そのピストルがスプリッグを撃ったのと同一のものだということを立証したが、それもすでにあった確信を裏付けるにとどまった。ドラッカーの屋敷の裏手を見張らされていた部下たちは、平穏な一夜を過ごした。家に入った者も家から出ていった者も、ひとりとしていない。十一時には、窓という窓がまっ暗になっていた。また、翌朝、料理人がその日の仕事に取りかかるまで、家の中からはもの音ひとつしなかった。ミセス・ドラッカーが、八時ちょっと過ぎに庭に姿を現わした。九時半にはドラッカーが表玄関から出かけ、二時間ばかり公園で腰をおろして読書していた。

二日が過ぎた。ディラード家の見張りは続行されていた。パーディーは厳重な監視下にあって、ドラッカー家の裏口の柳の木陰に、毎晩、刑事がひとり配置された。しかし、変わったことは何も起こらなかった。部長が疲れ知らずの活動をしているにもかかわらず、有望と思える捜査の手がかりはかたっぱしから自然に消滅していくかに見える。ヒースもマーカムもひどく気をもんだ。新聞は派手な言いまわしを駆使して事件を書きたてては、ふたりをうんざりさせている。このふたつの目をひく殺人事件の謎を解決にちっとも近づけられない警察本部と地方検事局の無能ぶりが、今にも政治的スキャンダルにまで発展しそうな勢いなのだ。

ヴァンスはディラード教授を訪ね、事件を大局的に話し合った。また、木曜日の午後にはアーネッソンとも会って、一時間以上も話をした。提案のあった方程式ができあがって、仮説の端緒となりそうな細かいことでも何かしらはっきりしたかもしれないという希望からだった。だが、ヴァンスはこの会見には不満だったらしく、アーネッソンが自分にすっかり腹を割って話してはくれないと、私相手にこぼしていた。二度ばかりマンハッタン・チェス・クラブに足を運んで、ヴァンスはパーディーの口を割らせようとしてみた。しかし、二度までも冷淡で慇《いん》懃《ぎん》な沈黙に迎えられただけだった。気づいてみると、ヴァンスは、ドラッカーやミセス・ドラッカーとはちっとも連絡をとろうとしていない。ふたりを無視しているわけを尋ねると、ヴァンスはこう答えた。

「今のあのふたりから真実を聞き出すのは無理な相談だ。ふたりとも、思惑を隠しているし、すっかりおびえてしまっている。しっかりした決定的証拠を何かしら手に入れるまで、あのふたりへの尋問は益するところよりも害のほうが大きい」

その決定的証拠というのが、すぐその翌日のこと、思いも寄らぬ方面から出てくることになった。そして、それが捜査の最終段階の始まりとなった——あまりにも陰惨で、魂もひっくり返ってしまうほどに悲劇的で、筆舌に尽くしがたい恐怖の積み重ねであり、さらに、理不尽なまでの残虐性のうえにぞっとするようなユーモアが含まれた最終段階。何年かを経た今になって、こうして机に向かって事件の記録をしたためながらも、これらのできごとは、荒唐無稽《こうとうむけい》で邪悪で醜悪をきわめた悪夢だっただけなのだとしか思えないほどだ。

金曜日の午後、マーカムは絶望的な雰囲気のうちにふたたび会議を開いた。アーネッソンも出席させてほしいと願い出た。四時、古い刑事法廷ビルの地方検事のプライベート・ルームで、一同は顔を合わせた。モラン警視もいた。アーネッソンは、会議のあいだじゅう珍しく沈黙を守り、彼一流の饒舌《じょうぜつ》をずっと控えていた。発言のいちいちに熱心に耳を傾け、意見を述べることをことさらに避けているようでもあり、ヴァンスが直接話しかけたときでさえも態度を変えなかった。

会議がおそらくは三十分ばかりも進んだころだったろう、スワッカーがそっと部屋に入ってきて、地方検事の机にメモを置いた。マーカムがちらっと目をやって、眉をひそめた。即座に、二枚つづりの印刷した用紙に自分の頭文字を書き込んで、それをスワッカーに手渡した。

「すぐに記入して、ベン[1]に渡してくれ」と、マーカムが指示する。秘書が廊下に出ていくと、事情を説明した。「スパーリングからたった今、ぼくに話をしたいという申し出があった。重要かもしれない情報があるとのことだ。この際だから、さっそく会ってみたほうがいいかと思って」

十分ばかりすると、スパーリングが市刑務所から保安官補に付き添われてやってきた。打ちとけた子どもっぽい笑みを浮かべてマーカムにあいさつし、ヴァンスには愛想よくうなずいてみせた。アーネッソンにも腰をかがめておじぎをしたが――やや態度が硬くなったように思えた――彼がこんなところにいるのが意外でもあり、当惑もしたものとみえる。マーカムが椅子を勧め、ヴァンスは煙草を差し出した。

「お目にかかって話したいと思いまして、ミスター・マーカム」と、おずおずとスパーリングが話し出す。「何かお役に立つかもしれないと思うことがあったものですから。……ご記憶でしょうが、私がロビンといっしょにアーチェリー・ルームにいたときのことを訊かれた際、私たちと別れたミスター・ドラッカーがどこから出ていかれたかとお尋ねでしたね。そのときは、あの人が地階のドアから出ていかれたこと以外は気づかなかったと申しあげました。……ところで、その後、考える時間がたっぷりあったものですから、自然と、あの朝起こったことを逐

―思い出そうとしていました。どうご説明したものやらわからないのですが、今ではひとつひとつのことがずいぶんはっきりしてきたんです。ありありと――あのときの印象が――思い出されてきまして……」

スパーリングはひと息いれて、カーペットに目を落とした。そして、顔を上げて先を続けた。

「その印象のひとつはミスター・ドラッカーに関することで――それで、お目にかかりたいと思ったわけです。ちょうど今日の午後のことですが――そう、言ってみれば、アーチェリー・ルームにいてロビンと話をしているような気持ちに、もう一度立ち返ってみた。すると、不意に、裏手の窓の光景がぱっと頭をよぎりました。そして、思い出したんです。その朝、旅行に出るのに天気はどうだろうと窓の外を眺めたとき、ミスター・ドラッカーが、あの家の後ろの植え込みのところに腰かけていらっしゃったのを」

「何時ごろのことでした？」と、マーカムがそっけなく訊く。

「列車に乗ろうと出ていく、ほんの数秒前のことです」

「すると、ミスター・ドラッカーは屋敷から出ていかずに植え込みのところに、きみが出かけるまでいたというんだね」

「どうも、そうらしいんです」スパーリングは、断定するのをためらった。

「あの人を見たというのは、確かかね？」

「そりゃ、確かですとも。今ではっきりと思い出せます。いつものように、脚をおかしなかっこうで身体の下に持ち上げていらっしゃったことまで、覚えているくらいです」

「誓えるかね?」と、マーカムが重々しい口調で訊く。「きみの証言に、人ひとりの人生がかかっているかもしれないと承知のうえで」

「誓います」と、スパーリングはあっさり答えた。

保安官補が拘束中の人間を連れて出ていくと、マーカムがヴァンスを見た。

「どうやら、足場ができたようじゃないか」

「うむ。料理人の証言にはたいした重みがない。ドラッカーがあっさり否認しているからね。それに、あの女、ほんとうに主人の立場が危ないとなれば否認する主人に加勢する、忠実で頑固なドイツ人の典型だ。これで、こちらも有力な武器を得たな」

「どうやら」と、しばし黙って考え込んでいたマーカムが、やがて口を開いた。「これで、ドラッカーに対するりっぱな情況証拠が手に入ったように思える。あの男は、ロビンが殺されるほんの数秒前にディラード家の裏庭にいた。スパーリングが帰っていくのを見届けるのも簡単なら、その直前にディラード教授と別れたときに家族のほかの者が外出中なのも知っていた。あの朝、窓から誰も見なかったと言いつつも、ミセス・ドラッカーはロビンが殺されたころに叫び声をあげているし、ドラッカーの尋問に行ったときには震えあがってたいへんな取り乱しようだった。ドラッカーにわれわれのことを〝敵〟だと警告さえしているし。あの人は、ロビンの死体が練習場に運ばれたあとでドラッカーが帰宅するのを見たんじゃないかと思うね。――ドラッカーは、スプリッグが殺されたときにも部屋にはいなかった。それで、あの男も母親も、その事実を隠そうとしてやっきになっていたじゃないか。ドラッカーは、殺人事件の話になるや必ず興奮して、自分たちに関係があるという考えかたを鼻であしらっている。事実、あの男の行動はいろいろな点でひどくあやしい。それに、神経が異常でバランスを欠いていることもわかっているし、子どもみたいな遊びをしているとも言われている。ありそうなことじゃないか――バーステッド博士の話と考え合わせてみても――あの男が空想と現実とを混同して、一時的な精神錯乱のあげくあんな犯罪に及んだということは。テンソル式を熟知しているばかりか、アーネッソンがその問題をスプリッグと論じているのに接して、何か異常な考えかたからそれをスプリッグと結びつけたのかもしれない。――僧正のメモは、非現実的な遊びの一部だったんだろうよ――子どもというものはみな、何か新しい遊びを考案すると、それを見て感心してくれる人をほしがるものだ。〝ビショップ〟という言葉を選んだのは、たぶんチェスに興味をもっていたからだろう――ふざけた署名で、みんなを戸惑わせようとしたのさ。それに、母親の部屋のドアのところに、ビショップの駒が現実に現われたことからも、この推定は裏付けられるよ。あの朝、母親に見られたのではないかと心配して、犯人だと公然と打ち明けるのではなく、ただ母親を沈黙させておこうとしたということだ。ポーチの網戸をばたつかせることくらい、内側からなら鍵などなくてもたやすくできるし、そうしておいて、ビショップの駒を運んできた者は裏口から入ってまた出ていったと見せかけようとしたわけだな。そのうえ、あの晩パーディーがゲームの分析をしていたとき、書斎からビショップの駒をもちだすくらい、あの男にはたやすいことだった……」

マーカムは、なおしばらく続けざまに、ドラッカーに対する容疑を組み立てていった。徹底的かつ詳細で、事実上今までに入手されたあらゆる証拠が結論に取り入れられている。数々の要因をまとめて組み立てた、理論的で仮借のない手法が、いかにももっともだという感銘を与える。マーカムが事件を要約し終わると、あとには長い沈黙があった。

やがて、ヴァンスが、思考の緊張を解きほぐそうとするかのように立ち上がって、窓に歩み寄った。

「きみの説のとおりかもしれないね、マーカム」と、ヴァンスも検事の主張をいちおうは認めた。「しかし、その結論に対しては異論がある。第一に、ドラッカーに不利な論証の結論が、あまりにも完璧にすぎるという点。最初からあの男が犯人かもしれないと考慮してはいたが、疑わしい行動をとればとるだけ、周囲の形勢が彼にとって不利になればなるだけ、ぼくはあの男を容疑からはずすほうに気持ちが傾いていったんだがね。この凶悪な殺人を計画した頭脳は、あまりにも卓抜で、悪魔のように狡猾《こうかつ》で、きみがドラッカーにかぶせたような情況証拠の網にひっかかるとは思えないんだよ。ドラッカーは驚嘆すべき知性の持ち主だ——知能といい知識といい、実際、けたはずれだ。彼が犯人だったら、これほどたくさんの手ぬかりをそのままにしておくとはとうてい考えられない」

「法律はそうはいかない」と、マーカムが苦々しげに言う。「事件にあんまり筋が通りすぎているといって、その説をあっさり反古にするわけにはいかないよ」

「また一方では」と、ヴァンスはマーカムの主張を無視して続ける。「たとえ犯人ではないにしても、ドラッカーが事件と直接に重大な関係のある何ごとかを知っていることも、非常にはっきりしている。あの男からその情報を引き出そうとしてみることを、つつしんで提案するよ。スパーリングの証言で、そのきっかけはできた。……ちなみに、ミスター・アーネッソン、あなたのご意見は?」

「何も」と、相手は答えた。「ぼくは利害関係のない傍観者の立場です。とはいえ、哀れなアドルフが拘束の身となるのを見たくはありませんが」進んで賛成とも反対とも態度を決することはなかったが、アーネッソンもヴァンスと同じ意見であるらしい。

ヒースは、いかにも彼らしく、即行動に移したほうがいいという意見で、そういう意味のことを述べた。

「やつが何か腹にもっているっていうんなら、たたき込みさえすればすぐに吐く気になりますよ」

「やっかいな状況だぞ」と、モラン警視が、法律家らしい穏やかな声で異議を唱える。「過ちを犯すわけにはゆかない。ドラッカーの証言で誰かほかの者が有罪ということになると、誤認逮捕でわれわれは笑いものだ」

ヴァンスはマーカムを見て、同感だというふうにうなずいてみせた。

「とりあえず、あの男をひっぱって、魂の重荷をおろすように説得できないものか試してみていけないことはあるまい。いわば道義的勧告といったかたちで、令状を鼻先にちらつかせてもいいんじゃないか。それでも知らんふりを決め込んで口を割らないようだったら、手ごわい部長にご登場いただいて、刑務所までおともしてもらえばいい」

マーカムは座ったまま、決断しかねるように指先で机をこつこつたたいている。神経質にぱっぱとふかす葉巻の煙が、顔をすっぽり包み込んでしまっている。やっと、顎をきっと引き締めると、ヒースのほうを向いた。

「明朝九時、ドラッカーをここに連れてきてくれ。つべこべ言わせないように、警察の車で、白紙令状を持っていくといいだろう」マーカムの厳粛な顔つきに、決意のほどがうかがえる。「それから、やつの知っていることをぼくが探り出してやろう――あとは、ことの成り行きしだいだな」

すぐに散会となった。五時過ぎだった。マーカムとヴァンス、そして私の三人は、車をアップタウンに走らせ、スタイヴェサント・クラブに向かった。アーネッソンを地下鉄に乗れるようおろしたところ、ほとんどひとこともしゃべらずに別れていった。いつもの皮肉たっぷりの饒舌ぶりがすっかり影を潜めてしまったようだった。夕食のあと、マーカムが疲れたと言い出し、ヴァンスと私だけでメトロポリタン劇場に、ジェラルディン・ファーラー（アメリカのオペラ歌手。一八八二―一九六七）の『ルイーズ』(2)を聴きに行った。

次の日の明け方は、曇って霧が濃かった。カーリに七時半に起こされた。ヴァンスは、ドラッカーとの会見に立ち会うつもりだったのだ。八時、ちろちろ燃える暖炉の火を前に、私たちは書斎で朝食をとった。ダウンタウンに向かう途中、道がこんでいたため、地方検事局に着くと九時を十五分も過ぎてしまっていたが、ドラッカーとヒースはまだだった。

ヴァンスは、ゆったりとした革張りの椅子にのびのびとかけ、煙草に火をつけた。

「今朝は、どうやら元気がある」と言う。「ドラッカーが知っていることを話してくれて、その話がぼくの考えているとおりだったら、錠前を開ける数字の組み合わせがすっかりわかるだろう」

その言葉が終わるか終わらないかのうちだった。ヒースが部屋に飛び込んできて、ひとことのあいさつもなしにマーカムの正面につっ立ったかと思うと、両手を挙げ、それをまただらりと下げて、処置なしという身ぶりをしてみせた。

「あの、どうやら、今朝はドラッカーの尋問はできそうにありません――今朝はどころか、いつまでたったって無理でしょう」と、部長のだしぬけの言葉。「昨夜、あの男は、自宅近くのあのリヴァーサイド公園の高い壁から落ちて、頸《くび》の骨を折っちまったんですよ。今朝の七時になって、やっと発見されたんです。遺体は今、死体置場です。……とんでもない手違いだ！」

部長はいまいましそうに言うと、椅子にへたり込んだ。

マーカムは、まさかという表情で部長を見つめた。

「嘘だろう？」と尋ねたきり、あまりの驚きに二の句も継げずにいる。

「遺体のあるうちに、現場まで見に行ったんです。事務所を出ようとしたところへ、所轄署から電話がありましてね。そこにはりついて、できるだけネタをかき集めてはきましたが」

「わかったことは？」マーカムは、ともすれば落胆の思いにのみ込まれそうになるのと闘っているようだ。

「たいしてありませんでした。今朝七時ごろ、子どもたちが公園で死体を見つけた――あの界隈には子どもがたくさん集まるんですよ、なにしろ土曜日ですし。それで、所轄署の者が駆けつけて、警察医を呼びました。医者の話では、ドラッカーが壁から落ちたのは昨夜十時ごろに違いないとのことで——即死でした。あそこらへんじゃ——七十六丁目の真正面のところですが——壁の高さがプレイグラウンドの上三十フィートはたっぷりあります。てっぺんは乗馬道沿いになっていて、もっと大勢、首根っこを折らないのが不思議なくらいだ。子どもたちが、しょっちゅうあの石の突き出たところを歩いているんですからね」

「ミセス・ドラッカーには知らせたのか？」

「まだです。それは私が引き受けると言っておきました。しかし、こちらであなたからどうすればいいかうけたまわるのが先だと思いましてね」

　マーカムは、落胆のあまり椅子にもたれかかった。

「われわれにできることは、たいしてありそうもない」

「アーネッソンに知らせたほうがよくはないか」と、ヴァンスが言い出した。「たぶんあの男だろう、あとの世話をしなくちゃならないのは。……驚いたね、マーカム！　この事件、ついには悪夢じゃないかと思えてきたよ。ドラッカーはわれわれの希望の星だったのに、やっと口を開かせるチャンス到来かと思いきや、壁からころがり落ちてしまうとはね——」彼がふと口をつぐんだ。「壁からか！……」彼はその言葉を繰り返すと、突然その場で飛び上がった。

「ずんぐりむっくり《ハンチバック》、壁から落ちた！……ずんぐりむっくり！……」

　ヴァンスの頭がおかしくなったのではないかとばかりに、一同がそちらを見た。白状すると、その顔つきに私はぞっと寒気に襲われた。邪悪な幽霊を見つめているかのように、目がすわっている。ゆっくりとマーカムのほうを振り向くと、まるで当人のものとも思えないほどの声で言う。

「またしても奇妙なメロドラマ的芝居——またもマザー・グースの童謡だよ。……今度は『ハンプティ・ダンプティ』ときた[i]！」

　あとに続く驚きのあまりの沈黙が、部長のひきつったような耳ざわりな笑い声に破られた。

「そりゃまた、こじつけというもんでしょう、ヴァンスさん？」

「馬鹿げてる！」マーカムは吐き捨てるように言ったが、関心を隠し切れずにヴァンスをじっと見守っている。「ねえ、きみ。きみは、この事件にあんまりとらわれすぎだよ。背中にこぶ《ハンプ》がある男がひとり、公園の壁のてっぺんから落ちたというだけのことじゃないか。それは不幸に違いないよ。ことに、この際は二重の不幸だ」検事は、ヴァンスのそばに寄って肩に手を置いた。「この事件は部長とぼくに任せて——こんなことにぼくらは慣れっこなんだから。旅行でもして、ゆっくり休養するんだ。いつも春には旅行してるみたいに、ヨーロッパに出かければいいじゃないか——」

「ああ、まったくだ——まったくだよ」ヴァンスはため息をついて、弱々しく笑顔をつくった。

「海の空気はまったく申し分ないよ、ぼくには。ぼくに、正気に返れと言うんだろ？——かつては貴重このうえなかったこの脳髄の残骸をたたき直せと。……ぼくに手を引けと！　この恐ろしい悲劇の第三幕がすぐ鼻の先で展開していながら、きみはのほほんとそれを無視しようとするのか」

「きみは空想に取りつかれて、目がくらんでいるんだよ」マーカムは深い友情で癇癪《かんしゃく》を抑えた。「もうこれ以上、この事件の心配は無用だ。今晩はいっしょに食事をしよう。そのときまた話し合うことにしようじゃないか」

ちょうどそのとき、スワッカーが顔をのぞかせて部長に声をかけた。

「『ワールド』のクィナンが来ています。部長にお会いしたいと」

マーカムがくるりと振り向いた。

「いやはや！……通してくれ！」

クィナンが入ってきて、一同に陽気に手を振ってあいさつすると、部長に一通の手紙を渡した。

「また恋文《ビエドゥ》ですよ――今朝、受け取りました。――これほど気前のいいところをお見せしたんです、こちらはどんな特典にあずかれますことやら？」

みんなの見守る前で、ヒースが手紙を開いた。その紙にも、薄い青のエリート書体にも、見覚えがあるとすぐに思った。手紙には次のように書いてあった。

ハンプティ・ダンプティ、壁の上に座ってた
ハンプティ・ダンプティ、まっさかさまに落っこちた
王さまのところの馬たちと

王さまのところの家来たち
みんなしてやってはみたけれど
ハンプティ・ダンプティをもとにはもどせない

そのあとに、例によって、大文字で不吉な署名。〝僧正《ザ・ビショップ》〟、と。

## 17　眠らない窓

四月十六日（土曜日）午前九時三十分

ヒースが、どんな新聞記者でも心躍るような約束[1]でクィナンを追い払うと、オフィスに緊張した沈黙が数分間続いた。〝僧正〟が、またもや恐ろしいことに手を出した。事態は今は戦慄の三重事件となり、どう考えても解決はさらに遠のいてしまった。しかし、私たちにとっていちばん強くこたえたのは、想像を絶するこの犯罪の解決がつかないことよりも、むしろ、この犯罪自体が毒気のように発散する一種独特な恐怖なのだった。

ヴァンスは沈痛なおももちで部屋を行ったり来たりしていたが、ついに抑え切れなくなった感情を口にした。

「憎んでも憎み足りないやつだよ、マーカム——言語道断の悪の化身だ。……公園にいた子どもたちは——休日だというんで朝早くから夢いっぱいに起き出して——遊びに夢中になっていただろうに。……それが、降ってわいたような、心臓が凍りつくような現実だ——圧倒的な恐ろしい力に、夢も吹き飛ぶ。……あまりにも無残だとは思わないか？　子どもたちがハンプティ・ダンプティを見つけた——自分たちと遊んでくれていた、仲間のハンプティ・ダンプティ——おなじみの壁の下に、冷たくなって横たわる——さわっても、泣いてやっても、砕けて折れて、もう二度ともとには戻せないハンプティ・ダンプティ……」

ヴァンスは窓ぎわに足を止めて、外を眺めた。霧が晴れ、かすかな春の陽光が、灰色に積み重なった町の石畳にさす。遠くに、ニューヨーク・ライフ・ビルの黄金色の鷲がきらきら輝いている。

「さてと、そうやすやすと感傷に溺れてばかりもいられない」と、ヴァンスはしいて笑みを浮かべて、室内に向き直った。「感傷は知性を鈍らせ、弁証する力を打ち砕く。ドラッカーが、引力の法則の気まぐれによって犠牲になったのではなく、その死への旅出に手を貸した者がいるのだとわかった今、われわれが元気を奮い立たせるのは早ければ早いほどいいんじゃないかね？」

ヴァンスの気持ちの切り換えかたはいわば力わざ《トウル・ド・フォルス》だったが、それでも、暗澹《あんたん》たる無気力から一同を立ち直らせた。マーカムは電話を引き寄せてモラン警視を呼び出し、ドラッカー事件をヒースに担当させるよう手配した。それから、検屍官のオフィスにかけて、さっそく検屍報告を出すように請求した。ヒースは威勢よく立ち上がると、氷水を三杯あおって両足をふんばり、山高帽をまぶかにかぶって、検事が捜査の方針について指示を出すのを待ちかまえた。

マーカムは、息つく間《ま》もなく仕事を進めた。

「部長、ドラッカーとディラードの屋敷は、きみの課の者たちが見張っていたはずだね。そのうちの誰かと、今朝は話をしたか？」

「その時間もありませんでした。それに、いずれにせよ、事故だとばかり思っていましたので。でも、私が戻っていくまではりついているよう、部下たちには言い渡してきました」

「検屍官は何と？」

「事故のようだと、ドラッカーは死後十時間くらいたっていると、それだけ……」

ヴァンスが質問をはさんだ。

「頸が折れているほかに、頭蓋骨が割れているとか言ってはいなかったかね？」

「そうそう、正確には頭蓋骨が割れているという言いかたではありませんでしたが、後頭部を下にして落ちたとのことでした」ヴァンスの質問の意図するところはよくわかるというふうに、ヒースはうなずいてみせた。「ですから、やはり頭蓋骨骨折があると思われますね――ロビンやスプリッグと同様に」

「きっとね。われらが犯人の手口は、どうやら、単純にして効果的らしい。いったん気絶させるためだかいきなり息の根を止めるためだか、ともかく、まず頭に一撃。そして、おもむろに、かねて選んでおいた人形芝居の役柄をふる。ドラッカーは、壁の下をのぞき込んで、そういう攻撃に無防備に身をさらしてしまったに違いない。霧が出ていたし、あたりはかなり暗い。そこへもってきて、頭に一撃をくらう。ちょっと身体を持ち上げられる。ドラッカーは、音もなく手すり壁を越えて落ちる——それで、マザー・グースのおばあさんの祭壇に、三人めのいけにえが供えられたって寸法だ」

「悔しいのはですね」と、ヒースが本気で怒る。「ギルフォイル(2)のやつが——ドラッカー家の裏手を見張らせておいた男ですが——ドラッカーがひと晩じゅう家にいなかったってことを、なぜ報告してこなかったのかだ。ギルフォイルは八時に本署へ引き揚げてて、私は会えなかったんですがね。——どう思われます？　アップタウンに出かける前に、まず、あいつから話を聞いたほうがいいのでは」

　マーカムが賛成したので、ヒースは電話でどなりながら指示を飛ばした。ギルフォイルは、警察本署と刑事法廷ビルのあいだを十分足らずで飛んできた。ギルフォイルが部屋に入るなり、飛びかからんばかりの勢いで部長が詰め寄った。

「昨夜、ドラッカーは何時に家を出た？」と、吼えつくように言う。

「八時ごろです——夕食のすぐあとで」ギルフォイルはおどおどしている。職務怠慢を見つけられたとでもいうふうに、なんとかごまかしたがっている弱気の口調だ。

「どっちに行った？」

「裏口から出て、アーチェリー練習場を通って、アーチェリー・ルームからディラード家に入っていきました」

「いつものおつきあいか？」

「そのようでした、部長。ディラード家に入りびたっています」

「へえ！　それで、何時に帰った？」

ギルフォイルが不安そうにもじもじした。

「どうも、帰ってはこなかったように思われます、部長」

「ほう、帰ってはこなかったように思われる？」ヒースの、皮肉たっぷりの逆襲。「おれはまた、頸の骨を折ったドラッカーが、たぶんまた帰ってきて、ずっとおまえといっしょにいたのかと思ってたよ」

「私が申しあげたのは、部長――」

「おまえの言ったのは、ドラッカーが――おまえが見張っていたはずのやつが――八時にディラードの家を訪れ、おまえのほうは、たぶん植え込みにでも座り込んでのんびりと、少しばかり居眠りしました、ってことだろう。……いつ目が覚めた？」

「ちょっとお聞きください！」と、ギルフォイルがいきりたった。「居眠りなんかしません。徹夜の職務についていたんです。あの男が帰ってくるのをたまたま見なかったというだけで、私が見張りを怠ったということにはならないでしょう？」

「それじゃ、やつが帰ってくるのを見なかったら、何でまた、電話でもかけて、週末は町の外で過ごすらしいとかなんとか報告してよこさなかった？」

「あの男は表玄関から帰ってきたに違いないと思ったんです」

「また、思ったのか？　今朝は頭がどうかしてるんじゃないか？」

「部長、同情していただきたいくらいですよ。私の任務は、ドラッカーを尾行することじゃありませんでした。ご命令では、家を見張って、人の出入りに気をつけ、何か異変があったと思ったら飛び込めということでした。――こういうことだったんですよ。まず、ドラッカーが八時にディラード家に出かけました。私はドラッカー家の窓から目を離さないようにしていました。九時ごろ、料理人があがっていって自分の部屋の明かりをつけました。三十分ほどすると明かりが消えたので、『寝たんだな』と思いました。それから、十時ごろになって、ドラッカーの部屋に明かりがつき――」

「何だと?」

「はい――お聞きのとおりです。ドラッカーの部屋に十時ごろ明かりがついて、人影が動き回っているのが見えました。――さあ、部長、お尋ねしますが、これじゃ、部長だってあのずんぐり男が表から帰ったに違いないと思われるんじゃないでしょうか?」

ヒースはうなった。

「そうかもしれんな」と、部長が認める。「十時だったのは確かなんだな?」

「時計は見ていません。しかし、十時をたいして過ぎていなかったと申しあげて、あまり間違っていないはずです」

「それで、ドラッカーの部屋の明かりが消えたのは?」

「消えませんでした。ひと晩じゅうついていました。あの男はへんなやつですよ。生活がまるで不規則なんです。これまでだって、明かりが朝がた近くまでついていたことが二度もありました」

「ありそうなことだな」と、ヴァンスのものうげな声がした。「最近、難しい問題と取り組んでいたんだから。——ところで、どうだろう、ギルフォイル。ミセス・ドラッカーの部屋の明かりは？」

「いつものとおりでした。あのおばあちゃん、いつもひと晩じゅうこうこうと明かりをつけっぱなしなんです」

「昨夜、ドラッカー家の表に、誰か見張りは？」マーカムが部長に尋ねた。

「六時以降、見張りはおいてありませんでした。日中はドラッカーに尾行をひとりつけていましたが、ギルフォイルが裏口の見張りにつくと、六時には引き揚げさせていましたので」

一瞬、沈黙があった。それから、ヴァンスがギルフォイルのほうを向いた。

「昨夜、あのふたつのアパートメント・ハウスのあいだの路地の出入り口からは、どのくらい離れたところにいた？」

その場のようすを思い出そうとしているのか、しばらく答えがなかった。

「四、五十フィートといったところでしょうか」

「そして、路地とのあいだには、鉄のフェンスと木の枝が立ちはだかっていたということか」

「そうですね、見通しはあまりよくありませんでした。おっしゃっているのがそういう意味でしたら」

「ディラード家の方向から誰かがやってきて、きみに気づかれずに、あの出入り口から外に出て、また帰ってくるってことができただろうか？」

「できたかもしれません」と、刑事が認める。「もちろん、その人物が私に見つからないように気を配っていたら、ということですが。昨夜は霧が濃くて暗かったですからね。それに、リヴァーサイド・ドライヴのほうからは車が往来する騒々しい音が四六時中聞こえてきていましたから、相手が特に警戒していれば、動いても音はかき消されてしまったことでしょう」

部長が、追って指示のあるまで待機するようにと言い含めてギルフォイルを本署に帰すと、ヴァンスが当惑の思いを口にした。

「非常にこみいっている。ドラッカーは、八時にディラード家を訪ね、十時には公園の壁から放り出された。クィナンがさっき見せてくれた手紙には、きみたちも見てのとおり、午後十一時の消印があった——ということは、おそらく犯行の前にタイプされたのだろう。したがって、僧正は前もって芝居の筋書きをつくり、マスコミへの手紙も用意していたということだ。なんと大胆不敵なのだろう。しかし、引き出すことのできる推定がひとつある——つまり、犯人は、八時から十時までのドラッカーの居場所とその動向を正確に知っていた人物だということ」

「すると」と、マーカム。「きみの説では、犯人はアパートメント・ハウス間の路地から出入りしたというわけだね」

「いやいや！　ぼくには説などないんだ。ギルフォイルに路地のことを訊いたのは、ただ、ドラッカー以外の人間が公園に出かけるのを見かけなかったかどうか知りたかったから。その場合、さしあたり、犯人は人目を避けて路地を通り抜け、ちょうどブロックの中ほどのところから公園に入ったと推定できるからね」

「犯人があそこを通ることができたとすれば」と、マーカムが沈痛な声を出す。「ドラッカーといっしょに出かけるところを見られた者があったとしても、たいして問題じゃないということになるな」

「そうなんだ。この茶番劇を上演したやつは、警官が厳重に警戒している目と鼻の先を大っぴらに公園に乗り込んだかもしれないし、こっそり路地を抜けていったかもしれない」

マーカムは情けなさそうにうなずいた。

「しかし、どうも腑に落ちないのは」と、ヴァンスが続ける。「何といっても、あの、ひと晩じゅうついていたというドラッカーの部屋の明かりだよ。あの気の毒な男が永遠の世界にころがり落ちた、まさにそのころについたんだからね。それに、ギルフォイルの話じゃ、明かりがついたあと、誰かが動き回っていたっていうじゃないか――」

ヴァンスはそこで口をつぐみ、しばらくじっとつっ立ったまま一心に考えていた。

「なあ、部長、ドラッカーの死体のポケットに、表玄関の鍵があったかどうかは知らないだろうね」

「知りませんねえ。しかし、調べるのに時間はかかりませんよ。ポケットの中身は検屍のあとも保管されていますから」

ヒースは電話のところに行き、まもなく、六十八分署の内勤の部長と話していた。数分間待たされていた。そのあげく、不平そうにうなってがちゃんと受話器を置いた。

「鍵のたぐいはひとつもなし」

「ははあ！」と、ヴァンスは煙草を深く吸い込んで、ゆっくりと煙を吐き出した。「どうやら、僧正がドラッカーの鍵をくすねて、殺人のあとで犠牲者の部屋を訪れた、そう思われてきたよ。信じられないと思うのは承知のうえで言うんだがね。しかし、そんなことを言えば、この妙な事件じゃ、起こること起こることすべてが信じられないんだからね」

「だが、いったいぜんたい、どんな目的があってそんなことを？」と、マーカムが納得ゆかぬげに抗議する。

「それはまだわからない。しかし、驚くべきこの犯罪の動機がわかったあかつきには、その訪問の目的もわかることだろう」

マーカムは、厳粛な顔つきで戸棚から帽子を出した。

「現場に出かけたほうがいいだろう」

ところが、ヴァンスは動こうとしない。ぼんやりと煙草をくゆらせながら机のかたわらに立ったままでいる。

「ねえ、マーカム」と、ヴァンス。「今、思いついたんだが、まずミセス・ドラッカーに会うべきじゃないかな。昨夜、あの家で悲劇が起こったんだ。説明を要する奇妙なことがあった。今こそ、あの人が頭の中に鍵をかけてしまっている秘密をひょっとしたら明かしてくれるかもしれないよ。それに、ドラッカーが死んだという知らせもまだだ。隣近所で噂にのぼって、何かと取り沙汰されることだろうし、まもなくあの人の耳に入るのは間違いなしだ。知らせを受けたときのショックが心配だよ。ほんとに、今すぐにバーステッドをつかまえて、ご同行願うのがいいんじゃないかと思う。ぼくから電話をかけてみよう、どうだい？」

マーカムは同意し、ヴァンスが、博士に事情をかいつまんで説明した。

さっそく車を走らせてバーステッドの家に立ち寄り、すぐさまドラッカー家に向かった。呼び鈴に応えたのはメンツェルで、その顔を見ただけで彼女がドラッカーの死を知っていることがはっきりわかる。ヴァンスは彼女にちらと目くばせして階段から離れた応接間に連れていくと、小声で尋ねた。

「もうミセス・ドラッカーのお耳に入ったのか？」

「まだでございます」と、恐怖にわななく声で答えが返ってくる。「一時間ほど前に、ディラードのお嬢さまがおみえになりましたが、奥さまはお出かけだと申しあげたんです。お嬢さまを二階にお通しするのが心配で。何かおかしなことでもあったらと……」彼女はがたがたと震え出した。

「おかしなことって、何だね、メンツェル？」と、ヴァンスは、なだめるように相手の腕に手をかけた。

「わかりませんけれど。でも、奥さまは午前中ずっと、ひっそりと、音ひとつたてないでいらっしゃるんです。朝食にも、おりておいでになりません……わたし、あがっていってお声をおかけするのがこわい」

「いつ事故の話を聞いた？」

「朝早く――八時になったばかりでした。新聞売りの男の子が教えてくれたんでございます。

それに、人が、みんなしてドライヴのほうに向かっていくのが見えました」

「こわがらなくてもいいんだよ」と、ヴァンスが慰める。「博士もいっしょだし、私たちに任せておきなさい」

ヴァンスはホールに戻り、先に立って二階にあがった。ミセス・ドラッカーの部屋まで行って静かにノックしたが、返事はなく、ドアを開けた。部屋はからっぽだった。常夜灯がまだテーブルの上にともっている。ベッドには誰も眠った形跡がない。

無言のまま、ヴァンスは廊下に引き返した。ほかにはもうふたつしかドアはない。そのひとつがドラッカーの書斎のドアであると、私たちは知っている。ためらうことなくヴァンスがもうひとつのドアに歩み寄り、ノックもせずに開けた。ブラインドがおりていたが、薄手の白地だったので、灰色の日の光が透けて、古風なシャンデリアの放つ妖《あや》しい黄色の明かりとまじり合っている。ギルフォイルがひと晩じゅうついていたという明かりは、まだ消えていなかった。

ヴァンスは、敷居のところに立ち尽くしている。私のすぐ前にいたマーカムが、まず踏み込んだ。

「なんてことだ!」と、ヒースは息をついて十字を切った。

狭いベッドの足もとに、ミセス・ドラッカーがきちんと服を着たまま横たわっている。顔が灰のように白い。気味悪く見開かれた目。両手が胸をしっかりつかんでいる。

バーステッドが前に飛び出して、かがみ込んだ。一、二度、夫人に手を触れてみて、身体をまっすぐに起こすと、ゆっくりと首を振った。

「息がありません。たぶん、夜にはもう亡くなっていたのでしょう」博士は、改めて遺体の上に身をかがめて調べはじめた。「ご存じのとおり、もう長年にわたって、慢性腎炎《じんえん》と動脈硬化症、それに心臓肥大に悩まされていらっしゃいました。……何か思いがけないショックを受けて、強度の急性心臓拡張を起こされたようです。……そう、ドラッカーとほぼ同じころに亡くなられた……十時ごろです」

「自然死ですか?」と、ヴァンス。

「ええ、間違いなく。アドレナリンを注射すれば、心臓がなんとかもちこたえられたかもしれませんが、それも、その場に私が居合わせたらのことです……」

「暴行された形跡は?」

「何も。申しあげたとおり、死因はショックによる心臓拡張です。はっきりしている——あらゆる点から見て、典型的な症状です」

## 18　公園の壁

四月十六日（土曜日）午前十一時

博士がミセス・ドラッカーの遺体をベッドに横たえ、シーツをかけるのを見届けて、私たちはふたたび階下におりていった。バーステッドは、一時間以内に死亡診断書を部長に届けると約束して、そそくさと帰っていった。

「ショックによる自然死というのは、科学的には正しい」と、私たちだけになるとヴァンスが言った。「だが、ぼくらの当面の問題は、ねえ、きみ、そのひどいショックを与えた原因を確かめることだ。どう考えても、ドラッカーの死と関連があるよ。ところで、不思議に思うんだが……」

ふと思いたったように向きを変えたヴァンスが、応接間に入っていった。メンツェルが、私たちが出ていったときと同じ場所にそのまま、恐ろしいことを覚悟して待つような姿勢で座っている。ヴァンスは、そばに行って、やさしく声をかけた。

「奥さまは、夜のうちに心不全で亡くなられた。息子さんに先立たれて生き延びられるよりは、ずっとよかったよ」

「神さま、あの方に永遠の憩いをお与えください《ゴット・ゲーブ・イーア・デイ・エーヴィゲ・ルー》」彼女が敬虔《けいけん》な言葉をつぶやいた。「ええ《ヤー》、それがなによりのことです……」

「ご臨終は、昨夜十時ごろだ。――その時刻に起きていたかい、メンツェル?」

「ひと晩じゅう目を覚ましていました」低いおびえた声だ。

ヴァンスは、半分閉じかけた目で彼女を見守った。

「何が聞こえたか、話してごらん」

「昨夜、誰かがやってきました」

「そうか、誰かが十時ごろやってきた――表玄関から? 入ってくるもの音がしたかい?」

「いいえ。でも、ベッドに入りましてから、ドラッカーさまのお部屋で、人の声が聞こえました」

「夜の十時ごろにあの人の部屋で話し声がするのは、珍しいことなのかね?」

「でも、あの方のお声ではございませんでしたので。あの方のお声はかん高いのですが、昨夜聞こえたのは、低くてぶっきらぼうな声でした」彼女が、おじけづいたようにヴァンスを見上げる。「そして、もうひとつの声は、奥さまでございました……そして、奥さまがドラッカーさまのお部屋に夜いらっしゃることは、ついぞないことだったのです」

「ドアが閉まっていただろうに、どうしてそんなにはっきり聞こえたんだい?」

「わたしの部屋は、ドラッカーさまのお部屋の真上なのでございます」と、彼女は説明した。

「それに、ものすごく気がかりだったのでございます――次々にあんな恐ろしいことが起きるもので。それで、ベッドから起き出して、階段の上から聞いておりました」

「とがめだてするわけにはいかないね」と、ヴァンス。「それで、何が聞こえた?」

「最初、奥さまが嘆き悲しんでいらっしゃるように思われましたが、じきに笑い出されて、すると、怒ったような男の声が話しはじめました。けれど、すぐに男のほうの笑い声も聞こえてきて。そのあと、どうやら奥さまが、おかわいそうに、お祈りをなさっているようでした――『ああ、神さま――ああ、神さま』とおっしゃっていましたから。それから、男はもっと何かしゃべっていました――ごくごく低い静かな声で。……そうして、しばらくしましたら、今度は奥さまが、どうも――朗読でもなさっているような――詩だか何だか……」

「もう一度その詩を聞けば、思い出せるかい?……それは、こうじゃなかったかい?

ハンプティ・ダンプティ、壁の上に座ってた
ハンプティ・ダンプティ、まっさかさまに落っこちた……」

「まあ、驚いた《バイ・ゴット》、そのとおりです《ダス・イスッ》！　それそっくりに聞こえました」新たな恐怖が彼女の表情に浮かんだ。「そして、ドラッカーさまは、昨夜、壁から落っこちられた……」

「ほかにまだ何か聞こえなかったかい、メンツェル？」ドラッカーの死が、今耳にした童謡に結びついたことにめんくらう料理人の思考を、ヴァンスの感情をまじえない声が中断する。

彼女は、ゆっくりと首を振った。

「いいえ、そのあと、ひっそりと静まり返りました」

「ドラッカーの部屋から誰かが出ていく音がしなかったかい？」

彼女は、恐怖に圧倒されたように、ヴァンスにうなずいてみせた。

「二、三分ほどして、誰かがドアをそっと静かに開けて、また閉めました。それから、暗闇の中で足音が廊下を遠ざかっていきました。そのあと階段がきしる音がして、まもなく表玄関のドアが閉まったんです」

「そのあと、きみはどうした？」

「しばらくは耳をすましていましたが、ベッドに戻りました。でも、眠れませんでした……」

「もういいよ、メンツェル」と、ヴァンスが料理人を慰めるように言った。「きみがこわがることはないんだよ。――部屋に戻って、用があったら呼ぶから待っていてくれるかい」

料理人は、気が進まないようすで階段をのぼっていった。

「これで、昨夜ここで何が起こったか、かなり真相に迫る想像ができるんじゃないかな」と、ヴァンス。「犯人は、ドラッカーの鍵を盗んで、表玄関から入ってきた。ミセス・ドラッカーの居間が裏手にあることも承知で、ドラッカーの部屋で仕事を片づけたら、入ったときと同じようにして出ていくつもりだったに違いない。ところが、ミセス・ドラッカーがもの音を聞きつけたんだな。その男のことを、自分の部屋のドアに黒のビショップを置いていった〝小さな男〟と結びつけて、息子が危ないと考えたのかもしれない。いずれにせよ、ぐずぐずしないでドラッカーの部屋に行ってみた。ドアが少しばかり開いていたということもありえるし、闖入《ちんにゅう》者を見て、誰なのかわかったんだと思う。驚いたうえに恐ろしくなり、部屋に入っていって、その男になぜここにいるのかと尋ねた。男は、ドラッカーが死んだことを知らせに、ぐらいのことを答えたのかもしれない――それなら、夫人が泣いたりヒステリックに笑ったりしたというのもうなずける。だが、それは男にとって序の口――時間稼ぎの芝居だ。なんとかしてその状況を利用する手を探っていたんだ――どうやって夫人を亡きものにしようかとね！　ああ、疑う余地はまったくない。あの人を生きて部屋から出すことはできなかったんだ。おそらく、多弁を弄《ろう》して夫人にそう告げたものと思える――『怒ったような声』でね。それから、笑い出した。今度は夫人をいたぶったんだ――ひょっとしたら、狂った自己満足に駆られて真相をすべて打ち明けたのかもしれないな。夫人は、『ああ、神さま――ああ、神さま』と言うことしかできなかった。男は、ドラッカーを壁から突き落としたときの話をした。ハンプティ・ダンプティのことは話しただろうか？　ぼくは、話したと思う。凶悪このうえないユーモアを聞かせるのに、犠牲者自身の母親ほどうってつけの相手がほかにいるものか。最後に暴露したこのことが、過剰に敏感な夫人にはついに耐え切れなかった。恐怖のあまり童謡を繰り返し口にし、たび重なるショックで心臓ははり裂けた。夫人はベッドの足もとに倒れた。犯人にしてみれば、みずから手を下して口を閉ざさせるまでもなくなったわけだ。男は、ことのしだいを見きわめたうえで、静かに立ち去った」

マーカムは部屋を行ったり来たりしていた。

「昨夜の事件でいちばん腑に落ちないのは」と言う。「ドラッカーが死んだあとで、その男はなぜここに来なくてはならなかったのか、という点だよ」

ヴァンスは、煙草をふかしながら考えていた。

「その点についてなんとか説明がつかないものか、アーネッソンに訊いてみるといいだろう。あの男なら、何か見当がつくかもしれない」

「ええ、そうかもしれませんな」と、ヒースがあいづちを打った。そして、しばらく葉巻をくわえて左右に揺らしていたが、ぶっちょうづらで付け加えた。「思うに、この界隈にゃ、高尚な説明をつけられそうなお偉い方が何人もいらっしゃる」

マーカムが、部長の前で足を止めた。

「まず、ここいらの連中の昨夜の行動について、きみの部下たちがどの程度のことを知っているか訊いてみたほうがいい。部下たちを連れてきて、ぼくに質問をさせてくれないか。——ところで、何人いるんだ？——それに、どういう配置になっていたんだ？」

部長は、張り切って勢いよく立ち上がった。

「ギルフォイル以外に三人です、検事。エメリはパーディーをつけることになっていて、スニトキンは七十五丁目とドライヴの角でディラード家を見張っていました。それと、ヘネシーが七十五丁目のウェストエンド・アヴェニュー寄りにいました。――今、三人ともドラッカーが発見された現場に待たせてあります。さっそく《フロント》連れてきましょう」

部長が表玄関から姿を消した。そして、五分とたたないあいだに三人の刑事を連れて戻ってきた。三人とも見覚えのある顔だった。ヴァンスが手がけた事件のどれかで、いずれの刑事とも働いたことがあったからだ[1]。マーカムは、前夜の事件に直接関係がある情報をいちばんもっていそうなスニトキンに、最初に質問した。その証言から、次のようなことが判明した。

パーディーは、六時半に家を出て、まっすぐディラード家に行った。

八時半に、ベル・ディラードが夜会服姿でタクシーに乗り込み、ウェストエンド・アヴェニューのほうに向かった（アーネッソンが、家からいっしょに出てきてタクシーに乗る彼女に手を貸したが、すぐにまた家に戻っていった）。

九時十五分、ディラード教授とドラッカーが、ディラード家を出て、リヴァーサイド・ドライヴのほうへゆっくりと歩いていった。ふたりは、七十四丁目でドライヴを横切り、乗馬道のほうへ曲がっていった。

九時半、パーディーが、ディラード家から出てきてドライヴまで歩き、山手の方角へ曲

# ドラッカー殺人当夜の現場の状況

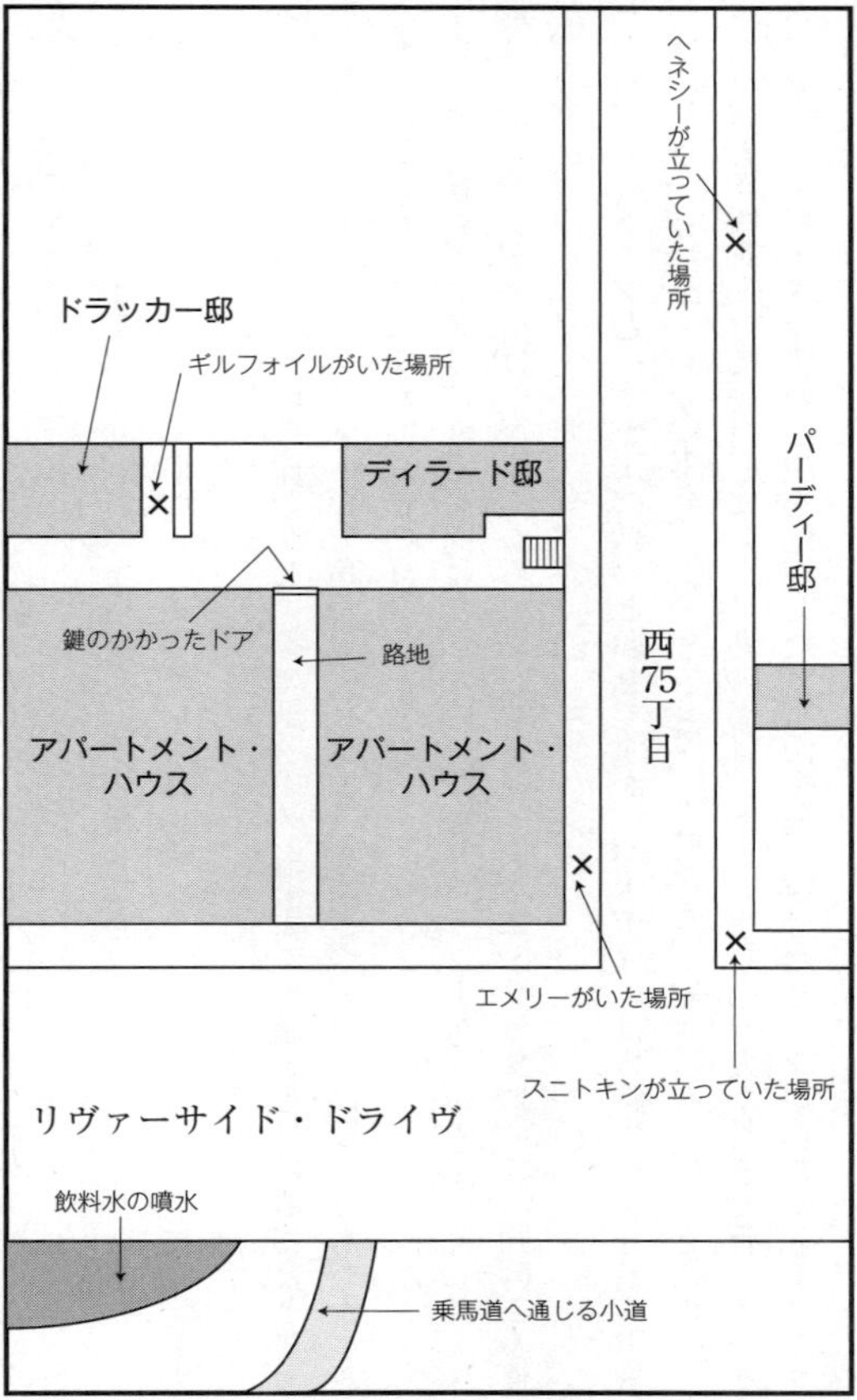

がっていった。

十時少し過ぎ、ディラード教授が、ふたたび七十四丁目でドライヴを横切って、ひとりで家に帰ってきた。

十時二十分、パーディーが、行きと同じ方向から戻ってきて、家に帰った。

ベル・ディラードは、十二時半に、若者がいっぱい乗ったリムジンで送られて帰宅した。

ヘネシーが、次に質問を受けた。しかし、その証言はスニトキンの話を裏付けるにとどまった。ウェストエンド・アヴェニューの方角からディラード家に近づいた者はひとりもなかったし、あやしいことも起こらなかったという。

マーカムは、続いてエメリに注意を向けた。六時に交替したサントスからの話だとしてエメリが言うには、パーディーは午後早くからマンハッタン・チェス・クラブにいて、四時ごろ帰宅したとのこと。

「それから、スニトキンとヘネシーの話のとおりですが、パーディーは六時半にディラード家に出かけました」と、エメリが話を続ける。「そして、九時半までいました。出てきたので、半ブロックほど距離をあけて尾行しました。あの男は、ドライヴを七十九丁目まで行って、そこから公園の上手に入り、広い芝生を迂回したり築山《つきやま》を通り抜けたりしながらヨット・クラブまで歩きました」

「スプリッグが撃たれた道を通ったのか?」と、ヴァンスが尋ねた。

「通らざるをえませんでした。ドライヴを通らないんだったら、あの道を通る以外に上手へは行けませんから」

「道のどのあたりまで行った?」

「実を言いますと、スプリッグが殺されたちょうどあのあたりで立ち止まりました。それから、同じ道を引き返して、七十九丁目の南側、あのプレイグラウンドのある小さいほうの公園に入りました。木の下を乗馬道沿いにゆっくり下っていきました。飲料水の噴水がある下手の壁のてっぺん沿いに歩いていると、あにはからんや、例の老人とドラッカーが壁の突き出し部分にもたれて話をしているところにぶつかりました……」

「パーディーは、ドラッカーが墜落した現場の壁のところで、ディラード教授とドラッカーに会ったというのか?」マーカムは目を輝かせて身を乗り出した。

「そうなんです。パーディーは足を止めてあいさつしていましたが、私はもちろん、そのまま歩いていきました。連中のそばを通り過ぎるとき、ドラッカーが『今晩はどうしてチェスをしないんだい?』と言うのが聞こえました。声の調子から、どうやらドラッカーはパーディーが立ち止まったのが気にくわないらしく、邪魔だってことをほのめかしたように思えました。それはともかく、私は壁に沿ってぶらぶら歩いて、七十四丁目に出ました。そこに立木が二、三本あって、木陰に隠れれば好都合だと……」

「で、七十四丁目まで行って、パーディーとドラッカーはそこからどの程度よく見えた?」と、ヴァンスが口をはさんだ。

「それが、実を申しますと、まるっきり見えなかったんですよ。ちょうどあの時刻、霧がかなり濃くなってきましたし、連中が話をしていたあたり、通りに街灯もないといったありさまでして。でも、まもなくやってくるだろうと、パーディーを待ち伏せていました」

「それはもう十時近くだったはずだね」

「十五分ばかり前だったでしょうか」

「そのころ、人通りは？」

「誰も見かけませんでした。霧で、みんなうちにひっこんでしまったんでしょう——暖かくて気持ちがいいって晩でもありませんでしたから。そのせいで、歩いていたあいだじゅう、行き合う者もなかったんでしょう。パーディーも馬鹿ではありません。一、二度、振り返って見ていたようです。あとをつけられていると気づいたらしくて」

「あの男を次にまたつかまえるまでに、どのくらい時間がたっていた？」

エメリは姿勢を正した。

「昨夜は、どうやら計算がはずれてしまったらしいです」と、元気なく苦笑いしつつ、刑事が白状した。「パーディーは、来た道を引き返して七十九丁目でまたドライヴを渡ったに違いありません。三十分ばかりもたってからやっと、アパートメント・ハウスの明かりの中に、七十五丁目の角を家のほうに向かうあの男を見つけました」

「しかし」と、ヴァンスが割って入った。「きみが七十四丁目の公園の入り口に十時十五分までいたんだとすれば、ディラード教授が通り過ぎるのを見たはずだが。教授はあの道から十時

## リヴァーサイド公園と関係人物の行動を示す図

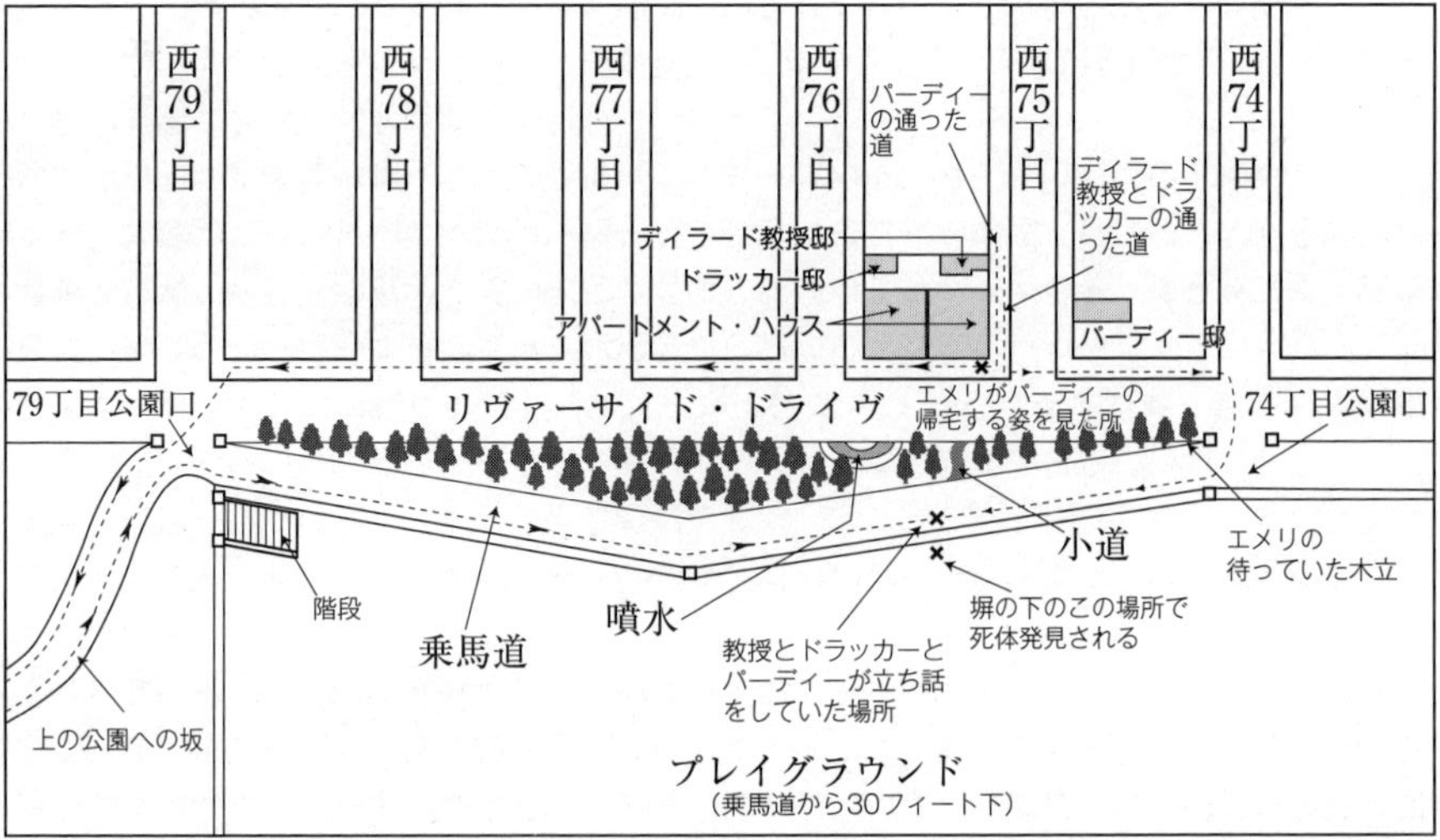

ごろに帰宅している」

「確かに見ました。二十分くらいパーディーを待ったところへ、教授がひとりでぶらぶら通りかかり、ドライヴを渡って家に帰っていきました。きっと、パーディーとドラッカーはまだしゃべっているんだろうと考えまして——それで、たかをくくって、戻って確かめることはしなかったんです」

「で、ディラード教授がそばを通ってから十五分ほどして、ドライヴ沿いに反対の方角からパーディーが帰ってくるのを見たというわけだな」

「そのとおりです。もちろん、それからまた、七十五丁目の持ち場につきました」

「エメリ、わかっているだろうね」と、マーカムの重々しい声。「ドラッカーが壁から墜落したのは、きみが七十四丁目で待っていたあいだのできごとだってことを」

「わかっております。しかし、私を責められるのではないでしょうね？　霧の深い夜、開けた通りで、目隠しになってくれる者とて誰もないというのに人を見張っているというのは、なまやさしいことじゃありません。見つかるまいと思えばこそ、わずかばかりのすきをうかがって頭を少しは働かせなくちゃなりません」

「きみの苦労はわかっている」と、マーカム。「何も、非難しようっていうわけじゃない」

部長は、三人の刑事をつっけんどんに解放してやった。明らかにその報告には不満だったのだ。

「進めば進むほど」と、部長がこぼす。「この事件、こんがらがってくる」

「元気を出すんだ、部長《スルソム・コルダ》」とヴァンス。「くじけるんじゃないよ。エメリが七十四丁目の木陰で目を皿のようにして待ち伏せしているあいだに何が起きたのか、パーディーと教授の証言をとれば、突き合わせてみてなかなかおもしろいことになるかもしれないぞ」

ヴァンスがそう言っているところへ、家の裏手から入ってきたベル・ディラードが表の廊下に姿を現わした。応接間に私たちを見つけると、すぐに入ってきた。

「レディ・メイはどちら?」と、娘が気づかわしげに訊く。「一時間ほど前にもまいりましたけれど、グレーテから奥さまはいらっしゃらないと言われましたわ。それに、今お部屋にもみえませんけれど」

ヴァンスが立ち上がって、ベルに椅子を勧めた。

「ミセス・ドラッカーは、昨夜、心不全で亡くなりました。先ほどおいでの節は、心配したメンツエルがあなたを二階にあげまいとしたのです」

娘は、しばらくのあいだ、異様なまでに静かに座っていた。それが今、涙が目からあふれ出ている。

「たぶん、アドルフに降りかかった恐ろしい災難のことをお聞きになったんでしょう」

「そうかもしれない。しかし、昨夜ここで何があったのかは、はっきりとはわかっていません。バーステッド博士の見立てでは、ミセス・ドラッカーは十時ごろ亡くなられたとのことです」

「アドルフが死んだのと、ほとんど同じ時刻ですわね」と、娘がつぶやいた。「あまりに恐ろしすぎます。……今朝、朝食におりてまいりますと、パインが事故のことを教えてくれました

——この界隈は、その話でもちきりだったんです——それで、すぐに、レディ・メイのおそばについていてさしあげようと思って、こちらにうかがいました。でも、グレーテは奥さまはお出かけだと言う。どういうことだかわかりませんでした。アドルフの死には、何かしら、ひどく妙なところがあるわ……」

「と、おっしゃいますと、どういう意味でしょう、お嬢さん？」ヴァンスは、窓ぎわに立って、娘をそれとなく見守っていた。

「私——わかりません——どういう意味とおっしゃいましても」と、ベルは切れぎれに答える。「でも、つい昨日の午後のことだったんです、レディ・メイが私に、アドルフのことと、それに、あの——壁のことを、お話しになったばかりでした……」

「ほう、奥さまが？　それで？」ヴァンスの口調は、ふだんにも増してものうげだったが、身体じゅうの神経が油断なくぴんとはりつめているのがわかる。

「テニス・コートにまいります途中でした」と、娘が低い静かな声で続ける。「レディ・メイとごいっしょに、プレイグラウンドの上の乗馬道沿いを歩いていたんですの——奥さまは、アドルフが子どもたちと遊んでいるのを見に、よくあそこへお出かけになります——それで、ふたりして長いこと、壁の上の石の手すりに寄りかかっていたんです。子どもたちがアドルフのまわりに集まっていました。アドルフは、おもちゃの飛行機を持って、どうやって飛ばすか説明していました。子どもたちはあの人のことを仲間だと思っているらしく、おとなだなんて考えていなかった。レディ・メイはそれがとってもうれしくて、自慢にしていらっしゃいました。

目を輝かせてアドルフを眺めてらっしゃったわ。それから、私にこうおっしゃいました。『ベル、子どもたちはあの子の背中が曲がっているからといって、ちっともこわがりはしないの。みんなしてハンプティ・ダンプティって呼んでいるんですよ――ご本に出てくるおなじみの仲間っていうわけ。かわいそうなわたくしのハンプティ・ダンプティ！　何もかも、小さかったころのあの子を落っことしたわたくしが悪いの……』って」娘はおろおろ声になって、ハンカチを目にあてた。

「すると、奥さまは、子どもたちがドラッカーをハンプティ・ダンプティと呼んでいるって、あなたにおっしゃったんですね」ヴァンスの手が、ゆっくりとポケットの中のシガレット・ケースを探っている。

娘はうなずいて、それからちょっと間《ま》をおくと、恐れていることに思い切って直面するといったふうに顔を上げた。

「そうなんです！　不思議でしかたないのは、それなんです。しばらくして、奥さまが身震いしながら壁から身体を引かれたんです。どうなさったのかと尋ねましたら、おびえたようなお声でこうおっしゃるんです。『ねえ、ベル、もしかして――もしかしてアドルフが、この壁から落っこちるようなことでもあったら――ほんとのハンプティ・ダンプティが落っこちたみたいに！』って。私までこわくなってしまいました。でも、しいて笑い、奥さまはお馬鹿さんだって申しあげたんです。だけど、ちっともその甲斐がなくって。奥さまは首を振って、私をじっとご覧になったんですけれど、ぞっと寒くなるような目つきでした。『わたくし、お馬鹿さんじゃありませんよ』って、そうおっしゃいました。『コック・ロビンは弓と矢で殺され、ジョニー・スプリッグは小さな鉄砲で撃たれた、そうでしょ――このニューヨークのまん中で?』って」娘は、おびえ切った目を私たちに振り向けた。「そしたら、そのとおりのことが起こったじゃありませんか――あの方の予言のとおりに」

「そう、そのとおりのことが起こりました」と、ヴァンスがうなずく。「しかし、それを神秘ととらえちゃいけません。ミセス・ドラッカーは異常なまでの想像力の持ち主だった。ゆがんだ精神の中で、あらゆる種類の途方もない想像をふくらませていらしたんです。マザー・グースの童謡に結びつくそれまでのふたつの死が記憶になまなましかったので、子どもたちが息子さんにつけたあだ名から思いついて、そんな悲劇的な推測をなされたとしても、別に驚くにはあたりません。あの方が、奥さまが心配なさっていたのと同じ殺されかたをしたとしても、偶然以上のものではありませんよ……」

ヴァンスは言葉を切って、煙草を深く吸い込んだ。

「ところで、ミス・ディラード」ヴァンスが無造作に尋ねた。「ひょっとして、ミセス・ドラッカーとのお話を、昨日、どなたかほかの人にもなさいませんでしたか?」

彼女は、意表をつかれたようにヴァンスをまじまじと見てから答えた。

「昨夜、夕食の席でその話をいたしましたわ。午後じゅうずっと気にかかっていて――何と言ったらいいんでしょうね――自分ひとりの胸にしまっておきたくなかったものですから」

「それについて、ほかの方から何かご意見がありましたか?」

「叔父は、レディ・メイとあまりいっしょにいるとよくない——あの人は不健康で病的だ、と申しました。事情はまことに気の毒だが、私までがレディ・メイの苦しみを分かつ必要はないと。ミスター・パーディーも叔父と同じご意見でしたわ。あの方ったら、ひどく同情なさって、レディ・メイの精神状態をなんとかよくしてさしあげる方法はないものだろうかとまでおっしゃって」

「それで、ミスター・アーネッソンは？」

「あら、シガードは、どんなことだって絶対にまじめにはとらないんです——ときどき、あの人の態度が憎ったらしくなることもありますわ。まるで冗談か何かのように、笑いました。そして、ただひとこと、『アドルフが新しい量子論の問題を解決せずしてころげ落ちでもしたら、それこそ面目なしだよ』ですって」

「ところで、ミスター・アーネッソンは今ご在宅でしょうか？」と、ヴァンス。「ドラッカー家のことで、必要な手配をするにあたってうかがっておきたいことがあるんですが」

「今朝は早くから大学へ出かけましたけれど、昼食までには帰ってまいります。あの人がいっさいのお世話を買って出ると思いますわ。きっと。レディ・メイとアドルフのお友だちといっては、ほとんど私たちだけと言っていいくらいでしたもの。さしあたって、私からグレーテに言って、きりもりさせましょう」

ほどなくして、ベルをそこに残して、私たちはディラード教授に会いに行った。

## 19　赤いノートブック

四月十六日（土曜日）正午

その日の正午、私たちが書斎に入っていったとき、教授は見るからに迷惑そうにしていた。かたわらのテーブルの上に例の貴重なポートワインのグラスを置き、教授は窓に背を向けて安楽椅子に座っている。

「やってくるものと心待ちにしておったよ、マーカム」と、私たちが口を開くすきも与えずに教授が言う。「何も体裁を取りつくろうことはない。ドラッカーが死んだのは、偶然の事故じゃない。わしは、ロビンやスプリッグが死んだときのまともとは思えん解釈は認めたくない気持ちだったが、パインがドラッカーの墜落死の話をするのを聞いた瞬間、一連の死因の背後に一貫した計画のあることを納得したよ。この三つが事故死だったかもしれないという説は、ほとんど論外だ。きみたちにも同様にわかっていることだ。でなけりゃ、ここへは来なかったろうからな」

「まったくそのとおりです」マーカムはそう言って、教授のま向かいに腰をおろした。「われわれは、恐ろしい問題に直面しています。それに、ミセス・ドラッカーが昨夜、息子さんが殺されたとほとんど同じ時刻に、ショック死なさいました」

「そちらは、少なくともまずは救いであると見ていいかもしれん」と、老人はしばらく間《ま》をおいてから答えた。「息子を亡くして生きていかずにすんでよかったんだろう――精神的にすっかりおかしくなってしまっただろうからな」教授が目を上げた。「ところで、わしにどんな協力ができるのかね」

「手を下した犯人を除いては、たぶんあなたが、生前のドラッカーを最後に見た方だったようです。それで、昨夜あったことを、ご存じのかぎり細大もらさずお話しいただきたいと思います」

ディラード教授はうなずいた。

「ドラッカーは、夕食のあと、ここに来た――八時ごろだったろうか。パーディーはわしらの食事に同席しておった。ドラッカーのやつ、パーディーがいるのを見て、機嫌をそこねてしまって――実のところ、あからさまな反感さえ見せた。アーネッソンが軽口をたたいて、その怒りっぽさを冷やかしておった――すると、ますます立腹しおってな。ドラッカーが、ある問題についてわしを論破したいと勢い込んでいるのを知っておったので、結局、わしとふたりで公園をぶらつこうと提案した……」

「あんまり遠くまではいらっしゃらなかったんですね」と、マーカムが意味ありげに言う。

「そう。不運なことがあってな。乗馬道をのぼっていって、ちょうどあの気の毒な男が殺された場所だと思うが、あそこまで歩いた。そこで、おそらく三十分ほども、石の手すり壁にもたれて話しただろうか、そこにパーディーが通りかかった。パーディーは立ち止まってわしらに声をかけたが、なにしろドラッカーがあまりにけんか腰でかかるもんで、二、三分もすると、パーディーは後戻りして来た道を引き返していった。ドラッカーがすっかり興奮してしまったんで、わしは、議論はまた改めての機会にしようと言ったんだ。それに、霧がどんどん深くなってきて、何だか脚がずきずきしてきたんでね。ドラッカーはますます不機嫌になって、まだ帰りたくないと言う。そこで、壁のところにあの男をひとり残して、わしは家に戻った」

「そのことを、ミスター・アーネッソンにはお話しになりましたか？」

「帰ってきてから、シガードには会わなかった。もうやすんでおったんだろう」

そのあと、辞去しようと立ち上がったときになって、ヴァンスがさりげなく訊いた。「路地のドアの鍵はどこに置いてあるかご存じでしょうか？」

「そんなことはあずかり知らんな」と、教授は腹立たしそうに言ったが、すぐに、もっと穏やかな口調で付け加えた。「しかし、そういえば、いつもはアーチェリー・ルームのドアのそばに掛けてあったような気がする」

私たちは、ディラード教授のところからまっすぐにパーディーのうちに行き、すぐに書斎に通された。パーディーは、しかつめらしい顔つきでよそよそしく、私たちが椅子にかけたあとになっても窓のそばに立ったまま、敵意のこもる目でこちらを見ていた。

「ミスター・パーディー」と、マーカムが尋ねる。「昨夜十時ごろ、ミスター・ドラッカーが公園の壁から墜落なさったことはご存じでしょうか？——ちょうど、あなたが立ち止まって話をなさった直後のことです」

「事故のことは、今朝耳にしました」相手の蒼白な顔色がますます目立って蒼ざめ、指は神経質に時計の鎖をもてあそんでいる。「ほんとうにお気の毒なことです」視線が、マーカムの上にしばらくぼんやりととどまっていた。「それについて、ディラード教授に話をお聞きになりましたか？　ドラッカーとごいっしょなさってました――」

「ええ。つい今しがた、教授のところからまっすぐこちらにうかがいました」と、ヴァンスが口をはさんだ。「昨夜のあなたとミスター・ドラッカーとのあいだには、穏やかならぬ雰囲気があったというお話でしたが」

パーディーはゆっくりと机のほうに移動し、身体をこわばらせて腰をおろした。

「ドラッカーは、昨夜、食事がすんだころディラード家にやってきて、どういうわけだかわかりませんが、私がそこにいるのを見て機嫌をそこねたんです。あの男には、自分が不愉快なのを隠すという品のよさがない。それで、ちょっと気まずい雰囲気にもなりました。でも、私のほうはあの男の気性をよく知っていますから、なんとかその場を取りつくろうよう努めましたよ。だが、ディラード教授が、まもなく散歩に連れ出していかれた」

「そのあと、あなたも長くはそこに残っていらっしゃらなかったようですね」と、ヴァンスはものうげに訊く。

「ええ――十五分くらいもそこにいたでしょうか。アーネッソンは疲れていて、早くやすみたがっていましたし、それで、散歩に出ることにしたんです。帰り道にドライヴを通らず乗馬道に回りましたら、ディラード教授とドラッカーが壁のところで立ち話をしているのにぶつかってしまって。あまり失礼に見えてもと思い、ちょっと足を止めました。ところが、ドラッカーは鼻息も荒く、ふたことみこと、あざけるような言葉を口にしてくるじゃありませんか。それで、私は来た道を七十九丁目まで戻り、ドライヴを横切ってうちに帰ってきました」

「それで、うかがいますが、途中で少し時間がかかりませんでしたか？」

「七十九丁目の公園入り口の近くで、腰をおろして煙草を一本吸いましたが」

マーカムとヴァンスで三十分近くパーディーを尋問したが、それ以上わかったことは何もなかった。通りに出ると、アーネッソンがディラード家の表玄関から私たちに声をかけ、大股にこちらにやってきた。

「今、気の毒な知らせを聞いたところです。ついさっき、大学から帰ってくると、きみたちがパーディーをからかいに行ったと教授から聞かされてね。何かわかりましたか？」そして、返事を待つでもなく、あとを続ける。「恐ろしい顚末《てんまつ》じゃありませんか。ドラッカー一家はこれで全滅。いやはや。お化けのおとぎ話がまたひとつ。……何か手がかりでも？」

「まだアリアドネーの恵みにあずかれずにいます」と、ヴァンス。「あなたがクレタ島からの大使でいらっしゃるのかな？」（ギリシャ神話。クレタ島の王ミーノースの娘アリアドネーはテーセウスに迷宮脱出のための糸玉を与えた）

「そいつはどうでしょう。そちらからご質問いただきましょうか」

ヴァンスが先頭に立って、私たちは塀の門からアーチェリー練習場におりていった。

「まず、ドラッカー家をなんとかしましょう」と、ヴァンスが言う。「片づけなくてはならないことがいろいろあります。ドラッカー家の事後処理と葬儀の手配は、あなたがしてくださるんでしょうね」

アーネッソンは顔をしかめた。

「選ばれましてね！　しかし、葬式に参列するのはごめんこうむりたい。けがらわしい光景ですよ、葬式ってやつは。でも、ベルとぼくとで何もかもめんどうをみますよ。レディ・メイがたぶん遺言状を残しているでしょうね。そいつを見つけなくては。ところで、女性って、普通はどんなところに遺言状を隠しておくものなんでしょう？……」

ヴァンスは、ディラード家の地階のドアのところで立ち止まって、アーチェリー・ルームに入っていった。ドアのまわりをひととおり眺めてから、練習場の私たちのところに戻ってきた。

「路地の鍵はあそこにはなかった。――ひょっとして、ミスター・アーネッソン、あなたはご存じありませんか？」

「あそこの塀の、板扉の鍵のことですか？……そのことだったら、心当たりはありません。あの路地を使ったことがないんですよ――表玄関から出るほうがずっと簡単ですから。誰もあそこは通りません、ぼくの知るかぎりではね。もう何年も前に、ベルが鍵をかけてしまいました。ドライヴのほうから誰か迷い込んできて、矢が目に突き刺さりでもしてはいけないってんで。ぼくは言ってやったんですがね。のぞきたいやつにはひょいとのぞかせてやったらいいじゃないか――アーチェリーに興味をもつ権利を尊重してやれよ、って」

私たちは裏口からドラッカー家に入った。ベル・ディラードとミセス・メンツェルが、台所で忙しそうにしている。

「やあ」と、アーネッソンが娘に声をかけた。いつもの皮肉な態度がすっかり影を潜めている。

「きみみたいな若い娘には辛いだろう。もうお帰り。あとはぼくが引き受ける」そう言うと、おどけて父親ぶった態度でベル・ディラードの腕を取り、出口のほうに連れていった。

ベルが、ためらいながらヴァンスのほうを振り向く。

「ミスター・アーネッソンのおっしゃるとおりですよ」と、ヴァンスがうなずく。「さしあたりは、私たちにお任せください。――ところで、お帰りの前にひとつだけお訊きしたいことがあります。あの路地のドアの鍵ですが、いつもアーチェリー・ルームにぶらさげて置いてらっしゃいましたか？」

「ええ――いつも。なぜですの？　今もあそこにありませんか？」

ふざけ半分、皮肉たっぷりに答えたのは、アーネッソンだった。

「ないんだ！　消えてしまった！――なんたる悲劇。どうやら、変わり者の鍵蒐集家がこのあたりをうろついてるに違いないね」娘が行ってしまってから、アーネッソンはヴァンスに目くばせした。「いったいぜんたい、錆びた鍵ひとつのことが、事件とどんな関係があるんです？」

「たぶん何の関係もないのでしょう」と、ヴァンスは無造作に答えた。「応接間にまいりましょう。あそこがいちばん居心地がいい」そして、先に立って廊下を進んだ。「ご存じの範囲で、昨夜のことを話していただきたいんですが」

アーネッソンは、表の窓ぎわの安楽椅子を占領して、パイプを取り出した。

「昨晩、ですか？……そう、パーディーが夕食にやってきた――ちょっとした習慣みたいなもんですかね、金曜日はいつもです。それから、量子論についての思索に苦悶するドラッカーが、教授にやつあたりしにふらりと立ち寄った。ところが、パーディーがいたもんで、すっかりむくれてしまいましてね。そのうえ、感情をそのまま態度に表わしたときたもんだ。困ったもんだ！　まるっきり自制に欠けているんですね。教授がそのいざこざ《コントルタン》に割って入って、ドラッカーを息抜きに連れ出した。パーディーはそれから十五分ばかりも、ぼさっとそこにいるし、ぼくは眠いのをこらえていました。ありがたいことに、それからあの男も帰ってくれましたがね。そのあとは、試験の答案を少しばかり見て……あとはベッドにもぐり込んでしまいました」アーネッソンはパイプに火をつけた。「血沸き肉躍るこの物語、かわいそうなドラッカーの最期を解明する足しになるんですかね？」

「なりません」と、ヴァンスは言う。「しかし、おもしろくないこともない。——ディラード教授が帰宅されたとき、もの音が聞こえましたか？」

「聞こえたかって？」アーネッソンはくすくす笑い出した。「痛風の脚をひきずって、ステッキをごつごついわせるわ、手すりをぎしぎし揺さぶるわっていうあの歩きかたじゃあ、教授が舞台に登場したことに気づかないわけにいきませんよ。いや、昨夜は、珍しいくらい騒々しかったですな」

「それはそうと、この新たな展開、どうお考えですか？」と、やや間《ま》をおいてヴァンスが尋ねた。

「細かいところについてはどうも霧の中って気がしますね。教授も、どうやら、霧の中で燐光《りんこう》を発していたってわけじゃないらしい。実際、輪郭しかはっきりしない。ドラッカーが十時ごろ、ハンプティ・ダンプティよろしく壁から落っこちて、今朝、死体が発見された——そこまではいい。しかし、レディ・メイがショック死したのはどういう状況だったんでしょう？　誰が、あるいは何が、あの人にそんなショックを与えたのだろうか？　また、どうやって？」

「犯人は、ドラッカーの鍵を取り上げて、犯行のあと、すぐここに来た。ミセス・ドラッカーは、犯人が息子の部屋にいる現場を押さえたんですね。階段の上で聞き耳を立てていた料理人の話では、そこでひともんちゃくあったらしい。そのあいだに、ミセス・ドラッカーが心臓拡張で死んだ」

「それで、その紳士は、あの人にみずから手を下す手間が省けたわけだ」

「その点、間違いないと思います」と、ヴァンスがあいづちを打った。「しかし、犯人がここにやってきた理由は、どうもはっきりしない。何かお考えがありますか？」

アーネッソンは考え込んで、パイプをふかしている。

「わからない」と、やがてつぶやいた。「ドラッカーは、値打ちものも危険な書類も持ってはいなかった。馬鹿正直な男で——後ろ暗いことに手を出すようなやつじゃありません。……あの男の部屋をあさる理由など、どこを探しても見つからない」

ヴァンスは椅子に寄りかかって、一見のんびりしている。

「ドラッカーが取り組んでいた、量子論というのは何です？」

「いやあ！　たいしたものですよ！」と、アーネッソンが色めきたつ。「あの男は、輻射《ふくしゃ》に関するアインシュタインのアインシュタイン－ボーア理論を光の干渉という事実と一致させて、アインシュタインの仮説にある矛盾を克服しようとしていたんですからね。研究はかなり進んでいて、すでに、原子レベルの現象における因果的な時間空間の同等化を放棄して、統計的な記述に置き換えるところまでいっていた。[1]……物理界の革命となったことでしょう――あの男も有名人になってね。このデータをまとめあげる前じゃ、面目をほどこせないなあ」

「その計算処理の記録を、ドラッカーがどこにしまっていたか、ひょっとしてご存じですか?」

「ルーズリーフ式のノートブックに記録していました――全部、表にまとめて、索引をつけて。何ごとにつけても入念できちょうめんでした。筆跡まで、まるで銅版印刷の書体のようでした」

「では、どんなノートブックだったかご存じなんですね?」

「もちろんです。さんざん見せられましたから。カバーは赤いやわらかい革――薄手の黄色い用紙――一枚一枚に二つ三つ、クリップで注のメモがはさんであって――表紙に金箔押しででかでかと名前が入れてあったな。……気の毒な男です。かくて事終われり《シク・トランジット》……」

「そのノートブック、今はどこでしょう?」

「どちらかでしょう――書斎の机の引き出しか、寝室の書きもの机の中か。昼間は、もちろん書斎で仕事をしていましたが、何か問題が頭に取りついていると、昼夜の区別なく無我夢中でしたからね。寝室にも書きもの机を置き、寝るときも研究中の記録をそこに持ち込んで、夜分にインスピレーションが湧いた場合に備えておくんです。そして、朝になるとまた書斎に持ち帰る。規則正しい機械顔負けの手順でしたね」

　ヴァンスは、アーネッソンがとうとうしゃべっているそばで、窓の外をのんびり眺めている。まるで、ドラッカーの習慣がどうだったかという話など聞いてもいないような風情だ。しかし、やがてアーネッソンのほうを振り向くと、疲れたような目で相手をじっと見た。

「どうでしょう」と、ものぐさなようすで言う。「ひとつ二階までご足労願って、ドラッカーのノートブックを持ってきてはいただけませんか？　書斎と寝室、両方を探してください」

アーネッソンに、かすかな、ほとんどそれとわからないほどのためらいがあったような気がした。しかし、彼はさっと立った。

「それがいい。そこいらに放り出しておくにはもったいない文献ですからね」そう言って、アーネッソンは大股で出ていった。

マーカムは床の上をうろうろしはじめ、ヒースはますます頻繁に葉巻をぱっぱとふかし、不安をあらわにしている。アーネッソンを待つ狭い応接室に、緊張がみなぎる。何を期待しているのか、それとも何を恐れているのか、表現しがたい何かに、みな胸騒ぎがするのだった。

十分とかからず、アーネッソンが入り口にふたたび姿を現わした。肩をすぼめて、から手を差し出す。

「ないんです！」と、アーネッソン。「心当たりは全部探してみましたが——見当たらない」

アーネッソンは、どさっと椅子に座って、パイプに火をつけ直した。

「どうしたんだろう……ひょっとして、ドラッカーが隠したのかな」

「かもしれない」ヴァンスがつぶやいた。

# 20 手ごわい敵

四月十六日（土曜日）午後一時

一時過ぎ。マーカム、ヴァンス、私の三人は、車でスタイヴェサント・クラブに向かっていた。ヒースはドラッカー家に残って、お決まりの仕事を片づけ、報告書をつくり、まもなく押しかけてくるはずの新聞記者たちをさばくことになった。

マーカムは警察本部長と三時に会談の約束があったので、食事をすませたあとのヴァンスと私は、スティーグリッツ・インティメート画廊まで歩いて、ジョージア・オキーフの花の抽象画展で一時間ほどつぶした。そのあと、エオリアン・ホールに寄り、ドビュッシーの弦楽四重《Gマイナー》奏ト短調《カルテット》を通しで聴いた。モントロス画廊にはセザンヌの水彩画が何点か陳列されてあったが、日のかげりかけるころには五番街の雑踏をかきわけていた。ヴァンスが運転手にスタイヴェサント・クラブに行くように指示し、またマーカムと会ってお茶を飲んだ。

「まるで、あまりにも若く、あまりにも単純で、あまりにも無知になったような気がするよ」と、ヴァンスが哀れっぽいぐちをこぼす。「こんなにもいろんなことが幾重にも重なって、しかも巧妙きわまる細工がほどこされていて、真相がつかめない。困惑するばかり、混乱するばかりだ。こんな状態はいやだ——まったく、我慢できない。気が滅入るよ」ヴァンスは力なくため息をついて、お茶をすする。

「悲しそうにしてみせたって、これっぽっちも同情しないよ」と、マーカムがまぜっかえす。

「今日の午後は、さぞかしメトロポリタン美術館で火縄銃（十五世紀ごろ）だの胸当て銃（十五—十七世紀の大口径の短銃）だのを見物でもして過ごしたんだろ？　そのあいだにぼくがしていた苦労を、きみもしてみるとよかったんだ——」

「まあ、そうむくれるな」と、ヴァンスがたしなめる。「この世には、情動はありあまるほどあるのさ。情熱でこの事件は解決できない。大脳を働かせることだけが頼りなんだ。冷静に、慎重にならなくちゃ」ヴァンスが真剣な顔になった。「マーカム、この事件は完全犯罪に近づいてきたよ。偉大なるモーフィー（ポール・モーフィー。アメリカ人世界チャンピオン。一八三七—八四）のチェスの読み筋のように、何手も先までスコアを読んである。手がかりは何もなし。あったとしたところで、おそらく間違った方向へひきずられるだけだろう。しかし、それでも……それでもなお、何かしら突破口を開こうとしているものがある。ぼくは、それを感じるんだよ。まったくの直感だがね——いわば、神経に触れるものがあるんだ。声にならない声があって、話したがっているのだが、できずにいる。もがいている力の存在を、何度となく感じているんだ。みずからの正体を現わすことなくぼくに接触しようと必死な、目に見えない幽霊のような存在をね」

　マーカムは、腹立たしそうにため息をついた。

「そりゃ、頼もしいこった。霊媒でも呼べっていうのかい？」

「何か見落としているんだ」ヴァンスは、マーカムの皮肉に取りあわず、先を続ける。

「この事件は、ひとつの暗号なんだ。キーワードは目の前のどこかにあるのに、それに気がつかないんだ。いやはや、ほんとうに困ったもんだ……ひとつ、秩序だてて考えてみよう。整理することが——ぼくたちにはそれが必要なんだ。第一に、ロビンが殺された。次に、スプリッグが撃たれた。それから、ミセス・ドラッカーが黒のビショップに脅かされた。そのあと、ドラッカーが壁から落とされた。犯人のとっぴな芝居には、これでエピソードが四つ。そのうちの三つは、慎重に計画されたものだ。残るひとつは——ミセス・ドラッカーの部屋のドアにビショップの駒を置いていったのは——犯人がやむをえずしたことだ。したがって、準備段階抜きに決行された……」

「その点について、きみの推理は？」

「そりゃ、ねえ、きみ！　黒のビショップをもちだしたのは、自己防衛のために決まってるよ。かねて計画した勝負の前途に、思いがけない危険が生じた。そこで、その危険を回避しようとしてあんな手を打ったんだ。ロビンが殺される直前に、ドラッカーはアーチェリー・ルームを出て、庭の植え込みに腰をおろした。そこからだと、アーチェリー・ルームの裏窓から室内が見える。まもなくドラッカーは、室内で誰かがロビンと話しているのを見た。そして、うちに帰った。ちょうどそのとき、ロビンの死体が練習場に運び出された。ミセス・ドラッカーがそれを見た。同時に、夫人はおそらくドラッカーも見たんだろう。叫び声をあげた——ごく自然な成り行きじゃないか？　ドラッカーはその叫び声を聞いて、のちにロビンが死んだことをぼくたちから知らされると、自分のアリバイを立てようとしてその話をした。こうして、犯人は、ミセス・ドラッカーが何かを見たことを知った——どの程度まで見られたのかはわからない。

しかし、犯人は運を天に任せておくわけにはいかなかった。夫人を黙らせようと、真夜中、署名代わりにそばに置くつもりでビショップの駒を持って部屋まで出かけた。ところが、ドアに鍵がかかっていたものだから、ドアの外に駒を残して、黙っていないと命が危ないと警告したわけだ。気の毒なあの女性が疑っていたのは自分の息子だったのに、それを知らなかったんだな」

「しかし、なぜまたドラッカーは、アーチェリー・ルームでロビンといっしょにいた人間のことを言わなかったんだろう?」

「とうてい犯人だと考えられない人物だったと想像するほかはないね。思うに、ドラッカーは、当の本人にそのことを話して、みずからの手で自分の運命の扉を閉ざしてしまったんだって気がしてしかたない」

「きみの説が正しいとして、結局のところどういうことになるんだ?」

「前もって綿密に準備されていなかった、ひとつのエピソードということさ。秘密のうちに行動するには、準備してかからないと、たいていひとつやふたつ、細かいところで手ぬかりをしてしまうものだ。——さて、そこで、三つの殺人事件が起こったいずれの場合でも、ドラマに登場するさまざまな人物が、誰であれその現場にいた可能性があるという事実に注目してほしい。誰にもアリバイがない。もちろん、巧妙に計算されたことだ。犯人は、いわばすべての役者が舞台の袖で待っている時間を選んだわけだ。しかし、あの真夜中の訪問となると! ね! 事情が違う。完璧な状況を整える暇がなかった——あまりに危険が切迫していて。そして、その結果はどうだ？　明らかに、真夜中に居合わせたのはドラッカーとディラード教授だけ、ということになった。アーネッソンとベル・ディラードはプラザで夜食をとっていて、帰ってきたのは十二時半。パーディーは、十一時から一時まで、チェス盤をはさんでルービンスタインと勝負していた。ドラッカーは、もちろん今となっては除外される……すると？」

「忘れちゃいけない」と、マーカムが苛立《いらだ》った。「ほかの連中のアリバイも、まだ十分調べあげてはいないんだぞ」

「ああ、そうだな。思い出した」ヴァンスはものうげに顔を仰向けて、天井に向けて煙草の煙を輪にしては、途切れなく長々と吹き上げている。と、突然身体をこわばらせて、前かがみになったかと思うと、細心の注意を払って煙草の火を消した。そして、時計をちらと見て立ち上がった。ひょうきんな目でマーカムをじっと見る。

「さあ《アロン》、きみ《モン・ヴィユ》、まだ六時前だ。この際、アーネッソンを活躍させてやるべきだよ」

「今さら、何だい？」と、マーカムがいさめる。

「きみが言い出したんじゃないか」と、ヴァンスは検事の腕を取って、ドアのほうにひっぱっていく。「パーディーのアリバイを調べに行くんだ」

三十分後には、ディラード家の書斎で、私たちは教授とアーネッソンとともに腰をおろしていた。

「ちょっと変わったお願いをしにまいりました」と、ヴァンス。「しかし、捜査に重大な関わりがあるかもしれないのです」ヴァンスは札入れを取り出して、一枚の紙を広げた。「ミスター・アーネッソン、この記録にお目通し願いたいんです。パーディーとルービンスタインのチェスのゲームの、公式スコアシートの写しです。非常におもしろいですよ。私も少しばかりやってはみたんですが、あなたに専門的に分析していただきたいと思いましてね。前半はごく普通のゲームですが、持ち越し後の勝負が、どうやらおもしろいと思われます」

アーネッソンは、紙を取り上げて、皮肉な笑いを浮かべながら記録を調べた。

「ははあ！　パーディーの、ワーテルローの屈辱の記録というわけですね」

「これはまた、どういうことだ、マーカム？」と、ディラード教授が蔑《さげす》むような口調で尋ねる。

「チェスなんぞの遊びにうつつを抜かして、殺人犯を追いつめられるとでも？」

「ヴァンス君は、そこから何か引き出せるんじゃないかと」

「あきれたもんだ！」教授は、自分用にポートワインをもう一杯注《つ》いで、本を開くと、私たちを完全に無視する態度に出た。

アーネッソンは、チェスのスコアをたどるのに没頭している。

「ここが、ちょっとへんだな」と、つぶやく。「時間がかたよってる。はて。……スコアシートでは、持ち越しのときまでに、白が——つまりパーディーが——一時間四十五分、黒、つまりルービンスタインのほうは一時間五十分かけている。ここまでは、まず、よし、と。三十手か。まず順当なところだな。ところが、試合終了時、パーディーがリザインした時点で、合計、白が二時間三十分で黒が三時間二十四分になっている——ということは、後半戦で、白は四十五分しか使っていないのに、黒は一時間三十四分も使ったっていうことになる」

ヴァンスがうなずいた。

「そのとおりです。午後十一時に始まってゲーム時間は二時間十九分ですから、午前一時十九分まで。そのあいだ、ルービンスタインの手には、パーディーよりも四十九分よけいにかかっている。——どうしてそんなことになったのか、見当がつきますか?」

アーネッソンは、唇をきっと結んで記録をにらんでいる。

「はっきりしませんね。時間をかけないと」

「いかがでしょう」と、ヴァンスがもちかける。「持ち越しになったときの駒の配置にしてから、おしまいまでやってみては。作戦評をお聞かせ願いたいものです」

アーネッソンはつと立って、部屋のすみの小さなチェス・テーブルに向かった。

「いい考えだ」そう言って、箱から駒をあける。「さてさて。……ああ、そうか! 黒のビショップが足りないんだ。ちなみに、いつお返しいただけるんでしょうね?」不服そうに、ヴァンスを横目で見る。「まあ、いい。今のところ、なくたって。黒のビショップは死んでしまったものとしよう」アーネッソンは、持ち越しのときの配置のとおりに駒を並べはじめた。そして、座り込んで局面を検討する。

「パーディーの形勢が特に不利なようには思えませんが」と、ヴァンスが口出しした。

「ぼくにも思えません。なぜ負けたのかわからないな。互角のように見えるけど」しばらくして、アーネッソンはスコアシートを調べてみた。「ゲームを進めてみて、どこに問題があるか探してみましょう」アーネッソンが五、六手ばかり駒を動かした。それからしばらく考えたあげく、うなり声を出した。「ははあ！　これがルービンスタインの深謀というやつか。ここのびっくりするようなコンビネーション。うまいなあ、実に！　ルービンスタインはぼくも知ってますがね、これを考え出すにはずいぶん長い時間がかかったことでしょう。じっくりと腰を据えてかかる人だから」

「どうでしょう？」と、ヴァンス。「黒と白の、使った時間に差ができたのは、そのコンビネーションを考え出すためじゃなかったでしょうか？」

「ああ、きっとそうですよ。時間差があれ以上に広がらなかったのは、ルービンスタインも好調だったからに違いない。このコンビネーションを考え出すのに、たっぷり四十五分かかったんですねえ――でなかったら、ぼくはまぬけですよ」

「ルービンスタインは、何時ごろその四十五分を使ったと思われますか？」と、ヴァンスがさりげなく尋ねる。

「そうですね。ええと。ゲームが始まったのが十一時。このコンビネーションに入るまでに六手か。……すると、まあ、十一時半から十二時半ってところですか。……そう、だいたいのところにすぎませんが。持ち越しまで三十手、十一時に再開して六手――都合三十六手になる。それから、四十四手めでルービンスタインはポーンを動かして、ビショップの7でチェック。それで、パーディーはリザイン。……そう――このコンビネーションを考え出したのは、十一時半から十二時半までのあいだですよ」

ヴァンスは、盤の上の駒を眺めた。ちょうどパーディーがリザインしたときの配置になっている[1]。

「好奇心から、このあいだの晩、このゲームをチェックメイト（王手詰み）までやってみましたよ」と、ヴァンスが静かに言う。「――どうでしょう、ミスター・アーネッソン、あなたもやってごらんになっては。ご意見をうかがいたい」

アーネッソンは、数分にわたって熱心に駒の配置を研究していた。やがて、ゆっくりと顔を向けてヴァンスを見上げた。皮肉な笑みが顔いっぱいに広がっている。

「おっしゃる意味がわかりましたよ。まったく！　なんという決着！　黒五手で勝ちですね。しかも、こんな終局なんてほとんど聞いたこともないほどだ。こんな例、見たこともない。最後の手は、ビショップがナイトの7で詰み《メイト》だ。言い換えると、パーディーは黒のビショップに負かされたわけだ！　まったく、信じられない[2]！」

ディラード教授が本を置いた。

「何だって？」と、教授は、チェス・テーブルの私たちのところまで来た。「パーディーがビショップに負かされただと？」教授は、狡猾《こうかつ》な目で感心したようにヴァンスを見た。「なるほど、チェスなんぞの遊びを調べるりっぱな理由がおありだったわけだ。老人の不機嫌で失礼をしてしまったのは、かんべん願いたい」教授は悲しそうな謎めいた表情で、盤面を見おろしていた。

マーカムは、眉をしかめてすっかり困惑している。

「ビショップだけで詰みってのは、珍しいことなのかね？」と、検事はアーネッソンに尋ねた。

「一例も知りません――ほとんどこれが唯一の場合でしょう。しかも、それが、こともあろうにパーディーの身に起こるとはね！　まったく、どういうことだろう！」アーネッソンが、皮肉っぽく小さな笑い声をたてる。「因果はめぐる、なのかなと思ってしまう。だって、ほら、この二十年というものビショップはパーディーの疫病神《ベートノワール》だったんですから――あの男の生涯をだいなしにしてしまった。かわいそうなやつだ！　黒のビショップは、あの男の悲哀のシンボルなんだ。運命だったんだな！　パーディー・ギャンビットを破ったのがその駒だった。ビショップのナイト5行きで、いつでもあの男の目算ははずれた――お得意の理論はご破算――一生をかけた仕事が野次り倒されて笑いものになってしまった。そして今度は、大物ルービンスタインと引き分けるという好機に恵まれながら、またもやビショップが不意に現われたかと思うと、また一介の無名プレイヤーに逆戻りだ」

それから数分ののち、私たちはそこを辞去し、ウェストエンド・アヴェニューまで歩いてタクシーを呼んだ。

「無理もないな」車でダウンタウンに向かう道すがら、マーカムが言った。「このあいだの午後、黒のビショップが真夜中にうろついているという話をきみがしたとき、パーディーの顔色がまっ青になったのも。わざと侮辱されたと思ったんだろうな――一生の不覚をまっこうから投げつけられて」

「たぶんね……」ヴァンスは、車外の雑踏の人影を夢見るような目で眺めている。「そんなにも長いあいだビショップが心の重荷になっていたとは、不思議でしかたがない。あれほど繰り返し失望を味わうと、どんなに強靭《きょうじん》な精神の持ち主だってやがては影響を避けられなくなって、自分の失敗の原因を棚に上げて正義をすりかえ、世間に復讐してやりたいと思うこともあるだろうが」

「パーディーにそんな復讐者の役割をふるのは、見当違いじゃないか」と、マーカムが反論する。少し間《ま》があった。「パーディーとルービンスタインの、ゲームで使った時間に差があることを問題にした目的は何なんだ？　ルービンスタインがあのコンビネーションを考え出すのに四十五分かそこらかかったとしようじゃないか。勝負が終わったのは一時過ぎだよ。アーネッソンを訪ねたところで、どうも、かくべつの進展があったとは思えない」

「それは、チェス・プレイヤーの習慣をよく知らないからさ。ああいう時間ぎめのゲームで相手が手を考えているあいだ、その場にじっと座っているもんじゃないんだよ。歩き回ったり、足腰を伸ばしたり風にあたったり、女性を口説いたり氷水を飲んだり、しこたま食べるやつだっている。昨年のマンハッタン・スクウェア・マスターズ・トーナメントじゃ、テーブルが四つあったがね、同時に三つも椅子があいているのが珍しくない光景だったよ。パーディーは神経質なたちだ。ルービンスタインが長考に入っているあいだ、じっと座っていそうにはないね」

ヴァンスは、ゆっくりと煙草に火をつけた。

「マーカム。アーネッソンがあのゲームを分析してくれたおかげで、パーディーには真夜中ごろに四十五分間も自由になる時間があったってことがわかったんだよ」

## 21　数学と殺人　四月十六日（土曜日）午後八時三十分

夕食のあいだ事件の話はほとんど出なかったが、クラブのラウンジの静かなコーナーに落ち着くと、マーカムが話を蒸し返した。

「パーディーのアリバイにすきのあることがわかったって、たいしてありがたくも思えないけどね」と、マーカム。「それでなくても我慢できないほどなのに、状況がいよいよこんがらがるだけのことじゃないか」

「まったくだ」と、ヴァンスはため息をつく。「悲しくて情けない世界だよ。一歩進むごとに、少しずつめんどうなことになっていくように思える。しかも信じられないことには、真相はわれわれの目の前に輝いているのに、ただ、それがわれわれには見えないんだ」

「誰かを指し示す証拠が、ひとつとしてない。理性がすんなり受け入れてくれるような、有罪の可能性がある容疑者が、ひとりとしていない」

「ぼくはそう思わないよ、きみ。これは数学者の犯罪だ。そして、見渡すところ、数学者はうようよいるじゃないか」

捜査の始めから終わりまで、犯人ということもありうると特に名指しされた者は、ただのひとりもいない。それでいて、私たちはそれぞれに内心、自分たちが話し合ったことのある相手のうちのひとりが犯人なのだと考えている。そして、そう考えることのあまりの恐ろしさに、本能がそれを肯定したがらないでいる。そもそも、本心を包み隠して、漠然としたことに恐れおののいているのだ。

「数学者の犯罪?」と、マーカムがおうむ返しに言う。「この事件は、たがのはずれた偏執的人間が演じる意味もない芝居だと、ぼくは思ってるんだがね」

ヴァンスは首を振った。

「ぼくらの追っている犯人は、超のつく正気だよ、マーカム。芝居は意味がないどころか、恐ろしく理論的で緻密だ。まさに、冷酷で無残なユーモアと、途方もない皮肉な姿勢で計画されている。しかし、その範囲内ではあくまでも的確で理性的だ」

マーカムが、ヴァンスを考え深そうに見やる。

「マザー・グースの犯罪と数学的精神が、どうかみあうっていうんだ?」と、尋ねる。「どうして理論的だなんて言える? この犯罪ときたら、正気のかけらもない悪夢じゃないか」

ヴァンスは、椅子にさらに深く身体を沈めて、しばらく煙草をくゆらせていた。それから、事件の分析を始めた。この犯罪自体がとても正気の沙汰でないように見えるのはうわべだけであることを明確に説明し、あらゆるできごとと登場人物をある焦点に集中させたのだった。この分析が的を射ていたことを、まもなく私たちは、悲劇的かつ圧倒的な力で納得させられることになる[1]。

「この犯罪を理解するには」と、ヴァンスが始める。「まず、数学者の常套手段というものを考えてみなくてはならない。数学者の思索とか計算とかいうものは、えてして、この地球を相対的に意義のないものと見て、人間の生命は取るに足らないものだという面を強調する傾向にある。――とりあえず、数学者の視野の範囲にかぎって眺めてみよう。一方ではパーセク（三・二六光年）とか光年とかいう単位で有限の空間を測ろうと企《くわだ》て、また一方では、電子のように非常に微小なものの大きさを計測するためにラザフォード単位を発明しなくてはならなかった――ミリミクロンの百万分の一という単位だ。数学者のビジョンは、超越論的な展望なんだ。そこでは、地球やそこに住む者たちは、ほとんど消尽点《ヴァニシングポイント》に近いものと化す。ある星を――たとえば、アルクトゥルス（牛飼い座のα星。全天第六位、北天第三位の輝星）、カノープス（竜骨座およびアルゴ座のα星。全天第二位の輝星）、ベテルギウス（オリオン座のα星）などを――数学者はほんの小さな、取るに足らない単位の大きさだと考えているが、太陽系全体の何倍という巨大な星々なんだよ。シャプリー（アメリカの天文学者。一八八五―一九七二）の計算によると、銀河系の直径は三十万光年。しかも、宇宙の直径となると、銀河系を一万倍にもしなくてはならない――ということは、天文学で観測しうる範囲の一兆倍の容積になる。さて、これを質量の見地から比較してみると――太陽の重さは地球の三十二万四千倍、宇宙の重さは推定その百京倍《トリリオン》(2)――つまり太陽の十億倍のさらに十億倍だよ。……こんな途方もない巨大な世界に取り組んでいる研究者が、世間の人並みのバランス感覚をすっかりなくしてしまうことがあったとて、ちっとも不思議ではあるまい？」

ヴァンスは、わずかに身じろぎした。

「しかし、これはまだほんの初歩の数学――一人前の数学者にとっては日常茶飯事だ。高等数学を扱う者は、さらにはるか広大な域に進む。並の人間の頭では把握することすらもできないような、深遠な、一見矛盾しているかのような理論と取り組む。われわれの知る時間というものが、頭脳の生んだフィクションとしての意味しかもたず、三次元空間の第四の座標となる世界に住むんだ。この世界では、距離もまた、近接点としての意味しかもたない。任意の二点のあいだには無数の最短距離が存在するからだ。その世界では、原因、結果という言葉も、説明という目的のための、単なる便宜上の簡略手段となってしまう。直線は存在せず、定義することもできない。質量は、光の速度に達すると無限大になる。空間自体の特性は彎曲性、ということになる。無限には、低位のものと高位のものがある。引力の法則は、作用力としては認められず、空間の特性のひとつとして解釈される――たとえば、リンゴは地球に引きつけられて落ちるのではなくて、測地線《ジオデシック》、つまり世界線《ワールド・ライン》をたどるからだという考えかただ……。

この現代数学の世界では、曲線は接線《タンジェント》なしに存在する。ニュートンもライプニッツも、ベルヌーイさえも、接線のない連続的曲線は――つまり、微分係数をもたない連続的関数は――想像しえなかった。まったく、誰だって、こんな矛盾することを想定できる人間はいない――想像力を超越している。しかし、接線のない曲線を扱うのは、現代数学では普通なんだよ。それに、円周率――ぼくらの学校時代の古いおなじみで、永遠不変だと思われていたπ《パイ》――は、もはや恒数ではなくなった。直径と円周の比は、計測するときに円が静止しているか回転しているかで異なる。……退屈かね？」

「そりゃ、言うまでもなく」と、マーカムがやり返す。「しかし、続けてくれよ、きみの考察が地上を目指すようにして」

ヴァンスは、ため息をついてうんざりしたように首を振ったが、すぐにまじめな顔に戻った。

「現代数学の諸概念は、個人を現実世界から追い出して純粋な思考のフィクションの世界に放り込み、アインシュタインが最も堕落したイマジネーションの形式と呼んだものに——病理としての個人主義に——導く。たとえば、シルバーシュタインは、五次元、さらには六次元の空間の可能性を主張して、できごとの発生以前にそれを見ることができると主張した。これは、フラマリオン（フランスの天文学者。一八四二—一九二五）のリュメン——光の速度よりも速く走る、したがって逆方向に時間を経験しうる架空の人物——という着想から考え出した結論なんだがね、この結論自体、すでに、自然で健全なものの見かたを歪曲《わいきょく》するものじゃないか。[3] しかし、合理的思惟の見地からはほかにも、リュメンよりもさらにものすごい概念上の微小人《ホムンクルス》までが存在する。この架空の生物は、無限の速度で一瞬のうちに全世界を疾駆する。だから、人類の歴史全体をひと目で見ることができるわけだよ。アルファケンタウリ（ケンタウルス座のα星）から地球の四年前の姿をそのまま見ることができるし、銀河から四千年前の地球の姿を見ることもできる。空間の一点を選んで、氷河時代と現代とを同時に眺めることだってできるんだ！……」

ヴァンスは、さらに深く椅子に身体を沈めた。

「単に無限という観念をもてあそぶだけで、普通の人間の頭を狂わせるには十分なんだよ。ところで、現代物理学では衆知の、人間は空間をまっすぐには進めない、つねに前進していけば必ず出発点に帰着するという命題はどうだね。この命題は、簡単に言うと、まっすぐにシリウス（大犬座のα星。全天第一位の輝星）まで行って、方向を変えないままさらに百万倍もはるか遠くに行ったとしても、けっして宇宙からは脱却できない、という意味だよ。結局は、反対方向から出発点に戻ってしまう。ねえ、マーカム、こんな考えかたが、ぼくらが古風にも正常な思考と呼んでいるものに縁があるように思えるかい？　でもね、どんなに矛盾しているように、理解を超えているように見えようとも、理論物理学が提唱するいろいろなほかの定理に比べたら、まるっきり初歩のようなものだ。たとえば、双子の問題というのがある。双子のうちひとりが、生まれると同時にアルクトゥルスに向かって出発したとしよう——つまり、加速度をつけて引力圏を抜けてね——すると、帰ってきたときには、双子のきょうだいよりも自分のほうがはるかに若いことを発見する。同時にまた、双子の運動がガリレオ望遠鏡式に、つまり互いに同一の運動をしながら進行するとすれば、その場合は、双子の両方とも相手が自分よりも若いということを発見する……。

　こういうことは全部、論理の逆説なんじゃないんだよ、マーカム。ただ感じかたの逆説なんだ。数学者は、こういったことを論理的に、科学的に説明する。[4]ぼくが言いたいのはね、普通の人間には矛盾や不条理と思えることが、数学的頭脳の持ち主にとってはごく普通の常識だっていうことさ。アインシュタインのような数理物理学者は、空間の——空間だよ、念のため——空間の直径は一億光年、つまり六百トリリオン・マイルだと言い、そんな計算は朝めし前だとばかりに考える。その直径を超えたところには何があるかと訊けば、こう答えるのさ。『向こうには何もない。あらゆるものはこの直径の範囲内に含まれる』と。つまり、無限は有限ということだ！　あるいは、科学者に言わせれば、空間には制限がないが有限だということになる。――ねえ、この命題を三十分でもいいからじっくりと考えてごらんよ、マーカム。きっと、頭がおかしくなるだろう」

　ヴァンスは、ひと息入れて、煙草に火をつけた。

「空間と物質――これが数学者の思索の領域なのさ。エディントンは、物質を空間の特性のひとつ――無の中の突起だと考える。一方、ワイルは、空間を物質の特性のひとつと考える――空の空間などは意味をなさないと。そこで、カントの言う本体《ヌーメノン》と現象《フェノメノン》とは、相互に交換できるものになる。こうして、哲学までもがいっさいの意義を失うんだ。われわれが有限の空間という数学的概念に到達したところで、いっさいの合理的法則は廃棄されてしまう。ド・ジッターは、空間の形を球形あるいは球面形だと考える。アインシュタインの空間は円筒形で、その周線、あるいは〝境界線の状態〟とも言うが、そこでは物質はゼロに近づく。ワイルの空間はマッハの力学に基づくもので、鞍《くら》の形。……さて、このような概念を一方に置いて計算するとき、自然とか人間の住む世界とか、人間の存在とかいったものは、どうなる？　エディントンは、自然の法則など存在しない――ということは、自然は合理性において十分な法則では律することができない、という結論を出している。ああ、哀れむべきはショーペンハウアーだ[5]。そして、バートランド・ラッセルは、現代物理学が必然的にたどりつく結論を要約して、物質は単にできごとの集まりであって物質自体は存在する必要が何もないと解釈すべきだと述べる。……この説を推し進めていくと、どうなる？　世界には原因がなく、世界は存在ではないとすれば、ただの人間の生命など——あるいは国家の生命でもいいが——なにほどのものだろう？　または存在自体についてでもいいが、なにほどのものかね？……」

ヴァンスがマーカムを見上げた。マーカムは、自信がなさそうにうなずく。

「そこまではなんとか、わかると言えば、わかる。もちろん」と、検事は言う。「でも、きみの言うことは、要点がはっきりしないよ——ちんぷんかんぷんとは言わないまでも」

「人間社会の個人など、そういう世界では無限に小さいものにすぎず、巨大な、普通の基準ではとうてい測り切れない概念と取り組んでいる人間が、やがては地上の相対的価値の観念をきれいさっぱりなくして、人命をかぎりなく軽んじる気持ちになったとしても、別に不思議ではあるまい？　この世の、相対的に言って取るに足らないできごとなど、その人間の知的意識の大宇宙に闖入《ちんにゅう》してきた些事にすぎなくなるだろう。そういう人間が、皮肉な態度をとるようになるのは避けられない。内心ではいっさいの人間的価値を笑いものにし、自分のまわりに見えるものすべてを小さいことだとあざ笑うことになる。おそらくは、そこにサディスティックな要素も含まれるだろう。冷笑癖《シニシズム》というものは、サディズムのひとつのかたちだから……」

「しかし、意図的な、計画的犯罪なんて！」と、マーカムが横やりを入れる。

「事件の心理的側面を考えてごらんよ。普通の人間だったら、日常的に気晴らしをして、意識的活動と無意識的活動のあいだのバランスを維持している。情動《エモーション》は絶えず発散させられて、鬱積《うっせき》することはない。しかし、もてる時間のすべてを強烈な精神的集中のうちに費やして、情動はことごとく厳格に抑制している異常な人間の場合、潜在意識が解放されるとき、それはえてして凶暴なかたちをとるものだ。禁欲が長期にわたり、その間継続して精神を酷使して気晴らしもはけ口もない状態だったとしたら、その結果として、筆舌に尽くしがたい恐ろしい爆発が起こることがよくある。どんなにすぐれた頭脳の持ち主であろうとも、人間というものはすべて、こういう結果を逃れることができないんだ。数学者も、たとえ自然の法則を無視しようとも、この法則には従わざるをえない。実際には、超物理学的な問題に熱中することすなわち、自分の否認する情動の圧力《プレッシャー》を高めるだけのこと。そして、抑えつけられた自然がバランスを保とうとして、きわめてグロテスクな爆発のしかたをする——反動で、ぞっとするユーモアや倒錯的な陽気さが現われるが、その実、それは深遠な数学的理論の冷厳なまでのまじめさを、そのまま裏返したものだ。事実、サー・ウィリアム・クルークス（イギリス人。一八三二—一九一九）やサー・オリヴァー・ロッジ（イギリス人。一八五一—一九四〇）は——ふたりとも偉大な物理学者だったが——ついにはこちこちの唯心論者になってしまったじゃないか。これも、それと同じような心理的現象のせいだよ」

ヴァンスは、煙草を二、三回深く吸い込んだ。

「マーカム、これは間違いない事実だよ。ファンタスティックで一見信じられないようなこの殺人事件は、抽象的思索に緊張をしいられ、情動を抑圧した生活にははけ口を与えざるをえなくなった数学者が計画したものだ。あらゆる点でそれを示すことだらけじゃないか。手ぎわがよくて的確で、完成度が高いし、細かいところまで因子が残らずぴったりとあるべきところに収まっている。どこにもぬかりがなく、やり残したこともなく、動機もなさそうに見える。想像力を高度に駆使した緻密さをおいても、あらゆる兆候から、深遠な思索に足る能力をもった知性のたがはずれたということは疑う余地もない――純粋科学の信奉者が暴れ出したんだ」

「だが、不気味なユーモアはなぜなんだ?」と、マーカムが尋ねる。「マザー・グース的な面ときみの説は、どう調和するんだい?」

「禁圧された衝動があるからだよ」と、ヴァンス。「必然的に、ユーモアを生み出しやすい状態になるんだ。デュカスは、ユーモアはデタントだ――つまり、緊張からの解放だと言っている。ベーンは、スペンサーを受けて、ユーモアは抑制からの救済だと言う。ユーモアが発揮されるのに最適な素地は、鬱積したポテンシャル・エネルギーであって――フロイトの言うベゼッツンクス・エネルギーだ――それがやがて思うさま発散されることを要求する。このマザー・グース事件でわれわれが相手にしているのは、極度に真剣な論理的思索とバランスをとろうとして、反動で最も空想的で気まぐれな行動に出た数学者だよ。まるで皮肉っているようじゃないか。『見よ! これが、おまえたちが大まじめに考えている世界というものだ。無限の、これよりもずっと広大な抽象世界のことを何も知らないくせに。地上の生活など、子どもの遊び――せいぜい冗談のネタにするほどの値打ちくらいしかない』って。……こういう態度は、心理学の説くところとぴったり一致する。長期にわたって頭脳をひどく緊張させ続けたのちには、まったく逆のかたちの反動が現われる――ということは、このうえなくまじめでいかめしい人間が、このうえなく子どもっぽい遊びにはけ口を求めるということだね。ついでながら、これで、本性はサディスティックないたずら者の正体について、納得いただけただろう……。

さらに言えば、サディストはみな、子どもっぽい倒錯心理をもつものだ。そして、子どもというものは、まったく道徳を超越した存在だ。したがって、こうした子どもっぽい心理的倒錯に陥る者は、善悪の観念を超越している。多くの現代の数学者が、いっさいの因習、義務、倫理性、善、その他それに類するものは、自由意志の虚構《フィクション》以外には存在しえないとまで主張している。彼らにとって、倫理学は概念の幽霊が跳梁する世界なんだ。彼らは、真理自体すら空想が生んだ単なる虚構にすぎないのではないかと疑うまでに虚無的になっている。……こういうものの考えかたに加えて、俗世界のひねくれた根性があると、より高度の数学的仮説からは人間の命への軽視が生まれてきやすい。これで、今取り組んでいる犯罪のタイプに、完全に当てはまる条件がそろったじゃないか」

ヴァンスが話を終えて、マーカムは長いあいだ黙り込んでただ座っていた。そのうちにやっと、大儀そうに身体を動かした。

「この事件の関係者のほとんど全員にいかにもよく当てはまるということは、ぼくにもよくわかる」と、マーカム。「しかしだね、きみの主張が正しいとしても、マスコミに送りつけた手紙のことはどう解釈する?」

「ユーモアってものは、人にわかってもらえなくちゃどうしようもない」と、ヴァンスは答える。「ユーモアの値打ちは、聞いてくれる耳いかんだからね。それに、今度の事件の場合、露出狂じみた衝動もあるらしい」

「しかし、〝僧正《ビショップ》〟っていう別名は?」

「ああ！　それが最も重要なものだよ。戦慄すべきユーモアの饗宴の存在理由《レーゾンデートル》は、この謎の署名にあるんだから」

　マーカムがゆっくりと振り向く。

「チェス・プレイヤーや天文学者も、理論物理学者と同様、きみの説の条件に当てはまるのか？」

「そうだ」と、ヴァンス。「フィリドール、ストーントン、キゼリツキーの時代、つまり、まだチェスがなんとなく芸術の分野に属していたころからすれば、チェスもほとんど緻密な科学そのものにまで堕落してしまった。そして、カパブランカ全盛の時代には、ほぼ抽象的数学的な推理の問題にまでなった。実際、マロツィ、ラスカー博士、ヴィドマールなんかは、みんな有名な数学者だった。……現実に宇宙を見ている天文学者が、この地球にほとんど何の重要性もないことに強烈な感銘を受けていることは純粋物理学者以上かもしれないな。望遠鏡を通して、想像の翼はどこまでも自在にはばたいていく。どこかの遠い天体に生物が存在するという説だけでも、地球上の生活の重要性も二義的なものでしかなくなるんだから。たとえば、何時間も火星の観測を続けて、火星の住人はわれわれ地球上の住人よりも、数においてまさり、知恵においてもすぐれているという観念をもてあそんだあとでは、この地球上のけちな日常生活のレベルに適応するように自己再調整をするのが困難に感じるだろう。パーシヴァル・ロウエル（アメリカの天文学者。一八五五―一九一六）のロマンチックな本[6]を読んだだけでも、空想的な人間だったら、ただひとつの天体に存在する意義といった意識を一時的にせよすっかりなくしてしまうよ」

長い沈黙。やがて、マーカムが尋ねた。

「パーディーは、あの晩、なぜアーネッソンの黒のビショップを盗んだんだろう？　クラブの駒を持ってくれば、なくなったことが発覚しなかっただろうに」

「動機がまだ十分にわかっていないのに、それはまだ何とも。何かそうしなくてはならない目的があって、あそこからとったのかもしれない。——しかし、どんな証拠があって、あの男を犯人と？　どんなに嫌疑が濃くても、あの男に対して何らかの手続きをとるというわけにはいかない。たとえ、犯人に間違いないとわかった人間がいたとしても、手も足も出せないんだよ。……ねえ、マーカム。相手は、狡猾きわまりない頭脳の持ち主なんだよ——あらゆる動きを予想して、あらゆる可能性を計算している人物なんだ。唯一の希望があるとしたら、犯人の計画にどこか弱点を見つけて、こちらで証拠をつくり出すしかない」

「朝いちばんの仕事にしよう」と、マーカムが沈痛なおももちで言う。「ヒースに言って、パーディーのあの晩のアリバイを洗い直してもらうことにしよう。二十人も繰り出せば、正午までには調べがつくだろうさ。あのチェスのゲームを見物していたあらゆる人間を尋問して、マンハッタン・チェス・クラブとドラッカー家のあいだにある家を軒並み調べあげる。真夜中ごろドラッカー家の付近でパーディーを実際に見かけたという者でも探し出せれば、あの男に嫌疑をかけるに十分な情況証拠になる」

「そうだな」と、ヴァンスも同意した。「そうすれば、決定的な出発点だ。黒のビショップがミセス・ドラッカーの部屋のドアに置いていかれたちょうどその時刻、ルービンスタインと対局中だというのになぜ六ブロックも離れた場所にいたのか、パーディーにはなかなか説明し切れないだろう。……そうだ、そうだ。ヒースとその部下たちに、なんとしてもこの問題に取り組んでもらおう。あるいは、道が開けるかもしれない」

しかし、パーディーのアリバイを調べあげろという指示をヒースが受けることはついになかった。次の朝、九時前に、マーカムがヴァンスのうちを訪ねてきて、パーディーが自殺したと知らせた。

## 22　カードの家

四月十七日（日曜日）午前九時

パーディーが死んだという驚くべき知らせに、ヴァンスが妙にうろたえた。とても信じられないというようすで、マーカムをまじまじと見ていた。それから、急いで呼び鈴を鳴らしてカーリを呼び、外出のしたくとコーヒーを頼んだ。着替えをしながらも、まどろっこしくてたまらないようすが動作に表われている。

「ねえ、マーカム！」と、せかせかしながら言う。「まったく意外だ。……きみ、どうして知ったんだ？」

「三十分もたってないが、ディラード教授がぼくのアパートへ電話をくれてね。昨夜の何時ごろだかわからんが、パーディーがディラード家のアーチェリー・ルームで自殺した、と。今朝になってパインが遺体を見つけて、教授に知らせたらしい。ヒース部長に知らせておいてから、ここにやってきた。場合が場合だから、ぼくらのあいだで連絡をとっておかなくちゃと思ってね」マーカムは言葉を切って、葉巻に火をつけた。「どうやら、僭正殺人事件も終わったらしい。……どこからどこまでも満足のいく終わりかたとは言えないが、関係者すべてにとっておそらくはいちばんいい終わりかたじゃないかな」

ヴァンスはすぐには意見を出さなかった。うわのそらでコーヒーをすすり、やっと立ち上がると、帽子とステッキを取り上げた。

「自殺……」と、ヴァンスがみんなで階段をおりているとつぶやいた。「そう。つじつまはぴったり合う。だが、きみの言うとおり、満足とは言えない——非常に不満だな……」

車をディラード家に乗りつけ、パインに中に入れてもらった。私たちのいる応接間に教授が出てくるとほとんど同時に、玄関のベルが鳴って、いきりたって元気いっぱいのヒースが飛び込んできた。

「これで万事解決ですな、検事」と、かたちばかりの握手をすませると、部長はマーカムにいかにもうれしそうに言った。「ほんとに、ここいらの黙り猫ときたら……まったく、あてにならないこった。こんなことになろうとは、いったい誰に考えられたでしょうな……」

「ああ、部長」と、ヴァンスがものうげに言う。「考えるのはやめようじゃないか。いいかげん飽き飽きしてきたよ。さばさばしようじゃないか——何にもない砂漠みたいにさっぱり——そうするにかぎる」

ディラード教授が、先に立ってアーチェリー・ルームに行った。窓のブラインドが全部おろされて、明かりがまだついている。そのうえ、窓まで閉め切ってあった。

「何もかも、そっくりそのままにしておいた」と、教授。

マーカムが、大きな籐《とう》のテーブルに歩み寄った。パーディーの死体は、練習場への出入り口に向かってぐったりと椅子に腰かけていた。頭と肩がうつ伏せに倒れてテーブルに乗り、右手は脇にたれて、その指がまだ自動拳銃をつかんでいる。右のこめかみに醜い傷口があり、頭の下のテーブルの上に血だまりが凝結している。

私たちが死体の上に目を留めていたのは一瞬のことだった。意外な、その場に似合わないものが、注意をひきつけたのだ。テーブルに載った雑誌が片寄せられて、ちょうど死体の前にスペースができている。そして、その片づけられた場所のまん中に、トランプ・カードの家が高高とみごとに築かれているのだ。四本の矢で庭を囲い、マッチを順々に並べて庭の小道がつくってある。いかにも子どもが大喜びしそうな模型。私は、その前夜、ヴァンスが言ったことを思い出した。まじめな人間は、はけ口として子どもの遊びを求めるものだ、と。この子どもっぽいカードの家と凶暴な死とが肩を並べているのを見て、得体のしれない、言葉にならない恐怖が感じられた。

ヴァンスは、悲しそうな、悩ましそうな目で、この情景を見おろしている。

「ジョン・パーディー、ここに眠る《ヒク・ジャセト》」と、やがて、どことなくうやうやしい態度でつぶやいた。

「そして、これはジャックが建てた家……カードの家……」

ヴァンスは、もっとよく見ようとしてか、前に進み出た。ところが、身体が角に触れて、テーブルがちょっと揺れた。すると、はかないカードの家がくずれ落ちた。

マーカムが、背筋を伸ばしてヒースのほうを向いた。

「検屍官には知らせたか?」

「もちろんです」部長は、テーブルから目を離しがたいようだ。「それに、バークもやってきます。必要かもしれない」ヒースは窓のところに行き、ブラインドを開けてまぶしい日の光を入れた。それから、パーディーの死体のそばに引き返して、値踏みするような目で眺めていた。それが、ふとひざまずいて、かがみ込んだ。

「どうやら道具箱にあった三八口径らしい」と、注意を促す。

「もちろん、そうさ」ヴァンスはうなずいて、シガレット・ケースを取り出した。

ヒースは、身体を起こして道具箱に近づき、引き出しの中を調べた。

「確かにそうらしい。医者が来てから、ミス・ディラードに確認していただきましょう」

ちょうどそのとき、アーネッソンが、赤と黄色の派手なドレッシング・ガウン姿で、興奮して部屋に飛び込んできた。

「いやはや、あきれ返る!」と、叫ぶ。「今、パインから聞いた」テーブルに近づいてパーディーの死体をじっと見た。「自殺なのか?……でも、こんなことなら何で自分のうちでやらない? こんなことをしでかして、他人のうちに迷惑をかけるなんて、とんでもなく分別のないやつだな。チェス・プレイヤーごときが」アーネッソンは、マーカムを見上げた。「これでまた不愉快な目にあうのは、ごめんこうむりたいよ。もう十分に悪名高くならせていただいた。気晴らしもさせてもらったよ。このふとどき者の遺体、いつ運び出してもらえるのかね？　ベルには見てほしくないもんだ」

「検屍がすみしだい、死体は運ばせる」と、マーカムは、冷たいむっとしたような口調で答える。「ミス・ディラードをここにお連れする必要はないだろう」

「けっこう」アーネッソンは、なお死体を凝視したままつっ立っている。その顔に、皮肉な、もの問いたげな表情が徐々に表われてきた。「かわいそうなやつだ！　人生が重荷にすぎたんだな。神経過敏で——気が弱くて。ものごとをまじめに考えすぎて。例の定跡がうたかたのようにはじけてしまってからというもの、運命をすっかり悲観してしまったんだな。ほかに気晴らしを見つけることもできずに。黒のビショップに取りつかれて、たぶん精神の屋台骨が折れてしまったんだろうな。やれやれ！　自己破壊衝動に駆られたって不思議はない。自分をチェスのビショップだとでも想像したんだろう——因果な敵の姿を借りて、ふたたびこの世に返り咲くつもりにでもなって」

「なかなかいい考えですね」と、ヴァンスが言う。「それはそうと、最初死体を見たときに、テーブルの上にカードの家があったんですよ」

「へえ！　カードに何の関係があるんでしょうね。最期に臨んで、ひとり遊びでもしてたんでしょうか。……カードの家だって？　ばかばかしい。あなたには解釈がつくと？」

「全然つきません。『ジャックの建てた家』という童謡が、何か説明になるかもしれませんが(1)」

「なるほどね」アーネッソンが、フクロウのような顔つきになる。「最後まで――自分自身に対してまで、子どもの遊びですか。おかしな思いつきだ」そして、口を洞穴のように大きく開けてあくびをした。「さて、着替えるとしよう」そう言うと、二階にあがっていった。

ディラード教授は立ったままでアーネッソンを見守っていたが、その顔つきがふと、思い悩む父親のような表情になった。やがて、いかにも困ったという身ぶりでマーカムのほうを振り向いた。

「シガードのやつ、自分の心の動きを押し隠そうとするのはいつものことなんだ。感情を外に出すのが恥ずかしいとみえて。あいつのぞんざいな態度を、額面どおりにとらんでやってくれ」

マーカムが返事をするより先に、パインがバークを案内してきた。ちょうどいい機会だと、ヴァンスはパーディーの死体発見について執事を尋問した。

「どうして、今朝、アーチェリー・ルームに入ることになった？」と尋ねる。

「食器室が、少しばかりむしむしいたしましたもので、はい」と、相手は答えた。「それで、ちょっと空気を入れようと思いまして、階段下の窓を開けました。すると、ブラインドがおりていました――」

「では、いつもはブラインドをおろさないのか」

「はい。――この部屋のはおろしません」

「窓は？」

「夜はいつも、上のほうを少しだけ開けておきます」

「昨夜も開けてあったのか？」

「はい」

「いいだろう。――それで、今朝、ドアを開けたあとは？」

「明かりを消そうといたしました。お嬢さまが昨夜、消し忘れられたものと思いまして。ところが、ちょうどそのとき、あの気の毒なお方がそのテーブルのところに見えて、あがっていってディラード教授にお知らせしたというしだいでございます」

「ビードルは、事件のことを知っているのか？」

「みなさまがいらっしゃってすぐ、わたくしが知らせました」

「昨夜、きみとビードルは何時ごろやすんだかね？」

「十時でございました、はい」

パインが出ていくと、マーカムがディラード教授に話しかけた。

「ドクター・ドリーマスを待つあいだに、できるだけ詳しくお話をうかがっておいたほうが、先生には好都合かと思います。上にまいりましょうか」

バークがアーチェリー・ルームに残り、ほかの者は書斎にあがっていった。

「話すこともたいしてないように思うが」と、教授は腰をおろして、パイプを取り出しながら切り出した。明らかに腰が引けている――不承不承だというのが見えすいている。「パーディーは、昨夜、夕食のあとでやってきた。アーネッソンとおしゃべりをしにきたに違いはないだろうが、わしの見るところ、ほんとうはベルに会いたかったものらしい。ところが、ベルは早早に断わりを言ってやすんでしまった――あの子は頭痛がひどかったようだ――それでも、パーディーは十一時半ごろまでおったな。それから帰っていったが、わしがあの男を見たのはそれが最後だった。今朝、パインが恐ろしい知らせをもってくるまでは……」

「しかし、ミスター・パーディーがお嬢さんに会いにいらっしゃったのなら」ヴァンスが口をはさんだ。「お嬢さんが引き揚げられてからもそんなに遅くまで残られたというのは、どう思われます?」

「わしには何とも説明がつかん」老人は困ったようだった。「だが、何か気にかかることがあって、どことなく人恋しいようにも見えたな。実のところ、あの男が重い腰をあげてくれるのを待ちかねて、わしも少々大っぴらに疲れておるとほのめかしたほどでな」

「ミスター・アーネッソンは、昨夜どちらに?」

「シガードは、ベルが引き揚げたあと一時間かそこらいっしょに話をしておったが、すぐに寝に行ってしまった。午後いっぱい、ドラッカーのことで忙しくしておったもんで、疲れ切っていたようだな」

「それは何時ごろのことです?」

「十時半くらいかな」

「すると、パーディーさんは、何か精神的に緊張しておられたらしいとおっしゃるんですね」

「はっきりと、精神的緊張というわけでもない」教授は、パイプを口から離して眉をしかめた。

「元気がなくて、憂鬱そうだと言っていいほどじゃったが」

「何か恐れているとかいう感じでは？」

「いや。そんなところは少しもなかったな。いわば、大きな悲しみを味わって、その後遺症から抜けられないとでもいうような感じかな」

「お帰りのとき、廊下まで見送られましたか――つまり、どちらの方向に出ていかれたか、気づかれましたか？」

「いや、うちではいつも、パーディーに他人行儀なことはしない。あの男は、おやすみなさいと言って部屋を出た。それで、当然、玄関から出ていったとばかり……」

「あなたはすぐご自分のお部屋に引き揚げられたのでしょうか？」

「十分ばかりしてからな。ちょうど取りかかっていた書類を片づけるあいだだけ、ここに残って」

ヴァンスは黙り込んだ――どうやら、教授の話の何かが腑に落ちないらしい。マーカムが質問を引き受けた。

「お尋ねするまでもないと思いますが」と、マーカムが言う。「昨夜、銃声らしき音をお聞きになりませんでしたか？」

「うちの中は、静かなもんだった」と、ディラード教授が答える。「それに、いずれにせよ、アーチェリー・ルームで銃声がしたって、ここまでは聞こえてこん。階段がふたつもあるし、一階にはホールとそれに続く廊下、そのあいだには重いドアが三つもあるものでな。それに、この家は古くて、壁がたいへん厚くて頑丈なんだよ」

「それに、往来へも銃声は聞こえない」と、ヴァンスが補足した。「アーチェリー・ルームの窓は厳重に閉めてありましたから」

教授はうなずいて、探るような目をヴァンスに向けた。

「そう。きみも、あの特殊な状況に気がついておったのか。なぜまた、パーディーが窓を閉めなくちゃならなかったのか、わしにはわけがわからん」

「自殺する者の妙な行動なんて、ほかの人間に満足な説明などできっこありません」と、ヴァンスがさりげなく返す。そして、ちょっとのあいだ黙っていてから、尋ねた。「ミスター・パーディーがお帰りになるまで、何の話をなさっていたんですか？」

「ほとんど話らしい話はしなかったな。わしは、ミリカン（アメリカの物理学者。一八六八—一九五三）が『物理学評論』に発表したアルカリ二重項についての新しい論文に多少関心をもっていたので、その話をしようとした。ところが、さっきも言ったが、あの男はすでに、はた目にもわかるほど、ほかのことで頭がいっぱいになっていて、大部分の時間、チェス盤に向かってひとりで考え込んでおった」

「ははあ！　そんなことを、この期に及んで？　これはおもしろい」

ヴァンスはチェス盤を一瞥《いちべつ》した。駒はまだ升目に並んだままになっている。ヴァンスはそそくさと立ち上がって、部屋の向こうの小さなテーブルのそばに行った。ちょっとたたずんだだけで戻り、また腰をおろした。

「まったくへんな話だな」と、ヴァンスがつぶやく。そして、いかにももったいぶって煙草に火をつけた。「あの方は、昨夜、階下におりていく直前まで、どうやらルービンスタインとの試合の最後の局面を吟味していたらしい。駒の配置がそっくり、あの負けを認めたときそのままになっています――当然、あと五手で、黒のビショップで詰《メイト》みというところで」

ディラード教授の視線が、チェス・テーブルのほうへぼんやりと移ろった。

「黒のビショップ」と、教授が低い声でつぶやく。「昨夜、あの男の心をとらえていたのは、それだったのかな？　そんなくだらんことが、あんなに暗澹《あんたん》とした影響を与えていたとは、とうてい信じられん」

「お忘れではないでしょう」と、ヴァンスが注意を促す。「黒のビショップは、あの人の失意のシンボルだった。あの人の希望が砕ける表象だったのです。もっとくだらない原因で自分の生命を絶つ人間も、世の中にはたくさんいます」

しばらくして、検屍官の到着をバークが知らせてきた。私たちは教授と別れて、またアーチエリー・ルームにおりていった。ドリーマス医師が、パーディーの死体をしきりに検査している最中だった。

私たちが入っていくと、ドリーマス医師が目を上げて片手をおざなりに振ってみせた。いつもの陽気さがどこにも見当たらない。

「この仕事、いつおしまいになるんだ？」と、検屍官がこぼす。「この界隈の空気、どうも気に入らないな。殺人――ショック死――自殺。誰だって、これじゃうんざりだ。どこかで平穏な仕事口を探すことにしようかな」

「どうも、これでおしまいだと思うよ」と、マーカム。

ドリーマスが目をぱちくりさせた。「そうか！　ほんとうか？——町じゅうをさんざん騒がせたあげく、僧正《ビショップ》さまは自殺ときたか。筋は通っているようだ。そのとおりだといいが」医師はまた死体の上にかがみ込んで、死体の指をゆるめると、ピストルをテーブルに放り出した。

「きみの武器庫に、おみやげだよ、部長」

ヒースは武器をポケットにしまった。

「死後どれくらいになる？　先生」

「ああ、死亡時刻は夜中か、それとも、——まあ、それくらいの時間だろう。もっと早いかもしれないし、遅いかもしれない。ほかにくだらないご質問は？」

ヒースは苦笑いした。「自殺ってのは、間違いないですか？」

ドリーマスは、部長を熱っぽい目でにらみ返す。

「それ以外にどう見えるって？　黒手団《ブラックハンド》（二十世紀初頭にニューヨークで暗躍したイタリアの秘密結社）の爆弾にやられたとでも？」そう言ったあとで、医師はふたたび職業的口調になった。「武器は手に持っていた。火薬がこめかみについている。傷口はピストルの口径ぴったり、傷口の位置にも文句のつけようがない。死体の位置も自然だ。どこにも疑わしいところはない。——なぜだ？　何か疑わしいことでも？」

答えたのはマーカムだった。

「その逆だよ、ドクター。事件についてのわれわれの見かたからすると、すべてのことが自殺を指し示している」

「じゃあ、自殺でいいじゃないか。しかし、もうちょっとよく調べてみよう。——さて、部長、手を貸してもらえるかね」

ヒースが手伝ってパーディーの死体を長椅子に持ち上げ、さらに細かい検査をすることになり、私たちは応接間に行った。まもなく、アーネッソンも加わった。

「判決はどうなりました?」と、アーネッソンがいちばん手近にある椅子に腰をおろしながら言う。「自分でああなったことには、問題はないと思いますが」

「なぜそれを問題になさるんです? ミスター・アーネッソン」とヴァンス。

「理由はありません。何げなく言っただけです。なにしろ、この界隈には妙なことが次々と起こっていますんでね」

「ごもっともです」ヴァンスは、煙の輪を吹き上げた。「おっしゃるとおり、検屍官の意見では、疑う余地なしです。それはそうと、昨夜のパーディーは、自殺でもしそうなようすに見えましたか?」

アーネッソンは考えていたが、ややあって「お答えするのが難しいですね」と言った。「だいたい、けっして陽気な人間ではありませんでした。でも、自殺?……わかりません。しかし、疑う余地なしとおっしゃったじゃありませんか。それでいいでしょう」

「まったくね。それで、この新しい事態、あなたの方程式にはどう当てはまるんでしょう?」

「方程式はご破算ですよ、もちろん。もう推理もへったくれもありゃしない」そのせりふにもかかわらず、アーネッソンは確信がもてないようだ。「どうしてもわからないことがあります」と、付け加えた。「なぜアーチェリー・ルームなのか？　自殺《フェロデセ》するんだったら、自分のうちにいくらでも場所があるじゃないですか」

「アーチェリー・ルームに手ごろなピストルがあったからでしょう」と、ヴァンスは言ってみた。「それで思い出しましたが、ヒース部長が、ミス・ディラードにピストルのご確認をお願いしたいそうです。形式だけのことですが」

「おやすいご用です。どこにありますか？」

　ヒースはピストルをアーネッソンに手渡し、アーネッソンは部屋を出ようとした。

「もうひとつ」――ヴァンスが呼び止めた。――「ミス・ディラードに、アーチェリー・ルームにトランプ・カードがしまってあったかどうかも訊いてくださいませんか」

　アーネッソンはしばらくすると戻ってきて、報告した。ピストルは道具箱の引き出しにあったものだということ、カードはアーチェリー・ルームの引き出しにしまってあったし、そのうえパーディーはそれを知っていたということ。

　そのすぐあとでドリーマス医師が現われて、パーディーは自分に向けて自分で引き金を引いたという結論を繰り返した。

「報告書にもそう書きます」と、検屍官が言う。「ほかに考えようがない。確かに、自殺に見せかけた他殺もたくさんある――でも、そりゃ、きみたちの領分だからね。この件には疑わしい点はちっともない」

マーカムは、満足感をにじませてうなずいた。

「きみの判断を疑う理由は何もないよ、ドクター・ドリーマス。いや、自殺なら、すでにわかっている事実にぴったり当てはまる。これで、ビショップ騒ぎは合理的な決着を迎えたわけだ」

大きな重荷を肩からおろしでもしたように、検事が立ち上がった。「部長、きみは残って、死体を解剖に回す手配を頼む。それがすんだら、スタイヴェサント・クラブに寄ってくれないか。ありがたいことに、今日は日曜日！　気分転換の暇もあろうというものだよ」

その夜、ヴァンスとマーカムと私は三人だけで、クラブのラウンジに座っていた。ヒースは、一度やってきてまた出かけていった。新聞にパーディーの自殺を発表し、僧正殺人事件が解決したとほのめかす、慎重に練った声明が用意されていた。ヴァンスは、一日じゅうあまり口をきかなかった。公式声明の文言についても、何ひとつとして意見を述べようとせず、事件の新しい局面について議論するのさえも気が進まないようだった。ところが、このときになってやっと、どうやらそれまで心を占めていたらしい疑いを口に出したのだった。

「あんまりお手軽すぎるよ、マーカム――あまりにお手軽じゃないか。どうも見かけ倒しくさいところがある。いかにも論理的だよ。ねえ。しかし、どうも腑に落ちない。僧正が、ユーモアたっぷり、縦横無尽のご乱行を、こんなに平々凡々に打ち切るなんて、とうてい想像できないんだ。脳天を撃ち砕くなんて、機知のかけらも感じられない――むしろ陳腐じゃないか。独創性に欠けることはなはだしい。マザー・グース殺人事件の考案者にふさわしくないよ」

マーカムは気を悪くしたようだ。

「一連の犯罪が、パーディーの精神状態から陥りそうな心理に、いかにもよく合致していると言ったのは、きみ自身だよ。ぼくにはきわめて合理的に思えるね。陰惨ないたずらにふけっていたあげく、いよいよ行き詰まって、自分で自分を始末しなくちゃならないはめになったんだよ」

「きみの言うとおりかもしれない」と、ヴァンスが吐息をつく。「何も、きみと論争できるほどの華麗な論拠があるわけじゃないんだ。ただ、失望してるのさ。竜頭蛇尾ってやつが嫌いなんだよ。特に、ぼくの考えていた劇作家としての才能と、結果が合致していない場合はね。今ここでパーディーの死とは、ひどくあっさりしすぎている——片づけかたがあんまりきちょうめんすぎる。あんまり功利的にすぎてて、想像力というものがなさすぎる」

マーカムは、この際我慢して聞いてやらなければならないと感じたようだ。

「たぶん、殺人を重ねているうちに、想像力も尽きてしまったんだろう。自殺したのは、芝居が終わったのでただ幕をおろしただけなんだと考えてもいいんじゃないかな。いずれにせよ、どこから見ても信じられない行動だというわけでもない。敗北、失意、落胆——野心がことごとく挫折する——有史以来、こいつはつねに自殺の原因であり続けているんだよ」

「まさにそのとおり。パーディーの自殺には、合理的な動機がある。つまり説明がつく。しかし、殺人のほうには、何も動機がない」

「パーディーはベル・ディラードが好きだったんだよ」と、マーカムが主張した。「そして、おそらく、ロビンがベルに恋をしてあとを追いかけ回していることを知ったんだろう。それに、ドラッカーに対しても強く嫉妬を感じていた」

「では、スプリッグを殺したのは？」

「それについては、材料がないな」

ヴァンスはかぶりを振った。

「動機について、これらの犯罪を別々に論じることはできないよ。どの殺人もみな、底に隠れているひとつの衝動から生まれたものだ。ただひとつの性急な熱情に衝き動かされた結果なんだよ」

マーカムは、我慢し切れなくなってため息をついた。

「たとえパーディーの自殺が度重なる殺人事件と無関係だとしても、比喩的な意味でも事実上でもどん詰まり《デッド・エンド》だ」

「そう、そうなんだよ。デッド・エンド。悲惨だ。警察にとってはおめでたいがね。ともかく、これで警察も肩の荷をおろせる――いずれにせよ、つかのまのことだが。こう言ったからといって、とっぴな考えだと誤解してもらっては困るよ。パーディーの死は、連続殺人事件に間違いなく関係している。むしろ密接に関連していると言ってもいい」

マーカムは、ゆっくりと口から葉巻を離して、しばらくのあいだヴァンスをじっと見ていた。

「何か疑いをもっているのか？　パーディーの自殺に」

ヴァンスは、ためらっていたが、こう答えた。

「知りたいんだよ」と、ものうげな口調。「あのカードの家が、ぼくがテーブルにちょっと触れただけで、なぜあんなにもろくくずれてしまったのか——」

「うん？」

「——そして、パーディーが自殺して、頭と肩がテーブルにつんのめったときには、なぜくずれなかったのか」

「何でもないことだよ」と、マーカム。「最初の揺れで、カードの組みかたがゆるくなっていたのかも——」そのとき不意に、マーカムの目つきが険しさを帯びた。「あのカードの家は、パーディーが死んだあとで組み立てられたとほのめかしているのか？」

「おい、おい！　ぼくは何もほのめかしてなんかいないさ。若々しい好奇心を、そのまま口にしてみただけのことじゃないか」

## 23　驚くべき発見

四月二十五日（月曜日）午後八時三十分

八日たった。ドラッカーの葬式が七十六丁目の小さな家で取り行なわれた。アーネッソンほかディラード一家、そしてドラッカーの仕事を心から崇敬していた大学関係者二、三人——参列者はそれだけだった。

葬式の日の朝、ヴァンスと私がドラッカー家にいるところへ、小さな女の子が、自分で摘んだ春の花を花束にして持って現われ、ドラッカーに供えてくれとアーネッソンに頼んだ。アーネッソンがどんな皮肉で応えるかと見ていると、意外にも大まじめに花束を受け取り、やさしいと言っていいほどの口調でこう言うのだった。

「すぐにお供えしてあげるよ、マデラン。ハンプティ・ダンプティは、きみが忘れずにいてくれたので、お礼を言うでしょう」

女の子が家庭教師の女性に連れられて帰っていくと、アーネッソンは私たちのほうを向いた。

「あれはドラッカーのお気に入りの子でね。……おかしな男だよ。芝居に行くでなし、旅行は大嫌い。たったひとつの気晴らしが、子どもと遊んでやることだった」

私がこのエピソードをもちだすのは、一見重要でも何でもなさそうなできごとが、やがて、いろいろな証拠を結びつけていって一連の鎖とするだんに最も大切な環《わ》のひとつとなっていて、疑う余地を一点として残すことなく僧正殺人事件を解決することになったからである。

パーディーが死んで、近代犯罪史にほとんど唯一と言ってよい事例が残された。地方検事局が発表した声明には、ただ、パーディーが連続殺人事件の犯人である可能性が漠然とほのめかしてあるだけだった。マーカム個人がどんなに信じていようと、動かぬ証拠もないこととて、マーカムはわきまえるところも公正さもありすぎるほどもちあわせていたので、直接嫌疑をかけることができなかったのだ。しかし、この度重なる奇怪な殺人事件が世間に巻き起こした恐怖の波はものすごく、マーカムとしても公共に対する責任上、事件はこれで解決したと信ずると公言せざるをえなかったのだ。そういうわけで、有罪だとしてパーディーが公然と非難されたわけではなかったが、僧正殺人事件が町を脅かす根源とはもはや思われることもなくなり、至るところで安堵の吐息がつかれた。

ニューヨークじゅうで、この事件を取り沙汰することが最も少なかった場所は、おそらくマンハッタン・チェス・クラブだったろう。ひょっとしたら、このクラブの名誉がいくぶん傷ついたと、クラブのメンバーたちには感じられたのかもしれない。あるいはまた、チェスの世界に多大な貢献をしたパーディーのような人物をおろそかには扱えないという感情があったのかもしれない。ただ、どんな動機からクラブでこの問題に触れることが避けられたのであろうと、そのメンバーはほとんどひとり残らずパーディーの葬儀に参列したという事実は忘れてはならないだろう。仲間のチェス・プレイヤーに対する、メンバーたちの敬虔《けいけん》な態度には、賞賛の念を禁じえない。個人としての行動がどうであれ、パーディーは、彼らが愛してやまない高貴な伝統ある競技を、長い歳月にわたってあくまでも援助し続けた偉大なパトロンのひとりだった(1)。

パーディーが死んだ翌日にまずマーカムが手がけた公的な仕事は、スパーリングの釈放手続きだった。同日午後、警察本部では僧正殺人事件の書類一式を〝棚上げ事件〟と記されたキャビネットにしまい込み、ディラード家から見張りを撤退させた。ヴァンスはこの後者の措置についてはそれとなく反対したのだが、検屍報告があらゆる点で自殺を裏付けている以上、マーカムにもどうすることもできなかった。それに、マーカムは、パーディーの死によって事件に幕がおりたものと確信し、ヴァンスがいつまでも迷い、疑問を払拭できずにいるのをからかってさえいるのだった。

パーディーの死体発見から一週間というもの、ヴァンスはいつになく機嫌が悪く、何ごとにつけてもうわのそらのようだった。いろいろなことに興味をもとうと努めてはいたが、たいした効き目もない。何かと怒りっぽい兆候が現われ、奇跡と言っていいほどのいつもの冷静さはどこかに消し飛んでしまったかのようだった。ヴァンスは、何かが起こるのを待ちかまえている、そんな印象を受けた。正確に言うなら、何かを待っているというもの腰とは違う。その態度に表われている一刻の油断も許さない気がまえは、ときとしてほとんど恐怖に近いほどに見えることもあるのだった。

ドラッカーの葬儀の次の日、ヴァンスはアーネッソンを訪ねた。金曜日の夜は、アーネッソンといっしょに、イプセンの『幽霊』の舞台を観に行った――たまたま知っていたのだが、『幽霊』をヴァンスは嫌っていた。ヴァンスは、ベル・ディラードがひと月ばかりの予定でオーバニーの親戚のうちに行ったことを知った。アーネッソンの話では、それまで経験したいろいろなできごとの影響がベルに現われはじめて、転地が必要だったということだ。アーネッソンは、ベルがいないことを見るからに淋しがって、ふたりが六月に結婚する予定だったとヴァンスに打ち明けたほどだった。ヴァンスはまた、ミセス・ドラッカーの遺言状に、息子が死んだ場合は全財産をベル・ディラードとディラード教授に贈るとあったことを、アーネッソンから知らされた――これは、ヴァンスの興味をひどくかきたてた。

その週のうちに、どんなに驚嘆すべき、かつ戦慄すべきことが降りかかってこようとしているのか、もし知っていたならば、あるいは、ただそういう懸念があっただけでさえ、私がその緊張に耐えることができたかどうか疑わしいものだ。僧正の芝居はまだ幕をおろしていなかった。クライマックスの恐怖は、まだあとに控えていたのである。実際に起こったことからわかるように、その恐怖たるやいかにもすさまじく肝のつぶれるようなものではあったが、もしもヴァンスが推理してふたつの別個の結論を出していなかったなら起きたかもしれない事件に比べれば、それすらもほんの影にすぎないのだった。ヴァンスの出した結論のひとつだけは、パーディーの死によって問題外となった。あとになって知ったところによると、ヴァンスをニューヨークに引き留めたのは、この残るもうひとつの可能性だったのだ。彼が警戒の目を光らせ、かたときも油断することなく精神をはりつめていたのは、そのせいだった。

四月二十五日、月曜日が、結末部分の始まった日だった。私たちはマーカムと銀行家クラブで夕食をともにし、そのあとでワーグナーの『ニュルンベルクのマイスタージンガー』を観に行くことにしていた[2]。しかし、その夜、〝ヴァルターの勝利〟を目にすることはできなかった。エクィタブル・ビルディングの丸天井の大広間でマーカムに会ってみると、地方検事は困っているようだった。そして、クラブのダイニング・ルームで席につくやいなや、マーカムが、その日の午後ディラード教授から電話のあったことを話し出した。

「教授が、どうしても今晩、ぼくに来てほしいとおっしゃるんだ」と、マーカム。「なんとか断わろうとすると、必死に頼まれてね。アーネッソンが今晩ずっと留守なんだってことを、教授はとりたてて言う。こんな機会はめったにない、逃すと手遅れになりかねないともね。どういう意味なんだか尋ねてみたけど説明はなしで、ともかく夕食後に来てくれとしつこいんだ。行けるようだったらあとでお知らせするとだけ言っておいたんだが」

ヴァンスは、興味津々、このうえなく緊張したおももちで聞いていた。

「行かなくちゃならないよ、マーカム。そんな呼び出しがあるんじゃないかと、ぼくはむしろ待ち受けていたくらいだ。やっと真相の鍵を見つけられるかもしれない」

「何の真相だい?」

「パーディーに罪があるかないかについてだよ」

マーカムはそれ以上何も言わなかった。私たちは黙々と夕食をとった。

八時半、私たちはディラード家の呼び鈴を鳴らし、パインがすぐに書斎に案内してくれた。

老教授は、神経質に、気になってしかたがないとでもいうように、私たちを迎えた。

「よく来てくれた、マーカム」と、立ち上がりもせずに教授が言った。「まあ、座って、葉巻でもどうだね。きみに話したいことがある――じっくり考えてからにしたい。非常に難しい問題なんでな……」パイプに煙草を詰めはじめたところで、声が途切れた。

私たちは、座って、待った。何か困惑しているような気分を教授がはっきりとあたりに漂わせているのを感じただけで、これといって確たる理由もないのに、いつのまにか何かを待ちもうける気持ちになってしまっている。

「どういうふうに切り出したものか」と、教授が話しはじめた。「何ぶんにも、具体的な事実ではなくて、目には見えない人間の意識に関することなんでな。ある漠然とした思いつきにすっかりとらわれてしまって、この一週間というものずっと頭を悩ましておる。それを振り払うことがどうしてもできないと悟って、きみに話すほかはないと考えた……」

教授はためらいがちに視線を上げた。

「できることなら、シガードの留守に、きみにこのことを相談しておきたいと思ってな。ちょうど今夜、シガードはイプセンの『王位を窺うものたち』を観に行った——ついでながら、これはあいつの気に入りの芝居だ——その機会に、きみを呼んだというしだいだ」

「それで、思いつきとは、何についての？」と、マーカムが尋ねた。

「特に何についてということはない。今言ったとおり、ひどく漠然としておるんだが、それがだんだんと気にかかってしかたなくなってきた。……いや、まったく、たまりかねるほどに」と、教授は付け加えた。「それで、しばらくのあいだ、ベルをよそへやっておいたほうがいいと考えたくらいだ。今度のたび重なる恐ろしい事件の結果、あの子の神経がすっかりまいってしまっていたのも事実だが、あの子を北のほうへやったほんとうの理由は、このわしがとらえどころのない疑念にさいなまれていたからなんだ」

「疑念とおっしゃいましたか？」と、マーカムが膝を乗り出した。「どういう疑いですか？」

ディラード教授は、すぐには答えない。

「こちらから別の質問をして、その質問への答えとさせてもらおう」と、やがて教授が答えた。「パーディーについての事の成り行きに、実際も見かけのとおりだと、心中で満足しているかね？」

「ほんとうに自殺だったかどうか、という意味でしょうか？」

「そう。それに、あの男が犯人と推定されたことも」

マーカムは、考え込むように、身体を後ろに引いた。

「あなたは完全には満足していらっしゃらないと？」と、マーカムが訊く。

「その質問には、答えられん」と、ディラード教授は、ほとんどぶっきらぼうと言っていいほどの口調で答えた。「そんなことを訊く権利は、きみにはない。わしはただ、あらゆる資料を握っている当局が、あの恐ろしい事件は決着したと確信しているのかどうか、確かめたいと思ったまでだ」それに強く関心を寄せていることが、教授の顔色からわかる。「もしもそうだとわかれば、この一週間、日夜わしを悩ませている漠然とした不安を追い払うのに役立つかと思う」

「では、満足はしていないと申しあげたとしたら？」

老教授の目に、遠くを見つめるような苦悩に満ちた表情が浮かんだ。まるで、何か重苦しい悲しみにどっと押しつぶされるかのように、顔がわずかにうつむく。しばらくののち、教授は肩をそびやかし、深く息をついた。

「この世で何が難しいといって」と、教授。「自分の義務がどこにあるのか、それを理解することほど難しいことはない。義務とは、気持ちのもちようでどうにでもなるものだからな。人が何か決心を固めようとすると、感情が紛れ込んできてそれをひっかき回すのが常だ。来てもらったのは、ひょっとしたら間違いだったかもしれん。要するに、つかみどころのない疑いとか、まだ形もなしていない漠然とした思いつきにすぎんのではな。しかし同時に、この情緒不安定には、自分では気づかないながら深く隠れた根拠があるのかもしれないとも思える。……

意味をわかってもらえるだろうか?」教授の言葉はいかにもつかみどころがなかったが、心の底に暗い悩みの影がちらついていることだけははっきりとわかる。

マーカムが、同情をこめてうなずいた。

「検屍官の判定を疑う理由は、何もありませんよ」検事はしいて事務的な声を出した。「どの事件にもどこか似通ったところがあるので、疑ってみたくなりがちなのは、よくわかります。しかし、これ以上、ご心配なさることはないと思います」

「ほんとうに、そのとおりであってほしいものだ」と、教授はつぶやいたが、納得していないのは明らかだ。「これは仮定だがね、マーカム――」と、教授が言いかけて、すぐに言葉を切った。「そう。きみの言うとおりであってほしい」と、前と同じせりふを繰り返す。

このもどかしいやりとりのあいだ、ヴァンスは落ち着きはらって静かに煙草をくゆらせていたが、異様なまでの関心をもって話に耳を傾けていた。それが、そのとき、ふと口をはさんだ。

「ディラード教授、あなたに不安を抱かせた何かがおありでしたら――どんなに漠然としていてもかまいません――お聞かせください」

「いや――そんなものは、何もない」間髪を容れず返ってきた言葉に、勢い込んだところがあった。「ただ想像をたくましくして――あらゆる可能性を考え合わせていたまでだ。何か確証がなくては、なかなか安心できないたちでな。個人的に関わりのない原則には、純粋な論理もけっこうだ。しかし、自分自身の安心に関わることとなると、不完全な人間の心が、しかと目に見える証拠を要求するものだ」

「それはそうです」と、ヴァンスが教授を見上げる。このふたりの似ても似つかぬ人間のあいだに、一瞬ひらめくように互いへの理解が通い合ったという気がした。

マーカムは帰ろうとして立ち上がったが、ディラード教授が、もう少しと引き留めた。

「シガードもじきに帰ってくる。きみに会えたら喜ぶだろう。さっき言ったとおり『王位を窺うものたち』を観に行ったんだが、きっとまっすぐに帰ってくる。……ところで、ヴァンスさん」と、教授がマーカムからヴァンスへ向き直って、続けて言った。「シガードから聞きましたよ、先週、いっしょに『幽霊』をご覧になったとか。シガードと同じ、イプセンびいきでいらっしゃるのかな?」

かすかに眉を上げたところから、ヴァンスはこの質問にいくぶんまごついたらしい。しかし、答える声にいささかのたじろぎもまじってはいなかった。

「イプセンは、かなり読んでいます。非常にすぐれた創造の天才ということにほとんど異論はないのですが、たとえばゲーテの『ファウスト』にあるような審美的な様式、あるいは哲学的な深みといったものが、イプセンには見いだしえませんね」

「すると、シガードとはどこまでいっても、根本的な見解の相違が残るというわけか」

マーカムは、それ以上はいくらとどまるように勧められても断わった。そして、しばらくして、私たちはさわやかな四月の風に吹かれてウェストエンド・アヴェニューを下っていた。

「ねえ、マーカム、覚えておいてほしいんだがね」と、七十二丁目に折れて、公園のほうに向かっているところで、ヴァンスがちょっとふざけたように言った。「はたしてパーディーにこの世におさらばする意志があったかどうか、疑問をもってるのは、きみのしがない協力者だけじゃなくって、ほかにもいるってことをね。それに、もうひとつ付け加えておくと、教授はきみの保証なんかじゃ、ちっとも満足しちゃいないね」

「教授が疑り深くなっているっていうのは、事情がよくわかる」と、マーカム。「殺人事件はどれもこれも、みんなあのうちのすぐ近所で起こったんだ」

「それは説明にならない。ご老体は、恐れている。ぼくらに言わないでいる何かを知っている」

「ぼくはそんな印象は受けなかったが」

「おや、マーカム——親愛なるマーカム君。すると、教授がためらいがちに、しぶしぶ口にしたあの話を、きみはよく注意して聞いていなかったものとみえる。教授は、実際に言葉にはせずに、何かをほのめかそうとしているようだったじゃないか。察してくれというわけだよ。そうだよ。きみに来てくれってしつこく頼んだのは、そういうわけなんだ。アーネッソンが留守で、不意に帰ってくる心配がないときにね。イプセンの再演に出かけて——」

ヴァンスがふと話をやめて、その場に棒立ちになった。驚いたその目が、きらりと光る。

「ああ、これはこれは！　ありがたい！　そうだったのか、教授がイプセンのことをぼくに訊いたのは！……いやあ！　馬鹿だったよ、あきれたね！」ヴァンスがマーカムをじっと見た。顎をきりりと引き締めている。「ついに真相をつかんだ！」と、胸にしみいるような静かな声で言う。「しかも、この事件を解決するのは、きみでも警察でも、ぼくでもない。二十年前に故人となっているノルウェーの劇作家だ。イプセンに鍵が潜んでいたんだ」

マーカムは、突然、魂が宙に飛んでいったとでもいうように、呆然とヴァンスを眺めた。しかし、マーカムが口をきくまもなく、ヴァンスはタクシーを呼んだ。

「説明は、帰ってからだ」車がセントラル・パークを東に向かっているときに、ヴァンスが言った。「信じられない。しかも、それが真実だとは。とうの昔に気づいていなくてはならなかった。しかし、あの手紙の署名の意味はさまざまに解釈できて、雲をつかむような話だったから……」

「季節が春じゃなくて真夏だったら」と、マーカムはぷりぷりしている。「きみが暑気あたりでもしたと思うところだよ」

「最初から、疑わしい容疑者が三人いるとは思っていた」と、ヴァンスが続ける。「三人とも、感情を抑えつけていて、精神のバランスがくずれたら殺人を犯しうる心理状態になるだろうとね。だから、容疑がひとりに焦点を結ぶような兆候が現われるのを待つほかなかった。ドラッカーは三人の容疑者のうちのひとりだったが、殺された。残るはふたり。そのうちパーディーは、見たところ疑う余地のない自殺を遂げた。その死によって、あの男が犯人だと推定するに十分な合理性が生じたことは、ぼくも認めるにやぶさかでない。しかし、どうにも気がかりな疑問が残った。パーディーの自殺は断定的でなかった。おまけに、あのカードの家が、ぼくの悩みのタネだった。行き詰まりだ。そこで、また待つことにした。待ちながら、第三の可能性を監視した。今、パーディーが無実だったことも、彼の死は自殺ではなかったこともわかった。殺されたんだ――ロビンやスプリッグやドラッカーと同じように。パーディーの死もやはり、残酷なユーモアだった——悪魔のようなおふざけで、警察の前に投げ出されたいけにえだった。あれ以来、犯人はわれわれをおめでたいやつらだとせせら笑っていたんだよ」

「どういう推理でそんな突飛な結論に達するんだ?」

「こうなったらもう、推理の問題じゃない。やっとぼくには、この一連の殺人に説明がつけられた。手紙にあった〝僧正〟という署名の意味もわかった。すぐに、驚くべき、議論の余地のない論拠をお目にかけようじゃないか」

数分ののち、私たちはヴァンスのアパートに到着した。ヴァンスはまっすぐに書斎に案内していく。

「ずっと前から、証拠はいつだってこの手の届くところにあったんだ」

戯曲作品が並べてある書棚に向かい、ヘンリク・イプセンの著作集第二巻[3]を引き出す。『ヘルゲランの勇士たち』と『王位を窺うものたち』が収められた巻だったが、ヴァンスは最初の劇には関心を示さない。『王位を窺うものたち』のページを開いて、登場人物紹介を探して、本をマーカムの前のテーブルに置いた。

「アーネッソンお気に入りの芝居の、登場人物を読んでごらんよ」と、ヴァンスが言った。

マーカムはけげんそうに、黙って本を引き寄せた。私はその肩越しにのぞき込んだ。そこに見たのは、次のような記述だ。

ホーコン・ホーコンソン　ビルヒレッグ党によって選ばれた王

ヴァルテイグのインガ　その母
スクーレ伯爵
レディ・ラグンヒル　その妻
ジグリ　スクーレの妹
マルグレーテ　その娘
グットルム・インゲッソン
シーグルド・リッブング
ニコラス・アルネッソン　オスロの僧正《ビショップ》
〝農民〟ダグフィン　ホーコンの式部官
イヴァール・ボッデ　ホーコンの宮廷司祭
ヴェガル・ヴェーラダル　護衛兵のひとり
グレゴリウス・ヨンソン　貴族
パウル・フリーダ　貴族
インゲビョルク　アンドレス・シャルダルバンの妻
ペーテル　その息子、若い牧師
シラ・ヴィリアム　ニコラス僧正付き司祭
ブラバントのシガルド師　医者
ヤトゲイル・スカルド　アイスランド人

ボールド・ブラッテ　トロンヘイ地方の領主

しかし、マーカムが、次の一行より先を読んだかどうかはあやしいものだ。

ニコラス・アルネッソン　オスロの僧正

私の目はすわり、恐ろしい魔力のとりことなったようにその名前の上に釘づけにされた。そして、思い出したのだ。……アルネッソン僧正は、文学史上最も悪魔的にして凶悪な人物のひとり――人生の健全な価値をことごとく歪曲《わいきょく》して醜怪ななぶりものにしてしまった、いっさいのものを嘲弄《ちょうろう》する皮肉屋の化けものだったことを。

## 24　最終幕

四月二十六日（火曜日）午前九時

この、驚くべき新事実の発見をもって、僧正殺人事件は最後の最も戦慄すべき段階に突入した。ヴァンスの発見をヒースに知らせ、私たちは、翌朝早くに地方検事事務所で作戦会議を開く手はずにした。

その夜の帰りがけ、マーカムは今までになく心配なようすで、元気がなかった。

「どうしたらいいのか、わからない」と、絶望的な声。「法的な証拠はひとつもない。しかし、行動を起こしてなんとかしっぽをつかむ手を編み出せるかもしれない……拷問なんぞは大嫌いだが、今はほんとうに指詰めなり拷問台なりの責め道具に頼りたいくらいの気持ちだよ」

翌朝の九時少し過ぎ、ヴァンスと私は検事事務所に到着した。マーカムの手がふさがっているとかでスワッカーに途中でさえぎられ、応接室で待つことになった。腰をおろすかおろさないかのうちに、ヒースが沈痛なまでに不機嫌な顔つきで、勢い込んで入ってきた。

「こいつはお任せしますよ、ヴァンスさん」と、部長が言い放つ。「確かに、あなたの発見はいい線をいっている。だが、どうしたものか、てんでわかりゃしない。本に名前が出てるからって、しょっぴくわけにもいかんでしょう」

「なんとか突破口を開けないこともないよ」と、ヴァンス。「いずれにせよ、われわれが今どこに立っているかってことだけでもわかったんだから」

十分ほどして、スワッカーが私たちをさしまねいて、マーカムの手があいたと知らせた。

「待たせてすまなかった。ちょうど、思いがけない来客とぶつかってしまってね」声に、どうにもやりきれなさそうな響きがあった。「また事件だ。それも、妙なことには、ドラッカーが殺されたリヴァーサイド公園のちょうどあの現場に、今度の事件も関係しているときた。だが、今さらぼくにはどうしようもない……」検事は、目の前の書類を引き寄せた。「さあ、仕事だ」

「リヴァーサイド公園で起きたばかりの事件て、何だい？」と、ヴァンスがさりげなく尋ねた。

マーカムが顔を曇らせた。

「われわれが手をわずらわせることじゃないよ。誘拐事件らしい、どうやら。今日の朝刊にも短い記事が出ているよ、関心があるんなら……」

「新聞を読むのは大嫌いなんだ」と、ヴァンスは穏やかに言ったが、あくまでもその事件にこだわっているのが妙な感じだった。「何ごとがあったんだい？」

マーカムは、腹の虫を抑えて、深々と吐息をついた。

「昨日、子どもがひとり、プレイグラウンドから姿を消した。いなくなる前に、正体不明の男と話をしていたというんだが。やってきた父親に、ぼくになんとかしてほしいと直訴されてね。しかし、そんなことは失踪人係の仕事だ。だから、そう言ってやったところだ。これで、きみの好奇心も満足しただろう――」

「ところが、そうでもない」と、ヴァンスはくいさがる。「詳しいいきさつを、どうしても聞かせてもらわねば。公園のあのあたりに、ぼくは不思議にひきつけられるんでね」

マーカムは、けげんそうに目を細めて、じろっとヴァンスを見た。

「いいだろう」と、しぶしぶ答える。「マデラン・モファットという五歳になる女の子が、昨日の午後五時半ごろ、ほかの子どもたちといっしょに遊んでいた。その子は、支えの壁近くにある小高い築山《つきやま》によじ登った。しばらくして、向こう側におりたものと思った家庭教師が迎えに行ってみると、どこにも姿が見えない。ただひとつの手がかりらしき事実は、ほかのふたりの子どもが、姿を消す少し前にひとりの男がその女の子に話しかけているところを見たと言っていること。しかし、当然のことながら、子どもたちにはその男の人相などを説明できやしない。届け出を受けた警察では、現在調査中だ。今のところ、わかっていることはそれだけだ」

「マデラン」と、ヴァンスはその名前を繰り返して、考え込んだ。「ねえ、マーカム、その女の子がドラッカーの知り合いだったかどうか、知らないかい？」

「知り合いだった！」マーカムがやや緊張して、背筋を伸ばした。「父親の話では、その子はたびたびドラッカー家のパーティに行ってたってことだった……」

「その子には会ったことがあるぞ」ヴァンスは立ち上がって、両手をポケットにつっこんで床を見つめた。「それはかわいらしい子だった……金髪の巻き毛で。葬式の朝、ドラッカーに花束を持ってきた。……その子が、あやしい男と話をしているところを目撃されたあとで、いなくなった……」

「何を考えている？」と、マーカムの鋭い声。

ヴァンスの耳には、その質問も届かなかった。

「父親は、何でまたきみのところに頼みにきたんだ？」

「モファットとは、もう何年も前からのちょっとした知り合いなんだ。――一時、市庁に勤めていた男でね。ひどい取り乱しようだった――藁をもつかみたいというところなんだろう。事件が起こった場所が僧正殺人事件の現場に近いもんだから、死ぬほど心配なんだな。……だがね、ヴァンス、われわれがこうして集まったのは、モファットの娘の失踪事件を論議するためではないはず……」

ヴァンスは顔を上げた。その顔に、ありありと恐怖がみなぎっている。

「ちょっと黙ってくれないか——ああ、黙っていてくれ……」ヴァンスは、部屋の中を行きつ戻りつしはじめた。マーカムとヒースは、黙って、あきれたようにそれを見守った。「そう。そうだ。そうかもしれない」ヴァンスはぶつぶつひとりごとをつぶやいている。「タイミングは合う……何もかもぴったり……」

ヴァンスがいきなりきびすを返して、マーカムのそばに寄ると、その腕をつかんだ。

「来るんだ——大至急。唯一のチャンスだ。——一刻の猶予もないぞ」そして、マーカムをひきずらんばかりにして、ドアに突進した。「この一週間というものずっと、こんなことではないかと心配していたんだ——」

マーカムは、身をよじって、腕をつかんだヴァンスの手を振りほどいた。

「説明してもらえるまでは、断じてこの事務所から動くつもりはないぞ」

「芝居の次の幕だ——最終幕だよ。ぼくを信用してくれ」ヴァンスの目に、これまでお目にかかったことのない光が宿っている。「今度は『かわいいマフェットちゃん』だ。名前はちょっと違う。でも、そんなことはどうでもいい。僧正のユーモアには十分だ。そのうち新聞にも説明があるだろう。やつはきっと、女の子を芝生におびき寄せて、そばに座ったんだろう。そうして、子どもはいなくなった——マフェットちゃんびっくり逃げ出した、っていうわけだ……」(i)

マーカムが、よろめくように足を踏み出した。ヒースは目をむいて、ドアに向かって飛び出していった。ヴァンスがわけを話しているほんの数秒のあいだに、この三人の心中に何ごとが起こったのか、のちに私はたびたびあやしんだものだ。ヴァンスの解釈を信じたのだろうか？

それとも、単に、僧正がまたもや恐ろしいいたずらをしでかす可能性がかすかにでもあるかぎり、調べもしないで放っておくのが心配だっただけだろうか? 確信したにせよ疑っていたにせよ、ともかくヴァンスの見解は受け入れられた。時をおかず私たちは廊下に飛び出し、エレベーターに向かって走っていた。ヴァンスの意見に従って、刑事法廷ビルにある刑事課分室から、トレイシー刑事も連れ出した。

「この事件は重大だ」と、ヴァンス。「どんなことが起こらないともかぎらない」

フランクリン・ストリート側の出入り口から出て、二、三分後には、地方検事の車で、あらゆる交通規則をものともせず、信号を無視して、アップタウンへと車を飛ばしていた。一刻を争って走り抜けているあいだ、口をきこうとする者はなかったが、セントラル・パークの曲がりくねった道を突き抜けているときになって、ヴァンスがようやく口を開いた。

「ぼくの見当違いかもしれないが、一か八かに賭けてみるしかない。新聞社が手紙を受け取るまで手をこまねいていたんじゃ、手遅れになる。事はまだ露見していないと思われている。そこがつけ目だ……」

「何を探そうというんだ?」マーカムの声はかすれて、どことなく不安そうだ。

ヴァンスは力なく首を振る。

「ああ。ぼくにもわからない。しかし、何か、ものすごいものだ」

タイヤのきしる音をたてて車がディラード家の正面にすべり込むと、ヴァンスはさっそく飛び降りて、私たちの先を越して階段を駆けのぼった。けたたましく鳴り続ける呼び鈴に応えて、パインが出てきた。

「アーネッソンはどこだ?」と、ヴァンスが尋ねる。

「大学にいらしてます、はい」と、老執事が答える。その目に恐怖の色を見たような気がした。

「しかし、昼食までには早めにお帰りになるはずでございます」

「では、すぐにディラード教授のところに案内してくれ」

「申しわけございませんが」と、パイン。「先生もお留守でございまして。公立図書館にお出かけになりました——」

「きみひとりなのか?」

「はい、さようでございます。ビードルは買い物にまいりました」

「そのほうが好都合」ヴァンスは執事をつかまえて、奥の階段のほうを向かせた。「家探しさせてもらう、パイン。案内しろ」

マーカムが進み出た。

「でも、ヴァンス、そんなことはできない」

ヴァンスはぐるりと向き直った。「できるかできないかなど、どうだっていい。ぼくはこのうちを家探しする。……部長、いっしょにやってくれるか?」顔が異様に輝いている。

「とことんつきあいます!」(私は、このときほどヒースを好きになったことはない)

捜査は地階から始まった。廊下という廊下、物入れという物入れ、あらゆる戸棚、あらゆる隙間までくまなく捜索された。パインはヒースの鼻息の荒さにすっかり気圧《けお》されてしまって、案内役をさせられていた。鍵束をもちだして扉を開け、さもなければ見落としたかもしれない箇所を注意してくれさえした。部長は、何のための捜査なのか漠然としかわかっていなかっただろうに、ともかく、家探しにたいへんな熱意を傾けていた。マーカムは、非難がましい態度で、しぶしぶついてきていた。しかし、検事もまた、いかにも確固たる目的があるかのようにヴァンスがてきぱき動く勢いに、のみ込まれてしまった。乱暴きわまるヴァンスのこの行動には、何かけたはずれに重大な意味があると悟ったらしい。

家の下のほうから始まった捜索は、だんだんと階上に向かって進められていった。書斎とアーネッソンの部屋が綿密に調べあげられた。ベル・ディラードの居間もくまなく調べられ、二階の使われていない部屋部屋も慎重に注意が払われた。三階の使用人部屋もひっかき回された。しかし、あやしいものは何も出てこない。ヴァンスは、必死なところを努めて表に出さないようにしていたが、うまずやすまず大車輪で捜索を続けているようすから、神経をどんなにとぎすましているかがうかがえる。

やがて、階上の廊下ホールの奥で、鍵のかかったドアに行き当たった。

「どこに通じている?」と、ヴァンスがパインに尋ねた。

「小さい屋根裏部屋です。しかし、一度も使ったことのない部屋でございまして――」

「開けろ」

パインは、しばらく鍵束を探っていた。

「どうも、鍵が見当たらないようで、はい、ないはずはないのですが……」

「最後に見たのはいつだ?」

「それが、記憶にございませんで、はい。存じておりますかぎり、もう何年も屋根裏にのぼった者はございません」

ヴァンスが、後ろにさがって身構えた。

「どけ、パイン」

執事がよけると同時に、ヴァンスがすさまじい勢いでドアにぶつかっていった。ギギッと音がして鏡板が曲がったが、ドアはびくともしない。

マーカムが前に飛び出して、ヴァンスの肩につかみかかった。

「頭がおかしくなったのか?」と、検事が叫ぶ。「法律を破っているんだぞ」

「法律?」ヴァンスの返す言葉に、強烈な皮肉がこもる。「あらゆる法律をあざけりもてあそぶ化けものを相手にしているというのに。きみがそいつの肩をもちたいというのなら、どうぞそうしてくれたまえ。一生監獄暮らしになったって、ぼくは屋根裏部屋を探してみせる。部長、このドアを開けてくれないか」

私はまたもや、ヒースをこのうえなく頼もしく思った。一瞬のためらいも見せずに、部長は足をふんばって身構えると、ちょうどノブのすぐ上の鏡板に、いきなり肩をたたきつけたのだ。木片がはじけ飛び、錠のかけがねが受け口を引き裂いた。ドアが、内側に向かってぱっと開いた。

ヴァンスが、マーカムの手を払いのけて、階段をよろめきながら駆けあがり、私たちはあとを追った。屋根裏部屋はまっ暗で、暗闇に目を慣らそうと、階段をのぼり切ったところで私たちはしばらく足を止めた。やがて、ヴァンスがマッチをすって手探りで進んでいき、窓のブラインドをガラガラ音をたてて巻き上げた。日光がさっと降りそそぎ、やっと十フィート四方といった小さな部屋が姿を見せた。部屋いっぱい乱雑に、いろいろながらくたがある。空気が重くよどんで息が詰まり、あらゆるものにほこりが厚く積もっている。

ヴァンスは、すばやくあたりを見回した。失望が顔に浮かぶ。

「ここが残る最後の場所なんだが」と、げっそりした小声で言う。

部屋の中をさらに子細に調べてみたうえで、小窓のあるかたすみに足を踏み入れたヴァンスは、かたわらの壁に寄せてあるぺちゃんこのスーツケースをのぞき込んだ。鍵はかかっていない。締めてない革ひもが、だらりと垂れ下がっている。ヴァンスがかがんで、ふたをさっとはねのけた。

「ああ。とうとう見つけた。きみの必要とするものをね、マーカム」

みながまわりに駆け寄った。スーツケースの中に、古いコロナのタイプライターがあった。紙が一枚、印字台にはさんである。その紙に、薄青いインクのエリート書体で、二行ほどすでにタイプしてあった。

かわいいマフェットおじょうちゃん
草の上に腰おろし

きっと、そこまでタイプしたところで、邪魔でも入ったものか、あるいは何かほかの理由があって、マザー・グースの童謡は完成しなかったのだ。

「僧正が新聞社に送る、新しい手紙だ」と、ヴァンスが言った。そして、スーツケースの中を探って、一束の白い紙と封筒を取り出した。底のほう、タイプライターのすぐそばに、薄黄色の紙をとじた赤革のノートブックがあった。それをマーカムに渡しながら、ヴァンスがぽつりと言う。

「ドラッカーの、量子論の計算式だ」

しかし、その目には、なおあてがはずれたという思いが表われている。そして、ふたたび部屋を捜索しはじめるのだった。今度は、窓の向かい側の壁に寄せて置いてある古い化粧台だ。裏側をのぞき込もうとしてかがんだかと思うと、ヴァンスは急に身体を後ろに引いて顔を上げ、鼻をひくつかせた。それと同時に、足もとの床の上にあるものを見て、それを部屋の中央に足で蹴り出した。それを見おろして、一同は驚いた。化学者の使うようなガス・マスクだった。

「さがっていたまえ、諸君」と、ヴァンスが指示した。片手で鼻と口をおおって、化粧台を窓ぎわから引き離す。すぐ後ろに、三フィートほどの高さの壁にはめ込み式の食器棚の扉がある。ヴァンスはそれをこじあけて中をのぞき込んだが、すぐに扉をぴしゃりと閉めた。

食器棚の中はほんのかたときしか見えなかったが、何があるのかははっきりわかった。内部に棚が二段。下の段には開いたままの書物が何冊か。上段には、鉄の台に載せたエルレンマイヤー・フラスコがひとつと、アルコール・ランプ、コンデンサー・チューブ、ガラスのビーカーがそれぞれひとつずつ、それに小さな壺がふたつあった。

ヴァンスは振り返って、がっかりしたように私たちを眺めた。

「退散するとしよう。もう、ここには何もない」

私たちは応接間に引き返し、屋根裏部屋の入り口にはトレイシーを見張りに残した。

「結果的に、きみの捜索は正当だということになったらしい」と、マーカムは認めたが、真剣な目でじっとヴァンスを見守っている。「しかし、こういうやりかたは好きじゃない。もしもタイプライターが見つからなかったら――」

「まだそんなことを言っているのか」と、ヴァンスは、いかにも気がかりなことがあってじっとしてはいられないというように、アーチェリー練習場が見渡せる窓ぎわに行った。「ぼくが探していたのはタイプライターじゃない――ノートブックでもない。あんなものが何になる?」ヴァンスは、胸に埋めんばかりに顎を引いて、敗北感にげっそりしたように目を閉じた。「すっかりあてがはずれた――ぼくの推理は当たっていなかった。手遅れだ」

「何の不服があるのか、さっぱりわからないな」と、マーカム。「しかし、少なくともきみは、われわれにある種の証拠を提供してくれたよ。これで、アーネッソンが大学から帰ってくれば、あの男を逮捕することができるってもんだ」

「そりゃそうだ、もちろん。だが、ぼくが考えていたのは、アーネッソンのことでも犯人の逮捕でもないし、地方検事局の勝利のことでもない。ぼくが望んでいたのは――」

ヴァンスはふと口をつぐんで、きっとなった。

「まだ手遅れじゃない。そこまでは考えてみなかった……」ヴァンスは、あたふたと出入り口に向かって突進した。「ドラッカーの家だ、捜索しなくちゃならないのは……大至急」ヴァンスはもう、廊下をなかば走っていた。ヒースがその後ろに続き、マーカムと私がしんがりについていった。

ヴァンスのあとを追って裏手の階段をおり、アーチェリー・ルームを抜けて練習場に出た。ヴァンスが何を考えているのかはわからない。われわれのうちの誰ひとりとして、見当さえもつかなかっただろう。だが、ヴァンスの内心の興奮は、一部私たちにも伝染していた。いつもあれほど冷静で超然としているヴァンスがこれほど取り乱しているからには、のっぴきならない事態に違いないと察しがついた。

ドラッカー家の網戸のポーチまで来ると、ヴァンスは破れた金網の隙間から手を差し入れて、かけがねをはずした。驚いたことに、台所のドアには鍵がかかっていなかった。ただ、ヴァンスはそれを予測していたらしく、いきなりノブを回してドアを開けた。

「待つんだ」と、裏手の狭い廊下で立ち止まると、ヴァンスが私たちに言った。「家じゅうを探す必要はない。いちばんめぼしい場所を……そうだ、こっちだ……上の階だ……どこか、家の中心部……いちばん手ごろなのは物入れだろうな……誰にももの音を聞きつけられずにすむ……」そう言いながら、先に立って裏手の階段をのぼり、ミセス・ドラッカーの部屋と書斎を通り越して三階にあがった。上の階の廊下に扉はふたつしかなかった――ひとつは廊下の端、もうひとつはずっと小さい扉で、右手の壁の中ほどにあった。

ヴァンスは、まっすぐその扉に向かった。錠前から鍵が突き出ている。それをひねって、さっと扉を開けた。目に入るものはただ闇ばかり。ヴァンスはいきなり膝をついて、内側を手探りしながら叫んだ。

「部長、急いで。懐中電灯を」

ヴァンスがしまいまで言い切らないうちに、光のまん丸い輪が物入れの床に落ちてきた。目にしたものに、私の全身は恐怖で震えあがった。マーカムが、息の詰まったような叫び声をあげた。口から小さくヒューと音がもれたところからして、ヒースもその光景に肝をつぶしたらしい。目の前の床に、ぐったりともの言わぬかたまりとなって、小さな女の子がころがっている。葬式の朝、死んだハンプティ・ダンプティのために花束を持ってきた少女。その金髪はすっかりくしゃくしゃにもつれ、死人のように蒼い顔で、甲斐なく流れた涙の乾いた跡が頬に筋を引いている。

ヴァンスはしゃがみ込んで、少女の胸に耳をつけた。そして、そっとかき集めるようにして腕に抱きあげた。

「かわいそうなマフェットちゃん」と、つぶやく。それから立ち上がり、表の階段に向かった。ヒースが先導して道々ずっと足もとを照らし、万が一にもヴァンスがつまずいたりしないように気を配った。階下のメインの廊下におりてくると、ヴァンスが立ち止まった。

「部長、ドアを開けてくれないか」

ヒースは迅速に指示に従った。ヴァンスは外の歩道に出ていく。

「ディラード家で待っていてくれ」と、ヴァンスが肩越しに言い残す。そして、子どもをしっかり胸に抱きかかえ、七十六丁目を斜めに横切って一軒の家に向かって歩み去っていった。そこに、真鍮《しんちゅう》でできた医者の看板が出ているのが見えた。

## 25 幕引き

四月二十六日（火曜日）午前十一時

二十分ほどたって、私たちの待つディラード家の応接間に、ヴァンスが戻ってきた。

「あの子は、だいじょうぶだ」と、椅子に腰をおろし、煙草に火をつけると、報告した。「ただ意識を失っていただけだ。驚きとあまりの恐ろしさに気を失ったんだな。それに、あわや窒息するところだった」ヴァンスは顔を曇らせた。「いたいけな手首に打ち傷がある。空き家になったあそこに行ったところ、ハンプティ・ダンプティがいないので、おそらく暴れたんだろう。それで、けだもののようなやつが物入れに閉じ込めて、扉に鍵をかけた。殺す暇はなかったんだね。それに、殺すなんて文句は出てこない。〝かわいいマフェットちゃん〟は殺されはしなかった――ただ、びっくり逃げ出した。だけど、あの子は酸素不足で死んでしまうところだった。そして、やつはのうのうとしていられた。あの子の泣き声は、誰にも聞かれる心配がなかったんだから……」

マーカムが、親しみをこめてヴァンスを見つめた。

「引き留めたりして、すまなかった」と、検事はあっさりと非を認めた（マーカムという男は、何かと因習的で本能的に法律一辺倒のところがあったが、もともと根本的には闊達《かったつ》なのだ）。「ヴァンス、問題をとことんまでつきつめていったきみは正しかった……それに、部長、きみもだ。きみたちの英断と尽力とに、おおいに感謝したい」

ヒースは照れくさがっていた。

「いやあ、そんなことをおっしゃっていただいては。なにしろ、あの子のことについちゃ、ヴァンスさんがすっかりお膳立てしてくださったんですから。それに、子どもは好きなんですよ」

マーカムがもの問いたげにヴァンスのほうを振り向いた。

「あの子は生きて見つかると思っていたのかい？」

「うん。ただし、おそらく麻酔をかがされるか気絶させるかぐらいのことはあるだろうと思っていた。死んでいるとは思わなかった。僧正のユーモアと合わないからね」

ヒースが、合点がゆかないようすで考え込んでいた。

「どうも腑に落ちないんですがね」と、部長。「何ごとにつけあれほど慎重な僧正が、なぜドラッカー家の鍵を開けておいたのか」

「われわれが子どもを探すのをあてにしていたんだ」と、ヴァンス。「いっさい、探しやすいようにお膳立てしてあったんだ。僧正も思いやりがあったもんだな。しかし、それにしても、明日にならないと子どもは見つからないと踏んでいた——新聞社がかわいいマフェットちゃんの手紙を受け取るまではね。その手紙がわれわれの手がかりとなるはずだったんだ。ところが、こちらで先回りしたってわけさ」

「しかし、なぜ昨日のうちに手紙を送らなかったんでしょうね？」

「僧正の当初の計画ではきっと、昨夜のうちにあの童謡を投函するつもりだったに違いない。それが、まず世間が子どもの失踪に騒ぎ出してからのほうが、もっと僧正の目的にかなうと、考え直したんじゃないかと想像してるんだがね。そうでないと、マデラン・モファットとかわいいマフェットちゃんの関係がぼやけてしまうかもしれないから」

「ふうむ」と、ヒースが、歯をくいしばってうなった。「そして、明日になれば子どもは死んでしまってるだろう。すると、子どもに正体をばらされる心配もなくなるってわけか」

マーカムが時計を見て、意を決したように立ち上がった。

「何もアーネッソンの帰りを待つまでもないだろう。早く逮捕すればするだけいいんじゃないか」マーカムがヒースにそう指示しようとしたところへ、ヴァンスが口をはさんだ。

「マーカム。そのことで無理をしないほうがいい。完全な証拠は、何もないんだからね。強硬手段に訴えるにしては、きわめてデリケートな事態だ。慎重に事を運ばないと失敗しかねないぞ」

「タイプライターやノートブックが見つかっただけで断定を下すわけにいかないことは、承知のうえだ」と、マーカムはその点同意した。「しかし、子どもの証言があれば——」

「きみはまた、なんてことを。有力な裏付けとなる証拠もなしに、たかが五歳の、しかもおびえ切った女の子の証言に、陪審員がいかほどの価値を認めるというのかね。頭の切れる弁護士なら、そんなものは五分もあればたたきつぶせる。それに、たとえ子どもの証言を法廷で承認させたとしても、それが何になる? アーネッソンを僧正殺人事件に結びつけることは、とうていできやしないだろう。ただの誘拐未遂で告発できるのが関の山だ――子どもは無事だったんだ、忘れちゃいけない。何か法律上の奇跡でも起こって、どうにかこうにかあやしげな有罪判決にこぎつけたとしても、アーネッソンはせいぜい二、三年刑務所行きになるのがおちだろう。それじゃ、この恐るべき事件の決着はつかない……だめだ、だめだ。早まってはいけないよ」

マーカムは、しぶしぶながらまた腰をおろした。検事は、ヴァンスの言うことが正しいのを認めたのだ。

「しかし、このままにしておくわけにはいかない」と、いまいましそうに言う。「なんとかして、あの異常者を止めなくては」

「なんとかして――そうだ」ヴァンスがせわしなく部屋を歩き回りはじめた。「口実を設けて、真相を吐かせることができるかもしれない。子どもが見つかったことは、相手にまだ知られていないんだ……ディラード教授が手を貸してくれないこともないだろう――」ヴァンスは立ち上がって、そのまま床を見おろしている。「そうだ。チャンスがひとつある。教授のいるところでわれわれが知っていることをつきつけて、アーネッソンと対決しなくちゃならない。それで、なんとか突破口が見つかるはずだ。今度は教授とて、アーネッソンを有罪とするのに協力を惜しみはしないだろう」

「ぼくらに話した以上のことを教授が知っていると思うのか?」

「もちろん。最初からそう言ってるじゃないか。かわいいマフェットちゃんの話を聞けば、教授もぼくらに必要な証拠を提供してくれないでもないさ」

「あまりあてになりそうにもないな」マーカムは悲観的だ。「だが、やってみても悪くない。いずれにせよ、ここを引き揚げるときには、ぼくはアーネッソンを逮捕する。あとは、運を天に任せる」

ほどなくして、表玄関のドアが開いて、応接間の出入り口の向こうの廊下にディラード教授が姿を現わした。マーカムの会釈にも、教授はほとんど反応しなかった――不意の訪問の意味を探ろうとするように、私たちの顔色をうかがっている。やがて、ようやく教授がこう尋ねた。

「昨夜わしが言ったことを、たぶん考えてみてくれたんだろうな」

「考えてみたどころではありません」と、マーカム。「先生が気にかけていらっしゃったものを、ヴァンス君が見つけてくれました。こちらをおいとましたあとで、ヴァンス君が『王位を窺うものたち』の脚本を見せてくれましてね」

「おお、そうか」教授の叫びは、安堵の吐息にも似ていた。「何日も、あの芝居のことが気にかかって気にかかって、ほかのことが何も考えられんくらいだった……」教授が、不安そうにマーカムを見上げた。「それで、あれはどういうことなのかね?」

ヴァンスがそれに答えた。

「あれはつまり、教授、私たちを真相に導いてくださったということになるようです。今、ミスター・アーネッソンをお待ちしているところです。それで、教授、さしあたってあなたとお話ができればうれしいのですが。お力添え願えると思いまして」

老人は躊躇《ちゅうちょ》している。

「あの子を罪に落とす道具にはなりたくないと思っていた」教授の声は、父親のような悲痛な響きを帯びている。しかし、やがてその表情が硬くなり、目には憎悪の光が宿り、手がステッキの握りをしかと握り締めた。「だが、今となっては、個人的感情をとやかく言っている場合ではない。さあ、できるだけのことはするとしようじゃないか」

書斎に入ると、教授は戸棚の前で立ち止まって、ポートワインを一杯用意した。それを飲みほして、マーカムのほうを振り向いて言いわけするような目をしてみせた。

「失礼。どうも気分がすぐれんのでな」教授は、小さなチェス・テーブルをひっぱり出して、その上に一同の分のグラスを並べた。「無作法かもしれんが、かんべんしてもらいたい」教授は、グラスにひとと おりワインを注《つ》ぎ、腰をおろした。

私たちは椅子を引き寄せた。たった今、痛ましい事件の数々を経てのち、一杯のワインを必要ないと感じていた者はひとりもいなかったことだろう。

一同がひとまず席に落ち着くと、教授が、腫れぼったい目を、ちょうど真正面に座っていたヴァンスに向けて上げた。

「何もかもすべて話していただこう」と、教授が言う。「遠慮することはない」

ヴァンスは、シガレット・ケースを取り出した。

「まず、ひとつお尋ねしたいのですが。昨日の午後、五時から六時まで、ミスター・アーネッソンはどちらにいらっしゃいましたか？」

「わしは――知らん」ためらいのある口調だった。「あいつは、この書斎でお茶を飲んだ。しかし、四時半過ぎに出かけた。それから夕食のときまで、顔を合わせておらん」

ヴァンスは、しばらくのあいだ同情の目で相手を眺めていたが、やがて言った。

「僧正が手紙をタイプしたタイプライターを見つけました。このうちの屋根裏部屋に隠してあった、古いスーツケースの中にありました」

教授は、少しも動じなかった。

「僧正のものと立証できるのか？」

「疑う余地はありません。昨日、マデラン・モファットという小さな女の子が、公園のプレイグラウンドから行方不明になりました。タイプライターに紙が一枚はさんであって、そこにはもう、『かわいいマフェットおじょうちゃん、草の上に腰おろし』とタイプしてあったんです」

ディラード教授は頭をうなだれた。

「またしても、むごたらしい常軌を逸した行為か。きみたちへの警告を、昨夜まで引き延ばしてさえいなかったら――」

「いいえ、別に実害はたいしてありませんでした」と、ヴァンスがあわてて教授に教えた。「うまいこと間に合うように、子どもは見つけました。もう心配ありません」

「ああ」

「ドラッカー家の最上階の、廊下の物入れに閉じ込められていました。最初はこの家のどこかだと考えたのですが――それで、お宅の屋根裏部屋を捜索させていただいたのです」

沈黙があった。やがて、教授が尋ねた。

「聞いておくことがまだあるかね？」

「ドラッカーが最近取り組んでいた量子論の研究ノートが、あの方の亡くなった晩に部屋から盗み出されていました。それが、タイプライターといっしょに屋根裏部屋で見つかりました」

「それほどまでに見下げはてたことを？」それは問いではなく、とても信じられないという叫びだった。「それで、結論としては、確信があるのか？　昨夜わしが何も暗示しなかったとしたら――疑いのタネをまかなかったとしたら、ひょっとして……」

「いいえ、疑う余地はありません」と、ヴァンスが穏やかに言う。「マーカム君は、アーネッソンさんが大学からお帰りになりしだい逮捕するつもりでいます。しかし、あなたにだから正直に打ち明けるのですが、実際上は何ひとつ法律的に有効な証拠はないのです。法律的に言って、あの方を逮捕することができるのかどうかさえも、マーカム君は心中疑問に思っているのです。せいぜい、子どもの証言で、誘拐罪で有罪にすることができればいいところでしょう」

「ああ、なるほど……子どもが、相手を覚えているだろうな」老人の目に、苦しげなものがある。「それにしても、そのほかの犯罪まで償わせられる証拠を、何か手に入れる方法がありそうなものじゃ」

ヴァンスは考え込むように座って煙草をくゆらせ、向かい側の壁に目をやっている。やがて、ようやくのことで、ひどく重々しい口調で話しはじめた。

「ミスター・アーネッソンに対する容疑が有力な論拠に基づくものであると、あの方にも納得がいったなら、逃げ道として自殺を選ばれるかもしれませんね。おそらくは、すべての人にとってそれが最も人間的な解決法なのでしょう」

マーカムが憤慨してまさに抗議しようとしたとき、機先を制するようにヴァンスがさっさと先を続けていた。

「自殺は、必ずしもそれ自体《ペル・セ》、擁護する余地のない行為とは言えない。たとえば、聖書にも英雄的な自殺の話はいろいろあります。ラージスがデメトリウスのくびきを逃れるために塔から身を投げた(1)話など、それよりりっぱな勇気の規範がほかにあるでしょうか。サウルの武器を執る者の死（サムエル記上・第三十一章五節）も、アヒトペルの首つり（サムエル記下・第十七章二十三節）も、けなげです。また、サムソン（士師記・第十六章二十九、三十節）やイスカリオテのユダ（マタイによる福音書・第二十七章五節）の自決にも、確かに讃えるべきものがあった。歴史には注目に値する自殺が枚挙にいとまない——ブルータス、ウティカのカトー、ハンニバル、ルクレティア、クレオパトラ、セネカ……ネロはオトーと親衛隊の手に落ちないがために自殺した。ギリシャには、名高いデモステネスの自殺がある。エンペドクレスはエトナ火山の噴火口に飛び込んだし、アリストテレスは、自殺は反社会的行為であるという見解を初めて説いた偉大な思想家でありながら、当人は伝統に従ってアレクサンドルの死後に毒をあおった。最近では、日本の乃木大将の気高い行為を忘れてはならない……」

「いくらそんなことを並べたって、行為を正当化することにはならない」と、マーカムが反駁《はんばく》する。「法律というものは――」

「ああ、そうそう――その法律というやつ。中国の法律じゃ、死刑を宣告された罪人はすべて、自殺を選ぶ権利をもっているんですよ。十八世紀末フランスの国民会議で採択された法律では、すべての刑罰を自殺によって帳消しにした。それから、ザクセン法典《ザクセン・シュピーゲル》――これはチュートン法の主たる基礎となったものですが、自殺は罰するべき行為ではないとはっきり説いています。それにまた、ドナトゥス宗派、サーカムセリオン宗派、古代ローマ貴族階級のあいだでは、自殺は神の意志にかなうものと考えられていた。トマス・モアの『ユートピア』でさえも、個人がみずからの生命を絶つ権利を採択する長老会議の話が出てくる……マーカム、法律は社会を保護するためのものだ。その保護を可能にする自殺なら、どう思う？　法律上の手続きをうんぬんすることが現実に社会を不断の危険にさらしてしまうという場合、法律がどうのこうの言ってられるだろうか？　法令集にある法律よりも、もっと高みにある法律はないものだろうか？」

マーカムはすっかり当惑していた。立ち上がって、顔を不安に曇らせて、部屋の中を端から端まで行ったり来たりした。ふたたび腰をおろすと、ヴァンスを長いあいだじっと見ていたが、決断しかねているらしく、指がテーブルの上を神経質にたたいている。

「もちろん、清廉潔白なもののことを考えなくてはならない」と、検事はがっかりしたように言う。「自殺は道徳的に間違ったことではあるが、きみが言うように、ときとして、理論的に是認される場合がありうることはわかる」（マーカムをよく知る私には、このような譲歩をすることが彼にはどんなに辛いかわかった。また、任務として掃蕩《そうとう》しなくてはならない恐怖の疫病神を目の前にして、マーカムがいかに無力感を抱いているのかも、初めて知った）

老教授が、よくわかるといったうなずきかたをした。

「そうだ。世の中には、世間に知らせずにすませたほうがいいような恐ろしい秘密さえある。法律の手は借りずとも、より高いところにある法の裁きによって、正義が行なわれることもたびたびだ」

教授が話していると、ドアが開いて、アーネッソンが部屋に入ってきた。

「おやおや、また会議ですか？」そして、私たちを横目でひょうきんに眺め、教授のかたわらの椅子にどっかり腰をおろした。「ぼくはまた、事件には、何と言っていいか、判決がくだったものとばかり思っていたな。パーディーの自殺で、問題にけり《フィニス》がついたんじゃないんですかな？」

ヴァンスが、アーネッソンの目をまっすぐにのぞき込んだ。

「かわいいマフェットちゃんを見つけましたよ、ミスター・アーネッソン」

相手は、あざけるような、いかにもおもしろそうな表情になって、眉をつり上げた。

「なぞなぞのようですな。どうお答えしたらいいんでしょう？『ジャック・ホーナー坊やの親指はどうなった？(i)』でいかがです？それとも、ジャック・スプラット(i)の身体の調子でも訊かなければならないんでしょうかね？」

ヴァンスは、じっと見据える視線をゆるがせない。

「あの子は、ドラッカー家の物入れに閉じ込められていました」ヴァンスが、低い声で淡々と言う。

アーネッソンが真顔になって、思わず眉間《みけん》に皺《しわ》を寄せた。しかし、態度の変化はつかのまのことだった。やがて、その口もとに、ゆっくりとゆがんだつくり笑いが浮かぶ。

「あなた方おまわりさんってのは、なかなかどうして、たいしたもんだ。かわいいマフェットちゃんを、こんなに早く発見するなんて、いやはや驚いた。えらいもんです」そして、おどけて、感に堪えないといったふうに首を振った。「しかし、遅かれ早かれ、いずれは見つかったはず。さて、お次は何か、うかがいたいもんですな」

「タイプライターも見つけました」と、ヴァンスはその質問を無視して続ける。「それに、盗まれたドラッカーのノートブックも」

アーネッソンが、たちまち警戒するような姿勢になった。

「ほんとうですか？」アーネッソンが、ずるそうな目でヴァンスをじろりと見る。「その動かぬ証拠、どこにありました？」

「上――屋根裏部屋に」

「ははあ。家宅侵入ですね」

「まあ、そんなところです」

「それにしたって」と、アーネッソンがあざけりをこめて言う。「それだけじゃ、誰に対してだろうと、てこでも動かぬ証拠をつきつけるってわけにはいきませんね。タイプライターは服とは違って、ただひとりの身体だけに合ってるってもんじゃない。それに、ドラッカーのノートブックがどうして屋根裏に紛れ込んだものか、誰にもわかりゃしない。ヴァンスさん、もっと上手にやらなくっちゃ」

「当然、チャンスの要素もありますよ。僧正は、どの殺人事件の場合でもその場に居合わせることのできた人物ですからね」

「そんなことは、裏付け証拠としてはあまりに弱すぎる」と、相手が切り返す。「有罪と断定するには、たいして役には立ちませんね」

「犯人が、なぜ僧正という別名を選んだのか、その理由を示すことができるかもしれません」

「ははあ、それは、なるほど役に立つ」アーネッソンの顔が曇って、思い当たるふしがあるような目つきになった。「ぼくも、そのことは考えました」

「そうですか、あなたもね」ヴァンスはアーネッソンをじっと見守っている。「それに、まだ申しあげていない別の証拠もあるんです。かわいいマフェットちゃんは、あの子をドラッカー家に連れていって物入れに閉じ込めた人物を、見分けることができるはず」

「そうですか。すると、元気になったんですか?」

「ええ、すっかり。実際、経過は上々です。なにぶん、僧正が考えていたより二十四時間も早く発見したんですからね」

アーネッソンが黙り込んだ。握り締めているのに神経質に震える両手を、じっと目を伏せて見守っている。やがて、口を開いた。

「ところで、あらゆる証拠にもかかわらず、もしもあなた方が間違っているとしたら……」

「保証いたしますよ、ミスター・アーネッソン」と、ヴァンスが静かに言った。「誰が犯人か、ぼくは知っているんです」

「おっしゃることを聞いていると、まったく、震えあがってしまう」アーネッソンは自制を失わずに、嚙《か》みつくように皮肉で応酬する。「もしも、何の因果か、ぼくが僧正だとすれば、敗北を認めざるをえないでしょうね……それにしても、チェスの駒を、真夜中、ミセス・ドラッカーのもとへ届けたのが僧正だったことは間違いありません。ところが、ぼくはあの晩、ベルといっしょで、家に帰ってきたのは十二時半だった」

「あなたがお嬢さんにそうおっしゃったんでしたね。ぼくの記憶では、あなたがご自分の時計を見て、お嬢さんに時間を教えた。さあ、もう一度おうかがいします。何時でした？」

「確かです――十二時半でした」

ヴァンスはため息をついて、煙草の灰をたたき落とした。

「ねえ、ミスター・アーネッソン。あなたは化学者としてはどの程度でいらっしゃいますか？」

「一流の部類に入るでしょうね」と、相手はにっこりした。「専攻していました。それが何か？」

「今朝、屋根裏を捜索したところ、壁にはめ込み式の小さな戸棚があって、そこで誰かが、フエロシアン化カリウムからシアン化水素酸を蒸留したらしいんです。そのへんに、化学実験用のガス・マスクやら道具類いっさいがそろっているんですよ。きついアーモンドのにおいが、あたりにまだ漂っていました」

「まったく、お宝の山なんですねえ、うちの屋根裏ときたら。まるで、疫病神ロキ（北欧神話、不和と悪事をたくらむ火の神）の住まいみたいじゃありませんか」

「まさにそれですよ」と、ヴァンスが重々しく答える。「――悪霊の巣窟です」

「それとももっと近代的な、フォースタス博士（イギリスの劇作家。クリストファー・マーロウの劇の主人公）の実験室でしょうかね……それにしても、どうして青酸なんか必要なんでしょう？　どう思われます？」

「いざというときの用心のためですよ。めんどうなことになったら、僧正は痛い思いをせずに舞台から消えていこうって魂胆です。準備万端整えておくってわけで」

　アーネッソンがうなずく。

「ごくまっとうな姿勢ですね。実際、節度がある。追い詰められて、他人に無用の迷惑をかけたって何にもならない。そう、なかなかまっとうじゃありませんか」

　ディラード教授は、陰鬱《いんうつ》な言葉がやりとりされているあいだ、苦痛に耐えているかのように片方の手で両目を押さえてじっとしていた。話がそこまでくると、教授は、長年父親の立場からいつくしんできた男のほうを、悲しそうに振り向いた。

「シガード、偉大な人物が大勢、自殺を肯定しておる――」と、教授が口を開いた。しかし、アーネッソンがいきなり皮肉な笑いでそれをさえぎった。

「ふふん、自殺に肯定も何もあるもんですか。ニーチェは、自由意志による死の功徳を説いていますがね。Auf eine stolze Art sterben, wenn es nicht mehr möglich ist, auf eine stolze Art zu leben. Der Tod unter den verächtlichsten Bedingungen, ein unfreier Tod. ein Tod zur unrechten Zeit ist ein Feiglings-Tod. Wir haben es nicht in der Hand, zu verhindern, geboren zu werden : aber wir können diesen Fehler——denn bisweilen ist es ein Fehler——wieder gut machen. Wenn man sich abschafft, tut man die achtungswürdigste Sache, die es giebt : man verdient beinahe damit, zu leben.[2]——ぼくは、青年時代に読んだ『偶像のたそがれ』のこの一節を暗記しているんです。けっして忘れられない。健全なおしえですよ」

「ニーチェの前にも、自殺を肯定したあまたの有名な先人たちがいますね」と、ヴァンスが補足する。「ストア学派のゼノンは、自由意志による死を擁護する、情熱的な賛歌を残した。それから、タキトゥス、エピクテトス、マルクス・アウレリウス、カトー、カント、フィヒテ、ディドロ、ヴォルテール、ルソー、みんな自殺擁護論を書いています。ショーペンハウアーは、イングランドで自殺が罪悪と見られている事実に対して、手きびしく抗議した……それでいてなお、この問題には、今に至るも定説があるかどうかということになると、あやしいもんです。いずれにせよ、アカデミックな議論の対象とするには、この問題はあまりにも個人的にすぎると思います」

　教授が悲しげにうなずく。

「最後のまっ暗な時間、人間の心の中で何が起きているのか、誰にもわからん」

この議論のあいだ、マーカムはいらいらがつのる一方で、不安になっていた。そしてヒースはというと、最初のうちこそ硬くなって目を光らせていたものの、今では警戒心を解いてくつろぎかけていた。ヴァンスがこんな議論をしていて、多少なりとも事が進捗したのかどうか、わからない。そして、アーネッソンを罠にかけるという目的は、見たところ失敗したのだと結論せざるをえない。けれども、ヴァンスは少しもあわてていない。かえって、事の運び具合に満足しているような印象さえ受ける。しかし、うわべの冷静さとはうらはらに、ヴァンスは極度に緊張している。脚を後ろのほうに引き寄せてきちんとそろえ、身体じゅうの筋肉を引き締めている。この恐ろしい会合の結末はどうなることだろうと、私は気がかりになりはじめた。

結末は不意に訪れた。教授の発言のあと、つかのまの沈黙があった。そして、アーネッソンが口を開く。

「ヴァンスさん。僧正が誰なのかご存じだとおっしゃいましたね。だったら、なぜ、こんなおしゃべりをいつまでも続けているんです?」

「そんなにあわてるには及びません」ヴァンスは、ほとんどのんきなと言っていいほどの口調で言う。「それに、まだ残っている二、三の隙間を埋めたいと思ったもんですから――陪審員の意見が割れるようじゃ、目もあてられませんからね……それはそうと、このポートワインは、すばらしい」

「ポートワインって?……ああ、そうか」アーネッソンは、私たちのグラスをじろっと見て、教授のほうを不服そうに振り向いた。「いったいいつから、ぼくは禁酒したというんでしょうね」

教授はびっくりして、ちょっとためらっていたが、やがて立ち上がった。

「すまなかった、シガード。気がつかなかったんだ……おまえはいつも、午前中は飲まないんじゃなかったかね」教授は戸棚のところに行き、もうひとつグラスを満たして、おぼつかない手つきでアーネッソンの前に置いた。そして、ほかのみんなのグラスにも注《つ》いでくれた。

教授がまた席に戻るか戻らないかというところで、唐突にヴァンスが驚きの声をあげた。中腰になって乗り出し、手をテーブルの端について、向こうのつきあたりにあるマントルピースを驚嘆の目で見ている。

「これはまた、今までちっとも気づかなかったなあ……すばらしい」

あまりに意外な行動にびっくりさせられたうえ、その場の空気がぴんとはりつめていたところでもあり、私たちは思わず腰を浮かして、ヴァンスの目が吸い寄せられているほうを見た。

「チェリーニ（イタリア・ルネサンス期の彫刻家。一五〇〇―七一）の飾り板じゃありませんか」と、ヴァンスが叫ぶ。「フォンテーヌブローの妖精だ。ベレンソン（アメリカの美術評論家。一八六五―一九五九）は十七世紀に壊されてしまったと言っていたけれど、パリのルーヴル美術館で、ぼくはこれの対を見たことがあるんですよ……」

憤慨に耐えかねて、マーカムの頰に赤い血の色がのぼった。ヴァンスの特異な性格や希少な骨董品に対する知的情熱をよく心得ているはずの私でさえ、白状すると、ヴァンスがこれほど弁護の余地もない悪趣味なふるまいに及んだところは見たことがなかった。こんな悲劇的な場面で、ヴァンスが美術品に心を奪われるなど、信じられないことだった。

ディラード教授が、あきれて眉をしかめながら、ヴァンスを見ている。

「よりによっておかしなときに、美術品に目を奪われるものだな」というのが、教授の容赦ない批判だった。

ヴァンスは、さすがに赤面してしょげ返った。また席に腰を落ち着けると、一同の視線を避けるようにグラスの脚をつまんで回しはじめた。

「おっしゃるとおりです」と、ヴァンスがつぶやく。「お詫びいたします」

「あの飾り板は」と、教授は、あまり手ひどく非難したことに照れて、言いわけのように付け加えた。「どうでもいいことだが、ルーヴルにあるやつの複製にすぎん」

ヴァンスは、ばつの悪さをごまかすかのように、ワインを口に運んだ。まったく、ひどく気づまりな瞬間だった。各人ともに神経がぎりぎりのところまではりつめていたので、知らず知らずヴァンスの動作につられてみんながグラスを持ち上げたのだった。

ヴァンスは、さっとテーブルの上を一瞥《いちべつ》すると、立ち上がって窓のそばに行き、室内に背を向けてつっ立っていた。あわてて席をはずしたその挙動を不審に思ったので、私は振り向いていぶかしくヴァンスを見守った。ほとんど同時に、チェス・テーブルの一端が私の脇腹に激しくぶつかり、時を同じくしてグラスの割れる音がした。

私は飛び上がった。向かいの椅子から前にのめって、片腕と肩をテーブルに投げ出して、ぐったりとしている身体を、驚愕して見下ろした。狼狽と戸惑いのうちに、しばしの沈黙があった。私たちはそれぞれに、一時的に麻痺状態に陥ったようだった。マーカムは、視線をテーブルの上に釘づけにして彫像のように立ち尽くしている。ヒースは目をみはって、言葉もなく椅子の背につかまっている。

「なんてこった!」

緊張を破ったのは、驚いたアーネッソンの絶叫だった。

マーカムがすばやくテーブルを回って、ディラード教授の身体の上にかがみ込んだ。

「医者だ、アーネッソン!」マーカムの命令が飛ぶ。

ヴァンスは窓辺からのろのろと引き返して、椅子に身体をうずめた。

「もう、どうにもならない」と、疲れたように深いため息をついた。「青酸を蒸留したときすでに、教授は、手っとり早く苦痛のない死の準備をしていた。——僧正の事件は終わったんだ」

マーカムは、狐につままれたように、ただ呆然とヴァンスを見つめた。

「ああ、パーディーが死んだときから、真相はうすうすわかっていたんだ」ヴァンスは相手が口に出さないでいる質問に答えて、先を続けた。「しかし、昨夜、ミスター・アーネッソンに罪をかぶせようとして教授が動き出すまでは、確信がなかった」

「え? 何ですって?」アーネッソンが電話をかけて戻ってきた。

「ええ。そうだったんです」と、ヴァンスがうなずいてみせた。「あなたが罪を償うことになっていたんです。最初から、あなたがいけにえに選ばれていた。教授は、あなたが犯人らしいとわれわれにほのめかすことまでしたんです」

それくらいのことは予想がつくと言わんばかりに、アーネッソンには意外だというようすがない。

「教授に憎まれているのはわかっていた。ベルに心を寄せているぼくを、ひどく嫉妬していたんですよ。それに、知的能力の衰えもあった。もう何カ月も前から、ぼくは知っていました。教授の最近の著述は、全部、ぼくがやったものです。ぼくが学界で名誉を得れば、それがいちいちしゃくのタネになるんです。今度の悪魔のような所業の背後にはいつも教授がいるような気がしてはいたものの、ぼくには確信がもてなかった。しかし、ぼくを電気椅子送りにしようとまでするとは、思ってもみなかった」

ヴァンスは、立ち上がってアーネッソンに近づき、手を差し出した。

「そんな危険はありませんでしたよ。アーネッソンに近づき、ここ三十分ばかりはあんなふうな扱いをしてしまいましたが、お詫びをさせていただきます。ただただ戦術だったんです。わかっていただけますね。こちらには有力な証拠というものがなかった。それで、向こうから手を挙げさせようとしたんです」

アーネッソンが憂鬱そうな笑いを浮かべた。

「詫びていただくことはない。あなたがぼくに目をつけているのではないことは、わかっていました。つっかかってこられたとき、これはかけひきだと思った。追っている対象はわからなかったけれど、あなたの指図に従おうと最善を尽くしたつもりです。へまをしていなかったらいいんですが」

「いやいや、みごとな手ぎわでした」

「ほんとうですか?」アーネッソンは、納得がいかないといったようすで眉を曇らせた。「それにしても、教授はぼくが疑われていると思っていたでしょうに、なぜ青酸なんか飲まなくちゃならなかったんだろう? どうも不可解だ」

「それは、永久に謎でしょう」と、ヴァンスは言う。「あの女の子の証言を恐れたのかもしれませんね。それとも、ぼくのごまかしを見破ったか。ひょっとしたら、あなたに罪を着せるということにふと反撥を感じたのかも……教授自身の言葉のように、最後のまっ暗な時間、人間の心の中で何が起きているのか、誰にもわからないんですから」

アーネッソンは身じろぎもしない。突き刺すような鋭い目をして、ヴァンスの目をまっすぐに見つめていた。

「ああ、そうですね」と、やがて口を開いた。「そういうことにしておきましょう……いずれにせよ、ありがとうございました」

## 26　ヒースの疑問

四月二十六日（火曜日）午後四時

マーカム、ヴァンス、それに私の三人が一時間ほどのちにディラード家を出たとき、私はてっきり〝僧正〟の起こした事件の幕はおりたものと考えていた。そして、世間の関知するかぎりにおいては、まさに終わったのだった。しかし、まだ新しく意外な事実が、これから明かされる運命にあった。そして、ある意味ではその事実こそが、その日、白日のもとにさらされたあらゆる事実のうちでも最も驚くべきものだった。

昼食のあと、地方検事局にいる私たちのところへまた、ヒースが合流した。なお討議を要する、デリケートな公的手続きの問題がいくつか残っていたのだ。その日の午後も遅くなってから、ヴァンスは事件全体を俯瞰《ふかん》して論評を試み、数々のあいまいな点を解明していった。「アーネッソンから、この異常な犯罪の動機についてはすでに暗示を与えてもらった」と、ヴァンスは始めた。「教授には、学界における自分の地位が、後輩に奪われようとしていることがわかっていた。精神力も洞察力も衰えを見せはじめている。原子構造についての新しい著作も、アーネッソンの助力あって初めて完成できるのだと悟った。養子に対して、言いようのない憎悪が心中に湧きあがってくる。教授の目にはアーネッソンが、手をかけて育てたのに自分を破滅させるまでに成長した、たとえばフランケンシュタインの怪物のようなものに映りはじめた。この知的敵愾心《てきがいしん》が、素朴な感情的嫉妬心にあおられてさらにふくれあがる。教授は、孤独な独身生活で鬱積《うっせき》した愛情を、十年間もベル・ディラードひとりに注いできた――あの娘が、教授の毎日の生活のひとつの支えだったんだ。ところが、アーネッソンがあの娘を自分から奪いそうになっている。教授の憎しみと憤《いきどお》りが、烈しさを倍加した」

「動機は理解できないこともない」と、マーカム。「しかし、犯罪を犯す説明にはならないよ」

「鬱積した感情という乾燥し切った火薬に、その動機が口火の役をはたしたんだ。どうすればアーネッソンをたたきつぶすことができるか、その方法を探すうちに、教授は、僧正の殺人という悪魔のようなユーモアを思いついた。殺人が、教授の抑圧された感情のはけ口となった。教授の心理は強烈な表現を求めていたんだが、その必要にぴったり合ったんだ。それと同時に、どうすればアーネッソンという邪魔者を排除してベル・ディラードを自分だけのものにしておけるかという、教授の暗黙の設問への解答ともなる」

「しかし、なぜだ?」と、マーカムが尋ねる。「教授はなぜまた、アーネッソンひとりを殺して、それでおしまいにしなかったんだろう?」

「きみは事件の心理の面を見落としているよ。長きにわたって強く抑えつけられたせいで、教授の精神は分裂してしまっていたんだ。自然ははけ口を求める。そこへもってきて、アーネッソンに対する激しい憎悪が、抑圧された感情に、爆発点に達するまでの圧力を加えた。こうして、ふたつの衝動が合わさってひとつになった。教授は、人を殺すことによって抑圧された感情を解放したばかりでなく、アーネッソンに対する怒りにもはけ口を与えた。わかるだろう、その罪を償うのはアーネッソンだからだよ。この手の復讐はただの殺人よりもいっそう魅力があって、したがって、満足感もいっそう大きい。殺人そのものにあるちゃちなユーモアの背後に、はるかに大きな戦慄すべきユーモアが含まれていたんだ。

しかし、教授自身は気づいていなかったが、この残忍な計画には大きな欠点がひとつあった。どうしても事件を心理面から分析させることになったからだ。そもそも、この事件の犯人は数学者だと、ぼくは最初から断定していた。犯人を特定するのが難しかったのは、妥当性のある容疑者がみんな数学者だったことにある。潔白だとわかっていたのは、ただひとり、アーネッソンだけだ。あの男だけはいつも心理のバランスを保っていた。つまり、長きにわたる難解深遠な思索から生じる感情を、いつも解放するすべを心得ていた。平常の、口先に表われる嗜虐《しぎゃく》的な皮肉な態度と、急激な殺人衝動とは、心理的に同類なんだ。冷笑癖を思うぞんぶん発揮していれば、抑圧された感情の不断のはけ口となって、情緒のバランスを維持できる。皮肉で嘲《ちょう》弄《ろう》癖のある人間はつねに安全なのさ。散発的に身体的異変を起こすことなどめったにありようがない。対照的に、自分の嗜虐性を抑圧して鬱積させながら、うわべだけはまじめな禁欲的な体裁を取りつくろっている人間は、いつなんどき危険な爆発を起こすかわからない。そういうわけで、アーネッソンに僧正のような殺人は不可能であるとわかっていたからこそ、捜査に協力させようじゃないかときみに勧めた。アーネッソン自身も認めたように、あの男は教授を疑っていた。協力を申し入れてきたのは、思うに、自分の疑いが正しいと証明された場合に、われわれと連携を保っていればベル・ディラードと自分の身を守るのにはいっそう都合がいいと考えたからではなかろうか」

「なるほどね」と、マーカムが同意した。「それにしても、人を殺すのにあんなふうがわりなこと、教授はどこから思いついたものだろうね？」

「マザー・グースのテーマを思いついたのは、おそらく、アーネッソンがロビンにスパーリングの矢に用心しろと言ったのを聞いてじゃないかな。教授はその言葉に、自分が育ててやった人間に対する憎悪を満足させる方法を見いだした。そして、機会を待った。犯罪を実行に移す好機はじきに訪れた。あの朝、スパーリングが往来を歩いているのを見てすぐ、教授はロビンがアーチェリー・ルームにひとりきりなのを知った。そこで、おりていってロビンに声をかけ、頭を殴りつけて、矢を心臓に刺しておいて練習場に放り出した。そして、血痕を拭い、使った布を始末し、例の手紙を街角で投函して、もう一通を自宅の郵便受けに入れておいてから、書斎に戻ってこの事務所に電話をした。ところが、予期しなかったひとつの要因があった。教授が供述したバルコニーに出た時間には、パインがアーネッソンの部屋にいたんだ。しかし、ちっとも支障にはならなかった。教授の嘘に何か具合の悪いことがあると察しはしたが、まさかパインもあの老人が人を殺したとまでは疑わなかったからね。かくして、犯罪は決定的に成功した」

「それにしても」と、ヒースが口をはさむ。「ロビンは弓と矢で殺されたのではないという判定なんですね」

「そうだ。矢筈《やはず》の損壊状態から判断して、矢は手でロビンの身体に刺されたものとみた。そこで、まず室内で頭に一撃をくらって気絶したあげくに殺されたのだという結論を出した。弓が窓から練習場に放り投げられたと推定した根拠もそれだ。その時点ではまだ、教授が犯人とはわからなかった。もちろん、弓は一度も練習場にもちだされていない。しかし、ぼくの推理のもととなった証拠は、教授側に手ぬかりや見落としがあったために出てきたものではない。教授としては、マザー・グースのユーモアさえ成立すれば、あとのことはどうでもよかったんだ」

「凶器は何だと思う?」マーカムが尋ねた。

「散歩用のステッキ。おそらくそれが当たっているだろう。凶器にもってこいの、大きな金の握りがついていたのに、きみも気づいていただろう[1]。それで思い出したが、教授は自分の痛風を誇張して人の同情を買い、まかり間違っても嫌疑がかかることのないようにとたくらんだものと考えたいところだね」

「では、スプリッグ殺しは？」

「ロビンを殺したあと、次の犯罪のネタに、教授はマザー・グースをやっきになって探し回ったんだろう。いずれにせよ、撃たれて死ぬ前の木曜日の晩、スプリッグは教授宅を訪ねている。そのとき、あの思いつきが生まれたんじゃないだろうか。薄気味悪い仕事を決行するのに選ばれたあの日、教授は早起きして着替え、七時半にパインがノックするのを待って、それに応えておいてから公園に出かけた。おそらくアーチェリー・ルームを抜け、路地を経由して。スプリッグが毎朝散歩する習慣だったことは、アーネッソンが何かのついでに話したかもしれないし、あの学生自身さえもしゃべったかもしれない」

「しかし、テンソル公式にはどんな説明ができる？」

「数日前の晩、アーネッソンがその話をスプリッグにしているのを、教授は聞いていた。それで、そこに注意を喚起しようとして、死体の下に置いたんじゃないかな。連想を呼ぼうと——アーネッソンに目が向けられるように。それに、あの公式は、犯罪の底にある心理的衝動を実に巧みに表現してもいる。リーマン‐クリストッフェルのテンソルは、空間の無限性を表現するものだからね。この地球上の取るに足らない人間の生命を否定するものだ。教授のゆがんだものの考えかたと相通ずるものがあって、その倒錯した諧謔趣味を無意識のうちに満足させたに違いない。あれを見た瞬間、ぼくは不吉な意味を悟った。僭正の殺人は、価値の観念を抽象化して、それぞれの価値のあいだに通約性を認めない、数学者のしわざだという、ぼくの推論を確信したよ」

ヴァンスは、言葉を切って新しい煙草に火をつけ、しばらく黙って考え込んでいたが、やがてまた先を続けた。

「次に、ドラッカー家の深夜の訪問。あれは、ミセス・ドラッカーが叫び声をあげたという話を聞いた犯人が、やむなく演ずることになった気味の悪い幕間《まくあい》劇だった。ロビンの死体が練習場に運ばれたところを夫人に見られたかもしれないと、教授は心配になった。それに、スプリッグが殺された朝、庭に出ていた夫人は、教授が殺しから戻ってきたところで顔を合わせてしまった。夫人がふたつの事実を結びつけて考えるかもしれないと、教授はいよいよもって気が気ではなくなった。ぼくらが夫人に尋問するのを妨げようとしたのも無理ない。そこで、できるだけ早い機会に、夫人を永久に沈黙させようと企《くわだ》てた。あの晩、ベル・ディラードが芝居に出かける前にハンドバッグから鍵を失敬し、翌朝また返しておいた。パインとビードルは早めにやすませた。十時半、ドラッカーが疲れたと言って帰っていった。夜半になって不気味な訪問をするにあたって、途中で邪魔が入ることはなくなったと教授は考えた。予定の殺人にも表象的な署名を残そうと、黒のビショップの駒を携えたのは、たぶん、パーディーとドラッカーとがチェスの議論をしたところから思いついたものだろう。しかも、アーネッソンのチェスの駒だ。教授がチェスの議論のことをぼくらに話したのは、黒のビショップがこちらの手に落ちた場合、それがアーネッソンのものであることに注意を促すためではなかったかとまで勘ぐられるな」

「そのころもう教授には、パーディーまで巻き添えにするつもりがあったと思うかね?」

「いや、そうは思わない。アーネッソンがパーディーとルービンスタインのゲームを分析して、ビショップはパーディーの因果な宿敵だと明かしたとき、教授は心底驚いたんだ。それで、次の朝、ぼくがビショップの話をしたときのパーディーの反応について、きみが言ったことは鋭かった。あのかわいそうな男は、ルービンスタインに負けたことを意地悪く冷やかされたと思ったんだよ……」

ヴァンスは前にかがんで煙草の灰を落とした。

「気の毒なことをした」と、ヴァンスがすまなそうにつぶやく。「謝らなくてはならない」ヴァンスは、心もち肩をすぼめて、椅子の背にもたれかかって話を続けた。「ドラッカー殺しの着想は、ミセス・ドラッカーその人から得た。夫人が自分の空想から生まれた恐怖をベル・ディラードにもらし、ベル・ディラードがその晩の夕食の席で一同に伝えた。そこで、計画が形を整えていった。実行に移すのにめんどうなことは何もなかった。食事をすませた教授は、屋根裏部屋で手紙をタイプした。そして、ドラッカーを散歩に誘い出す。パーディーがアーネッソン相手では長く居座っていないだろうことを、教授は心得ていた。だから、乗馬道でパーディーに会ったとき、もちろんアーネッソンがひとりきりになったのは承知のうえだった。パーディーがいなくなるといち早く、教授はドラッカーを殴りつけて、壁の向こうに突き落とした。すぐにドライヴの小道を抜けて七十六丁目を横切ってドラッカーの部屋に行き、同じ経路で帰ってきた。それだけのことをやりおおせるのに、十分以上はかかっていない。それから、教授はゆっくりと歩いて、エメリのそばを通り、上着の中にドラッカーのノートブックをしのばせて、自宅に帰っていった……」

「じゃあ」と、マーカムが言葉をはさむ。「アーネッソンの無実を確信していたというのに、なぜまた、路地の鍵の行方をあれほど熱心に追及したんだ？　ドラッカーが死んだ晩、路地を使えたのはアーネッソンだけだったろう。ディラードとパーディーはふたりとも、表玄関から出ていったんだから」

「鍵に関心をもったのは、アーネッソンを疑うという観点からじゃなかった。もし鍵が紛失していれば、それは、アーネッソンに嫌疑がかかるように誰かが持ち去ったのだ。パーディーが帰ったあとで路地から抜け出して、ドライヴを横切って例の小道に入り、教授がいなくなるのを見すましてドラッカーを襲う、それがアーネッソンにはたやすくできたはずだから……そしてね、マーカム。考えているとおり、初めから仕組まれたことだったんだよ。実際、ドラッカーを殺した件が、それできちんと説明がつくじゃないか」

「私はどうしても納得できないんですよ」と、ヒースが慨嘆する。「あの老人は、なぜパーディーを殺さなければならなかったのか。パーディーを殺したって、アーネッソンには疑いがかかるわけじゃなし、かえってパーディーが犯人だと思えるじゃないですか。つくづくいやになったんで自分から死んでいったというふうに」
「あの偽装自殺はね、部長、教授の最高に奇想天外なユーモアだったんだよ。皮肉で、それと同時に人を小馬鹿にしている。あの滑稽《こっけい》な幕間狂言のあいだに、アーネッソンを破滅に追い込む計画が着々として整えられていた。そして、言うまでもなく、どうやらまっとうな犯人があがったということでぼくらの警戒心を解いて、あの家から監視を撤去する結果になったんだから、教授にとってはたいへんな利益をもたらしたんだ。想像だが、あの殺しは、犯人がきわめて自然に思いついたものだろうな。何か口実を設けて、教授がパーディーをアーチェリー・ルームに誘い込む。前もって、窓を閉めてブラインドもおろしておく。そして、たぶん雑誌の記事か何かを見せておいて、疑うことも知らずにいる相手のこめかみを撃ち抜き、ピストルを手に持たせた。さらに、皮肉このうえないユーモアを発揮して、カードの家を組み立てた。書斎に戻ってチェスの駒を並べ、いかにもパーディーが黒のビショップのことで考え込んでいたように見せかけた……。

しかし、この不気味で悪趣味な一幕は、ただの道草にすぎない。かわいいマフェットちゃんの物語でカタストロフィを迎えることになっていた。もろもろの罪が、アーネッソンの上に一時に降りかかるよう、この事件が用意周到に計画されていたのさ。マデラン・モファットが、葬式の朝、ハンプティ・ダンプティに花を持ってきたとき、教授もドラッカー家にいた。子どもの名前は知っていたに違いない。ドラッカーの気に入っていた女の子で、その家に来たこともたびたびあったからね。殺人の妄執と変わらず、マザー・グースの着想は教授の心にすでにしっかりと根をおろしていたから、モファットという名前とマフェットが結びつくのはきわめて自然の成り行きだった。それに、ドラッカーもしくはミセス・ドラッカーが、教授のいるところでその子をかわいいマフェットちゃんと呼んでいたってことだって、ありそうじゃないか。昨日の午後、壁のところから女の子の注意をひいて、築山《つきやま》に呼び寄せるなんて、教授にとってはたやすいことだった。おそらく、ハンプティ・ダンプティが会いたがっているくらいのことを言ったんだろうな。女の子は大喜びで教授についていった。乗馬道の立木の下を通り、ドライヴを横切り、アパートのあいだの路地を抜けていったんだ。ふたりに気づいた者は誰もいなかっただろう。あの時間のドライヴは子どもだらけだからね。そうしておいて、昨夜、教授はぼくらに、アーネッソンに対する疑いのタネをまいておいた。かわいいマフェットちゃんの手紙が新聞社に届けばぼくらが子どもの捜索を開始し、やがてドラッカーの家で、酸素不足で窒息している子どもが見つかる、そういう計算だったんだ……実に頭がいい、悪魔のような計画だ」

「しかし、教授自身の家の屋根裏が捜索されるとは予期していなかったんだろうか?」

「当然予期していたことだろう。しかし、明日まではだいじょうぶだと思っていた。それまでには、戸棚を片づけて、タイプライターをもっと人目につきやすいところに置いておくつもりだったんだ。それに、ノートブックは隠すつもりだっただろう。教授がドラッカーの量子論の研究をわがものにする考えだったことは、疑う余地もない。ところが、一日先回りをされて、計算がすっかり狂ってしまった」

マーカムは、しばらくむっつりと煙草をふかしていた。

「昨夜、芝居のアルネッソン僧正の性格を思い出したとき、ディラードが犯人だと確信したときみは言うが……」

「そう——そりゃそうじゃないか。あれで、動機がつかめた。あのとき、教授の目的はアーネッソンに罪を着せることにあり、手紙の署名はその目的のために選ばれたんだと悟った」

「『王位を窺うものたち』に注意を喚起するのに、またずいぶん長いこと待ったもんだ」と、マーカムが批評した。

「実際は、そんなことをしなくてはならなくなるとは、まったく予定外だったんだ。ぼくらが自分からあの名前を見つけ出すものと思っていたんだよ。ところが、教授の予想したよりもぼくらはまぬけだったというわけだ。そこで、ついにたまりかねた教授は、きみを呼び出し、巧みに藪をつついて、『王位を窺うものたち』なる蛇を追い出した」

マーカムは、長いこと口を開かないでいた。非難がましく眉を寄せて座ったまま、吸い取り紙の上をこつこつと指でたたいている。

「なぜだ?」彼はついに口に出した。「昨夜、僧正はアーネッソンではなくて教授だと、ぼくらにどうして教えてくれなかった? ぼくらの考えを——」

「だってね、マーカム。そうするよりほかにしかたがないじゃないか。第一に、きみは信じてくれなかっただろう。おそらく、もう一度海外旅行を勧めてくれることになったんじゃないか? どうだい? それに、アーネッソンが疑われていると教授にも思い込ませておくこと、それが肝心だった。そうしなければ、おそらく、ぼくらが見つけたような突破口からは、それを突き破るチャンスはなかっただろうよ。計略、それのみに希望がかかっていた。きみやヒースが教授を疑っていたら、きみたちは勝負を投げたに違いないとぼくは思う。ところが実際は、きみたちはいやおうなく知らぬが仏ということにされた。結果はどうだ？　万事うまくいったじゃないか」

部長はもう三十分ほども、途方に暮れ不安に駆られた目で、ときどきヴァンスを眺めているようだった。しかし、何かわけあって、思いあぐね、考えていることを口に出すのをためらっているようだ。それが、そのときになってやっと、もじもじと居ずまいを正してゆっくりと口から葉巻を離すと、驚くべき疑問を口にしたのだった。

「昨夜私たちの目を覚ましてもらえなかったことについちゃ、別に文句はありません。しかし、これだけはうかがっておきたい。あなたが席から飛び上がってマントルピースの飾り板を指さされたときのことです。教授のグラスとアーネッソンのグラスを、なぜすりかえたんですか？」

ヴァンスは、深々とため息をついて、やりきれなさそうに頭を振った。

「鷲のようなきみの目にかかったら最後、逃れるすべはないと覚悟しておくべきだったな、部長」

マーカムは、いきなり机越しに身体を乗り出し、怒りの形相もすさまじくヴァンスをにらみつけた。

「な、何だと？」彼は日ごろの自制心をすっかりかなぐり捨ててどなりつけた。「きみがグラスをすりかえただと？　きみはわざと――」

「ああ、それなんだがね、きみ」とヴァンス。「そうむきになって怒らないでくれよ」それから、ヒースのほうを向いて、おどけた調子で責める。「おかげで、とんだ目にあったじゃないか、部長」

「ごまかしている場合じゃない」マーカムの声は冷ややかで容赦がない。「説明を聞かせてもらおう」

ヴァンスは、観念したという身ぶりをした。

「いいよ。今、説明する。ぼくの計略は、今言ったとおり、教授の手に乗せられたと見せかけて、アーネッソンを疑っているふりをすることだった。今朝は、こちらには何の証拠もないし、アーネッソンを逮捕したところではたして有罪が立証できるかどうかあやしいと、わざわざ教授に念を押した。そんな状況だとしたら、教授は何らかの行動に出る。思い切った方法で対応策を講じるはずだ。教授が殺人を重ねていった目的はただひとつ、アーネッソンを完膚なきまでに破滅させることにあったんだから。教授が何か抜きさしならない行動に走って、お手あげになるものとぼくは確信していた。それがどんなことかはわからない。しかし、細心の注意を払って見張っていればいい……そうしたら、ワインにぴんとくるものがあったんだ。教授が青酸を持っていることは承知していたので、自殺の話をもちだして、その考えを教授の頭に植えつけた。まんまとひっかかった教授が、アーネッソンに毒を盛って自殺に見せかけようと企てた。教授が戸棚の前でアーネッソンのグラスにワインを注《つ》ぐとき、小瓶からこっそりと無色の液体を流し込むのが見えたよ。最初は、殺人を妨害しておいて、ワインを分析させようと考えていたさ。教授の身体検査をして小瓶を探すこともできたし、ワイン・グラスに毒を入れるのを目撃したと証言することもできた。それだけ証拠があれば、誘拐された子どもの証言とあいまって、ぼくらは目的を達することができたかもしれない。だが、ぎりぎり最後の瞬間になって、教授がぼくたちのグラスにもう一度ワインを注いだとき、もっと簡単な道を選ぶことに腹が決まった――」

「それで、みんなの注意をそらしておいて、グラスをすりかえたと」

「そうだ。そう、みずからが他人のために注いだワインなら、自分だって喜んで飲んでしかるべきだと考えたんだよ」

「自分勝手な法律の適用のしかただ」

「自分勝手な適用――それよりほかにどうしようもなかったんだ。だが、そう杓子《しゃくし》定規にこだわらないでくれよ。きみはガラガラヘビを法廷にひっぱり出すかね？　狂犬をわざわざ裁判にかけるかい？　ディラードのような化けものをあの世に送るのに手を貸したところで、毒ヘビを一撃のもとにたたきつぶす以上の良心の呵責《かしゃく》は感じていない」

「しかし、これは殺人だぞ」マーカムは憤慨に堪えぬといったおももちで叫んだ。

「ああ、間違いなくそうさ」ヴァンスは楽しげに言う。「そうだよ――もちろん。実に不埒きわまる行為だ……なあ、ひょっとして、ぼくは逮捕されたりするのかい？」

ディラード教授の〝自殺〟によって、世に知られる僧正殺人事件は一件落着した。パーディーに対して取り沙汰された嫌疑はすべて、自動的に解消した。翌年のこと、アーネッソンとベル・ディラードは無事に結婚し、ノルウェーに渡って新居を構えた。アーネッソンは、オスロ大学で応用数学の講座を担当することになった。二年後に、その物理学上の業績によってノーベル賞を授与されたことは、まだ記憶に新しい。七十五丁目の古いディラード屋敷は取り壊されて、跡地には今、近代的なアパートが建つ。アパートの正面には、いかにも弓の的を思わせるような、大きな円形の赤土素焼きのレリーフがふたつ。私には、建築家が故意にこのような装飾を選んだのではなかろうかと、思われてしかたがない。

# 原注・訳注

（1）……は原注、（i）……は訳注である。

## 1

（1）一九二八年刊行の拙著『グリーン家殺人事件』で物語られている事件。

（2）ブレンターノ書店のジョゼフ・A・マーゴリース氏から聞いたところでは、この僧正殺人事件のあった当時数週間にわたって、『マザー・グース歌集』は、当時のどんなベストセラー小説よりもたくさん売れたという。ある小さな出版社は、この昔からの有名な童謡をすべて集めた完全版を作り、完売した。

（3）ヴァンスの言っている本は、ロバート・P・エルマー医学博士の卓越した総合的著作、『アーチェリー』である。

（4）一九二六年刊行の拙著『ベンスン殺人事件』参照。

（5）一九二七年刊行の拙著『カナリア殺人事件』参照。

（6）ラプラス（一七四九—一八二七）はその主著『天体力学』で知られるが、ヴァンスがここで引き合いに出しているのは、その名著『蓋然《がいぜん》性の哲学的考察』。天文学者ハーシェル（一七九二—一八七一）はこの本を「数学的技能と力の極致」と評した。

（i）ゴシック小説派の中心人物だったイギリスの女流作家アン・ラドクリフ（一七六四—一八

二三）の一七九四年の作品。

（ii）マザー・グースの歌の中でも有名な『だあれが殺したコック・ロビン?』の、本来のタイトル。コック・ロビンとは雄の駒鳥のことで、さまざまな鳥たちが喪主や司祭になってその死を悼《いた》む詩になっている。マザー・グースの歌の訳はさまざまにあるが、本書では新たに訳し下ろした。

2

（1）ヒースが言っているのは、ニューヨーク州首席検屍官のエマニュエル・ドリーマス医師のこと。

3

（1）ディラード教授の言っている著書は、二年後に刊行された『放射エネルギーの原子構造』。プランク（一八五八―一九四七。ドイツの物理学者）の量子論を数学的に修正したもので、マキシモス・ティリオス（ティロスのマキシモス。二世紀前後のプラトン派哲学者）が『自然は飛躍せず』で説いたような、あらゆる物理現象は連続性をもつという古典的原理に対し、異議を唱えた。

4

（1）このアメリカ国内チェス・マスターは、元世界チャンピオンのエマヌエル・ラスカー博士としばしば混同されている。（エドワードはエマヌエルの遠い親戚で、一八八五―一九八一。――訳者）

5

（1）メイ・ブレンナーの名は、今でも大陸の音楽愛好家たちには記憶されているだろう。彼女のデビューは二十三歳という前例のないもので、ウィーン帝室オペラ劇場における『シバの女王』のスラミス役としてだった。だが最大の成功は、おそらく『オセロ』のデズデモーナ役だろう。この役を最後に、彼女は引退した。
（2）もちろん、ドラッカーのスペルはこのとき〝Drucker〟であったが、夫人がアメリカに移住してきたときに、アメリカ風にしようという漠然とした理由から〝Drukker〟にしたものと思われる。
（3）私はサンタモニカで死の直前のホーマー・リー将軍に会ったことがあるが、そのときに将軍から受けたのとまったく同じ印象をドラッカーから受けた。

7

(1) 地方検事局は、土曜は半休。スワッカーはマーカムの秘書である。

8

(1) 古い作者不詳の童謡『駒鳥《コック・ロビン》の死と埋葬を悼む挽歌』は、一般にオリジナルの『マザー・グースの歌』のひとつと考えられているが、そうではない。だが、その近代版の中には、しばしば掲載されている。(十四世紀から歌われていたものが一七四四年に文献化。当時のイギリス首相ロバート・ウォルポール〈通称ロビン〉の内閣を瓦解させた陰謀と結びつけた解釈もある。——訳者)

9

(1) ウィリアム・M・モラン警視は二年前に亡くなったが、僧正事件当時は刑事課の課長だった。
(2) この式は、実際にはクリストッフェル(スイスの数学者。一八二九—一九〇〇)が熱伝導の問題に関連して導き出したものであり、一八六九年に『純粋及び応用数学ジャーナル』

（ベルリンでクレレの創刊した専門誌）誌上で発表された。

11

（i）ヴァンスはロバート・ブラウニング（一八一二－八九）の「ピパの唄」にある「朝《あした》は七時、片岡に露みちて、揚雲雀《あげひばり》なのりいで、蝸牛《かたつむり》枝に這ひ、神、そらに知ろしめす。すべて世は事も無し。（上田敏『海潮音』）」というくだりを示している。

12

（1）同じようなパニック状態が、一八八八年のロンドンで起きている。〝切り裂きジャック〟が猟奇的な連続殺人を行なったときだ。また一九二三年のハノーヴァーでは、〝狼男ハールマン〟が食人殺人に及び、パニックを引き起こした。だが現代においては、この僧正殺人事件がニューヨークで巻き起こした恐慌状態に匹敵するものはないだろう。

（2）オブライエン警視正は当時、市警全体を統率していた。

（i）『靴の家に住むおばあさん』はマザー・グースの歌のひとつで、以下のようなもの（靴は多産の象徴）。

靴の家に住むおばあさん

あまりにたくさん子どもがいて
どうしていいやらわからない
パンなしのままスープだけやると
みんなのお尻をぴしゃりとやって
それからベッドに押し込んだ。

14

（1）ヘージドーン警部は、ニューヨーク市警本部の火器の専門家だった。〈ベンスン殺人事件〉で犯人の身長を推定するデータをヴァンスに提供したのは、彼である。またグリーン家殺人事件では、スミス&ウェッソンの古いリヴォルヴァーから発射された三発の弾丸の鑑定もした。

15

（2）アキーバ・ルービンスタインは、当時も今もポーランドのチェス・チャンピオンで、国際的なマスターのひとりでもある。一八八二年にルージ近くのスタヴィスクで生まれ、一九〇六年にオステンドで行なわれたトーナメント試合で国際的にデビューをはたした。最近アメリカを訪問し、いくつかの新たな勝利を得ている。

(1) ふたりがこの議論をしたあとのこと、ピカリング教授(アメリカの天文学者。一八五八―一九三八)は天王星の軌道のずれから計算して、海王星の外にふたつの惑星PとSがあることを断定した。

(i) マザー・グースの歌『ピーター・パイパー』のことを言っている。この童謡はいわゆる〝舌もじり〟(発音しにくい語を続けて言わせる、早口言葉のようなもの)なので、できるだけ原語のままの訳にしておく。

ピーター・パイパー、ピクルド・ペパーをひとペック(約九リットル)、ぺろりとたいらげた
ピクルド・ペパーをひとペック、ぺろりとたいらげたピーター・パイパー
ピーター・パイパーがピクルド・ペパーをひとペックたいらげたなら
ピーター・パイパーのたいらげたひとペックのピクルド・ペパー、いまどこに?

## 16

(1) ベンジャミン・ハンロン大佐のことで、彼は地方検事局付属刑事部門の指揮官。

(2) 『ルイーズ』はヴァンスのお気に入りの現代オペラだったが、主役としてはファーラーよりもメアリ・ガーデン(スコットランド生まれのオペラ歌手。一八七四―一九六七)のほうを高くかっていた。

（i）『ハンプティ・ダンプティ』はルイス・キャロルの『鏡の国のアリス』でおなじみの歌だが、ハンプティには「こぶのある」、「猫背の」という意味もあり、ハンプティ・ダンプティというと「ずんぐりした不器用な人」のことを指す。なお、もとはなぞなぞで、答はタマゴ。

17

（1）『ワールド』紙の憎正殺人事件に関する記事が、ニューヨークの他紙の羨望の的だったことは、覚えている人もあろう。ヒース部長刑事は新聞への事実の発表は公平だったが、それでもいくつかのおいしい話《ボーン・ブーシュ》はクィナンのためにとっておいた。彼はそのせいで推測記事を書くことができたので、特にニュース性があるわけでなくとも、『ワールド』の記事は他紙よりも魅力的になっていた。

（2）ギルフォイルは、〈カナリヤ殺人事件〉でトニー・スキールを尾行した刑事のひとり。覚えている方もあろう。

18

（1）ヘネシーはグリーン家殺人事件でドラム医師とともにナーコスの部屋からグリーン邸を見張った。スニトキンもグリーン家殺人事件の捜査に加わった刑事で、ベンスン、カナリヤ両事件でもささやかな役割を務めた。小柄で機敏なエメリは、アルヴィン・ベンスン家の居間の薪の下から紙巻き煙草の吸いさしを見つけた刑事。

19

(1) この複雑な問題の解法に向けた重要な一歩は、数年後ド・ブロイ－シュレーディンガー理論によって踏み出された。ド・ブロイ（フランスの物理学者。一八九二―一九八七）の『波と運動』と、シュレーディンガー（オーストリアの物理学者。一八八七―一九六一）の『波動力学論文集』で提示された理論がそれである。

20

(1) 興味をもたれたチェス・プレイヤーのために、パーディーが投了したときの配置を記しておこう。白：QKtsq にキング、QB8 にルーク、QR2 と Q2 にポーン。黒：Q5 にキング、QKt5 にナイト、QR6 にビショップ、QKt7 と QB7 にポーン。

(2) 黒が指さないで詰《メイト》みになった最後の五手は、のちにヴァンスから教えられたが、次のとおりである。45手：RxP：KtxR　46手：KxKt：P-Kt8（クイーン）　47手：KxQ：K-Q6　48手：KRsq：K-QB7　49手：P-Q3：B-QKt7　詰み。（以上は指し手《プレイヤー》の視点から動きを記述する〝記述的〟［英米式］表記法によるもので、現在は白プレイヤーの視点から記述する〝座標式〟［国際標準式］表記法が用いられている――訳者）

21

（1）私のメモは完璧なのだが、当然のことながらヴァンスの言ったことをそのまま伝えるのは難しい。そこでこの部分の校正刷りを彼に送り、校正を依頼した。つまりこれは、〈僧正殺人事件〉の心理的ファクターの分析を正確に述べたものといえる。
（2）ヴァンスはここで〝トリリオン〟をイギリス的な意味、つまり百万の三乗という意味で使っている。一方アメリカとフランスでトリリオンというと、単に百万の百万倍（百万の二乗）となる。（現在では百万の二乗とするのがアメリカ、百万の三乗とするのがイギリス、ドイツ、フランスとされる――訳者）
（3）リュメンは時間を逆行することが可能だと証明するため、フラマリオンが考え出した存在。秒速二十五万マイルで動くリュメンは、ワーテルローの戦いが終わったときに空間に向かって突進を始め、戦場をあとにしたあらゆる光に追いついていく。しだいにそれらを追い越し、二日めの終わりには戦いの終わりでなく始まりの光景を眺めることになる。しかもそのあいだ、できごとを逆に見てきたことになる。砲弾は命中した相手から戻って大砲に入るし、戦死者は生き返って戦闘隊形を整えるのだ。リュメンのもうひとつの仮想冒険としては、月に飛んでいって瞬時に振り返ると、自分が月から地球へ逆に飛んでいくのが見える、というものがある。
（4）ヴァンスは私に、ここでA・ダブローの最近の論文『科学的思考の進化』に言及してほしいと言った。時空に関するパラドックスについての、すばらしい議論が含まれているのである。

(5) ヴァンスの文学修士論文は、ショーペンハウアーの『充足理論の四根について』を扱ったものだった。

(6) ヴァンスの言及しているのが『火星とその運河』なのか『生命の在りかとしての火星』なのかはわからない。

22

(i) 『ジャックの建てた家』はマザー・グースの歌。〝積み上げ歌〟、〝集積押韻〟などと呼ばれる形式で、初めは短いものが二番、三番と続くうちに話が積み重なって長くなっていく。歌詞の一部を以下に示す。

これはジャックの建てた家
これはジャックの建てた家
で寝かせた麦芽
これはジャックの建てた家

で寝かせた麦芽
を食べたネズミ

これはジャックの建てた家
で寝かせた麦芽
を食べたネズミ
を殺したネコ

……（後略）

23

（1）パーディーは遺言状の中で、多額の金をチェス振興のため遺していた。彼の死んだ同じ年の秋、〝パーディー追悼トーナメント〟がケンブリッジ・スプリングで開催されたことも人々の記憶に残るだろう。

（2）ワーグナーのオペラの中でも、これはヴァンスのお気に入りだった。彼はいつも、交響曲の構成様式を備えた唯一のオペラだと主張していた。そして、これが馬鹿げたドラマのためのものでなくオーケストラの曲として書かれなかったことを、一度ならず残念がっていた。

（3）ヴァンスがもっていたのは、チャールズ・スクリブナーズ・サンズ社刊のウィリアム・アーチャー著作権所有版であった。

24

(i)『かわいいマフェットちゃん』も、マザー・グースの歌。

かわいいマフェットおじょうちゃん
草の上に腰おろし
ヨーグルトを食べていた
そこへ大きなクモが来て
となりにすわりこんだので
マフェットちゃんびっくり逃げだした。

25

(1)正直なところ、ラージスの名は私にも聞き慣れないものだった。のちに調べてみたところ、ヴァンスの引用はアングリカン聖書にはなく、外典のマカベア第二の書にあることがわかった。

(2)アーネッソンは、ドイツ語で引用している。意味は「誇りをもって生きることができなくなったなら、人は誇らかに死ぬべきである。最も賤《いや》しむべき状況における死とは、自由なき死であり、時宜を得ず起こる死は卑怯者の死である。われわれに生まれ出ることを止める力はない。しかしこの誤りは――時として生まれ出ることは誤りである――われわれが選択すれば訂正しうる。みずからを葬り去る者は、最も尊敬に値する行為をなしたことになる。そうしたことにより、ほぼ生きるに値するのである」

(i) いずれもマザー・グースの歌。

『ジャック・ホーナーぼうや』

ジャック・ホーナーぼうや
部屋のすみにすわりこみ
クリスマス・パイを食べていた
ところが親指つっこんで
プラムを中から抜き出して
「ぼくってなんておりこうさん!」と言いました。

＊

『ジャック・スプラット』

ジャック・スプラット脂身嫌い

でも奥さんは、赤身が嫌い
だから二人のあいだのお皿
なかよくなめてピッカピカ。

……(後略)

26

(1) あとになって発見されたことだが、この大きくて重い金の握りはほぼ八インチもの長さがあり、はめ込みがゆるんでいてステッキから簡単に取りはずせるようになっていた。握りの重さは二ポンド近くもあって、ヴァンスが指摘したように、〝棍棒《ブラック・ジャック》〟としてきわめて有効なものである。はめ込みがゆるんでいたのは凶器として使うためだったのかという点については、推測の域を出ない。

# 童謡見立て殺人というアイディア

山口雅也

本書は、アメリカの美術評論家ウィラード・ハンティントン・ライトがS・S・ヴァン・ダインの筆名で書いた、アマチュア探偵ファイロ・ヴァンスを主人公にするミステリ・シリーズの第四作（一九二九年発表）にあたり、前年発表の第三作『グリーン家殺人事件』と共にヴァン・ダインの代表作として知られている。

『僧正殺人事件』の魅力・読みどころを端的に要約すると、イギリスの伝承童謡マザー・グースを初めて題材として本格的にミステリに採用して、無類のサスペンスを醸成したアイディアの妙——ということになるだろうか。

開巻早々、ヴァンスの元に、地方検事マーカムから事件発生の一報が入る。数理物理学者の邸宅の側庭《サイドヤード》で、矢に貫かれたアーチェリー選手であるJ・コクレーン・ロビンの死体が発見され、現場からは同じくアーチェリー選手のスパーリングという男が立ち去ったというのだ。ヴァンスは、事件関係者のコクレーン・ロビンという名前から駒鳥《コック・ロビン》を、スパーリングから雀《スパロウ》を連想し、この事件の奇妙な状況が、マザー・グースの有名な伝承童謡の一節「だあれが殺したコック・ロビン？『それは私』とスズメが言った」――と符合していることに気づく。これは単なる偶然の暗合なのだろうか？ それとも、事件の裏には、伝承童謡を犯罪の見立てに使う何者かの邪悪な意図が隠されているのだろうか？――そうしたヴァンスの懸念を裏付けるかのように、《僧正》を名乗る人物から邸宅と新聞社に、当のマザー・グースの童謡『駒鳥《コック・ロビン》の死と埋葬を悼《いた》む挽歌』の一節をタイプした書状が届けられる……。

この後、事件は連続殺人に発展し、マザー・グースの童謡は、何度も捜査陣の前に立ち現れることになる。コロンビア大学の学生スプリッグの射殺死体が発見された際には、同名の人物が登場する『小さな男が昔いた』の童謡が、脊椎彎曲《せきついわんきょく》によって卵男のハンプティ・ダンプティを思わせる体型になっていた数学者が塀から転落死した際には、まさに同じ状況を歌った『ハンプティ・ダンプティ』の童謡が捜査陣の元に届き、事件が収束したかに見えた物語終盤、モファットという名の少女が誘拐された時にも、蜘蛛に驚かされる少女のことを歌った『かわいいマフェットちゃん』の童謡を書きかけたメモが発見される。

ヴァン・ダインは当初、本作の題名を『マザー・グース殺人事件』としようと企図していた（これは、児童物と間違われる恐れがあるという進言によって断念したそうだ）ほどマザー・グースに拘《こだわ》り、

筆者所有の『僧正殺人事件』原書（Grosset & Dunlap社刊）。ダスト・ジャケット付のものは稀少。

犯罪に使われた他にも、さらに作中で五編の童謡――『靴の家に住むおばあさん』、『ピーター・パイパー』、『ジャックの建てた家』、『ジャック・ホーナーぼうや』、『ジャック・スプラット』――に関する言及がある。こうして物語は、マザー・グースの主導動機《ライト・モティーフ》が響き渡る不気味な一大交響詩の様相を呈することになるのだ。

ここで、本作に頻出するマザー・グースについて、少し解説しておこう。

マザー・グースとは、簡単に言うと、イギリスの伝承童謡全般を指す名称ということになる。命名の由来は、十七世紀のフランスの作家シャルル・ペローが自らの童話集を出版した時に付した副題『鵞鳥おばさん《マ・メール・ルワー》の話《コント》』が「マザー・グースの物語」と英訳され、それを十八世紀半ばにイギリスの出版業者が童謡集を出版する際、『マザー・グースのメロディ』として転用したのが起源とされている。

イギリスの伝承童謡の集成に関しては、十九世紀半ばにシェイクスピア学者のハリウェルが六百編以上を纏《まと》めた『イングランドの童謡』が、長らく決定版としての命脈を保っていたが（本作の主人公ヴァンスは、そのヘソ曲がりな衒学趣味《ペダンティズム》の癖から、ハリウェルのものでなくスティーヴンスンの『家庭詩歌集』を参照している）、一九五〇年代にオーピー夫妻が八百編以上の集成『オックスフォード版・伝承童謡辞典』を出版してからは、こちらに決定版の座を譲っている。この本には多くの異版も採取されているし、マザー・グースの童謡の総数は数え方によっては千編を超えるとも言われている。

各童謡の成立年代は、古くは中世に起源が求められる作者不詳の口承童謡から、比較的新しい年代――十九世紀に作られた明確に作者の分かっている『テン・リトル・ニガー・ボーイズ』のような当時の流行《はや》り歌まで、案外と幅が広い。

内容・形式に関しても様々な分類がなされている。本作に登場するものを例に挙げるなら、『駒鳥《コック・ロビン》の死と埋葬を悼む挽歌』のような物語歌、『ハンプティ・ダンプティ』のようなナゾナゾ歌、『ジャックの建てた家』のような積み上げ歌などがあるし、その他の有名なものでは、『テン・リトル・ニガー・ボーイズ』のような数え歌、『ロンドン橋が落ちる』のような歴史的寓意《ぐうい》を含む歌など、枚挙にいとまがない。

ともかくも、マザー・グースが、質量ともに英語圏文化の豊かさの源となっているのは間違いないだろう。例えば、ある著名人や団体などが失脚・消滅した際に、新聞の見出しに『Who Killed ×××』と書かれるのは、『駒鳥《コック・ロビン》の死――』の一節から流用したもので、こうした、ちょっとした英語の慣用表現の他にも、聖書やシェイクスピアに並ぶ英文学の三大源泉とする学説もあるくらい、様々な文芸作品の中で使われているのを目にする。

文芸作品への素材提供ということで言えば、ルイス・キャロルやジェイムズ・ジョイスなどの例を挙げることができるだろうが、特にミステリ・ジャンルとマザー・グースの親和性は高いように思う。

そもそも、マザー・グースには、《ミステリ・マインド》を刺激するような歌が多い。例えば、『駒鳥《コック・ロビン》の死――』は、被害者、犯人、目撃者を備えた、そのままミステリと言ってもいいような物語になっているし、他にも殺人や犯罪、残酷な事件などを歌ったものが多数ある。

また、そのものズバリの殺人歌でなくとも、数え歌や積み上げ歌などのように、法則性がある一方で、押韻のための単語選択によって独特の不条理な内容（謎）になってしまったというような、一編の中に《論理》と《謎》が同居するマザー・グースの構造は、まさに《ミステリ》的な素材として恰好のものだと言えるだろう。

そんなマザー・グースとミステリの結びつきの最初の現れ——史上初のマザー・グース・ミステリが何であったかということになると、筆者の知る範囲での候補作は、同年（一九二四年）発表の二作——ハリントン・ヘキストの『誰が駒鳥を殺したか?』か、あるいはフィリップ・マクドナルドの『鑢《やすり》』あたり——ということになるだろうか。いずれもイギリスの作家で、ヘキストは古典名作『赤毛のレドメイン家』で名を馳せたイーデン・フィルポッツの別名義であり、マクドナルドは、ミステリにフェアプレイの精神や大胆な構成を導入したことで知られる通好みの作家だ。

しかし、両作と伝承童謡の結びつきは、それほど強いものではない。両作ともに『駒鳥《コック・ロビン》の死——』の童謡を採用しているのだが、『誰が駒鳥を殺したか?』では、題名と登場人物の渾名《あだな》に反映されている程度、『鑢《やすり》』にしても、巻頭の引用句と作中で「子供が出くわす最初の探偵小説」として、探偵がこの童謡に言及する程度の結びつきだ。ただ、『誰が駒鳥を殺したか?』は、ヴァン・ダインの好むミステリ・ベスト9に選ばれているので、あるいは、この作品にインスパイアされて本作が生まれた可能性はある。

こうした、レトリック的な童謡の使い方に対して、五年後に発表された本作でヴァン・ダインは、より本格的なやり方――プロット＝骨組みにおけるマザー・グースの導入を試みている。つまり、犯人側が、童謡の虚構世界の《見立て》として、現実の犯罪を構成していくという、倒錯した世界観とプロットを発明したということだ。この《見立て》という絵画的発想は、美術評論を本業としていたヴァン・ダインならではのセンスだったと、今にして思い当たるが、ともかく、虚構である童謡の無邪気なユーモアと現実の殺人の恐怖が交錯する童謡見立て殺人のアイディアは、独特の狂気じみたサスペンスを生み出すことに成功している。このことを以て、ミステリ界に新しい一領域が拓かれたと言っても過褒《かほう》でないだろう。

こうして本作で確立された童謡見立て殺人というアイディアは、名だたるミステリの巨匠たちを刺激したようで、その後も、アガサ・クリスティの『そして誰もいなくなった』（一九三九年）やエラリー・クイーンの『靴に棲む老婆』（一九四三年）、日本では横溝正史の『獄門島』（註）（一九四八年）、『悪魔の手毬唄』（一九五九年）など、その系列の名作群が生まれている。

さらに、もっと巨視的な観点から、本作における捜査陣に対峙する犯人が、緻密で挑戦的であるいっぽう、ひどく狂気じみて子供っぽいゲーム感覚を持っている点などは、今に至るサイコ・サスペンスの系列にも通じるものがあるという指摘をしておいてもいいように思う。

そんな風に、『僧正殺人事件』のミステリ史における影響力というのは、存外、深く、長く、広範囲に及んでいたのではないかと、久々に読み返してみて、本作への評価を新たにしているところだ。

（註）厳密に言うと、この作品で扱われるのは、童謡見立てではなく、俳句見立てによる犯罪。

本書は『乱歩が選ぶ黄金時代ミステリー　ＢＥＳＴ10　③　僧正殺人事件』（集英社文庫、一九九九年刊）を改稿したものです。

検印
廃止

訳者紹介　1954年生まれ。青山学院大学卒。翻訳家。日本推理作家協会，日本文藝家協会会員。訳書に，ドイル『新訳シャーロック・ホームズ全集』，ウィルソン『千の嘘』，スタシャワー『コナン・ドイル伝』など多数。


僧正殺人事件

2010年4月16日　初版
2023年2月10日　9版

著者　S・S・ヴァン・ダイン
訳者　日《ひ》暮《ぐらし》雅《まさ》通《みち》

発行所　(株)東京創元社
代表者　渋谷健太郎

162-0814/東京都新宿区新小川町1-5
電話　03・3268・8231-営業部
　　　03・3268・8204-編集部
URL　http://www.tsogen.co.jp
振替　00160-9-1565
萩原印刷・本間製本

乱丁・落丁本は，ご面倒ですが小社までご送付ください。送料小社負担にてお取替えいたします。





ISBN978-4-488-10314-9　C0197